Saligia

KLAUS MEWES

SALIGIA

Im Haus der Bruderschaft

Bibliografische Information der Deutschen Nationalbibliothek
Die Deutsche Nationalbibliothek verzeichnet diese Publikation
in der Deutschen Nationalbibliografie; detaillierte bibliografische
Daten sind im Internet über http://dnb.d-nb.de abrufbar.

© 2016 Klaus Mewes
Umschlagbild: © xixinxing Fotolia.com
Umschlagdesign, Satz, Herstellung und Verlag:
BoD - Books on Demand
ISBN 978-3-7431-5444-5

Inhalt

An der tiefen Schlucht	9
Prolog	11
Naufragium – Der Tag des Eisbergs	14
TERRA – Zeit der Erde	19
AQUA – Zeit des Wassers	71
IGNIS – Zeit des Feuers	103
AER – Zeit der Lüfte	287
Epilog	336

Was trieb mich doch zu den Ärmsten, oh Zarathustra? War es nicht der Ekel vor unsern Reichsten?

– vor den Sträflingen des Reichthums, welche sich ihren Vortheil aus jedem Kehricht auflesen, mit kalten Augen, geilen Gedanken, vor diesem Gesindel, das gen Himmel stinkt,

– vor diesem vergüldeten verfälschten Pöbel, dessen Väter Langfinger oder Aasvögel oder Lumpensammler waren, mit Weibern willfährig, lüstern, vergesslich: – sie haben's nämlich alle nicht weit zur Hure –

Pöbel oben, Pöbel unten! Was ist heute noch »Arm« und »Reich«! Diesen Unterschied verlernte ich, – da floh ich davon, weiter, immer weiter, […]

Nietzsche, Also sprach Zarathustra

Fair is foul, and foul is fair:
Hover through the fog and filthy air.

Macbeth, Shakespeare

Für die, die keine Worte haben

An der tiefen Schlucht

Es war schon ziemlich spät, als wir die Schlucht erreichten.
Zu dunkel, um zu sehen, ob sie wirklich so tief war, wie wir glaubten.
Ein gähnendes schwarzes Loch brüllte uns bodenlos an.
Aber es gab kein Zurück mehr.
Der Weg dorthin war mit jedem zurückgelegten Meter ein Stück mehr verschwunden.
Verschwunden in den Tiefen der Erinnerung.
Wir setzten uns nieder und dachten über unsere Lage nach.
War das die von den dunkelsten Ängsten auferstandene Sackgasse, der Pfad ins Nichts?
Plötzlich erschien uns alles so sinnlos. Warum waren wir überhaupt aufgebrochen?
Was war eigentlich das Ziel gewesen? Hatten wir überhaupt ein solches gehabt?
Wie breit war die gähnende Leere vor uns?
Sollten wir uns nicht einfach fallen lassen in der Hoffnung, den Schmerz über diese Ziellosigkeit mit dem Aufschlag zu verlieren? Wer war überhaupt »wir«?
Vorsichtiges Tasten in der Dunkelheit.
Leere?
Vielleicht war auch dieses »wir« nur Illusion gewesen und ich war in Wirklichkeit alleine aufgebrochen …
Alleine. Einsam? Manchmal schon. Eins dieser »Manchmals« mochte jetzt sein.
Inzwischen hatte die Dunkelheit den letzten Rest des Lichtes besiegt.
Verdammte Trostlosigkeit. Gestern noch hatte doch alles so anders ausgesehen.

Wie kann es geschehen, dass sich alles so schnell ändert?
Gott? Zu dunkel.
Bin ich im Nichts?
Ratlos blieb ich am Abgrund stehen. Was sollte ich tun?

Als ich erwachte, war es strahlend hell.
Wärmende Sonnenstrahlen auf meiner Haut. Ich sah mich um.
Was ich erblickte, war eine bodenlose Tiefe, die ein paar Meter weiter den Pfad im Nichts enden ließ.
Und tausend Brücken, die sie überspannten.

Und beinahe – hätte ich den Glauben verloren!

Prolog

Stille lag über dem Kreuzgang. Die Mittagshore war verklungen und bis zum Vesper-Gebet und dem Komplet, mit dem die frommen Minoriten schließlich ihr Tagwerk beenden würden, war noch reichlich Zeit.

Frater Honorius blickte sinnierend auf den Fluss, der am Fuße des kleines Ortes eine große Schleife bildete und dessen silbrig-glänzendes Band die grüne Landschaft durchtrennte wie das Licht seiner Öllampe die nächtliche Finsternis.

»Seltsam«, dachte er. »Da unten fließt sie träge dahin, die Moldau. Seit Anbeginn der Zeit. Und die Zeit, die uns Menschlein auf Erden gegeben ist, erscheint dagegen wie ein Wimpernschlag Gottes. Warum nur sind wir dazu verdammt, dieses Sandkorn an Zeit, das uns in dem großen Stundenglas zugeteilt ist, damit zu verbringen, in Sünde zu leben?« Unwillkürlich dachte er an seinen Lieblingspsalm aus dem Buch der Prediger. Es stimmte: Ein jegliches hatte seine Zeit und wenn diese Zeit um war, dann war es für gewisse Dinge einfach zu spät. Warum nur nutzten die Menschen ihre Zeit so oft, um die zehn Gebote zu übertreten, anstatt sich an diesen Psalm zu erinnern und gottgefällige Dinge zu tun?

»Na Bruder, denkst du wieder über die Sünden der Menschheit nach?«

Frater Honorius hatte nicht bemerkt, wie sich seine beiden Mitbrüder genähert hatten.

Schon oft hatte er mit Frater Pius und Frater Franziskus über dieses Problem disputiert.

Schließlich war die Sünde ein, vielleicht sogar der zentrale Teil ihres Glaubens und es war ihre Aufgabe, sich damit auseinanderzusetzen.

Vor drei Jahren hatten sie und viele Mitbrüder das Franziskanerkloster in Krumau an der Moldau zur Ehre des Herrn gegründet und seither hatten sie sich unablässig damit beschäftigt, dem Ursprung der Sünden auf den Grund zu gehen.

Natürlich – darin waren sie sich einig – lag dieser Ursprung in der Erbsünde. Alles andere wäre Ketzerei gewesen.

Allerdings durfte man es nicht dabei bewenden lassen. Schließlich gab es sehr viele ganz handfeste und konkrete Sünden, die täglich von den Menschen begangen wurden. Große und kleine – und genau hier lag der Haken: Waren alle Sünden gleich schlecht oder gab es Abstufungen? Gab es schlechtere und weniger schlechte Sünden?

Nach monatelangen Diskussionen hatten sie sich schließlich darauf geeinigt, dass die Sünde nicht als monolithischer Block betrachtet werden durfte. Es schien ihnen vielmehr tatsächlich so, als müsse es Abstufungen innerhalb der Schlechtigkeit geben.

Sie waren daraufhin daran gegangen, die Sünden zu klassifizieren, und hatten weitere Monate damit verbracht.

Erstaunlicherweise hatten sie sich schließlich aber recht schnell darauf einigen können, welche Sünden als die schlimmsten anzusehen waren.

Es waren sieben Sünden, die ihnen als die verwerflichsten Sünden galten, deren sich ein Menschenkind schuldig machen konnte.

»Natürlich!«, gab Honorius jetzt zurück. »Unsere Aufgabe ist es doch, den Menschen dabei zu helfen, möglichst ohne Sünde zu leben. Nur, wie sollen wir sie erreichen? Wir können für die Menschen beten – das ist das Wichtigste. Aber wir müssen es ihnen auch sagen. Leider erreichen wir damit aber nur jene, die uns unmittelbar zuhören können. Was aber ist mit all denen, die weit entfernt leben und uns nicht hören können?«

Pius lächelte: »Frater Honorius, ich kann dich beruhigen. Franziskus und ich haben viel darüber nachgedacht und schließlich ist uns die Lösung eingefallen: Wir werden ein Buch anfertigen, welches dann in den Klöstern vervielfältigt und durch diese verteilt werden kann!«

Er sah ihn triumphierend an.

»Ihr Narren!«, rief Honorius aus. »Wisst ihr denn nicht, dass die Menschen nicht lesen können?! Nur wir Mönche sind im Besitz der Buchstaben und gerade wir benötigen ein solches Buch ja wohl nicht!«

Franziskus lächelte hintergründig: »Daran haben wir auch schon gedacht. Eine knifflige Frage, Du hast recht. Die Lösung aber ist gar nicht so schwer: Wir schreiben unsere Botschaft nicht auf, sondern zeichnen sie in Bildern. Bilder kann jeder Mensch lesen und es ist an uns, unsere Botschaft in Bildern auszudrücken, die auch verstanden werden.«

Während er sprach, entrollte Pius ein Pergament und hielt es Honorius unter die Nase. »Hier schau, dies ist das erste Bild. Was siehst du?«

Honorius blickte lange auf das Bild. Er erbleichte und sprach schließlich tief bewegt: »Meine Brüder, ich beuge mein Knie vor eurer Weisheit. Dieses Bild kann nur für eines stehen: für die schlimmsten Sünden, die sieben Todsünden:

Ich sehe einen halben Menschen, eine Schimäre mit einer Krone, die für den Hochmut (Superbia) steht. In der einen Hand hält er einen Bogen für die Rachsucht (Ira), in der anderen einen zugeschnürten Sack für den Geiz (Avaritia). Aus der Körpermitte schaut ein Tier, das die Maßlosigkeit (Gula) und weiter unten auch die Wollust (Luxuria) symbolisiert. Das Wesen steht auf einer Vogelkralle, die für den Überdruss (Acedia) steht und die von einer aus dem Steiß des Wesens entspringenden Schlange gebissen wird – das steht für den Neid (Invidia).

Meine Brüder – ihr zeigt den Menschen in einem einzigen Bild, was die sieben Todsünden sind!«

Frater Franziskus sah jetzt nachdenklich aus: »Ja Bruder, und wir werden noch andere Bilder für unsere Armenbibel zeichnen. Aber dieses Bild hier wird dasjenige sein, was sich den Menschen einbrennen wird. Das Bildnis der sieben Todsünden, das Bildnis von

Superbia Avaritia Luxuria Ira Gula Invidia Acedia.

Hoffen wir, dass unsere Botschaft sie erreichen wird …!"

Naufragium – Der Tag des Eisbergs

Das Telefon klingelt. Eine sanfte Stimme meldet sich, es ist Hans: »Kannst du bei Gelegenheit mal zu mir kommen?« Stein bejaht und führt das Gespräch mit dem Patienten zu Ende, der ihm gegenübersitzt. Er ist bester Stimmung und freut sich auf ein Gespräch mit Hans, den er zuletzt vor den gerade verstrichenen Weihnachtsferien gesehen hat.

Sicher will ihn Hans wieder im Team begrüßen, sicher wird er ihm berichten, was sich so alles zwischen den Jahren ereignete. Und sicher wird dazwischen auch wieder Zeit für ein paar zotige Witze sein.

Im Vorbeigehen zwinkert er der Sekretärin zu und betritt nach kurzem Klopfen Hans' Büro.

Da sitzt er und Stein freut sich, seinen Chef wiederzusehen; seinen Chef, den Stein liebevoll seinen »Kollegen« nennt. Er findet, dass dies ihr Verhältnis zueinander besser als das hierarchische Wort »Chef« beschreibt.

Hans lächelt ihm zu und bedeutet ihm, sich zu setzen. Nach ein paar Begrüßungsfloskeln lässt er Stein zunächst von seinem Urlaub erzählen.

Schließlich entsteht eine Pause und Stein beginnt zu spüren, dass irgendetwas nicht stimmt.

Hans blickt auf seine Tischplatte, die Pause zieht sich und Stein fragt sich unwillkürlich, wohin die Reise diesmal wohl gehen wird.

Er kennt Hans und sein Mienenspiel mittlerweile recht genau und daher glaubt er, dass Hans heute mit irgendeiner neuen Idee komme, wie man noch mehr Geld verdienen könne oder wen man jetzt wieder als Feind bekämpfen müsse.

Vielleicht hat ihm Bollmann mal wieder eine übergebraten? Stein wartet auf die Hans-Show – er kann den alten Bollmann sensationell gut nachäffen.

Nichts passiert.

Als Hans den Blick von der Tischplatte erhebt, hat er einen seltsamen Glanz in den Augen. Er blickt Stein ausdruckslos an.

»Warum hast du eigentlich nicht gemerkt, dass Manfred mal wieder einen Privatpatienten so wie einen gesetzlich Versicherten behandelt hat? Weißt du eigentlich, wie viel Geld uns dadurch wieder durch die Lappen gegangen ist?! Das ist jetzt zum wiederholten Mal vorgekommen, dass Manfred, Wolfgang oder Roland so gehandelt haben und du es nicht bemerkt hast! Das geht nicht, das habe ich euch schon hundertmal gesagt. Du bist mein Vertreter, wenn ich mal nicht da bin, und ich verlange, dass das klappt!«

Stein kann sich nicht erinnern, sagt, er müsse das überprüfen.

»Nein Max, so läuft das nicht. Du bist dafür verantwortlich und du musst das dann auch ausbaden.«

Okay, meint Stein, er wolle sich nicht rausreden. Wenn das so sei, dann habe er zumindest aber nicht willentlich gegen die Anordnungen des Chefs verstoßen.

»Hmmm« – eine lange Pause verschärft die Spannung. Hans starrt wieder auf seine Tischplatte und Stein beschleicht eine dunkle Ahnung – heute ist also er dran.

Was mag wohl als Nächstes kommen?

»Außerdem – ich weiß, das wird dich treffen – muss ich dir leider sagen, dass du die Patientin Krämer völlig falsch behandelt hast.«

Pause.

Stein ist bestürzt; sicher, jedem passieren manchmal Fehler. Aber eine Falschbehandlung?!

Wie Hans das meine, was denn um Gottes Willen passiert sei?

Pause – Hans lässt Stein ein wenig zappeln.

»Nun ja, die Patientin ist doch todkrank, völlig durchmetastasiert – und du behandelst sie vier Wochen lang!!! Das Ende erlebt die doch gar nicht mehr!! Das ist doch totaler Quatsch!«

Stein kann sich gut an die Patientin erinnern, eine zwar sehr kranke, doch noch sehr rüstige Patientin mit schmerzhaften Knochenmetastasen.

Er hatte bei dieser Patientin ganz bewusst und in Absprache mit ihr auf eine kürzere Behandlungszeit verzichtet.

Natürlich lässt Hans seinen Einwand nicht gelten, er besteht weiter darauf, dass Stein einen fatalen Fehler gemacht habe, und wird laut.

Stein dämmert, dass dies nur der Auftakt ist – Hans geht immer nach dem gleichen Schema vor, wenn er andere fertigmachen will. Zu seinem ebenso ausgeklügelten wie überschaubaren Repertoire gehört es, zunächst mit Banalitäten zu beginnen und den Druck dann ganz langsam zu steigern. Sobald das Opfer glaubt, dass der Sturm überstanden sei, und im Begriff steht, sich zu entspannen, schlägt Hans überraschend mit der großen Keule zu.

Stein spürt, wie sich ihm die Nackenhaare aufstellen, als Hans nun erzählt, er habe sich über Weihnachten so einige Gedanken gemacht. Er habe sich stundenlang in die Eiseskälte auf seiner Terrasse gesetzt und einen Kaffee nach dem anderen getrunken. Schließlich habe er gewusst, was zu tun sei.

Nach diesen Worten blickt er Stein stählern in die Augen – Pause – beide starren auf den Tisch.

Stein ist völlig überfordert. Was um Himmels willen ist bloß in Hans gefahren?! Fieberhaft überlegt er, was den Anlass zu diesem Feuerüberfall geliefert haben könnte, aber ihm fällt nichts ein. Er hat sich in all den Jahren extrem loyal seinem Chef gegenüber verhalten, hat niemals intrigiert und ihm auch sonst immer den Rücken freigehalten. Gemeinsam haben sie die Firma hochgefahren, sodass sich der Gewinn in den letzten Jahren mehr als verdoppelt und die medizinische Qualität extrem verbessert hat. Was zum Teufel ist also los?!

»Ich habe dir«, hebt er an, »meine Freundschaft angeboten. Ich habe dir in den letzten Jahren meine Hand reichen wollen. Aber du, Max, du hast meine Freundschaft ausgeschlagen. Und daher ziehe ich jetzt mein Angebot offiziell zurück. Ab jetzt, Max, werde ich dich genauso behandeln, wie ich auch alle anderen behandelt habe.«

Stein schnürt es die Kehle zu. Was ihn zutiefst beunruhigt, sind nicht nur Hans mit tonloser Stimme gesprochene Worte, ist nicht nur der kalte

Blick, mit dem dieser ihn währenddessen mustert; es ist vor allem die Tatsache, dass er weiß, was eine Kriegserklärung von Hans zu bedeuten hat.

Obwohl er weiß, dass es sinnlos ist, erwidert er: »Hans, was habe ich dir denn getan?! Eigentlich läuft doch alles gut und wir haben doch gar keine Probleme miteinander! Was um Himmels willen ist denn los?!«

»Weißt du Max, die ersten paar Wochen, als du hier vor vier Jahren angefangen hast, die stecken mir einfach noch in den Knochen. Außerdem vertraust du mir nicht und das, Max, das zahle ich dir jetzt heim.«

»Aber«, gibt Stein zurück, »das ist doch schon ewig her, ich hab halt ein wenig gebraucht, um mich zurechtzufinden – was ist denn daran so schlimm? Das kannst du mir doch nicht im Ernst zum Vorwurf machen! Und natürlich vertraue ich dir. Guck dir doch meinen Vertrag an!«

Stein meint, bei dem letzten Satz ein feines Zucken in den Augen von Hans wahrgenommen zu haben.

Tonlos wiederholt Hans seinen letzten Satz.

»Das zahle ich dir heim, das zahle ich dir heim, das zahle ich dir heim …«, echot es in Steins Kopf. Er beginnt zu schwitzen, als er beginnt, die Dimension dieser fünf Worte zu erfassen.

Er denkt an Stella, seine geliebte Stella. Er denkt an ihre drei gemeinsamen kleinen Kinder, das Haus, die Existenz, die sie sich hier gerade erst wieder aufgebaut haben.

Fieberhaft überlegt er, was nun zu sagen ist, während Hans ihn durchdringend ansieht.

»Hans, bitte tu mir das nicht an, tu uns das nicht an! Du weißt, was wir in den letzten Monaten durchgemacht haben. Wir sind erst vor drei Wochen mit dem Wiederaufbau des Hauses fertig geworden. Wir, meine Familie und ich, wir sind am Ende, wir pfeifen aus dem letzten Loch. Bitte, ich mach hier alles, ich halt meine Schnauze und tu meine Arbeit, aber bitte tu uns das nicht an. Wir brauchen dringend eine Auszeit, wir brauchen Ruhe; noch so ein Jahr wie das letzte packen wir einfach nicht mehr …«

Pause.

Hans taxiert wieder die Tischplatte, lässt Stein schmoren.

Schließlich blickt er auf: »Das zahle ich dir jetzt heim.«

Steins Verzweiflung steigert sich in ungeahnte Höhen: »Willst du, dass ich gehe?«

Keine Antwort, nur ein verächtliches Zucken in den Mundwinkeln. Demütigend.

Schließlich löst sich die Schockstarre und Stein rafft sich auf: »Okay Hans, ich bitte dich nur um eines. Wenn du mich loswerden willst, wenn du also willst, dass ich gehe, dann bitte ich dich darum, dass wir es so machen wie unter Männern. Du sagst es mir, gibst mir ein wenig Zeit und ich schaue mich dann nach was Neuem um und gehe. Aber bitte mach es nicht so wie bei den anderen; spiel nicht deine grausamen Spielchen mit mir. Du weißt, dass ich das nicht verdient habe. Das ist das Einzige, worum ich dich bitte, wenn es das ist, was du wirklich willst.«

Das verächtliche Zucken wird stärker. »Tschüss Max, wir sehen uns dann morgen in der Morgenbesprechung.«

TERRA – Zeit der Erde

Der schwere Wagen schob sich mühelos den Berg hinauf. Als er den Scheitelpunkt erreicht hatte, bot sich seinen Insassen ein atemberaubendes Bild – unter ihnen lag ein lang gestrecktes Tal. Ein Tal, gesäumt und beschützt von einem natürlichen Wall majestätischer Berge. Silbrig glänzte ein Fluss, der in sanften Bögen durch das Tal mäanderte, die Ufer gesäumt von saftigen Weiden, malerischen Weilern und einem kleinen Städtchen, dessen Dächer im Licht der Nachmittagssonne blitzten. Lieblich. Einladend.

Nach der langen Fahrt durch eintönige Kieferwälder kam der Anblick einer Verheißung gleich – eine neue Welt tat sich ihnen auf.

Stella und Max legten die letzten Kilometer äußerst beschwingt zurück. Wie lange hatten sie darauf gewartet, endlich wieder in diese Gegend ziehen zu können! Die letzten Jahre hatten sie im Westen der Republik verbracht, hatten passable, ja gute Jahre verbracht, hatten ihrer Tochter Emma noch einen kleinen Bruder geschenkt, den sie Oskar nannten, und waren miteinander glücklich gewesen.

Es hätte perfekt sein können, wenn da nicht immer diese Sehnsucht nach den Bergen gewesen wäre.

Verschiedentlich hatte sich Max darum bemüht, einen Job dort in der Gegend zu finden, hatte jedoch schließlich einsehen müssen, dass diese rar gesät sind, wenn man Arzt für Krebsheilkunde ist. So hatten sie sich schließlich bereits an den Gedanken gewöhnt, im Westen zu bleiben, als Max eines Tages der Anruf eines flüchtig bekannten ehemaligen Kollegen erreichte. Er hätte vielleicht eine Stelle für ihn, er könne sich das ja mal anschauen.

Einige Telefonate und ein Treffen später waren nun also Max und Stella unterwegs in die Stadt, die bald ihre neue Heimat werden sollte.

Sie waren unterwegs zu Hans, den auch Stella gerne kennenlernen wollte.

Wenig später bogen sie auf den staubigen Parkplatz der Firma ein und stiegen aus.

Es war ein heißer und sonniger Tag, und so waren die beiden bestens gelaunt. Die Sekretärin bedeutete ihnen, sich kurz zu setzen und zu warten. Dr. Fetscher komme sofort.

Nach ein paar Minuten trat er aus seinem Büro: Er war durchtrainiert, mittleren Alters wie Max und hatte eine blonde Tolle, die verriet, dass sich deren Besitzer morgens viel Zeit nahm, um sie zu stylen. Außerdem hatte er einen sportlichen Teint, männliche Gesichtszüge und eine scharf geschwungene Nase. Sein Mund war eigentlich etwas zu klein, aber Max war sich sicher, dass es viele Frauen geben dürfte, die Hans mit dem Attribut »interessant« beschreiben würden. Und die Art, wie er Stella ansah, verriet, dass sich Hans dessen bewusst war.

Der schmale Oberlippenbart befremdete zunächst etwas, rundete das Bild bei näherem Hinschauen jedoch markant ab.

Er trug einen weißen Arztkittel mit einem kleinen Schild auf der linken Brustseite. CA Dr. Fetscher stand darauf. CA – Chefarzt, das war durchaus beeindruckend.

Während Max kurz darüber nachdachte, dass solche Schilder wohl die Orden der Moderne seien und dass dieses hier wohl dem »Pour le Mérite« entspräche, fiel sein Blick auf Hans' Schuhe. Diese standen in merkwürdigem Kontrast zu der Würde des Kittels; eine seltsame Mischung aus grünem Turnschuh und schwarzem Herrenschuh, die vielleicht einen gewissen Nonkonformismus zum Ausdruck bringen sollte.

»Soso, ein Mann mit Schuhtick«, dachte Max.

Hans begrüßte die beiden äußerst jovial und bat sie zu sich in sein Büro.

Darin duftete es stark nach dem schweren Eau de Toilette, das Hans wie eine unsichtbare Wolke hinter sich herzog.

Er schien aufgeregt zu sein, denn er redete viel und schnell. Besonders auffällig erschien den beiden die ständige und zum größten Teil völlig deplatzierte Benutzung des Wortes »sozusagen«; es kam in fast jedem Satz gleich mehrmals vor und wurde zu allem Überfluss zumeist so schnell genuschelt, dass es wie »sozagen« klang. Max begann, sich vor Stella ein wenig fremdzuschämen, während Hans sie unverdrossen mit einem Wortschwall sondergleichen übergoss. »Sozagen«.

Hatte Hans einen Tick? Oder war er nur aufgeregt?

Hans begann, die Firma in den höchsten Tönen zu loben, ohne dabei jedoch zu vergessen, sich über seine beiden Mitarbeiter auszulassen.

Wenn man Hans' Worten glauben wollte, mussten Dr. Stenner und Herr (ohne Dr.) Hiebl die letzten Heuler sein, Gestrandete, Verdammte, deren klägliche Existenzen hier nun ein Gnadenbrot gefunden hatten, weil er leider keine anderen Mitarbeiter gefunden habe. Wie zum Beweis der unbedingten Richtigkeit seiner Ausführungen hielt er Stella und Max schließlich eine Kopie unter die Nase – das polizeiliche Führungszeugnis von Stenner.

Dazu erklärte er feixend »Der hat einen Eintrag. Wegen Stalking seiner Ex. Hat er mir aber verschwiegen, als ich ihn einstellte, hat damals einfach gesagt, das Führungszeugnis reiche er nach. Aber was soll's – jetzt habe ich zumindest ein Druckmittel, wenn ich mal eines brauchen sollte.

Und der Hiebl? Na ja, wirst schon sehen. Aber lass mal, dadurch verbessern sich deine Chancen, hier einen Bomben-Vertrag zu bekommen. Wir ertrinken hier in Arbeit und ich bin faktisch alleine, kriege niemanden. Also, Stella, wenn dein Max hier mitmacht …«

Er blickte die beiden verschwörerisch an »Ich habe dem Bollmann schon einen vom Pferd erzählt, den hab ich schon da, wo ich ihn haben will! Ach ja, zum Verständnis: Der Bollmann ist hier in der Firma der Geschäftsführer. Wir haben einen eigenen Geschäftsführer, weil wir als hundertprozentige Tochter des Städtischen Krankenhauses relativ selbstständig arbeiten können. Bollmann ist so ein richtiger Typ von hier – der mag es gar nicht, wenn man ihm widerspricht und kehrt immer den großen Macker raus – Grögaz, größter Geschäftsführer aller Zeiten, hähähä! In Wirklichkeit hat der nichts drauf und traut sich gar nicht, Entscheidungen zu treffen. Wenn man ihm was erzählt, dann nickt er wichtig und rennt danach immer gleich zum Appl. Das ist der Geschäftsführer der Klinik, zu der die Firma gehört. Der muss ihm dann sagen, was er tun soll. Na ja, der hat halt einen Hauptschulabschluss und hat sich hochgewartet. Und jetzt isser da und kann es eigentlich gar nicht. Aber das ist gut für uns, sehr gut sogar und ich sage euch, es ist ein Glücksfall, dass der Bollmann da ist, wo er ist. Dem muss man nur das Gefühl geben, dass das, was man ihm sagt, seine eigenen Ideen waren und schon läuft der Laden. Sozagen.«

»Sozagen« schien draußen immer noch die Sonne und es war immer noch heiß. Und das Eis auf dem Marktplatz schmeckte herrlich. Und so sahen Max und Stella in dieser kleinen Episode nicht das Wetterleuchten dessen, was viel später kommen sollte.

Warum auch?

»Sozagen«.

Ein paar Tage später nahm Stein mit Fetscher den Fahrstuhl und sie fuhren hinauf in die dritte Etage, wo sie Bollmann treffen sollten, um über Steins Arbeitsvertrag zu sprechen. Fetscher hatte Stein instruiert, am besten alles zu akzeptieren, was Bollmann vorschlage; er habe diesen so manipuliert, dass der Idiot denke, er selbst habe wieder einmal grandiose Ideen ausgeheckt. Bollmann werde Stein einen Vertrag vorschlagen, der in Wirklichkeit von ihm, Fetscher, entworfen worden sei. Stein solle ihm ruhig vertrauen, es sei sicher nicht sein Schaden.

Oben angekommen, betraten sie das Büro von Bollmann. Stein sah sich verstohlen um; an der Wand hingen die üblichen Verdächtigen – irgendwelche Kunstdrucke, die man in einer derartigen Stellung zu haben hat, ein Kalender (Werbegeschenk) mit – wer hätte das gedacht – einer Berglandschaft und natürlich die unvermeidlichen Zertifikate überflüssiger Zertifizierungen. Das Beste an dem Büro war noch der Blick aus dem Fenster, der allerdings im Hinblick auf das Kalendermotiv wenig Abwechslung bot.

Hinter einem Schreibtisch, dessen Besitzer offenbar der Meinung war, dass das Genie im Chaos wohnt, saß ein älterer Herr mit hoher Stirn und einem freundlichen Gesicht.

War das der berüchtigte Geschäftsführer? Der Bollmann mit den plötzlichen Wutausbrüchen, der »unberechenbare Vollidiot«, vor dem Fetscher Stein so eindringlich gewarnt hatte?

Schlaue Äuglein blitzten Stein an, als Bollmann die Herren bat, sich zu setzen. Nach den üblichen Begrüßungsfloskeln kam Bollmann recht schnell zum Geschäft. »Also Dr. Stein, ich habe da einen Vertrag für Sie vorbereitet, der Sie, denke ich, zufriedenstellen wird. Sie bekommen ein Grundgehalt von zweiundsiebzigtausend Euro und eine Gewinnbeteiligung von elf Prozent. Was sagen Sie dazu?«

Stein überlegte. In seiner jetzigen Stellung verdiente er für einen Arzt mit seiner Ausbildung nicht schlecht. Das jetzt angebotene Grundgehalt wäre demgegenüber ein ziemlicher Rückschritt. Vielleicht ließe es sich durch die Gewinnbeteiligung entsprechend ausgleichen, aber Stein hatte keinen blassen Schimmer, wie hoch der Gewinn der Firma eigentlich war.

»Vielleicht wäre es möglich, die Gewinnbeteiligung zugunsten des Grundgehalts zu reduzieren?« Bollmann lehnte sich zurück und Fetscher begann, unruhig auf seinem Stuhl hin und her zu rutschen. Während Bollmann ihn lange ansah, spürte Stein, dass es offensichtlich keinen Verhandlungsspielraum gab. »Höchstens ein Prozent weniger vom Gewinn und dafür viertausend Euro mehr Grundgehalt. Sie müssen schon bereit sein, ein Risiko einzugehen, sonst sind Sie hier falsch, Herr Dr. Stein.« Stein schien es, als sei der letzte Satz mit einem Anflug von Verachtung hervorgestoßen worden.

»Also, so wird das hier gespielt«, dachte Stein. »Scheiß drauf, wird schon schiefgehen.« Er vertraute auf das, was Fetscher ihm vorher eingeschärft hatte. Er vertraute Fetscher. Dieser würde ihn schon nicht im Regen stehen lassen und außerdem: Wie sollte man sonst in Zukunft vertrauensvoll zusammenarbeiten?!

So schlug er in die dargebotene Hand ein, und der Pakt war besiegelt.

Auf der Fahrt nach unten schwieg Fetscher und grinste in sich hinein. Stein dachte nach. Schließlich fragte er Fetscher, wie hoch denn nun der

Gewinn sei. Fetscher gab darauf eine ausweichende Antwort, redete etwas von Bilanzen und Jahresabschluss, legte Stein die Hand auf die Schulter und gab ihm erneut zu verstehen, dass er es sicher nicht bereuen werde.

Stein ärgerte sich über sich selbst und sein rudimentäres Verhandlungsgeschick, aber Fetscher strömte eine eigentümliche Zuversicht aus, die ansteckend wirkte.

Wird schon schiefgehen.

Einige Zeit nach der Vertragsunterzeichnung traf Stein auf einem Kongress eine alte Bekannte aus vergangenen Ausbildungstagen. Simone Piel war inzwischen Professorin und Lehrstuhlinhaberin an einer großen deutschen Universität. Sie war schon immer tough gewesen und hatte manchmal auch Stahlkappen an den Ellenbogen gehabt, aber Stein war immer bestens mit ihr klar gekommen und so freute er sich aufrichtig über das Wiedersehen. Nach einer herzlichen Umarmung fragte sie ihn, was er denn jetzt so mache, und er erzählte ihr glücklich von seinem Wechsel zu Hans.

Ihr Gesicht verfinsterte sich augenblicklich, sie sah Stein lange an. Dann sagte sie tonlos: »Hoffentlich bereust du das nicht noch mal«, drehte sich um und verschwand in der Menge.

Noch verstörender war die Reaktion des alten Professors Oppitz, den er ebenfalls auf dem Kongress traf. Stein hatte ihn nie sonderlich gemocht, aber jetzt kam Oppitz freudestrahlend auf ihn zu und begrüßte ihn als »sein Gewächs« – Oppitz war sein alter Chef, unter dem er zusammen mit Simone und kurzzeitig auch Hans (daher kannten sie sich) gedient hatte. »Gedient« traf es ziemlich gut, dachte Stein, als er Oppitz etwas widerwillig die Hand schüttelte. »Wissen Sie, lieber Stein«, sagte er, nachdem auch er die Neuigkeit erfahren hatte, »von allen meinen Ärzten, die im Laufe der vielen Jahre durch die Ausbildung bei mir gegangen sind, gibt es nur einen Einzigen, den ich garantiert niemals wiedersehen möchte: Das ist Hans Fetscher. Ich wünsche Ihnen daher im wahrsten Wortsinn alles Gute.«

Die leisen Bedenken verstummten in den nächsten Wochen während der Umzugsvorbereitungen. Und als sie schließlich mit Sack und Pack und ihren zwei Kindern in ihrer neuen Heimat angekommen waren, hatten sie sich stattdessen bereits in Aufbruchsstimmung und Zuversicht verwandelt. Stella hatte im Internet ein Haus gefunden und sie hatten es im Vertrauen auf eine rosige Zukunft gekauft. Ein eigenes Haus! Stein hatte zunächst Bedenken gehabt, hatte an die Raten und sein immer noch völlig unklares Einkommen gedacht. Aber Stella hatte ihn überzeugt. Wird schon schiefgehen; was kostet die Welt?!

Als sie gerade angefangen hatten, sich erste Wege durch die Berge von Umzugskartons zu bahnen, brach Steins erster Arbeitstag in der Firma an.

Der Tag begann mit einer bösen Überraschung: Steins zukünftiges Büro war seit mehreren Wochen und trotz, laut Fetscher, mehrfachen Aufforderungen, diesen Zustand rechtzeitig zu ändern, nicht über das Rohbaustadium hinausgekommen. Es gab weder eine Tür noch sonstige Installationen, von Möbeln ganz zu schweigen. Eine Alternative bot sich nicht und von Fetscher war plötzlich nichts mehr zu sehen, sodass Stein etwas ratlos in dem kärglichen Raum stand. Wie sollte er hier Patienten behandeln?

Zu allem Überfluss wurde ziemlich schnell klar, dass Fetscher mit der Charakterisierung der beiden anderen Kollegen nicht übertrieben hatte.

Stenner und Hiebl waren tatsächlich zwei schräge Typen. Stenner blickte einem grundsätzlich nicht in die Augen, wenn man mit ihm sprach. Er war ziemlich beleibt, hatte als Nase einen knolligen Zinken im Gesicht, rote Haare und einen Seitenscheitel. Hiebl war noch fetter, liebte blaue Hemden, die mit Fettflecken und anderen Essensresten verunziert waren und hatte die Angewohnheit, fürchterlich zu nuscheln. Stein bemerkte recht schnell, dass die Nuschelei eine Art Verbalcamouflage war, mit der Hiebl meist erfolgreich verschleierte, dass er keine Ahnung von dem Fach hatte, welches er medizinisch bearbeitete.

Viel später, als Hiebl von Fetscher schon längst von seinem Posten entfernt worden war, fragte ein Patient nach ihm. Auf Steins Antwort, dass dieser nicht mehr in der Firma arbeite, gab der Patient ein lapidares »Das habe ich mir gedacht« zurück. Auf Steins erstaunte Nachfrage meinte er augenzwinkernd: »Herr Doktor, mir können Sie's doch jetzt ruhig sagen: Der war doch gar kein Arzt, oder?«

Mit dieser Episode ist eigentlich alles über Hiebl gesagt; zumindest, wenn man die kleine Tüte unterschlägt, in der Hiebl jeden Tag seine Bierchen in die Firma schmuggelte.

Stenner und Hiebl, die deutsche Version von Laurel & Hardy, die »Ritter der Faulenzia« – sie hatten eigentlich den ganzen Tag nichts anderes zu tun, als eifersüchtig darüber zu wachen, nicht etwa mehr als der jeweils andere zu arbeiten.

In der täglichen Morgenbesprechung mit dem gesamten Team saßen sie neben Stein und Fetscher in der ersten Reihe und sahen sich mit dem Beamer die elektronischen Krankenakten der aktuellen Patienten an; Stein bemerkte recht schnell, dass keiner der beiden diese Akten ausreichend verstand. Rief Fetscher den Namen eines ihrer Patienten auf – man sollte vielleicht lieber Opfer sagen –, blieben sie regungs- und teilnahmslos sitzen, obwohl jedem klar war, dass sie den Patienten nun vorzustellen hatten.

Fetscher machte zunächst immer eine Kunstpause, während der jeder im Raum die Luft anhielt, und ließ dann, nachdem wie immer nichts passiert war, seinen Standardsatz in den Raum gleiten, der mit einem lang gezogenen »Offenbar« begann: »Offenbar hat dieser Patient …«

Während der nächsten Monate wartete Stein täglich darauf, dass irgendwann einmal einer von den beiden begriff, dass er seine Patienten vorstellen musste, wenn diese aufgerufen wurden.

Es glich dem Warten auf Godot.

Einige Zeit später wurden die beiden dann auch recht kühl von Hans an die Luft gesetzt.

So kam Stein in ein Unternehmen, in dem sich fünfzig Prozent des ärztlichen Personals der Entschleunigung hingaben, was angesichts der hohen Zahl an Patienten, die es täglich zu bewältigen galt, dazu führte, dass eigentlich alles an Fetscher und ihm hängen blieb.

In den ersten Monaten war es daher keine Seltenheit, dass Stein morgens bereits um acht Uhr ankam und abends erst um 23 Uhr die Firma wieder verließ.

Nachdem sich der kleine Schock über die erwähnten Zustände gelegt hatte, durchforstete Stein systematisch sämtliche Ablaufebenen auf Änderungsbedarf.
Es gab viel zu tun. Stein stellte fest, dass die Behandlungskonzepte zum Teil völlig veraltet waren. Auch die Arbeitsorganisation wies große Defizite auf und so begann er, in Absprache mit Fetscher und mit dessen ausdrücklicher Billigung, den Laden umzukrempeln.
Das machte ihm großen Spaß und mit der Zeit wuchsen er und Fetscher zu einem schlagkräftigen Team zusammen. Stein kümmerte sich um die medizinische und organisatorische Seite und Fetscher war für die ökonomische Optimierung der neuen Konzepte zuständig.
Stein fiel auf, dass Fetschers »Sozagen«-Tick mit der Zeit abklang und es freute ihn, seinen Teil dazu beigetragen zu haben, dass der Arbeitsdruck auf Hans und in der Folge auch dessen Tick nachgelassen hatten.
Innerhalb kurzer Zeit lief der Laden immer besser und Steins Hochgefühl steigerte sich in ungeahnte Höhen, als er erfuhr, dass der zuletzt ermittelte Gewinn bei 1,4 Millionen Euro lag. Wahnsinn: 11 Prozent davon und dazu noch das Grundgehalt! Das war wirklich unglaublich und führte im Folgenden dazu, dass Stein Hans gegenüber erst recht unbedingte Loyalität an den Tag legte.
Er ackerte wie ein Berserker, um sich dieses Einkommens als würdig zu erweisen und es gab so manche Nacht, in der er sich leise neben seine schon schlafende Frau ins Bett legte, um bereits ein paar Stunden später wieder Patienten zu behandeln.

Hans gab sich während dieser Zeit alle Mühe, verbindlich zu sein. Während der Arbeit herrschte ein sehr lockerer Umgangston, es wurde viel gelacht und im ersten Sommer besuchten die Ehepaare Stein und Fetscher sogar gemeinsam ein Konzert.

Bei dieser Gelegenheit lernten Stella und Stein auch Hans' Ehefrau Margret kennen. Margret war eine hochgewachsene Frau mit Gesichtszügen, die man durchaus attraktiv nennen konnte, schwarzen, langen Haaren, die meist in einem dicken Zopf zusammengebunden waren, und großen grünen Augen.

Man sah ihr an, dass sie in jüngeren Jahren eine sehr schöne Frau gewesen sein musste, allerdings hatten Alter und wohl auch gewisse Erlebnisse ihren Tribut gefordert und man meinte, wenn man sich länger mit ihr unterhielt, hinter der perfekten Small-Talk-Fassade eine unbestimmte Traurigkeit zu spüren.

Es wurde ein recht fröhlicher Abend, sodass die Steins einige Zeit später beschlossen, das Ehepaar Fetscher zum Essen zu sich nach Hause einzuladen, was gerne angenommen wurde.

Stella gab sich alle Mühe, sie war eine hervorragende Köchin, was Fetscher mehrmals anerkennend goutierte. Er schien ganz begeistert zu sein und ließ es sich nicht nehmen, das Haus der Steins ausgiebig zu besichtigen, wobei er weder Kinder- noch Schlafzimmer aussparte.

An diesem Abend konnte Stein noch nicht ahnen, dass Fetscher ihn aufmerksam taxierte, ihn wog und schließlich in sein Koordinatensystem einordnete, mittels dessen er jeden beurteilte.

Hans waren die beiden Autos auf dem Grundstück ebenso wenig entgangen wie der Umstand, dass Familie Stein sehr glücklich zu sein schien. Schließlich war auch nicht zu übersehen, dass Stein, der etwas älter als Hans war, mit seiner zehn Jahre jüngeren Stella eine sehr harmonische Ehe führte.

Ein paar Wochen danach trafen sich Stein und Fetscher auf ein Bier in einer Kneipe. Aus einem wurden zwei, drei, am Ende ganz viele und Stein fiel zum ersten Mal auf, welche unglaublichen Mengen an Alkohol Hans inkorporieren konnte, ohne wirklich betrunken zu wirken oder gar zu lallen.

Hans redete allerdings sehr viel und je später es wurde, umso mehr schwoll der Wust von Geschichten an, die er Stein um den Kopf schlug. Lustige und haarsträubende Geschichten, die immer auf einen einzigen Endpunkt zuliefen: den Hauptakteur Hans möglichst glänzend aussehen zu lassen. Hatte Stein zunächst noch amüsiert, ja zum Teil bewundernd zugehört, so ermattete er schließlich, war irgendwann nur noch höflich und versuchte, sich seine Ermüdung nicht anmerken zu lassen.

Das war das erste Mal, dass er Hans so erlebte. Es sollten noch viele weitere Male folgen, sodass Stein die Geschichten schließlich , genauso wie offenbar alle anderen Mitarbeiter der Firma, in- und auswendig kannte.

Besonders auf Betriebsfeiern ließ Hans seinem Redeschwall freien Lauf und Stein würde wohl nie die Weihnachtsfeier vergessen, bei der sich Hans stundenlang wechselweise Bier reinkippte und seine versammelten Mitarbeiter mit seinen Storys unterhielt, wobei er nicht bemerkte, dass ihn am Ende niemand mehr bewundernd ansah – manch einer kämpfte mit dem Schlaf, aber niemand wagte es, ihn zu unterbrechen.

Am Ende dieses ersten feuchtfröhlichen Abends standen beide zuletzt draußen bei Fetschers Motorrad. Torkelnd schwang er sich auf die Sitzbank und versuchte vergeblich, den Zündschlüsselschlitz zu treffen. Stein war entsetzt und versuchte, Hans davon abzuhalten, in diesem Zustand noch zu fahren. Das schien diesen aber nur noch mehr zu motivieren und so stocherte er unvermindert weiter mit dem Schlüssel in der Luft herum, während er zurückgab: »Weißt du Max, ich erzähle dir jetzt mal was. Ich hatte mal eine Freundin, das war meine große Liebe. DIE große Liebe, weißt du, die einzige. Ich war mit ihr in Amerika und da habe ich mit ansehen müssen, wie sie von einem Lastwagen totgefahren wurde. Vor meinen Augen! Ich konnte ihr nicht helfen. Seitdem ist mir, ehrlich gesagt, alles scheißegal. Alles.«

Betroffen schaute Stein dem schlingernden Motorrad nach.

Am nächsten Morgen saß Hans pünktlichst in der Morgenbesprechung. Hatte er einen Kater? Es war ihm nichts anzumerken.

Während der ersten Wochen bemerkte Stein einen älteren Arzt, der ab und zu einmal gesenkten Blickes durch die Firma schlich. Das sei der alte Chefarzt Hader, klärte ihn Frau Ertl, die langjährige Dame an der Patientenaufnahme, auf. Er erfuhr, dass dieser noch ein paar Monate bis zur Rente habe und bis dahin noch hier arbeite.

Als eines Tages das Gespräch darauf kam und Stein Hans nach Hader fragte, grinste dieser diabolisch. »Den habe ich da hinten in diesem Kabuff eingesperrt. Weißt du eigentlich, wie viel Kraft das kostet, einen Chefarzt in einen solchen Käfig zu sperren? Einen Chefarzt?!

Es gab hier auch mal einen Oberarzt, der hieß Prechtel. Der ist direkt von der Arbeit in der Klappsmühle gelandet, hähähä.«

Das Herumschleichen des alten Hader stand ein wenig im Gegensatz zu der Aufbruchstimmung, in welcher das Unternehmen sich befand. Alle waren motiviert und es machte Stein große Freude zu sehen, wie seine Arbeit langsam Früchte trug. Auch Hans wurde nicht müde, die ökonomischen Stellschrauben immer feiner zu justieren. »Max, ich habe einen Kumpel, der ist Steuerberater. Der hat mich auf eine grandiose Idee gebracht. ›Hans‹, hat er gesagt, ›das Krankenhaus ist doch gemeinnützig und zahlt deshalb keine Steuern, oder?‹ ›Ja klar‹, habe ich gesagt. ›Hans, eure Firma gehört doch zu 100 % dem Krankenhaus, oder?‹ ›Ja, klar‹, habe ich gesagt. ›Seid ihr denn auch gemeinnützig?‹ ›Nö‹. Darauf er: ›Du Idiot, weißt du nicht, dass Töchter von gemeinnützigen Unternehmen ebenfalls gemeinnützig sein können?!‹ Ich: ›Du meinst: steuerfrei?‹ Er darauf: ›Genau das!!‹«

Er blickte Stein triumphierend an, während dieser sich fragte, was das wohl für seine Gewinnbeteiligung bedeuten mochte. »Genau, Max«, Hans erriet Steins Gedanken, »genau: Wir zahlen keine Steuern und dein Gehalt wird explodieren! Ich hab das schon in die Wege geleitet, uns kann niemand aufhalten!« Bei diesen Worten blitzte die blanke Gier aus Hans' Augen.

In den Tagen, die auf dieses Gespräch folgten, legte sich Stein noch mehr krumm. Wie einfach doch alles war! Er konnte es nicht fassen!

Hans hatte eine Goldmine angebohrt und ihn, Max Stein, zum Partner beim Goldwaschen gemacht! Seine Dankbarkeit war grenzenlos. Ja, er bewunderte Hans! Hans, den kühlen Rechner, der immer recht hatte und immer gewann. Und der ihn dazu auserkoren hatte, sein Partner zu sein!

Stein sah Hans in diesen Monaten genau so, wie Hans sich selbst sehen wollte, nein: wie Hans sich selbst sah!

Ohne es zu bemerken, wurde Stein zu dem Spiegel, in dem Hans sich selbst bewunderte.

Eines Tages war es dann so weit: Hans wollte mehr. Er wusste, dass Stein nicht mehr zurückkonnte.

Es klopfte leise an Steins Tür. Durch den sich öffnenden Spalt schob sich ein Gesicht, dessen Züge härter als üblich wirkten. »Max, wir haben ein Problem«, begann er.

Max lehnte sich überrascht zurück und sah ihn fragend an.

Stein berichtete, dass der Krankenhausgeschäftsführer Appl vor einiger Zeit mit dem Geld aus einer schwarzen Kasse eine Arztzulassung, einen sogenannten Arztsitz, gekauft habe, also eine Art Lizenz, die erforderlich ist, wenn ein Arzt eine Praxis betreiben will. Nun werde so eine Zulassung in einem Krankenhaus nicht benötigt – das sei ja mehr etwas für eine Praxis, aber der Appl könne für das Krankenhaus mit dieser Zulassung eine weitere Firma eröffnen – vorausgesetzt, er kaufe noch eine andere Zulassung von einer anderen Fachrichtung, denn es sei ja vorgeschrieben, dass eine solche Firma aus zwei verschiedenen Fächern bestehen müsse. Eine derartige Firma sei schließlich ein Mittelding zwischen Arztpraxis und Krankenhaus und der Clou sei eben, dass ein Krankenhaus, das eigentlich keine Praxis betreiben dürfe, solch eine Firma gründen und besitzen könne. Dafür benötige es aber eben zwei Arztsitze.

Nun müsse der Appl handeln, da sonst diese Zulassung verfalle und womöglich auffliege, dass er am Aufsichtsrat vorbei einfach mal eben dreihunderttausend Euro dafür ausgegeben habe.

»Okay«, entgegnete Stein, »und wo ist jetzt das Problem für uns dabei?!«

»Mann, du kapierst es nicht, oder? Die wollen eine zweite Firma neben unserer! Und die Zulassung, die die kaufen wollen, ist eine chirurgische! Die Verhandlungen mit dem Arzt sind schon so gut wie abgeschlossen! Das müssen wir verhindern, denn dann ist Appl gezwungen, **uns** die schon vorhandene Zulassung zuzuschlagen – er braucht ja zwei und wenn er die zweite nicht kriegt, dann verfällt die, die er bereits hat. Und dann hätte er die Kohle, die er dafür bezahlt hat, in den Sand gesetzt! Das heißt, dass er mächtig unter Druck ist und dass er mich wird fragen müssen, ob wir den vorhandenen Sitz nicht in unsere Firma integrieren könnten, damit nichts rauskommt. Max, ich will, dass diese Zulassung zu uns kommt; die müssen wir mit der Brechstange zu uns holen!«

Im weiteren Verlauf erläuterte Hans seinen Plan und Max erfuhr, dass ihm die Rolle der Brechstange zugedacht war: Hans hatte in Erfahrung gebracht, wie viel Appl dem arbeitsmüden Chirurgen Schmid für seine Zulassung geboten hatte. Sein Plan war, dass sich jemand unter falschem Namen und falscher Identität als Rechtsanwalt an Dr. Schmid wenden und diesem suggerieren solle, im Mandantenauftrag dessen Zulassung kaufen zu wollen. Dieser Jemand solle dann einfach hunderttausend Euro mehr bieten als Appl. Dies werde Schmid dann sicher in Richtung Appl kommunizieren und wie er den Appl kenne, werde der dann die Verhandlungen abbrechen. Somit käme die bereits vorhandene Zulassung am Ende zu ihnen.

Stein musste nicht lange überlegen, wer der besagte »Jemand« sein sollte.

Er zögerte. War das nicht Betrug, Lüge, Täuschung? Würde man damit nicht den Eigner der Firma verraten und einen alten Kollegen prellen?

Hans erriet seine Gedanken. »Max, erinnere dich mal daran, wie viel du hier verdienst und wem du das zu verdanken hast! Wir haben die Wahl: Entweder wir ziehen hier ein ganz großes Ding auf oder wir kneifen, wenn es ernst wird, und kochen im gleichen Saft wie alle anderen. Max, ich brauche dich jetzt, sag mir, dass ich mich auf dich verlassen kann!«

Er warf Stein einen lauernden Blick zu.

Während sich Stein noch in Gedanken entsetzt fragte, welche Nummer denn jetzt plötzlich abgezogen werde, ertappte er sich dabei, wie er langsam nickte. »Okay, ich mach's«, hörte er sich sagen, woraufhin Hans ihm den Hörer in die Hand drückte. »Tu es. Tu es jetzt«, raunte ihm Fetscher zu.

»Praxis Dr. Schmid, Sie sprechen mit Angelika.« »Guten Tag, hier ist Rechtsanwalt Sporer, ich möchte bitte den Doktor sprechen.« Nach einer Pause meldete sich eine brüchige Männerstimme. Stein schlug einen offiziellen Ton an, sein Mandant habe ihn beauftragt, dreihundertfünfzigtausend Euro für Schmids Zulassung zu bieten, von der er sich ja offenbar trennen wolle. Schmid biss sofort an; es wurde ein weiteres Telefonat vereinbart, in dem Details besprochen werden sollten.

Das jedoch sollte nie stattfinden – wie Hans es vorhergesehen hatte, pokerte Schmid und verlangte von Appl mehr Geld. Dieser brach daraufhin erbost die Verhandlungen ab und wandte sich, durch den zunehmenden Zeitdruck bedrängt, verzweifelt an Hans. Ob dieser ihm nicht helfen könne. Nun ja, für eine solche Zulassung habe er eigentlich so gar keinen Bedarf, aber dem Appl könne er das ja nun nicht abschlagen. Aber es wäre schön, wenn der Appl sich zu gegebener Zeit an den Gefallen erinnern würde, den er, Hans, diesem damit erweise.

Am Abend dieses Tages fragte Stein sich zum ersten Mal ernsthaft, wem er da seine Arbeitskraft verkauft hatte. Nein, er fragte sich in Wirklichkeit, ob er dabei war, auch noch etwas anderes zu verkaufen.

Hans hatte ihm unmissverständlich klargemacht, dass die Zeit, in der die eine Hand die andere wäscht, nun angebrochen war.

Stein lag in der folgenden Nacht lange wach und dachte an Männerbünde und Initiationsriten. Diese Epsiode stieß ihn ebenso intensiv ab, wie sie ihn anzog. Dieses »Wir gegen den Rest der Welt!«, dieses »Elf Freunde sollt Ihr sein!«, gab es das wirklich?

Ist es nicht das, was sich alle Jungs und Männer ersehnen und doch nie bekommen?

Strebte Hans nach einem Männerbund aus furchtlosen Gesellen, die, mit ihm als Führer, durch alle Gefahren hindurchgingen und alle Feinde besiegen konnten, solange sie nur wie Pech und Schwefel zusammenhielten und ihm, dem Anführer, bedingungslos vertrauten?

Und war es das, was Stein wollte? Wohin würde es führen, wenn er jemandem vertraute, der mit solchen Wassern gewaschen war?

Und was war mit dem alten Mann, der nun leer ausgegangen war?

Er wischte die Zweifel beiseite. Warum war der alte Mann auch so gierig gewesen? War er nicht eigentlich selbst schuld?! Stein beschloss, sich nicht mehr mit diesen trüben Gedanken zu befassen; er konnte seine Handlung sowieso nicht ungeschehen machen.

In den darauffolgenden Monaten ließ Hans immer öfter seine freundliche Maske fallen und die Zahl der Gegner in den Reihen der Kollegen anderer Abteilungen des Krankenhauses nahm von Woche zu Woche zu.

Er lieferte sich einen brutalen Dauerkrieg mit den Chefs zweier anderer Abteilungen, Heil und Morscher, indem er diese mit schneidenden E-Mails provozierte und immer wieder heimlich bei der Geschäftsführung des Krankenhauses denunzierte. Oft nutzte er die Morgenbesprechungen, um mit dem Beamer in hämischer Absicht seine neuesten E-Mails an die Wand zu werfen, und beglückte eine stetig wachsende Anzahl von Mitarbeitern der Firma mit einer Art Doku-Mobbing-Soap, indem er in loser Folge über den Fortgang der Ereignisse berichtete. Dabei schien es ihn nicht im Entferntesten zu beunruhigen, wenn seine Gegner zurückschlugen. Im Gegenteil, es spornte ihn an, zumal er wusste, dass er beim Intrigieren immer die Nase vorn haben würde. Es schien, als bereite es ihm das größte Vergnügen, wenn er den anderen Schläge unter die Gürtellinie versetzen konnte. Dabei ging es ihm offenbar nicht etwa darum, sich bei irgendeiner Frage durchzusetzen, sondern lediglich um den Vorgang an sich. Er schien aus der Tatsache, jemanden ärgern, ja quälen zu können, den höchsten Lustgewinn zu ziehen.

Der professorale Heil war Hans' Taktik hoffnungslos unterlegen. Zunächst hatte Heil darauf vertraut, dass seine Stimme als Älterer und Professor mehr Gewicht bei der Geschäftsführung haben würde. Das war ein Trugschluss, weil Klinikleiter Appl schon lange darauf wartete, den arroganten Herrn Professor demontieren zu können. Heil übersah einfach, dass es für eine Krankauhausverwaltung von unschätzbarem Wert ist, wenn die leitenden Ärzte sich untereinander streiten. *Divide et impera.* So kann man seine Macht weiter ausbauen. Sie ließen Heil also im Regen stehen und Hans konnte sich immer wieder als strahlender Sieger in Pose setzen. Wurde es mal eng, so verwies er auf die immens steigenden Gewinne der Firma und seine Funktion als »Cashcow« – »Sie wollen ja wohl nicht dem Einzigen ins Bein schießen, der hier derartige Gewinne macht?!«

Der Krieg eskalierte auch deshalb, weil Hans damit begonnen hatte, Ärzte aus anderen Abteilungen heimlich abzuwerben. Er wählte dabei immer diejenigen, die für ihre Chefs besonders wichtig waren. Sein Vorgehen war stets das gleiche: Er suchte das vertrauliche Gespräch mit den Kollegen und bot ihnen ein Super-Einkommen ohne Nacht- und Wochenenddienste. Hatte er sie »weich gekocht«, einigte man sich zunächst mit Handschlag. Um von der Geschäftsführung nicht dafür zur Rechenschaft gezogen werden zu können, andere Abteilungen und damit das Krankenhaus zu schädigen, verständigte man sich auf folgendes weitere Prozedere: Die Kollegen teilten ihren Chefs mit, dass sie ein lukratives Angebot von einer Praxis bekommen hätten und daher nun das Krankenhaus verlassen würden.

Wenig später sprach Hans, der das »rein zufällig« mitbekommen hatte, mit Appl oder Bollmann und bat untertänigst darum, versuchen zu dürfen, solch einen wertvollen Mitarbeiter am Haus – und sei es in der Firma, die ja als Tochter irgendwie auch zum Krankenhaus gehöre – zu halten. Und: oh Wunder! Die Kollegen entschieden sich daraufhin plötzlich gegen die lukrative Praxis und heuerten bei Hans an, der sich so wieder einmal als Retter in Szene setzen konnte.

Das funktionierte zunächst bei Stefan Zung, später bei Knörzer und Brunner, die er seinen Intimfeinden ausspannte, und schließlich noch bei Pummer.

Sie alle, erfahrene Meister ihres Faches, ließen sich erstaunlicherweise von Hans dazu überreden, in der Firma als kleine Ausbildungsassistenten ganz von vorn anzufangen.

Das veranlasste Stein zu dem Ausruf, dass Hans wohl auch ein Auto an einen Blinden verkaufen könne, de facto lag es aber sicher hauptsächlich an den pekuniären Erwartungen, die dieser bei den Kollegen geweckt hatte.

Wie sehr die Relation zwischen Arbeitszeit und Einkommen eine Rolle gespielt haben musste, konnte Stein auch daran erkennen, dass Pummer eigentlich durchgängig seinem alten Job hinterhertrauerte, der ja so viel interessanter gewesen sei, und Brunner die Krebsbehandler wiederholt als »Sesselpuper« titulierte.

»Motivation sieht anders aus«, dachte Stein bedauernd und erinnerte sich mit Grausen an Hiebl und Stenner.

Den kleinen Makel, dass nur zwei ausgebildete Ärzte auf letztendlich vier Auszubildende kamen, vertuschte Hans, indem er an deren Büros und Arztkittel Schilder mit der Bezeichnung »Facharzt« anbringen ließ. Das erlernte Fach, das üblicherweise ebenfalls genannt wurde, ließ er einfach weg. So wurde suggeriert, dass es sich um Krebsspezialisten handle, wohingegen die Kollegen de facto Fachärzte in völlig anderen Fächern, in der Krebsbehandlung aber absolute Anfänger waren. Das sollte vor allem bei den Patienten Vertrauen schaffen.

Der ehemalige Chef von Zung und Pummer, Professor Oswald, ein dürres Männchen mit krausem Haar und einer dicken Brille, von dem man munkelte, er beherrsche nur einen Bruchteil seines Faches, sprach wegen dieser Vorgänge eines Tages bei Hans vor – zufällig war Stein dabei anwesend.

Oswald stürmte wutentbrannt in Hans' Büro und beschuldigte diesen, ihm seine besten Leute abzuwerben. Hans musterte ihn kühl »Vielleicht liegt es ja an Ihnen, Herr Oswald, dass die Leute gehen. Nach allem, was man so hört, beherrschen Sie ihr Fach ja noch nicht einmal richtig. Wie können Sie dann glauben, gute Leute halten zu können?!«

Stein traute seinen Ohren nicht, als Oswald zurückgab, nun ja, er habe zwar ziemliche fachliche Lücken, aber ganz so schlimm sei es ja mit ihm nun auch wieder nicht.

Er war also gleich beim ersten Treffer versenkt worden und es wurde im Laufe des Gesprächs nicht besser. Hans rief extra zu diesem Zweck in seinem PC gespeicherte fachliche Fehler von Oswald auf und hielt sie diesem genüsslich unter die Nase. Der wurde immer kleinlauter und entschuldigte sich schließlich vielmals für die Störung, bevor er mit hängenden Schultern zur Tür hinausschlich.

Wieder einmal musste Stein erleben, dass es Hans ganz offensichtlich ein ganz besonderes Vergnügen bereitete, jemanden coram publico zu demütigen.

Dabei legte Hans eine derart ausgeklügelte und heimtückische Bösartigkeit an den Tag, die immer von einer so perfekten Vorbereitung auf den jeweiligen, wie er es nannte, Präzisionsschlag flankiert wurde, dass er seine Opfer jedes Mal überrollte, selbst wenn diese ihm eigentlich ebenbürtig waren. Wurde es doch einmal eng, so spielte er sein überragendes rhetorisches Talent aus.

Es faszinierte Stein, zu erleben, wie Hans seine Opfer jedes Mal in Sicherheit wiegte, sie umschmeichelte, ihnen zu ihrem größten Erstaunen recht gab, nur um dann auf einmal umso härter zuzuschlagen.

Es war Hans' große Stärke, dass er immer akribisch vorbereitet war, und Stein begriff mit der Zeit, dass Hans zu jenen Menschen zählte, die permanent im Angriffsmodus sind, weil sie das Gefühl haben, von Feinden umzingelt zu sein.

Dabei war er ein Mensch, bei dem Stein, trotz aller Faszination, die Hans auf ihn ausübte, zunehmend das Gefühl hatte, dass dieser von innen heraus erfröre, ein Mensch, dessen wüste innere Leere sich schließlich mit kalter Bösartigkeit gefüllt hatte. Mit der Zeit gewann Stein immer mehr den Eindruck, dass die permanente Nähe zu Hans ihn schließlich selbst innerlich erstarren lassen könnte.

Immer öfter schien durch Hans' Grundmisstrauen gegenüber allen anderen auch handfeste Paranoia durch.

So war zum Beispiel das Büro eines der neuen Ärzte durch eine Tür mit Hans' Büro verbunden. Jedes Mal, wenn Stein bei Hans war, senkte dieser irgendwann im Verlauf des Gesprächs seine Stimme. »Hörst du das?«, flüsterte er. »Äh, was, nö, was sollte ich denn hören?« »Eben hat man den Stefan noch drüben gehört, jetzt ist alles ganz still. Das ist immer das Gleiche: Sobald hier in meinem Zimmer jemand ist, wird es drüben ganz still – der belauscht mich!«

Später behauptete Hans, dass der besagte Kollege sich heimlich an seinem Computer zu schaffen mache, wenn er nicht in seinem Zimmer sei.

Stein kam das alles reichlich absurd vor, zumal Hans es offenbar auch nicht fertigbrachte, mit Stefan Zung darüber zu reden, und kam zu dem Schluss, dass einer von beiden ganz offensichtlich einen Sprung in der Schüssel hatte.

Mit der Zeit erreichten diese Vorstellungen von Hans ein derartiges Ausmaß, dass schließlich entschieden wurde, die Zwischentür zuzumauern.

Während es also in Hans' Naturell lag, jedem tiefes Misstrauen entgegenzubringen, gab er sich nach außen hin zumeist sehr jovial. Er liebte den Small Talk und blühte in jeder Gesellschaft auf, wenn er seine kurzweiligen Anekdoten vor einem Publikum, das ihn noch nicht kannte, zum Besten geben konnte.

Seinen Mitarbeitern gegenüber bemühte er sich darum, menschlich und gütig zu erscheinen, was zumindest bei jenen Erfolg zeitigte, die ihn noch nicht so lange kannten. Bei den Älteren gab es im Wesentlichen zwei Parteien: diejenigen, die ihm absolut ergeben waren, und diejenigen, die schweigend und mit einer gewissen Distanz ihrer Arbeit nachgingen. Zu schmal war jenen offenbar der Grat zwischen der geforderten absoluten Loyalität und dem Stigma des Verräters, das man plötzlich und ohne eigenes Verschulden eingebrannt bekommen konnte.

Und zu oft hatten sie erleben müssen, wozu Hans fähig war.

Ein junger Mitarbeiter beging eines Tages den Fehler, über seinen Facebook-Account ein Konzert seiner Band anzukündigen, obwohl er an diesem Tag krankgeschrieben war.

Zugegebenermaßen war dies nicht gerade die feine englische Art; aber es war bezeichnend, wie Hans daraufhin das Problem löste.

Er spendierte zwei Damen aus dem Personalbüro Karten für das Konzert, die sich auf seine Kosten einen netten Abend machen durften.

Als der Mitarbeiter dann wieder »gesund« war, wurde er zum Chef zitiert und mit dem Vorgang konfrontiert. Natürlich stritt er alles ab. Er sei krank gewesen und habe gar nicht spielen können. Nun wurden die beiden Damen theatralisch ins Zimmer gerufen und, voilà, das Lügengebäude zum Einsturz gebracht. Resultat: fristlose Kündigung. »Außerdem«, so Hans, »werde ich dafür sorgen, dass er noch nicht einmal sein restliches Gehalt bekommt. Der lernt jetzt ganz bitter, was es heißt, mich zu hintergehen.«

Ein Taxifahrer streifte eines Tages das auf dem Parkplatz vor der Firma geparkte Motorrad von Hans. Die Sekretärin beobachtete ihn dabei, wie er aus dem Auto stieg, sich den Schaden besah und dann einfach davonfuhr. Natürlich wurde der Vorgang umgehend Hans gemeldet, der sich den – geringen – Schaden besah und daraufhin auf Rache sann.

Wie es danach weiterging, erzählte er einige Tage später feixend in der Morgenbesprechung: »Ich hab den dann beim nächsten Mal abgepasst und ihn zur Rede gestellt. Er war ziemlich zerknirscht, obwohl der Schaden, das muss man ja ehrlich zugeben, ziemlich gering war. Ich hab ihm dann einen ordentlichen Schrecken eingejagt, indem ich ihm angedroht habe, seinen Chef zu informieren. Er hat ziemlich gebettelt, dass ich das nicht tun soll, hähähä. Ich habe ihm gesagt, dass es einen Weg gäbe, das zu vermeiden – indem er mir mein Motorrad abkauft; natürlich zu einem entsprechenden Preis, hähähä. Da hat er ziemlich dumm aus der Wäsche geschaut und gemeint, er brauche eigentlich kein Motorrad und habe eigentlich auch kein Geld dafür, aber ich habe ihm dann sehr überzeugend klargemacht, dass das der einzige Weg sei, um zu vermeiden, dass er wegen Fahrerflucht seinen Job verliere. Also hat er jetzt ein Motorrad und ich habe mir schon ein neues bestellt ... Der wird in Zukunft sicher sehr vorsichtig fahren, hähähä.«

Während Heil und Morscher auf der einen und Fetscher auf der anderen Seite nun also weiter und mit steigender Intensität aufeinander eindroschen und die Geschäftsleitung amüsiert dabei zusah, kündigte sich in der Klinik hoher Besuch an: ein Trupp Fachexperten, der alle Abteilungen, die an der Krebstherapie teilnahmen, zertifizieren sollte. Von diesem Besuch hing für die Klinik viel ab, denn bei einem positiven Bescheid würden die Krankenkassen jährlich eine halbe Million mehr bezahlen.

Vor dem Besuch wurde allen Verantwortlichen von der Geschäftsleitung und der extra ins Leben gerufenen Task Force eingeschärft, wie wichtig es sei, die Zertifizierung zu bekommen.

Wochenlang wurden alle relevanten Abteilungen darauf getrimmt, sodass man schließlich, als der entscheidende Tag anbrach, recht zuversichtlich gestimmt war.

Die Fachexperten nahmen sich nun Abteilung für Abteilung vor und eigentlich lief alles nach Plan.

Leider hatten Heil und Morscher aber offenbar beschlossen, diesen Tag zu nutzen, um Hans Fetscher zu versenken.

Dieser hatte im Hinblick auf die Anforderungen der Zertifizierungskommission an die Firma zum Teil ziemlich getrickst. So waren zum Beispiel drei ausgebildete Ärzte vorgeschrieben, de facto gab es aber nur zwei.

Heil und Morscher hatten die von Hans auf dem Zertifizierungsbogen gemachten Angaben allem Anschein nach auf ihren Wahrheitsgehalt abgeklopft und trugen die Ergebnisse ihrer Bemühungen nun genüsslich in der Abschlussbesprechung vor.

Morscher und Hans lieferten sich daraufhin ein äußerst scharfes Wortgefecht, was den protokollführenden Zertifizierer später zu dem resignierten Eintrag veranlasste, dass das Verhältnis der beiden nur mit dem Wort »zerrüttet« beschrieben werden könne.

Das alles führte dazu, dass der Dampfer, der bereits auf den sicheren Hafen zusteuerte, nun noch einmal gehörig ins Schlingern geriet und die halbe Million in schwerer See zu versinken drohte.

Aber Hans Fetschers rhetorische Fähigkeiten retteten schließlich nicht nur ihn, sondern ließen ihn vor der Krankenhausleitung auch als loyalen Chefarzt dastehen – im Gegensatz zu Heil und Morscher, die mit dieser Aktion mal wieder ein Eigentor geschossen hatten.

Aber Hans wäre nicht Hans gewesen, wenn er nicht auch noch zum Gegenangriff übergegangen wäre.

In der nächsten internen Morgenkonferenz erzählte er feixend, wie er die verdutzten Zertifizierer am Ende des Tages zur Seite genommen und sie über Heil und Morscher aufgeklärt habe. Der Morscher, das sei ja der »Hund« vom Heil, der tue alles, was der Heil wolle.

Die Zertifizierer hätten sich daraufhin eifrig Notizen gemacht und es sei davon auszugehen, dass nun seine beiden Kontrahenten die Schuld an den Turbulenzen zugewiesen bekämen, er hingegen aber besser als zuvor dastehe. Denn das habe er auch dem Bollmann und dem Appl gesagt: Wie könne man so illoyal sein und an einem so entscheidenden Tag auf derart perfide Weise das Krankenhaus schädigen?!

Der Umstand, dass Hans die Kommission tatsächlich zu täuschen versuchte, schien niemanden wirklich zu interessieren, was Steins seit Langem bestehende Zweifel an dem Sinn der ganzen Zertifiziererei nicht gerade zerstreute.

Wenig später kam dann der denkwürdige Tag, an dem Hans wieder einmal an einer der abteilungsübergreifenden Tumorkonferenzen, auf denen die Therapiekonzepte der Patienten zwischen den einzelnen Fachdisziplinen aufeinander abgestimmt wurden, teilnehmen wollte – eine Aufgabe, die er normalerweise an Stein delegierte.

Aus verschiedenen zuverlässigen Quellen wurde später berichtet, wie Heil erbleichte, als Hans unvermittelt und mit einem breiten Grinsen den Raum betrat. Nachdem er eine Weile angestrengt darum gerungen hatte, seine Fassung wiederzuerlangen, sprang er auf und fuhr Hans an »Sie will ich hier nicht sehen. Verlassen Sie sofort den Raum, Sie sind weder eingeladen noch willkommen!«

Diese Begrüßung schien sogar Hans ein wenig zu verunsichern und er verließ wortlos den Raum, während es den anderen Teilnehmern der Konferenz die Sprache verschlagen hatte. Ein Chefarzt hatte einen anderen Chefarzt vor versammelter Mannschaft rausgeschmissen! Das hatte man noch nie erlebt.

Hans interpretierte das Ereignis in gewohnter Manier schnell als eine weitere Niederlage von Heil und kam den zu erwartenden Gerüchten zuvor, indem er andertags in der Morgenkonferenz seine ganz spezielle Sicht auf die Dinge zum Besten gab.

Leider hatte Heil aber nun beschlossen, auch die Mitarbeiter von Hans Fetscher in die Fehde einzubeziehen, und so bekam dies Stein, welcher als Vertreter seines Faches an den Konferenzen teilnehmen musste, sehr deutlich zu spüren.

Allerdings hielt es Stein für äußerst unangebracht, nun für die Taten von Hans büßen zu müssen, was er auch sehr deutlich kommunizierte, sodass Heil schnell wieder von ihm abließ.

In einem klärenden Gespräch unter vier Augen verlieh Heil schließlich seiner Verzweiflung über das Verhalten von Hans Ausdruck. Und Stein war tatsächlich etwas beklommen, als Heil ihm von seinem kürzlich erlittenen Kreislaufkollaps erzählte, den er auf diesen Zwist zurückführte. »Ich verstehe diesen Mann nicht!«, rief er aus. »Ich habe ihm so viele goldene Brücken gebaut und habe immer wieder versucht, konstruktiv mit ihm zusammenzuarbeiten. Aber dann kommen immer diese schrecklichen, ja infamen E-Mails, die er auch immer gleich ›an alle‹ versendet! Immer spinnt er neue Intrigen gegen mich! Und wenn ich die Geschäftsleitung bitte, zu intervenieren, dann stellt er sich hin und sagt: ›Ich bin doch die Cashcow!‹ Und dann halten alle die Hand über ihn! Der kann sich das alles nur erlauben, weil er so viel Geld erwirtschaftet! Jedes Mal, wenn ich ihm meine Hand hinhalte, schlägt er drauf! Ich kann mit diesem Menschen einfach nicht, ich will ihn nicht mehr sehen!«

Betreten erzählte Stein in der Morgenbesprechung von diesem Gespräch und davon, dass Heil in dem Streit mit Hans den Grund für seinen Kreislaufkollaps sah.

Hans grinste so breit, dass man seine weißen Zähne hinter dem Oberlippenbart aufblitzen sah: »Hmmm, dann muss ich ihn wohl noch etwas mehr ärgern, damit es das nächste Mal nicht nur ein Kollaps ist …«

Es war bezeichnend für den hohen Grad der Verrohung, den die Ärzte zu diesem Zeitpunkt durch die allmorgendliche Berieselung schon erreicht hatten, dass bei diesem Satz alle lachten – auch Stein.

Die tägliche Morgenbesprechung war der Dreh- und Angelpunkt des Tages, ein für die Ärzte unvermeidbarer Termin, an dem Fälle besprochen wurden, an dem Hans aber vor allem mindestens genauso lange schwadronieren konnte.

Dabei liebte er es, neue Pläne und Strategien vorzustellen. Stein kam es oft so vor, als werde wöchentlich eine neue Sau durchs Dorf getrieben. Neue Ideen wurden oft bis in Detail durchdacht und ausgearbeitet vorgestellt, nur um dann, wenn alle fest daran glaubten, dass sie bald umgesetzt würden, nie wieder erwähnt wurden. Das war zunächst sehr anstrengend, musste aber irgendwann unweigerlich dazu führen, dass man das alles nicht mehr so recht ernst nahm. Ein Umstand, der Hans natürlich auch nicht verborgen blieb, weshalb er teilweise sehr manipulativ vorging und selbst vor glatten Lügen nicht zurückschreckte, um seine Ziele – Beeindrucktsein und Gehorsam – zu erreichen. Die Emotion, die dabei am häufigsten hervorgerufen wurde, war – Angst.

Oft zwinkerte er Stein hinterher im Gespräch unter vier Augen zu und meinte lapidar »Okay, das war jetzt nicht unbedingt tatsächlich so, aber ich muss die Jungs halt schon immer ein wenig trimmen. Und es geht ja auch um dein Einkommen! Du weißt ja, wie hoch das ist …«

Stein war schon seit Längerem aufgefallen, dass Hans in der Morgenbesprechung vor allem in Anwesenheit der jüngeren Ärzte immer häufiger eine regelrecht martialische Sprache benutzte. Wenn er über seine neuesten Streiche informierte, dann waren Gespräche oft »ruppig«, von ihm als Affronts empfundene Vorfälle wurden »blutig gerächt«, Dinge »mit der Brechstange« durchgesetzt, man kämpfte »bis aufs Messer« miteinander und ein Verräter wäre »tot«. Und immer öfter fiel der Hinweis, dass alles »hier in diesem Raum« bleiben müsse, weil man von Neidern und Feinden umgeben sei und der Bollmann sowieso nicht informiert, sondern lediglich manipuliert werden dürfe. Die Welt bestand aus Feinden und hier, im inneren Zirkel, gab es ein paar verschworene Kämpfer, die sich dagegen behaupten mussten.

Diese Sprachbilder verfehlten nicht ihre Wirkung auf die Jüngeren und es belustigte Stein, wie sich selbst Kollegen wie Roland Brunner, der zu Hause allen Ernstes gerne Blumen malte und Tischdecken häkelte, oder der aalglatte Pummer (Stein hatte ihn »Teflon-Pummer« getauft) diese Art, über Menschen und Ereignisse zu sprechen, zunehmend zu eigen machten.

Natürlich machte diese Entwicklung auch nicht davor halt, wie Patienten von den Ärzten gesehen wurden, und es kam immer öfter vor, dass in der Besprechung zur allgemeinen Erheiterung die jeweiligen Fälle mit sarkastischen oder zynischen Bemerkungen gespickt vorgestellt wurden.

Es entspann sich in dieser Disziplin schließlich ein derartiger Wettstreit, dass Hans die Kollegen ermahnen musste, diese Äußerungen nicht auch noch schriftlich in der Patientenakte festzuhalten – denn immerhin werde das ja auch hin und wieder mal extern überprüft.

Mit der Zeit jedoch schien Hans sein Ziel zu erreichen: Mochte manch einer zu Beginn noch ein wenig auf Distanz gegangen sein, gelang es ihm nach und nach augenscheinlich, eine Truppe zu schmieden, die ihm im Hinblick auf die Belange der Firma und seine diesbezüglichen Ziele bedingungslos folgte.

Er hatte ihr ein »Wir-gegen-den-Rest-der-Welt-Gefühl« eingeimpft.

Hierbei half ihm, dass er nicht zu viel versprochen hatte: Die Gewinne der Firma und damit auch die Einkommen der Ärzte, die sämtlich am Erfolg der Firma beteiligt waren, stiegen unaufhörlich.

Ein dickes Portemonnaie kann schon sehr hilfreich dabei sein, seine Zweifel zu vergessen. Eine Erfahrung, die mittlerweile offenbar nicht nur mehr Stein machte.

Andererseits wurde auch den Neuen, nicht allein aufgrund von Hans' Kämpfen mit der äußeren Welt, sehr schnell klar, dass man auch im Hinblick auf seine Drohungen zuverlässig auf ihn zählen konnte.

Kollege Grotzke machte eines Tages den für ihn verhängnisvollen Fehler, ohne Wissen von Hans einen Gesprächstermin mit Bollmann zu vereinbaren.

Bollmann hatte prompt nichts Besseres zu tun, als Hans unverzüglich darüber zu informieren, und schon war die »Kacke am Dampfen«.

Es ging, wie Grotzke Stein später erzählte, um völlig banale Dinge, aber allein die Tatsache, dass Hans nicht im Vorfeld über das Gespräch informiert worden war, ließ ihn mehrmals und sehr drohend das Wort »Verrat« in den Mund nehmen. Blutig werde er sich an Grotzke rächen, weil dieser ihn hintergangen habe; er werde allen zeigen, was es heiße, an ihm Verrat zu üben.

Und tatsächlich: Grotzke wurde von Hans im Rahmen der nächsten Morgenbesprechungen nach allen Regeln der Kunst gedemütigt.

Dabei lief es so ab, dass eigens erhobene Statistiken, aus denen ganz klar hervorging, wer der schwächste ärztliche Mitarbeiter war, an die Wand projiziert wurden – wer erwirtschaftete unterdurchschnittlich viel und schädigte damit das Unternehmen und damit auch die Kollegen?! Und wer ging oft schon früher nach Hause, während die anderen noch für ihn mitarbeiteten? Und wer erfrechte sich jetzt wohl auch noch, die Segnungen der Firma, die andere für ihn mit erwirtschafteten, für selbstverständlich zu halten und sich auf den Lorbeeren anderer auszuruhen? Und denjenigen, dem man hier alles zu verdanken hatte, zu verraten? Ausgerechnet bei Bollmann, dem natürlich nichts anderes einfiele, als Probleme zu machen?

Stoisch ertrug Grotzke die Folter. Mehrmals versuchte er, recht sachlich Einwände zu bringen, wofür ihm Stein ehrlichen Respekt zollte, wurde aber sofort niedergebrüllt. Denn auch das war Hans. So zuckersüß er bei Frauen sein konnte, so eloquent hakenschlagend bei Diskussionen mit Mächtigeren: Niemand konnte mit Mimik, Lautstärke und Wortwahl so brutal zuschlagen wie Hans, wenn er glaubte, sich das bei Menschen, die hierarchisch unter ihm standen, konsequenzenlos erlauben zu können. Und niemand wagte es in einem solchen Moment, sich Hans in den Weg zu stellen.

Auch Stein nicht.

Auch legte niemand zumindest heimlich die Hand auf Grotzkes Schulter.

Auch Stein nicht.

Irgendwann nach vielen Tagen ließ Hans von seinem Opfer ab und Stein wurde den Verdacht nicht los, dass diese Show von Hans auch aus Berechnung inszeniert worden war: Hans wollte allen seine Foltermittel zeigen, wollte ihnen allen klarmachen, was passieren würde, falls jemand seine Regeln brechen sollte.

Und er war extrem erfolgreich damit.

Und dennoch nagte es an Stein. Das lag nicht nur daran, dass sein Bild von Hans immer mehr Risse bekam. Das ging tiefer. So ging man einfach nicht mit Menschen um!

Wenn jemand einen Fehler gemacht hatte, dann konnte man ihm das unter vier Augen sagen und ihn auffordern, das wieder hinzubiegen oder es in Zukunft besser zu machen.

Aber es war etwas ganz anderes, wenn man bewusst und mit voller

Absicht versuchte, das Selbstwertgefühl eines anderen Menschen zu zerstören. Niemand gab ihm das Recht dazu.

Stein begann, sich schuldig zu fühlen. Hätte er nicht aufstehen und Hans Einhalt gebieten müssen? Andererseits: Hatte er es nicht schon immer bereut, wenn er sich in solchen Situationen für andere eingesetzt hatte? Meist gerät man dann selbst ins Fadenkreuz, das eigentliche Opfer verpisst sich und letztendlich ist man selbst dann der Dumme. So läuft das doch immer! Und warum nur hatte sich Grotzke nicht selbst vehementer verteidigt?!

Am Ende blieb eine tiefe Enttäuschung über Hans zurück. Vielleicht war es auch Trauer.

»Auch nur ein Mensch«, dachte Stein.

Der Nächste, den Hans durch die Mangel drehte, war Wolfgang Knörzer. Eigentlich ein alter Weggefährte von Hans – man kannte sich noch aus Studienzeiten –, hatte er dessen Unwillen erregt, weil er sich nicht schnell genug in die richtige Richtung trimmen ließ.

Knörzer war deutlich älter als die anderen Assistenten und eigentlich in einem anderen Fach zu Hause. Er war einer dieser Typen, die, ein wenig behäbig, immer etwas zu jammern haben, und so war es Hans nicht schwergefallen, ihn für die Firma zu gewinnen: Die Aussicht auf eine bessere Bezahlung bei weniger Arbeit war für Knörzer ein sehr überzeugendes Argument gewesen. Schließlich hatte man ja wirklich lange genug Nacht- und Wochenenddienste geschoben!

Da spielte es auch keine große Rolle, dass man in einem völlig anderen Fach noch mal ganz von vorne anfangen musste.

Das dachte er jedenfalls.

Er hatte allerdings ziemlich schnell feststellen müssen, dass ihn die Materie eigentlich gar nicht interessierte. Daher hatte er offenbar beschlossen, als eine Art unauffälliger Mitläufer die ungewohnte Arbeit über sich ergehen zu lassen, ohne sich übermäßig zu engagieren. Er tat dies mit einer gewissen Professionalität, die verriet, dass er im Herumschlängeln über langjährige Routine verfügte, versäumte es jedoch nicht, bei Stein und den anderen immer mal wieder zu erwähnen, wie sehr er doch sein altes Fach vermisse. Insgesamt gab ihm Stein eine ganz passable A-Note bei deutlichen Abzügen in der B-Note.

Knörzer plante offenbar, sich auf diesem Niveau für die restlichen Jahre bis zur Rente einzurichten, hatte dabei aber leider die Rechnung ohne Hans und dessen internes Zuträgersystem gemacht.

Falls er überhaupt jemals ins Kalkül gezogen haben sollte, dass das geringe Ausmaß seines Engagements Hans missfallen könnte, dann hatte er sich wohl darauf verlassen, dass die alte Verbindung zwischen ihnen diesen über vieles hinwegsehen lassen würde.

Die Sache mit Grotzke hätte eigentlich ein Warnsignal für ihn sein können, aber er spielte weiterhin unverdrossen den indolenten Minimalisten.

Es begann damit, dass Knörzer jeden Tag ein paar Minuten zu spät zur Morgenbesprechung erschien. Hatte er anfangs noch wahlweise einen Stau oder seinen unruhigen Darm als Gründe angeführt, so versuchte er später, als er meinte, dass Hans sich damit abgefunden hätte, sich möglichst unauffällig in die laufende Veranstaltung zu setzen.

Hans registrierte das sehr genau, führte ein paarmal beiläufig an, dass die Besprechung um acht Uhr begönne, um dann eines schönen Morgens die Samthandschuhe abrupt auszuziehen.

Wie in solchen Fällen üblich hatte sich Hans bestens darauf vorbereitet, hatte diverse echte oder vermeintliche Fehler von Knörzer gesammelt und seine Schwachstellen genauestens analysiert.

Nachdem er nun also mit gespielter Freundlichkeit auf den pünktlichen Beginn der Besprechung verwies und Knörzer noch dachte, es reiche aus, sich wegzuducken, ging es plötzlich erst richtig los.

»Weißt du, Wolfgang, ich glaube, ich sollte dir mal klarmachen, wo du hier eigentlich stehst. Wenn ich mir das so anschaue, was du hier so machst, dann muss ich sagen: Das ist echt scheiße.« Es folgte eine akribische Aufzählung aller tatsächlichen oder unterstellten Versäumnisse Knörzers in den vorangegangenen Wochen. Dabei ging es gar nicht um die Einzelheiten. Das eigentliche Ziel war klar: Knörzer sollte maximal eingeschüchtert werden. »Du bist jetzt schon seit geraumer Zeit hier und hast es immer noch nicht geschafft, dir die einfachsten Dinge anzueignen. Du machst immer noch extrem viele und saublöde Anfängerfehler und ich habe nicht das Gefühl, dass du überhaupt irgendwelche Fortschritte gemacht hast. Du hast offenbar gar keine Lust, hier was zu lernen.«

Knörzer war ziemlich perplex und versuchte unbeholfen, sich zu verteidigen. Das hatte Hans natürlich erwartet – er herrschte ihn an: »Lüg mich nicht an, Wolfgang! Lüg mich nicht an!!!«

Knörzer wurde rot und schwieg. Schneidend fuhr Hans fort: »Weißt du, wir machen das jetzt mal so: Du wirst ab jetzt so lange alleine in dem Kabuff dort hinten sitzen und die Therapien planen, bis ich der Meinung bin, dass es mit dir aufwärtsgeht. Alle anderen machen ab jetzt keine Therapieplanungen mehr – das machst nur noch du. Solange, bis du das kannst. Und es wäre im Übrigen wirklich besser für dich, wenn du in Zukunft pünktlich zur Besprechung kommst. Man sollte von einem Arzt erwarten, dass er begreift, wann sein Arbeitstag anfängt.«

Es war vor allem auch der abfällige, ja abwertende Tonfall, der Knörzer die Schamesröte ins Gesicht trieb. Er rang ganz offensichtlich um Fassung, wagte es aber nicht mehr, darauf zu antworten.

Stein blickte in die Runde. Alle Ärzte starrten betreten zu Boden. Niemand sagte ein Wort, während es eine kleine und wohl ebenfalls kalkulierte Ewigkeit dauerte, bis Hans mit gespielter Freundlichkeit die Besprechung beendete.

Während sie schweigend in ihre Zimmer gingen, sah Stein gerade noch, wie Wolfgang Knörzer in der Toilette verschwand; er hatte Tränen in den Augen.

Stein steckte noch immer die Sache mit Grotzke in den Knochen und dieses Mal beschloss er, Hans auf sein Verhalten anzusprechen.

Ohne Umschweife betrat er dessen Zimmer. »Hans, bei allem Respekt, ich finde, so geht man mit erwachsenen Menschen nicht um. Es mag ja sein, dass es bei Wolfgang Verbesserungs- oder Motivationsbedarf gibt. Aber findest du nicht auch, dass man so etwas zunächst einmal unter vier Augen klären sollte? Das hast du doch gar nicht versucht! In der Sache gebe ich dir ja recht, aber du kannst doch einen erwachsenen Mann nicht vor allen anderen dermaßen demütigen. Rede doch erst mal mit ihm; wenn er dann auf Durchzug schaltet, dann kannst du ihm ja immer noch die Daumenschrauben anlegen. Aber das glaube ich nicht. Dem hätte man doch einfach nur mal klarmachen müssen, dass seine Herumschlängelnummer bei uns nicht zieht. Das gerade eben war eine öffentliche Hinrichtung. War das nötig?«

Hans grinste ihn an. »Also, mir hat das Spaß gemacht. Ich bin außerdem der Meinung, dass ein Akademiker das aushalten muss. Außerdem sollst du mal sehen, wie der jetzt springen wird.«

Knörzer saß seit diesem Tag immer als Erster im Besprechungsraum. Danach sah man ihn wortlos im Planungskabuff verschwinden, wo er, völlig allein, während des ganzen Tages saß. Früher hatte er immer mal wieder einen Witz auf den Lippen gehabt und viel gelacht. Jetzt war er sehr ernst, verhielt sich aber – dem deutlich jüngeren – Hans gegenüber äußerst devot.

Er tat Stein leid. Er lächelte ihm immer mal wieder aufmunternd zu oder gab ihm einen Klaps auf die Schulter, was dieser mit einem verhuschten, aber dankbaren Blick quittierte.

Ab und zu besuchte Stein ihn an seinem neuen Arbeitsplatz und versuchte, ihn mit ein paar aufmunternden Worten zu trösten. Manchmal stellte Knörzer dann Vermutungen darüber an, wer bestimmte Äußerungen von ihm wohl an Hans verraten habe. Bedauernd stellte Stein fest, dass Knörzer offensichtlich nachhaltig verbittert und auch sehr misstrauisch gegenüber den Kollegen geworden war.

»Weißt du, Max«, sagte Knörzer eines Tages leise, »ich dachte, Hans und ich wären Freunde. Aber so behandelt man keinen Freund. Ich bin tief enttäuscht von ihm. Ich wünschte, ich hätte hier niemals angefangen. Jetzt kann ich nicht mehr zurück, mein alter Chef ist beleidigt, weil ich seine Abteilung verlassen habe, der nimmt mich nicht mehr. Ich bin Hans jetzt ausgeliefert. Seitdem er mich so vor allen anderen fertiggemacht hat und ich hier sitzen muss, bist du der Einzige, der noch normal mit mir spricht, der mich ab und zu auch mal fragt, wie es mir geht. Die anderen tun so, als wäre nichts vorgefallen, manche meiden mich regelrecht. Du bist der Einzige, der zu mir hält und mir Mut macht. Das vergesse ich dir nicht, Max.«

Aber noch hatte Stein trotz allem die Kraft und den Willen, daran zu glauben, dass unterm Strich schon irgendwie alles gut gehen würde.

Dazu trug sicher auch bei, dass der Spaßfaktor an guten Tagen immer noch relativ hoch war.

Eines Tages wurde Hans zur betriebsmedizinischen Untersuchung beordert; an und für sich eine Routinesache, die man schnell abhaken konnte.

Nicht so jedoch an diesem Tag: Der Betriebsarzt war neu und offenbar der Meinung, er müsse sich bei den Kollegen zunächst einmal ausreichend Respekt verschaffen. (Im Allgemeinen schauen Ärzte der Akutmedizin in hohem Maße auf ihre betriebsmedizinischen Kollegen herab, da sie der Meinung sind, dass man es bei diesen mit Medizinern zu tun habe, die einfach nichts Vernünftiges auf die Reihe bekommen haben.)

Der Betriebsarzt ließ Hans also antreten, quälte ihn mit allen möglichen überflüssigen Untersuchungen und begann, auf inquisitorische Weise Fragen zu stellen, die offenbar zum Teil reichlich indiskret waren. Insgesamt kam jedenfalls von der Untersuchung ein sehr erboster Hans in die Firma zurück.

Aus den Fragen, die er Hans gestellt hatte, ging hervor, dass er offenbar keinerlei Ahnung von Krebsheilkunde und den Gefahrenstoffen hatte, mit denen Ärzte in diesem Metier zu tun hatten.

Stein machte den Vorschlag, den Betriebsarzt nun seinerseits ein wenig zu aufzuziehen. Begeistert stimmte Hans zu und man entwickelte in der Morgenbesprechung einen entsprechenden Plan.

Stein fragte untertänigst bei dem Betriebsarzt nach, ob dieser nicht einmal die Firma inspizieren wolle – als neuer, für den Arbeitsschutz verantwortlicher Kollege sei das doch sicher sehr interessant für ihn.

Dieser räusperte sich zunächst etwas überrascht, willigte dann aber »gnädig« ein und stand nur wenig später im Foyer, wo er von Hans und Stein begrüßt wurde.

Die beiden, mit ganz normalen Arztkitteln bekleidet, machten ihm klar, dass Besucher natürlich nur in Schutzkleidung durch die Abteilung geführt werden könnten.

So wurde er mit eigens zu diesem Zweck besorgten blauen Plastiküberzügen für die Schuhe, einem weißen Plastikkittel, Gummihandschuhen, einer OP-Maske und – als »Sahnehäubchen« – einer Plastikduschhaube ausstaffiert und trottete derart ausstaffiert artig hinter ihnen her, wobei sie ihn an den erstaunten Patienten vorbei durch die Räumlichkeiten führten (ihm muss dabei unter dieser Verkleidung fürchterlich heiß gewesen sein).

Zu keinem Zeitpunkt kam er auf die Idee, den Sinn der Schutzkleidung infrage zu stellen, obwohl alle Mitarbeiter und Patienten, denen er begegnete, völlig normal gekleidet waren.

Nach der Tour machte Stein mit seinem Handy noch ein Erinnerungsfoto von ihm in voller Montur, das deutlich erkennen ließ, dass er diese exklusive Führung genossen hatte.

Als er sich danach, mittlerweile schweißgebadet, die Schutzkleidung wieder ausziehen wollte, machte Stein ein sehr ernstes Gesicht: »Herr Kollege, bitte auf gar keinen Fall! Wir müssen zunächst messen, ob Sie kontaminiert sind!« Er erbleichte: »Kontaminiert?! Womit denn um Himmels willen?« Stein schaute ihn prüfend an: »Na ja, natürlich mit den giftigen Substanzen, mit denen hier gearbeitet wird. Aber keine Sorge: Hier ist alles safe. Es kam noch nie vor, dass sich ein Besucher kontaminiert hat, sodass das eine reine Formsache ist. Keine Sorge; reine Routine. Muss aber sein, dafür haben Sie als Betriebsarzt sicher vollstes Verständnis!«

Während dieser noch eifrig nickte, zückte Stein erneut sein Handy, mit dem er eben noch das Foto aufgenommen hatte, und tippte auf die eigens zu diesem Zweck installierte – und völlig sinnlose – Geigerzähler-App.

Er holte schwungvoll aus, um routiniert mit dem Handy am Körper des Kollegen entlangzufahren. Der stellte sich – beruhigt durch die aufmunternden Worte Steins – in Positur.

Doch was war das?! Da war plötzlich dieses bösartige tickende Geräusch, dessen Frequenz immer mehr zunahm, je mehr sich das Handy ihm näherte. Steins verbindliches Lächeln erstarb und es entfuhr ihm ein »Oh!«

Man konnte erkennen, wie dem Kollegen der Schreck in die Glieder fuhr, und Stein sah aus den Augenwinkeln, wie Hans sich ein Lachen verkneifen musste.

»Bin ich jetzt …«, stammelte der Betriebsarzt, »verstrahlt?!«

»Äh, … das kam jetzt noch nie vor, aber, äh … ich bin sicher, dass es dafür eine Erklärung gibt … Sie sollten jetzt aber am besten ganz schnell die kontaminierten Sachen ausziehen und, na ja … Sie sind ja der Betriebsarzt. Es ist sicher gut, wenn Sie das jetzt mal eine Weile beobachten …«

Die letzten Worte musste Stein ihm regelrecht hinterherrufen, da er bereits um die Ecke verschwunden war.

Betriebsmedizinische Untersuchungen waren seitdem wieder das, was sie vorher auch schon immer gewesen waren – reine Formsache, die schnell erledigt war. Schneller als früher, dachte Stein.

Dieser wollte eigentlich den armen Kerl ein wenig später von seinen Qualen erlösen und ihn aufklären, dass die Sache doch nicht ganz so »heiß« war. Letztendlich war es für Stein nicht mehr als ein Spaß gewesen. Aber er scheiterte damit am Veto von Hans, der dem Betriebsarzt die Sache mit der Untersuchung nicht verzeihen wollte.

Erst viel später wurde Stein klar, dass sich Hans in erster Linie an dem Betriebsarzt rächen wollte – ihm war es nicht um einen Streich gegangen, sondern darum, den Kollegen zu quälen.

Solche zugegebenermaßen recht derben Späße ließen Stein eine geraume Zeit über die größer werdenden Schatten hinwegsehen.

Es störte ihn trotzdem zunehmend, dass er immer häufiger Patienten besänftigen musste, die sich bei ihm über den Chef beklagten.

»Hier könnte ich nicht arbeiten«, hieß es da zum Beispiel. Auf die erstaunte Nachfrage Steins nach dem Grund dieser Aussage, antwortete der Patient: »Weil Ihr Chef ein Arschloch ist! Der rennt hier durch sein Reich, als wäre er der Kaiser von China, und würdigt einen keines Blickes. Mit so einem arroganten Heini wollte ich nichts zu tun haben.«

Arroganz war der häufigste Beschwerdegrund, einige Patienten hatten offensichtlich das Gefühl, dass Hans sie nur mit sehr wenig Empathie über ihr Leiden aufgeklärt hatte.

Das deckte sich tatsächlich auch mit der herablassenden, ja verächtlichen Art, in der Hans vor den Ärzten über einige seiner Patienten sprach.

An einem Sonntagmorgen wurde Stein beim Bäcker sogar von der Verkäuferin darauf angesprochen.

Er arbeite doch in der Firma, ob sie ihn mal kurz privat unter vier Augen sprechen könne.

Erstaunt musste er hören, dass Hans die Frau, die einen sehr kranken Mann hatte, offenbar von sich aus angesprochen und ihr unaufgefordert und ziemlich brutal eröffnet hatte, dass ihr Mann bald sterben würde.

Sie sei danach völlig verzweifelt gewesen, während sie das Gefühl hatte, dass sich Hans an ihrem Schmerz weidete. Ihr Mann habe mittlerweile dessen Prognose lange überlebt, aber dieses Gespräch mit Hans habe sie Jahre ihres Lebens gekostet, sie habe sich deshalb auch in psychologische Behandlung begeben müssen.

Sie könne nicht verstehen, wieso er sie so gequält habe.

Stein war ziemlich betreten. Was sollte er der Frau sagen? Es gab ja immer wieder mal Patienten, die sich ungerecht behandelt fühlten, und auch über ihn hatten sich sicherlich schon ein paar Menschen beschwert. Das war in diesem Job nun mal so.

Aber die Vorwürfe waren auch auf seine ungläubige Nachfrage derart massiv und konkret, und sie passten auch irgendwie zu dem, was bereits auch andere Patienten behauptet hatten, dass Stein sie auch nicht einfach abtun konnte.

Er versuchte deshalb, die Frau etwas zu beschwichtigen, und riet ihr, sich in Zukunft mit medizinischen Fragen an ihn zu wenden, wenn sie Hans nicht mehr konsultieren wolle.

Stein hatte zunehmend den Eindruck, dass Hans die Machtposition, die ein Arzt in einem solch sensiblen Bereich wie der Krebsheilkunde gegenüber den ihm anvertrauten Patienten hat, manchmal missbrauchte, wenn ihm jemand nicht passte.

In Steins Augen war das nicht nur unprofessionell, sondern in hohem Maße verwerflich.

Der Spiegel wurde allmählich blind.

Das Einkommen von Stein, das direkt an die Gewinnentwicklung der Firma gekoppelt war, stieg immer weiter.

Hans wurde derweil nicht müde, Stein auch ständig daran zu erinnern, und es verging fast keine Woche, ohne dass Hans Stein nicht etwas wie »Denk an dein Gehalt …«, »So viel wie du verdient kein anderer angestellter Arzt …« oder »Du bist der teuerste Angestellte der Stadt. Wie viel du verdienst, darf niemals rauskommen, sonst gibt es Tote …« zugeraunt hätte.

So entwickelte sich auch dies zu einem zweischneidigen Schwert. Selbstverständlich war Stein immer wieder tief beeindruckt von den monatlichen Überweisungen. Aber die ständigen diesbezüglichen Bemerkungen von Hans erweckten in ihm auch ein Gefühl der Schuld. Konnte er das überhaupt durch seine Arbeit rechtfertigen? Wie konnte er sich gegenüber Hans noch dankbarer zeigen?

Er hatte immer mehr das Gefühl, etwas Verbotenes zu tun, was ihm zwar einerseits Spaß machte, andererseits aber auch immer größeren Druck auf ihn ausübte.

Die Situation begann zu kippen, als Hans ihm eines Tages offenbarte, dass er selbst erheblich weniger als Stein verdiene.

Dieser jedoch glaubte ihm das zunächst schlichtweg nicht – wo gab es denn das, dass der Angestellte mehr als sein eigener Chef verdient?!

Als Bollmann jedoch einige Zeit später bei ihm anrief und ihn zu einem Gespräch bat – er hatte sich eine Woche dafür ausgesucht, in der Hans im Urlaub war –, dämmerte es Stein, dass Hans ihm tatsächlich die Wahrheit gesagt hatte.

Offenbar hatte der Geschäftsführer der Firma bei dem Vertragsangebot, dass er Stein damals gemacht hatte, nicht im Traum daran gedacht, dass es diesem und Hans gelingen würde, die Firma auf einen derartigen Erfolgskurs zu bringen – er hatte schlicht und ergreifend nicht damit gerechnet, dass der Gewinn noch weiter steigen könnte.

Bollmann machte keine lange Umschweife: »Sie wissen es vielleicht nicht, aber das Gehalt von Dr. Fetscher hat zwar wie das Ihre eine Gewinnkomponente, aber es ist insgesamt gedeckelt, also nach oben abgeriegelt. Das ist bei unseren Chefärzten so geregelt.

Ihres hingegen hat keinen solchen Deckel und, na ja, wie soll ich sagen, wir haben jetzt durch die Gewinnentwicklung der letzten Zeit die unangenehme Situation, dass Sie erheblich mehr als er verdienen. Ich kenne Dr. Fetscher schon sehr lange und ich weiß, wie sehr er aufs Geld schaut. Ich würde daher gerne Ihren Vertrag ändern, damit es nicht zu internen Problemen in der Firma kommt. Ich möchte Sie nicht übervorteilen, aber ich weiß wie gesagt, wie Fetscher tickt, und ich muss als Geschäftsführer alles tun, um Probleme zu vermeiden. Überlegen Sie in Ruhe, bevor Sie sich entscheiden.«

An diesem Abend diskutierte Stein lange mit Stella und beide kamen am Ende überein, dass Bollmann recht hatte.

Es war zwar ganz nett, aber natürlich nicht zwingend erforderlich, so viel Geld zu verdienen, vor allem, wenn man sich damit womöglich den Unmut von Hans zuzog – schließlich wusste man mittlerweile, was das bedeuten würde.

Als Hans aus dem Urlaub zurückgekehrt war, bat ihn Stein daher um ein vertrauliches Gespräch. Er erzählte ihm von der Unterredung mit Bollmann und eröffnete ihm verschiedene Möglichkeiten, das Problem zu lösen. Er könne Hans die Differenz und noch mehr zahlen. Hans lehnte ab. Er könne einen neuen Vertrag abschließen, sodass Hans in Zukunft mehr verdiene. Hans lehnte ab. Hans könne selbst einen Vorschlag machen, wie diese unangenehme Situation zu bereinigen sei. Hans lehnte ab.

»Weißt du, Max, Geld ist mir völlig egal. Ich gönne es dir und bin überhaupt nicht neidisch. Neid ist glücklicherweise eine Eigenschaft, die mir völlig fremd ist. Nein, Max, freu dich doch einfach, dass es so ist. Ich freue mich auch für dich und dabei lassen wir es bewenden.«

Stein hörte in dieser Sache nie wieder etwas von Bollmann, sodass er vermutete, dass ihm Hans seine Befürchtungen ausgeredet hatte.

Der Gehaltsdeckel wurde jedoch nachfolgend immer wieder von Hans erwähnt – vor allem und sehr gerne auch dessen Entstehung.

»Weißt du eigentlich, wie das ist, wenn du als Akademiker und Chefarzt vor diesen Deppen vom Stadtrat antreten musst, weil die nun mal über dein Einkommen als Chef einer städtischen Firma bestimmen, und dich dann so ein kleiner Polizist oder Bäcker mit seinem lächerlichen Einkommen fragt, ob du nicht auch findest, dass hundertfünfzigtausend Euro ein sehr hohes Einkommen ist?! Hundertfünfzigtausend Euro!«, er verzog verächtlich sein Gesicht. »Weißt du, wie es ist, wenn du dich von solchen intellektuellen Flachwichsern demütigen lassen und dich am Ende dafür auch noch bedanken musst?! Aber ich werde diesen verdammten Deckel schon noch irgendwie wegsprengen, wirst schon sehen! Am Ende – und merk dir das: Das ist immer so –, am Ende werde ich über alle anderen triumphieren!«

Es hätte Stein vielleicht stutzig machen sollen, dass er von Hans auch weiterhin und sogar immer häufiger an sein hohes Gehalt erinnert wurde, während dieser die Deckelung seines eigenen Gehalts als eine Art Lebensthema beklagte.

Es hätte ihn nachdenklich stimmen können, dass Hans immer wieder neue Strategien entwickelte, mit denen er diesen Deckel hoffte, »wegsprengen« zu können.

Allein, er bemerkte nicht, dass sein steigendes Gehalt in diesen Strategien eine zentrale Rolle spielte, da ein Angestellter nun mal nicht mehr als sein Chef verdienen durfte. Und wenn man dessen Vertrag nicht änderte, dann musste man eben den Vertrag des Chefs ändern. Das hoffte zumindest Hans und seine Frustration wuchs mit jedem Tag, an dem diese Hoffnung nicht in Erfüllung ging und Stein mehr Geld verdiente als er selbst.

Stein hingegen verließ sich darauf, dass Hans ihm gegenüber genauso ehrlich war wie umgekehrt, ohne zu bemerken, dass er in diesem Spiel nur der Einsatz war, mittels dem Hans seine Ziele erreichen wollte.

Daher konnte er nicht ahnen, was geschehen würde, sobald Hans erkennen musste, dass dieser Einsatz sinnlos war.

Im ersten Jahr ihrer Zusammenarbeit, als der Himmel noch nicht von Unwetterwolken verhangen war, sprachen Hans und Stein wiederholt über die konzeptionelle Zukunft der Firma.

Während Hans eine Expansion vor Ort anstrebte, favorisierte Stein einen dezentralen Ausbau mit einem oder zwei weiteren Standorten, um die Peripherie des Einzugsgebietes der Firma gegen Konkurrenten abzusichern.

Nach einigen Diskussionen konnte sich Hans den Argumenten Steins nicht länger verschließen und so wurde beschlossen, zu sondieren, wo man solche Standorte entwickeln könnte.

Von der weiteren Planung und Umsetzung hielt Hans ihn zwar weitgehend fern, jedoch fiel Stein auf, dass dieser immer häufiger Gespräche in einem benachbarten Krankenhaus führte.

Nachdem er dort während mehrerer Monate verhandelt hatte, erklärte Hans schließlich, man stehe kurz vor einer Vereinbarung und könne bald in die konkreten Planungen für eine Dependance an diesem Krankenhaus einsteigen.

Vorsorglich wurde bereits zusätzliches Personal eingestellt und Hans lief ein paar Wochen lang mit seinem breitesten Grinsen durch die Firma. Bestens gelaunt schmiedete er große Pläne für die Zukunft und es verging kaum eine Morgenbesprechung, in der diese nicht ausführlich und in den buntesten Farben ausgebreitet wurden.

Plötzlich jedoch wurde er still und Hans' Miene legte den Verdacht nahe, dass etwas Unvorhergesehenes geschehen war; etwas, das Hans ganz und gar nicht passte.

Da ihn niemand danach zu fragen wagte, vergingen einige Tage, bis ersichtlich wurde, was passiert war: Die Verhandlungen waren offenbar auf der Zielgeraden geplatzt – endgültig.

So würde es an diesem Krankenhaus keinen Ableger der Firma geben und Hans war kläglich gescheitert – eine Tatsache, mit der jemand wie Hans nicht wirklich umgehen konnte.

Daher ging es in der Morgenbesprechung wieder »ruppig« zu und jeder war froh, wenn sie endlich vorbei war.

Doch es kam noch schlimmer:

Anfangs war die Leitung des anderen Krankenhauses der Idee von Hans offenbar ziemlich ablehnend gegenübergestanden. Mithilfe seines rhetorischen Talents und guten Argumenten hatte er den Widerstand zwar schließlich gebrochen und die andere Seite von seinen Plänen begeistert – jedoch entschloss man sich dort letztendlich, das Projekt ohne ihn zu realisieren.

Es trat nun also genau der Fall ein, den Steins Konzeption hatte verhindern wollen: Ein Konkurrent würde sich im unmittelbaren Einzugsgebiet der Firma ansiedeln und dieser in absehbarer Zeit einen Teil der Zuweiser und Patienten wegnehmen.

Und es war Hans Fetscher, der persönlich dafür gesorgt hatte!

Nach der ersten Schockstarre übertraf sich Hans darin, die Katastrophe herunterzuspielen. Der andere Standort sei sowieso viel zu klein gewesen.

Bereits jetzt kämen von dort ja eigentlich kaum Patienten. Der zukünftige Konkurrent werde sich auf Dauer nicht halten können. Der Firma werde das nicht wehtun und überhaupt sei das locker auszugleichen.

Und in bekannter Autoverkäufer-Manier überzeugte er seine Mitarbeiter schließlich davon, dass es eigentlich keine Rolle spiele, was dort geschehe.

Das Thema wurde irgendwann nicht mehr erwähnt, obwohl die Behandlungszahlen um 25 % einbrachen, als die Konkurrenz schließlich ihre Pforten öffnete.

Schließlich gab es laut Hans ja noch einen weiteren Platz, der für einen Ableger der Firma infrage käme.

Allerdings gab es diesbezüglich einige Meinungsverschiedenheiten zwischen ihm und Stein, weil dieser der Meinung war, dass der nun anvisierte Standort aus wirtschaftlicher Sicht Unsinn sei; es gäbe dort einfach nicht genug Patienten für ein solches Projekt.

Das wurde von Hans auch gar nicht bestritten, aber er war der Meinung, dass man Patienten von der Firma dorthin verschieben könne, sodass alle weniger arbeiten müssten und sich die Filiale somit tragen würde.

Stein gab zu bedenken, dass man aber einen Mehrwert haben müsse, der die Investition rechtfertige, und präsentierte Hans Berechnungen, die er angestellt hatte und aus denen hervorging, dass dieser Mehrwert schlichtweg nicht zu erwirtschaften sei.

Aber Hans wollte sich die Idee partout nicht ausreden lassen – es war, als wolle er die gerade erlittene Niederlage »mit der Brechstange« wieder wettmachen.

Oder hoffte er vielleicht, als Chef von zwei Standorten schließlich doch noch seinen Einkommens-Deckel wegsprengen zu können? Schließlich sollte doch klar sein, dass er als Chefarzt von zwei Standorten auch mehr Geld verdienen müsste! Dabei war es dann vielleicht auch gar nicht mehr so wichtig, ob sich der zweite Standort überhaupt rechnen würde. Das würde er schon irgendwie verschleiern; die »Deppen vom Stadtrat« würden das jedenfalls sicher nicht bemerken und Leute wie Bollmann säßen ja schließlich mit im Boot.

Und so begann Hans, sich mit vollem Elan in dieses Projekt zu stürzen, wobei er jetzt deutlich vorsichtiger als zuvor zu Werke ging, um nicht erneut Schiffbruch zu erleiden.

Allerdings galt es auch hier wieder, Verkrustungen aufzubrechen und die entscheidenden Leute für seine Idee zu interessieren.

Das war auch dieses Mal wieder mit viel Anstrengungen verbunden, insbesondere weil auch an diesem Krankenhaus zunächst völliges Unverständnis bezüglich der Vorteile herrschte, die man selbst davon haben würde.

So vergingen wiederum Monate, ohne dass sich etwas bewegte, und für Stein sah es mehrmals so aus, als scheitere auch dieses Projekt.

Aber Hans trieb es allen Widrigkeiten zum Trotz auf mehreren Ebenen voran.

In eine davon war Stein eingebunden: Hans hatte Stein die Aufgabe zugedacht, den Ableger der Firma vor Ort zu betreuen. Den Unwillen, den das aus verschiedenen Gründen bei Stein hervorrief – insbesondere fürchtete er, für die erwartbare wirtschaftliche Schwäche des neuen Standortes verantwortlich gemacht zu werden –, unterdrückte er gleich im Ansatz in gewohnter Manier mit dem Hinweis auf dessen exorbitantes Einkommen.

An einem bestimmten Punkt wurde Rechtsanwalt Albrecht Pößlinger, Anwalt für Medizinrecht, in die Überlegungen miteinbezogen; so sollte dieser einen konkreten Vorschlag ausarbeiten, wie der Firmenableger und der medizinrechtliche Rahmen in Einklang gebracht werden konnten.

Rechtsanwalt Pößlinger war ein gemütlicher und ziemlich zerstreut wirkender Dickwanst, bei dem man immer das Gefühl hatte, ihm über die Straße helfen zu müssen, da er andernfalls vielleichtdie falsche Richtung einschlüge.

Blickte er einem über seine Halbbrille hinweg an, erinnerte er an einen Uhu, der nicht rechtzeitig vor Tagesanbruch in seinen Horst zurückgekehrt war und der nun, geblendet von der Sonne, verloren durch den Wald flog, wobei man ihm am liebsten warnend zurufen würde:

»Vorsicht Baumstamm voraus!«

Pößlinger war überzeugt davon, dass es überhaupt kein medizinrechtliches Problem sei, wenn die Firma eine Zweigstelle in dem anderen Krankenhaus gründe; eine Ansicht, die er so vehement vertrat, dass sie die leisen Zweifel bei Hans und Stein verstummen ließ.

So begann man, den Stadtrat mit dem Projekt vertraut zu machen. Schließlich mussten erhebliche Geldmittel bewilligt werden, damit der Bau der Zweigstelle realisiert werden konnte. Hans wurde wiederholt vor verschiedene Gremien zitiert, denen er sein Konzept – in die üblichen rhetorischen Kniffe verpackt – vorstellte. Verbündete mussten gefunden, Zweifler überzeugt oder doch zumindest beruhigt werden.

Wenn er erschöpft von diesen Treffen berichtete, schimmerte immer mal wieder seine Verachtung, die er Politikern gegenüber empfand, durch: »Was glaubst du, wie eine Bäckersfrau oder ein Polizist, die zufälligerweise nun mal dort im Stadtrat sitzen, reagieren, wenn es um solche Summen geht?! Die verdienen selbst nichts und können sich gar nicht vorstellen, mal über ihren begrenzten Tellerrand zu schauen! Weißt du, wie schwer es ist, solche beschränkten Leute von einem solchen Projekt zu überzeugen?!«

Aber langsam, ganz langsam nahm der Tanker Fahrt auf und steuerte in die Richtung, die Hans allen Akteuren vorgab.

Wenn sich ein Arzt in einer Praxis niederlassen möchte, so benötigt er dafür eine Lizenz, die Zulassung oder Arztsitz genannt wird, und von einem Gremium der ärztlichen Selbstverwaltung, der Kassenärztlichen Vereinigung (kurz: KV), vergeben wird.

Diese Lizenzen sind zumeist streng limitiert – in den meisten Gegenden des Landes kann sich ein Arzt einer bestimmten Fachrichtung nur dann in einer Praxis niederlassen, wenn gleichzeitig ein anderer aufhört und diesem seine Lizenz mit Genehmigung der KV weitergibt; gegen viel Geld versteht sich. Das spielte auch damals, als sich Stein als falscher Anwalt ausgeben musste, eine große Rolle.

Es gibt nur ganz wenige Fachrichtungen, für die dieses strenge Vergabeverfahren nicht gilt, sodass interessierte Ärzte ohne größere Probleme und Hürden eine Praxis gründen können.

Zu diesen Fachgebieten gehörte damals auch die Krebsbehandlung, die in der Firma durchgeführt wurde.

Da aber die Anzahl von Praxen, die diese Therapie anboten, in den vergangenen Jahren ständig zugenommen hatte, wurde seitens der KV beschlossen, auch diese Behandlungsart zu kontingentieren, und es war absehbar, dass sich auf diese Weise bis auf Weiteres niemand mehr in einer Praxis niederlassen könnte, weil es keine freien Arztsitze mehr gäbe.

Trotz strengster Geheimhaltung sickerte der Stichtag durch, an dem diese Regelung in Kraft treten sollte.

Eigentlich berührte dieser Vorgang die Pläne von Hans nicht weiter, weil die Gründung einer Filiale von der neuen Regelung nicht betroffen gewesen wäre. Allerdings stand noch nicht fest, ob der Zulassungsausschuss eine derartige Filialgründung genehmigen würde, sodass von Hans und Bollmann als Alternative die Gründung einer Praxis durch Stein in Betracht gezogen wurde. Diese Praxis sollte dann der Firma gehören und letztlich eben doch eine Art Filiale sein.

Dafür wiederum wäre aber eine Lizenz zwingend erforderlich.

Als Hans nun zufällig von der geplanten Kontingentierung erfuhr, die de facto einer Niederlassungssperre gleichkam, sprach er zusammen mit Bollmann wiederholt bei Pößlinger vor, um in Erfahrung zu bringen, ob man nicht doch vorsichtshalber vor dem Stichtag einen Lizenzantrag für Stein stellen solle, falls der Filialantrag nicht genehmigt würde.

Pößlinger jedoch wiegelte regelmäßig ab – das sei doch überhaupt keine

Frage, natürlich werde der Filialantrag genehmigt, da sei er sich hundertprozentig sicher und man solle sich mal nicht so viele Gedanken machen.

Der Abend vor dem Stichtag verlief für Stella und Stein ruhig. Sie brachten wie immer ihre mittlerweile drei kleinen Kinder, Emma, Oskar und den kleinen Marius, ins Bett: Gutenachtgeschichte – Licht aus. Anschließend zappten sie noch kurz durch das Fernsehprogramm, dessen gewohnt miserable Qualität einen frühen Gang ins Bett nahelegte.

Stein hatte gerade ein Buch zur Hand genommen, als unten das Telefon klingelte.

»Wer ruft denn jetzt noch an?«, er sah auf die Uhr: Es war 22:30 Uhr.

Sein erster Gedanke: »Berlichingen, der soll morgen wieder anrufen, wenn er was will.«

Sein zweiter Gedanke: »Vielleicht ist was passiert? Könnte wichtig sein …«

Fluchend lief Stein die Treppe herunter und nahm den Hörer ab.

»Hier Pößlinger«, hörte er eine Stimme am anderen Ende. Sofort war er hellwach. »Hallo Herr Pößlinger, was führt Sie denn zu so ungewohnter Stunde zu mir? Woher haben Sie überhaupt meine Telefonnummer?«

Der Anwalt schien angespannt und kam gleich zur Sache: Er habe sich die Sache mit der Lizenz und der Filialgründung nochmals überlegt. Natürlich sei er sich weiterhin hundertprozentig sicher, dass eine Filialgründung genehmigt werde. Allerdings sei da jetzt morgen diese lästige Deadline und er sei zu dem Schluss gekommen, dass es vielleicht doch – und natürlich nur zur Sicherheit – sinnvoll sein könnte, wenn Stein vorher noch einen Antrag auf Zuteilung einer Zulassung stellen würde.

»Haben Sie ein Fax zu Hause?«

»Äh, nee, wieso?«

»Na ja«, Pößlinger druckste herum. »Die Deadline tritt heute Nacht um genau 24:00 Uhr in Kraft. Sie müssten den Antrag also noch vorher stellen.«

»Herr Pößlinger, ein Blick auf die Uhr sagt mir, dass das in anderthalb Stunden ist. Und: Nein, ich habe kein Fax zu Hause.«

Stein konnte förmlich sehen, wie Pößlinger nervös von einem Bein auf das andere trat.

»In der Firma gibt es ein Fax.«

Erleichterung auf der Gegenseite. »Dann, lieber Stein, machen wir das doch so: Sie fahren schnell in die Firma, ich faxe Ihnen den Antrag dahin, Sie füllen ihn vor Ort aus und faxen ihn anschließend gleich an den Zulassungsausschuss. Auf diese Weise halten wir die Deadline auf jeden Fall ein – nur zur Sicherheit.«

So kam es also, dass Stein, halb im Schlafanzug und mitten in der Nacht, in die Firma fuhr, dort viel Papier ausfüllte und dieses dann um halb zwölf durch das Fax jagte.

Stein dürfte damit so ziemlich der letzte Arzt gewesen sein, der vor dem Stichtag noch einen Antrag auf Lizenzerteilung stellte.

Irgendwie hatte er bereits, als er die Treppe herunterspurtete, um ans Telefon zu gehen, gespürt, dass dieser Anruf sein Leben verändern würde.

Er konnte jedoch nicht wissen, wie bald sich diese Vorahnung erfüllen würde.

An einem regnerischen Herbsttag war es dann so weit.

Als Hans, Pößlinger und er den im charmanten Stil der 1970er Jahre erbauten Betonklotz der Kassenärztlichen Vereinigung betraten, fiel Stein auf, dass sie sich legitimieren mussten, um in den Eingangsbereich zu kommen, und er wartete unwillkürlich darauf, dass sie jemand nach Waffen abtastete.

Wer wusste denn, was sich hinter den Mauern dieser allmächtigen Institution bereits für Dramen abgespielt hatten?

Ein verhutzeltes Männchen an der Pforte wies ihnen den Weg zum Fahrstuhl. Im fünften Stock tagte der Zulassungsausschuss.

Heute war also der große Tag: Es wurde über den Filialantrag der Firma entschieden, und Stein konnte die Spannung, die in der Luft lag, förmlich greifen.

Sie mussten etwas warten, bevor sie aufgerufen wurden, da gerade über einen anderen Antrag verhandelt wurde.

Als sich die Türen schließlich öffneten, staunten sie nicht schlecht, als sie einen alten Bekannten erblickten: Dr. Siegfried Jostbauer, der Hans das erste Projekt weggeschnappt hatte, baute sich grinsend vor ihnen auf – seinem Antrag war stattgegeben worden. Verstohlen blickte Stein zu Hans, doch der verriet mit keiner Miene, wie sehr ihn das ärgern musste.

Diese Episode verringerte nicht gerade die Anspannung von Hans und Pößlinger; Stein war relativ entspannt, zumal er gar nicht wusste, ob er sich überhaupt wünschen sollte, dass das Projekt genehmigt würde.

Die Sitzung begann mit einem Paukenschlag. Man lehnte das von Pößlinger entwickelte Konstrukt in Bausch und Bogen und mit dem Hinweis, dass dies rechtlich gar nicht möglich sei, ab.

Betretenes Schweigen. »Vorsicht Baumstamm!«, dachte Stein und blickte zu Pößlinger hinüber.

»Aber«, fuhr der Vorsitzende der Kommission fort, »Sie haben ja glücklicherweise – gerade noch rechtzeitig – einen Antrag auf Gründung einer Praxis durch Herrn Dr. Max Stein gestellt. Diesem Antrag können wir ohne Vorbehalt grünes Licht geben, denn er ist vor der Sperre eingereicht worden, die jetzt auch Ihr Fach betrifft, Herr Doktor. Da haben Sie aber Glück gehabt, Sie waren ja schon reichlich spät dran.«

Es wurden noch ein paar Höflichkeiten ausgetauscht und dann war die Sitzung auch schon wieder vorüber.

Eisiges Schweigen auf dem Gang, eisiges Schweigen im Fahrstuhl.

Während sich Stein fragte, was wohl geschehen wäre, wenn er damals im Bett geblieben wäre, als das Telefon geklingelt hatte, und ihm auffiel, dass sein Entschluss, aufzustehen, jetzt wohl Pößlingers Hintern gerettet hatte, starrte dieser auf seine Schuhe.

Hans machte ein verkniffenes Gesicht und alle drei dachten über die fachlichen Qualitäten von Rechtsanwalt Pößlinger nach, während der Fahrstuhl nach unten fuhr.

Aber Pößlinger war schließlich Anwalt und gehörte somit der Gruppe von Menschen an, die grundsätzlich immer recht haben und nie verlieren – im Erdgeschoss hatte er sich bereits wieder gefangen und gab sich plötzlich überzeugt davon, dass dies nun sowieso die bessere Lösung sei, die er von Anfang an favorisiert habe. Darauf könne man nun aufbauen und der Filiale stünde dann auch sicher irgendwann nichts mehr im Wege. Wunderbar!

Hans war in den nächsten Tagen sehr schweigsam. Ihm war klar, dass es einfacher gewesen wäre, den Stadtrat zur Bewilligung der Gelder zu bewegen, wenn es sich bei seinem Projekt um eine glasklare Filiale der Firma gehandelt hätte. Hingegen würde es schwer werden, für eine Praxis Dr. Stein Steuergelder genehmigt zu bekommen.

Andererseits – wer von den Entscheidern verstünde schon genug von der komplexen Materie, wenn noch nicht einmal ein Fachanwalt die Sache durchblickte? Er war überzeugt davon, dass sich mit der üblichen Vernebelungstaktik sicher etwas machen ließe, und wer konnte schon wissen, wie die gesetzlichen Rahmenbedingungen in Zukunft aussehen würden?

Mit der Zeit blickte er wieder zuversichtlicher drein, wobei ihn allerdings eine Sache weiterhin nachhaltig störte: Er war jetzt tatsächlich auf Stein angewiesen. Stein hielt die Lizenz, die Hans die Filiale ermöglich sollte, und so musste Stein unbedingt auf Linie gehalten werden.

Daher wurde das wöchentliche »Denk an dein immenses Einkommen«-Trommelfeuer weiter intensiviert und Hans malte ihm immer wieder in den grellsten Farben aus, wohin sich das alles noch entwickeln könne, wenn man nur fest zusammenhalte; und was im Gegenzug alles an Grausamkeiten über alle hereinbräche, wenn man dies nicht täte.

Zu einer von Hans' Lieblingsbeschäftigungen gehörte es, immer wieder akribisch das Reglement, nach dem medizinische Leistungen abgerechnet werden konnten, zu durchforsten, und er war ständig darum bemüht, die Therapiekonzepte zu optimieren, um den Gewinn der Firma weiterhin zu steigern.

Es gab völlig verschiedene Konzepte für private und gesetzlich Versicherte, deren Unterschiede lediglich pekuniär zu begründen waren; mit der Zeit wurden für alle in der Firma behandelten Erkrankungen Konzepte erstellt, die sich immer mehr von den andernorts gängigen Therapiestrategien unterschieden, weil ihr Schwerpunkt die finanztechnische Optimierung war. Es war dabei sicher kein Nachteil für Hans, dass die vier Assistenzärzte allesamt unerfahrene Anfänger waren, die diese Programme unkritisch übernahmen.

Stein achtete zumindest darauf, dass sie medizinisch Sinn machten und die Patienten bei aller Finanzoptimierung nicht schlechter behandelt wurden.

Manchmal jedoch ging es Stein zu weit, wenn bei zwei Alternativen doch das schlechtere Konzept verordnet wurde, weil es finanziell mehr einbrachte.

Es war allerdings kaum möglich, auf eigene Faust eine Änderung herbeizuführen, da Hans alle Konzepte gründlichst kontrollierte und sehr drastisch reagieren konnte, wenn auf diesem Sektor etwas nicht so lief, wie er es wollte.

Er hatte in der Firma auch ein Netz von Zuträgern, die ihm »Auffälligkeiten« meldeten, sodass sich jeder davor hütete, etwas zu sagen oder zu tun, was Hans' Missfallen hätte erregen können.

Man wusste dabei nicht mit Sicherheit, wer sich dafür hergab; doch es war geradezu beunruhigend, wie schnell Hans regelmäßig über Dinge informiert war, die er eigentlich gar nicht hätte wissen dürfen.

Es geschah daher öfter einmal, dass jemand vor versammelter Mannschaft zur »Minna« gemacht wurde, weil er etwas übersehen oder einen Patienten nicht sofort behandelt und damit nach Hans' Lesart die Firma finanziell geschädigt hatte.

So wurde Hans seinem Anspruch als »Cashcow« immer mehr gerecht, was natürlich auch Auswirkungen auf den Stadtrat und die anderen Entscheidungsträger hatte – einem goldenen Kalb folgt man bekanntlich bereitwilliger.

Da völlig unklar war, wie das Konstrukt Firma – Praxis aussehen könnte, suchten Hans und Stein eines Tages die Steuerberaterin von Stein auf, um über die möglichen Modelle zu reden. Hans hatte den Vorschlag von Stein dankbar aufgenommen, offenbar vor allem deshalb, weil Stein für die Kosten dieses Termins alleine aufkommen musste.

Nach vier Stunden intensiver Diskussion war immer noch nicht klar, wohin die Reise gehen könnte. Das lag allerdings hauptsächlich daran, dass Hans vor allem über die Deckelung seines Einkommens sprach und von der Steuerberaterin wissen wollte, wie man die Deckelsprengung mithilfe des zweiten Standortes bewerkstelligen könne.

Sie offenbarte Stein hinterher in einem Telefonat, dass sie die Intensität, mit der Hans immer wieder auf diese Thematik drängte, als sehr unangenehm empfunden habe: »Der denkt ja wohl nur an sich und seine Kohle, oder?«

Nachdem die Sitzung für beendet erklärt worden war, hatten sie weder eine plausible Lösung für das Konstrukt noch für Hans' Deckelung gefunden.

Einige Monate später erfolgte dann dennoch die – zunächst virtuelle – Gründung der Praxis Stein, sozusagen im Auftrag von Hans und der Firma.

Da bezüglich der baulichen Maßnahmen noch immer viele Hürden zu bewältigen waren, wurde beschlossen, dass sich Stein einmal pro Woche in dem anderen Krankenhaus sehen lassen und dort irgendwo Patienten behandeln sollte. Damit wollte Hans die Lizenz bis zur Inbetriebnahme der Praxis absichern, sodass sie nicht wegen Untätigkeit eingezogen werden konnte.

Die Praxisgründung fiel für Stein jedoch buchstäblich ins Wasser.

In dem Film »Jenseits von Afrika« gibt es eine Szene, in der ein afrikanischer Diener seiner Memsahib Karen Blixen atemlos meldet, dass ihre Kaffeeplantage in Flammen steht: »Memsahib, schnell: Gott ist gekommen …!«

Am Tag der Praxisgründung kam Gott zu Stella und Max Stein.

AQUA – Zeit des Wassers

Die Tage, die nun anbrachen, brachten Stella und Max an ihre physischen und mentalen Grenzen.

Als die erste Woche dieser atemlosen Zeit vorbei war, beschloss er, das Erlebte und Durchlittene aufzuschreiben, um die Unmittelbarkeit der Ereignisse und Gefühle festzuhalten.

Denn nach diesen acht Tagen war ihm klar, dass die Größe und Bedeutung, die diese Tage für seine Familie und ihn auch in Zukunft haben würden, nur in Worte gegossen werden konnte, wenn er sie JETZT niederschreiben würde.

Auch viel später noch würde man beim Lesen dieser Zeilen spüren, was die auf der Kaffeeplantage ausgerufenen Worte wirklich bedeuteten: »Gott ist gekommen …!«

Das also schrieb Max Stein am achten Tag:

Als der Blanke Hans kam

Prolog

In meinen Träumen gibt es sie noch. Meine Bibliothek. Einst nannte ich 4.000 Bücher mein Eigen. Manchmal, wenn ich alleine war, stand ich zwischen den Regalen und schloss die Augen. Ich konnte die Millionen von Buchstaben dann förmlich riechen, die, sich erst zu Worten, dann zu Sätzen formierend, aus den Buchdeckeln strömten und die Luft still vibrieren ließen. Tastend fuhr ich über die Buchrücken und streichelte sie zärtlich. Das Wissen der Welt, die Weisheit der Menschheit standen hier stumm da und warteten darauf, entdeckt zu werden. Schon als kleiner Junge liebte ich Bücher und bald schon war es mein großer Traum, auch einmal wie mein Vater eine Bibliothek zu besitzen. Mein Vater. Ich kenne ihn eigentlich nur mit einem Buch in der Hand. Meine stillen Freunde hat er sie immer genannt, seine Bücher, die im Laufe seines Lebens immer zahlreicher wurden: Geschichte, Philosophie, Theologie, Juristerei, Medizin, Romane, Gedichte, Altertum, Klassik, Neuzeit. Es gab eigentlich kein Thema, das hier nicht vertreten gewesen wäre. Vor zwei Jahren hat er sie mir dann vermacht, seine Bücher. Sie kamen, 2.000 Stück, in einem Lkw. Sie haben sich schnell mit meinen bereits vorhandenen Büchern angefreundet. Meine Romane, Reisebücher, meine Geschichts-, Medizin- und politischen Bücher hießen sie willkommen und verschmolzen mit ihnen zu meiner ersehnten Bibliothek.

Es dauerte ein wenig, doch schließlich erhielten sie auch den äußeren Rahmen, der ihnen gebührte. Da standen sie, erhaben und still, seine und meine stillen Freunde. Und da stand ich, zwischen ihnen. In meiner Bibliothek.

Wenn ich jetzt in dem dunklen Loch stehe, in dem vor ein paar Tagen noch das Wissen der Welt zu Hause war, bin ich alleine. Die stillen Freunde sind weg. Unwiederbringlich.

Jetzt ist es dort nass und kalt. Nichts hält mich mehr in diesem Raum. Ich stehe dort und schließe die Augen. Ich versuche mir vorzustellen, wie es einmal war.

Ein weißer Schimmel galoppiert in der Ferne. Auf seinem Rücken eine dunkle Gestalt. Ich weiß, wer du bist. Du bist Hauke Haien. Der Deichgraf. Hauke Haien, der seine Familie vor der See nicht schützen konnte. Hauke Haien, der sich verzweifelt in die brodelnden Fluten stürzte, die den Deich zerstörten.

Eine zerfurchte Hand legt sich auf meine Schulter. Ich wende mich von Hauke ab und blicke in das Gesicht eines alten Mannes. Wer bist du? Er antwortet nicht. Er blickt mich nur traurig an. Ich weiß, wer er ist, und er kennt meine Trauer. Es ist Aristophanes von Byzanz, der Hüter eines der sieben Weltwunder – der Bibliothek von Alexandria.

Vorbei, denke ich. *Hic transit gloria mundi.*

Tag 1

Gestern sind wir aus dem Urlaub zurückgekommen. Zehn Tage Dauerregen. Flucht hätte keinen Sinn gehabt – es regnete einfach überall. Noch am gleichen Tag war ich mit den Kindern nachmittags am Fluss. Das Wasser war wild, doch der Pegel nicht so hoch, wie ich erwartet hatte.

Heute dann erste Meldungen im Radio: Dauerregen, Hochwasser, Gefahr, Gefahr. Später Katastrophenalarm. Was tun? 70 % unserer und 95 % meiner Habe lagern im Keller. Bei drei Kindern brauchst du jeden Platz und ein Hochwasser – hier?! Bei den umfangreichen Deichsanierungsmaßnahmen seit der letzten (kleinen) Überschwemmung?

In meinem Büro befindet sich alles, was mir lieb und teuer ist. Soll ich auf Verdacht 4.000 Bücher, Waffenschrank, Plattensammlung, PC etc. ins obere Stockwerk schleppen? Wo soll ich anfangen?! Das geht nicht, das ist zu viel. Radio hören, immer wieder ins Internet. Die Nachrichten sind spärlich und verdichten sich am Nachmittag zu – ja, zu was? Es wird knapp. Ruhe bewahren, positiv denken – das letzte Hochwasser war vor über 30 Jahren und das war nicht sehr eindrucksvoll. Seitdem: Deichbaumaßnahmen, Renaturierung. Das muss doch etwas gebracht haben. Auch die Nachbarn sind unschlüssig. Wird schon nichts passieren. Es wird geraten, Sandsäcke zu holen. Da ich mir später nichts vorwerfen möchte, fahre ich mit den Kindern nachmittags zur Feuerwehr. Warte zwei Stunden, dann die Mitteilung: Die Sandsäcke sind aus. Es regnet und regnet. Schließlich bin ich dran. Maximal zwanzig Stück – totaler Quatsch! Diese Menge reicht nicht mal für die Tür!

Rückfahrt. Auf der Brücke eine Sperre. Ein Polizist bedeutet mir, dass ich nicht mehr in unseren Stadtteil fahren darf. Ich erkläre ihm die Situation und er lässt mich durch. Nächste Brücke, nächste Sperre. Ein sächsischer Polizist will mich an der Weiterfahrt hindern. Ich schreie ihn an, dass ich Frau und Kind dort unten habe. Die Kinder weinen, Oskar schaut mich mit seinen großen Augen fassungslos an. Verdammt. Er lässt mich schließlich durch – ich wäre sowieso gefahren.

Sandsäcke raus. Zwanzig Stück, ein Witz. Okay, nachdenken. Lautsprecherwagen fahren durch die Straßen. Alle Autos weg von den Straßen und raus aus den Tiefgaragen. Sonst keine Warnung. So schlimm wird's ja dann wohl doch nicht werden. Trügerische Sicherheit.

Was tun? Wenn das Wasser kommt, fällt sicher der Strom aus. Taschenlampen bereitlegen, elektrisches Tor aufmachen, Sachen packen, Fluchtplan. Wohin im Falle eines Falles? Nicht zu weit und nicht zu nah. Zu Claudia und Frank!

Ich gehe raus, um die Lage zu checken. Es wird dunkel, jemand sagt, dass das Wasser kommt. Der Fluss ist verdammt hoch, aber noch weit von der Deichkrone entfernt. Müsste doch halten! Flussaufwärts ist der erste Stadtteil gefallen! Stimmt das? Hinten auf dem Feld ein kleiner See. Vom Regen, oder ist das …?

Ich trage doch mal lieber ein paar Sachen aus dem Keller nach oben. Das Radio dudelt vor sich hin. Keine aktuellen Meldungen. Der Lautsprecherwagen ist weg. Draußen verdunkeln schwere Regenwolken den Abend.

Halb zehn. Plötzlich ist alles dunkel. Der Strom ist abgedreht. Sie haben uns aufgegeben. Ohne Vorwarnung wurde einem ganzen Stadtteil der Strom abgedreht! Taschenlampen an!

Jetzt erst wissen wir, dass es ernst wird. Stella geht raus. Das Wasser kommt! Ungläubig stehe ich da: Die Straße ist überflutet, das Wasser drängt bereits durch die Einfahrt in den Garten. Die Sandsäcke! Keine Chance, sie sind sofort überflutet. Im Garten ist ein See, der minütlich immer weiter anschwillt. Wir müssen gehen, wir müssen hier raus! Die Kinder weinen, werden in die Sitze geschnallt. Die Kaninchen schnell in den Kofferraum. Gott sei Dank ist das Tor auf! Stella fährt zuerst, das Wasser ist auf Auspuffhöhe, hoffentlich schafft sie es. Sie bleibt stecken, kommt aber schließlich aus der Einfahrt raus. Ich fahre hinterher. Wir hasten durch den dunklen Stadtteil, überall Wasser, niemand ist zu sehen. Wir schaffen es bis zu Claudia und Frank. Unglaublich, wie erschöpft wir sind. Die Kinder wollen nicht schlafen. Ich denke an das Haus und an alles, was im Keller lagert. Ich kann das so nicht akzeptieren! Ich muss wenigstens versuchen, etwas zu retten. Ich ziehe die Gummistiefel an. Nein, sie lässt mich nicht gehen! Doch, ich muss, sage ihr »sorge dich nicht, ich komme bald zurück«.

Ich gehe los. Keine Menschenseele auf den stockdunklen Straßen. Ein paar Feuerwehrwagen stehen stumm am Rand des Wassers. Blaulicht flackert an den schwarzen Häuserwänden entlang. Danach nur noch das Rauschen des Flusses, der jetzt durch unsere Straßen, unsere Gärten und unsere Häuser fließt.

Bei der Kirche ist das Wasser kniehoch, strömt in meine Stiefel – ich merke es kaum. Die Strömung reißt mich ein paar Mal fast um. Dann unser Garten, durch den nun ein Fluss fließt. Das schlammige Wasser steht schon hoch an der Tür, ist bereits im Erdgeschoss und tastet sich voran in unser Heim.

Ich renne in den Keller. Überall tropft es. Im großen Lichtschacht steht das Wasser. In mein Zimmer! Ruhig Blut! Denk nach, was ist wichtig?! Die Dokumentenordner! Es ist keine Kiste vorhanden! Ich klemme mir ein paar unter die Arme, spurte die Treppen hoch, werfe sie auf die Betten im Obergeschoss und renne wieder herunter. Plötzlich ein ohrenbetäubender Krach: Im Lichtschacht birst der Fensterrahmen – das Wasser ergießt sich nun in einem Schwall in den Keller. Minütlich kriecht das Wasser höher. Ich erhöhe das Tempo. Was ist wichtig? Dokumente, Persönliches, Fotoalben, die externen Festplatten. Ich renne und werfe aufs Bett, werfe es irgendwohin, nur weg vom Wasser. Runter, hoch, runter, hoch. Immer wieder. Gegenstände treiben im Wasser, es ist nun mehr als kniehoch. Ich sehe, wie der Computer untergeht. Scheißegal! Was ist wichtig? Der Tresor! Er geht noch auf. Dokumente bergen! Die Jagdwaffen! Kann ich nicht mitnehmen. Tresor offen lassen? Zu gefährlich wegen der Einbruchgefahr! Also Tresor wieder zu. Da, meine Holzkiste mit den persönlichsten Dingen! Normalerweise ist sie sogar für zwei Männer zu schwer. Sie schwimmt, ich ziehe sie zur Treppe. Blanker Hans, die bekommst du nicht! Mit aller Gewalt zerre ich sie von Stufe zu Stufe ins Erdgeschoss.

Wieder runter. Jetzt die Bücher. Welche sind wichtig? Ich haste an den Reihen vorbei, dies, das und das auch noch, berge, haste, haste, berge. Das Wasser, das Wasser! Es steigt immer höher. Ich denke an die Titanic, an die Gustloff, denke an einen Kapitän, der mit ansehen muss, wie sein geliebtes Schiff sinkt.

Die Stahltüren! Das Wasser ist nun so hoch, dass es gefährlich wird. Fällt eine Tür zu, dann wird es eng. Ich muss hier raus. Ein Buch noch, nur noch eines. Welches? »Der Waldgang« von Ernst Jünger! Wie passend!

Dann wird mir klar, dass ich jetzt gehen muss. Ich halte inne, blicke mich um. Die ersten Bücher treiben wie kleine Leichen im brackigen Wasser. Es gluckst und braust, als nähme es seine Braut in Besitz – meine Bücher.

Einige Momente stehe ich ruhig da und blicke mich um. Abschied. Ihr sterbt jetzt den Seemannstod. Ich lege langsam die Hand an die Stirn und salutiere. Kapitän von Bord.

Dann drehe ich mich um und gehe hoch. Im Wohnzimmer ist jetzt ein See, ich sehe ihn kaum. Ich schließe die Tür ab und gehe auf die Straße, wo ich bis zur Hüfte im Wasser stehe. Es ist kalt, doch ich spüre es nicht. Ein Boot kommt mir entgegen, man will mich bergen. Doch ich gehe einfach weiter. Meine Augen brennen, aber ich kann nicht weinen. Der Strom reißt mich fast mit, es ist mir egal. *Trutz, blanke Hans!*

Die Feuerwehrwagen stehen dort noch immer im Trockenen. Die Männer schauen mich ungläubig an. Ich gehe weiter, versuche, trotzig zu blicken. In Wahrheit ist mir hundeelend zumute. Wenn das doch bloß ein Albtraum wäre! Aufwachen, Sonnenschein!

Stella fällt mir um den Hals, weint. Jetzt sind wir obdachlos.

Wir liegen im Bett, keiner kann schlafen, keiner spricht. Wir liegen im Bett und halten uns ganz fest. Draußen sind die ganze Nacht Hubschrauber und Sirenen zu hören.

Um vier Uhr will man uns evakuieren. Wir bleiben. Das Wasser erreicht uns nicht.

Der nächste Morgen findet uns müde und verstört vor. Wie geht es nur weiter?

Tag 2

Die Sonne scheint, zum ersten Mal seit Wochen. Als hätte jemand sein Ziel erreicht.

Die Kinder bleiben in Sicherheit und wir machen uns auf den Weg. Keine Chance, das Wasser ist zu hoch. Vielleicht von der anderen Seite. Wir leihen uns Fahrräder, damit es schneller geht. Ein Bergwachtler macht sich über meine Gummistiefel lustig. Arschloch.

Wir fahren stumm auf der anderen Deichseite entlang. Überall Gaffer. Dann an der anderen Seite Wasser. Wir sehen Helfer von der DLRG, wie sie in Neoprenanzügen ein Boot klarmachen und an unserem Haus vorbeifahren. Surreal. Das Wasser fließt bereits langsam wieder ab, wir können mit den Fahrrädern unser Grundstück erreichen. Überall Wasser, der Garten ist versunken. Das Wasser steht im Erdgeschoss dreißig Zentimenter hoch, der Keller ist vollständig geflutet. Es stinkt nach Öl. Überall Wasser und Schlamm. Stella weint, ich kann es nicht.

Was nun? Die Jungs und die Kaninchen müssen aus der Schusslinie, die Oma reist aus dreihundert Kilometer Entfernung an und holt sie ab, die Übergabe findet im Nachbarort statt.

Auf dem Rückweg brüten wir stumm vor uns hin. Am liebsten Handgranate rein und einfach abhauen!

Zurück in unserer Stadt, fahre ich mit Emma wieder zu unserem Haus. Das Wasser ist weiter zurückgegangen, es stinkt fürchterlich nach Öl. Ich habe einmal gehört, dass man den Schlamm sofort beseitigen muss, bevor er antrocknet, da er sonst hart wie Ton wird. Ich spritze die Terrasse ab. Der zähe Schlamm verlässt sie nur zögerlich.

Ich treffe einen Nachbarn auf der Straße. Auch ihn hat es erwischt. Als er erzählt, werden seine Augen feucht. Ich blicke betreten zu Boden.

Später ziehen wir zu dritt ins Hotel, wollen unsere Nachbarn nicht länger belasten – wer weiß, wie lange das dauert?! Im Hotel seltsame Normalität. Vertreter, Reisegruppen. Man beachtet uns nicht, obwohl wir ziemlich mitgenommen aussehen.

Die nächste Nacht bricht an. Emma ist völlig überdreht, heult und lacht gleichzeitig. Es dauert lange, bis sie schläft. Im Bett tastet eine Hand nach meiner, hält sie ganz fest. Uns fehlen die Worte. Ein leises Schluchzen dringt zu mir. Schlaf findet keiner von uns. Ich denke an meine Großmütter. So muss es sich angefühlt haben – »Die Russen kommen! Jeder zwei Koffer! Was nehmen wir mit? Weg, nur weg hier!« Ich zwinge mich, nicht an meine Bücher zu denken. Ich denke an meinen Vater und seine stillen Freunde. Wie soll ich ihm das sagen? Eine einsame Träne rollt aus meinem Auge. Weinen kann ich auch heute nicht.

Tag 3

Auch diese Nacht ohne Schlaf. Um sieben Uhr stehen wir auf, wir sind um Jahre gealtert. Frühstück in schlammigen, nassen Stiefeln. Verstohlene Blicke, mir ist es egal.

Ich muss meinen Adrenalinpegel erhöhen, drehe Engel von Rammstein im Auto auf volle Lautstärke. Es wirkt. Zu Hause. Zu Hause? Der Keller ist weiter randvoll, an der Oberfläche treiben ein paar Flaschen. Wie es wohl dort unten aussieht? Überall Feuerwehrwagen, die Keller auspumpen, die Straßen sind weiter gesperrt. Hubschrauber kreisen unaufhörlich über uns. Wahrscheinlich die Presse. Zäher Kampf gegen den Schlamm im Erdgeschoss. Die Gaffer schauen von draußen zu. Keiner hilft. Einmal kommt eine von ihnen in den Garten, fragt, ob ich ihr meine Gummistiefel leihen könnte, sie möchte weiter in das Katastrophengebiet vordringen. Ich bin sprachlos. Sie insistiert, meint, es sei ja nur für kurze Zeit.

Stella beginnt, den Wohnbereich zu entschlammen. Ich telefoniere x-mal mit der Feuerwehr, will wissen, wann sie zu uns kommt, um den Keller auszupumpen. Man kann mir nichts sagen. Ich gehe im Stadtteil herum und frage die Feuerwehrmänner. Nur Achselzucken.

Ich male ein Schild, klebe es an ein Fahrrad und stelle das auf die Straße. Hilfe!

Eine Journalistin kommt herein. Kurzes Interview. Sie sichert Hilfe zu. Nichts passiert. Den ganzen Tag laufe ich hinter der Feuerwehr her. Erste Nachbarn kommen und helfen mit. Auch Fremde. Das ist ein Lichtblick! Fremde Menschen, die nicht gaffen, sondern einfach anpacken!

Unsere gute Seele Frau Kulka spricht am Abend einen weiteren Einsatzleiter an. Dann endlich kommt ein Fahrzeug, die Pumpen werden angeschmissen. Ich bin so froh! Die Feuerwehr muss parallel den Verkehr regeln. Immer mehr Gaffer verstopfen die Straßen, behindern massiv die Hilfe. Keine Polizei weit und breit.

Das Wasser sinkt nur langsam. 200.000 Liter müssen abgepumpt werden, es dauert bis in die Nacht hinein – fünf Stunden. Die Stahltüren im Keller sind vom Wasserdruck ausgebeult. Schließlich kann ich hinein, wate durchs knöcheltiefe Wasser.

Überall Zerstörung. Heizungskeller mit Waschmaschine, Trockner etc. – kaputt. Sicherungskasten – hinüber. Keller mit allen Klamotten und diversen anderen Sachen – vernichtet. Werkzeugkammer – untergegangen. Dann mein Zimmer. Mein alter Globus treibt im Wasser. Überall aufgequollene Bücher. Martin Walsers Paulskirchenrede klebt an der Decke. Die Regale sind teils heruntergebrochen, die Bücherreihen stehen manchmal noch auf Position, weil sie derart aufgequollen sind, dass sie sich ineinander verkeilt haben. Das Zimmer ist völlig verwüstet. Da hinten treibt der Humidor, die Zigarren sind jetzt allerdings etwas zu feucht. Überall Schlamm. Mir steckt ein Kloß im Hals.

Nachts schlafe ich wie ein Stein, wache aber um zwei Uhr auf. Stella ist schon wach. An Schlaf ist allenfalls noch zu denken, mehr aber auch nicht.

Tag 4

Der Tag bricht an, wir liegen wie gelähmt im Bett. Gedanken an die Trümmerwüste bei uns im Keller. Wie sollen wir das jemals schaffen? Bleierne Müdigkeit umfängt uns, aber wir müssen aufstehen, der Gutachter der Versicherung wird kommen. Und Stellas Vater, der uns helfen will. Stella bringt Emma wieder in die Schule, ich fahre schon mal vor. Wieder Engel von Rammstein voll aufgedreht. Alle Kraftreserven mobilisieren!

Der Gutachter besichtigt die Trümmerwüste, ist guter Dinge, verbreitet Zuversicht. Ein paar flotte Sprüche und weg ist er. Jaja, heute Nachmittag wird er einen Trupp zum Aufräumen schicken, in sechs Wochen ist alles vorbei. Kann das sein? Wir wollen es glauben!

Dann bricht das Verkehrschaos über das Katastrophengebiet herein. Die Umgehungsstraße ist noch gesperrt. Niemand regelt den Verkehr.

Niemand hat das Katastrophengebiet abgesperrt! Nun fahren nicht nur die Gaffer durch unsere Straßen, sondern auch noch der gesamte Berufsverkehr. Es ist alles völlig verstopft. Ich benötige für ein paar Meter zum Baumarkt eine Stunde. Ich rufe die Feuerwehr an, diese verweist mich an die Polizei, diese wiederum an die Straßenmeisterei. Keiner ist zuständig, keiner hilft uns. Ich rufe beim Oberbürgermeister an. Die Sekretärin will es weitergeben. Nichts passiert. Mittags ruft der Lkw-Fahrer an, der uns Hilfe bringen soll. Er kommt nicht durch, steht nur ein paar Straßen weiter entfernt. Ich gehe ihm entgegen und regle selbst den Verkehr, damit er zu uns durchkommt. Man pöbelt mich an, es ist mir egal. Die Leute fahren freiwillig zurück, wenn sie mir in die Augen sehen. Der Lkw kommt bei uns an. Es steigt ein alter Mann in Sandalen aus und fragt nach dem Stromanschluss. Gegenfrage: Wo sind die Männer? Außerdem haben wir keinen Strom und unten steht das Wasser. Der Mann ist völlig überfordert. Er solle nur die Trocknungsgeräte abladen. Wieder keine Hilfe. Ich rufe beim Oberbürgermeister an. Man habe noch nichts erreicht wegen des Verkehrs. Ich brülle ins Telefon: Eine Stunde, danach rufe ich die überregionalen Sender an und erzähle, was hier los ist. Nach einer halben Stunde ist die Umgehungsstraße wieder geöffnet.

Inzwischen haben sich zu Stella und ihrem Vater ein paar freiwillige Helfer gesellt. Ich telefoniere mit allen möglichen Leuten, um Hilfe zu organisieren. Jaja, meint der Versicherungsmensch. Garantiert morgen Früh!

Abends ruft der Chef der Versicherungstruppe an, er will morgen erst mal die Lage peilen, vielleicht kommen ein paar Männer am Nachmittag. Uns läuft die Zeit davon. Die Sachen, die noch zu retten wären, verderben. Ach ja: Was ist mit dem Safe? Das elektronische Schloss ist tot. Telefonieren. Ich organisiere eine Spezialfirma, die – vielleicht – morgen kommt. Bei den Waffen geht es um Stunden!

Die Nacht bricht an. Der Schwiegervater schläft bei uns im Hotel. Bleierne Müdigkeit, aber kein Schlaf. Wieder die ganze Nacht grübeln. Wir müssen handeln, die Versicherung wird es alleine nicht schaffen und die Zeit läuft uns davon.

Ich bete. Zum ersten Mal seit Jahren habe ich das Gefühl, dass Gott da ist. Ich weiß, dass er mir zuhört, rede mit ihm, bin für einen Moment sogar glücklich.

Tag 5

Ich liege im Bett, spüre meine Arme nicht mehr. Meine Hände sind vom Schlamm so rau, dass ich es nicht wage, Stella mit ihnen anzufassen. Ich muss mich aufrappeln. Jajajaja, ich muss jetzt kämpfen! Angreifen!

Im Hotel habe ich Internet. Ich schicke eine Rundmail an alle, die ich kenne und starte bei Facebook einen Aufruf. Hoffentlich kommt jemand, sonst sind wir erledigt!

Im Auto wieder Rammstein, der Adrenalinpegel steigt. Unser Nachbar Robert hat die E-Mail gelesen und hat zwei Lehrlinge vorbeigeschickt, die schon im Keller rödeln. Später kommen die drei Kollegen des Schwiegervaters – sie sind extra dreihundert Kilometer weit gefahren, um uns zu helfen. Mein alter Kumpel Stefan und auch Thomas von den Jägern kommen. Michael ruft an, ich bin gerührt. Er taucht sofort auf und bringt einen Generator mit. Später erscheinen weitere Nachbarn und auch schließlich die Truppe von der Versicherung. Wir schuften vierzehn Stunden lang, ohne viel zu essen und zu trinken. Nachbarn und fremde Leute bringen Tee und Essen vorbei, klopfen uns auf die Schulter. Das macht Mut. Meine Füße stecken jetzt seit Tagen in den nassen Stiefeln und sind völlig aufgeweicht. Egal, weiter, immer weiter! Ich fotografiere die Verluste, teile ein, was wegmuss (das allermeiste) und was vielleicht erhalten bleiben kann. Ein Trupp kärchert, ein weiterer macht die Feinwäsche. Der verdammte Schlamm geht so schwer ab. Ich diktiere die Verluste für die Versicherungsliste; eine unendliche Liste. Dazwischen immer wieder Telefonate, Fragen beantworten, dirigieren. Ich fühle mich wie ein General in der Schlacht und ertappe mich einmal dabei, dass ich diesen Zustand berauschend finde. Adrenalin durchflutet mich. Aus dem nassen Kellerloch kommt eine Leiche nach der anderen ans Tageslicht. Persönlichste Sachen, verschlammt, zerstört.

Schließlich taucht der Spezialist für den Safe auf. Er benötigt ganze zweieinhalb Stunden, bis er ihn endlich geöffnet hat. Die Waffen rosten schon, in den teuren Ferngläsern ist Wasser. Ich fahre mit Thomas zum Büchsenmacher, bringe auch die nasse Munition dorthin. Unterwegs in der Stadt Menschen, die Eis essen und gemütlich bummeln. Sie starren uns an. Die Schlamm-Menschen. Es ist wie eine andere Welt.

Schnell, schnell zurück und weiter. Am Abend liegt ein riesiger Schuttberg auf dem Rasen. Während wir alle anpacken, flitzen plötzlich Fremde durch den Garten. Zigeuner aus Ungarn, die den Lieferwagen schon bereitgestellt haben. Blitzschnell reißen sie die elektronischen Gegenstände an sich und wollen verschwinden. Jemand stellt sie zur Rede. Ich reagiere zu spät, sie können fliehen und nehmen ein paar Dinge mit. Ich rufe die Polizei an. Die kommt nicht, sagt nur, »Jaja, wir haben schon zwei Einsätze wegen denen gehabt.« In den nächsten Tagen fährt ein Sicherheitsdienst durch den Stadtteil.

Polizei habe ich während der ganzen Zeit nicht gesehen.

Todmüde müssen wir das Wenige, was wir gerettet haben, im Haus verschließen, aus Angst davor, dass die Diebe in der Nacht wiederkommen.

Nachts und in den nächsten Tagen verschwindet im Stadtteil so einiges – auch Rettungsgerät. Aasgeier! Die Polizei fühlt sich nicht zuständig.

Nachmittags kommt Tante Herta aus zweihundert Kilometer Entfernung angefahren. Sie stellt sich sofort ans Waschbecken und hilft mit. Ich bin einmal mehr gerührt.

Stella checkt ihren Facebook-Account. Nichts, nur eine »Freundin" hat den »Gefällt mir«-Button für das eingestellte Foto betätigt.

Nachts wieder wenig Schlaf.

Tag 6

Morgen. Ich bin so ausgelaugt. Stella ist so tapfer, aber sie sieht schlecht aus.

Rammstein. Volle Dröhnung. Adrenalin steigt wieder.

Heute kommen die Container. Wolfi Maier, der bei uns einmal ein paar

Bäume gefällt hat, hat meine E-Mail bekommen. Heute rückt er mit seinem Traktor an und hilft den ganzen Tag mit, die Container zu beladen. Wahnsinn, ich kenne ihn doch eigentlich überhaupt nicht! Nachmittags will ich ihn bezahlen, doch er wehrt ab.

Die Container füllen sich mit unserem vernichteten Hab und Gut.

Am Abend werden es vierzig Kubikmeter sein: fast alles, was wir an beweglicher Habe besaßen. Die Plattensammlung und der frisch überholte Plattenspieler tun weh, aber am schlimmsten ist der Bücherberg. Jemand sagt, das sehe aus wie bei der Bücherverbrennung. Ein Helfer klopft mir auf die Schulter: Da seien ja schon sehr wertvolle Bücher dabei, er kenne sich aus. »Ich weiß«, denke ich stumm und es schnürt mir die Kehle zu. Ich kann gar nicht hinschauen. Ich finde noch das Buch mit der Widmung von García Márquez. Ansonsten ist absolut nichts zu retten. Es ist alles völlig zerstört. Da kommt mir der Gedanke, wenigstens ein einziges Buch aufzubewahren. Da unten liegt »Unter Geiern« von Karl May. Wie passend. Mit dem fing vor vierzig Jahren meine Lesekarriere an. Zärtlich lege ich es zur Seite. Auf der Terrasse liegt auf einem Farnblatt ein kleiner Pandabär – Emma hat ihn dort zum Trocknen hingelegt.

Der rumänische Helfer nimmt den kaputten Gefrierschrank mit.

Am Ende dieses Tages ist der Garten frei von Müll, es stehen aber überall Dinge herum, die noch gesäubert werden müssen. Hoffentlich hält das Wetter.

In dieser Nacht ein wenig mehr Schlaf.

Tag 7

Meine Füße sind so aufgequollen, dass ich kaum noch in die Stiefel komme. Ich wache mit bleiernen Armen und kaputten Händen auf. Am liebsten würde ich für immer liegen bleiben.

Auf der Fahrt zum Haus: Engel von Rammstein. Das ist ein Ritual, das mir immer noch hilft. Beim Haus angekommen, ist der Adrenalinpegel wieder ausreichend hoch. Weiter, weiter. Heute kommen Kathrin und Susanne zum Mithelfen. Kathrin habe ich vor sieben Jahren das letzte Mal gesehen, Susanne kenne ich gar nicht. Mein Schwager kommt mit seinem Kumpel Christian vorbei, um uns unter die Arme zu greifen. Wieder Trinken und Essen von den Nachbarn. Es tut so gut, das zu erleben. Das trägt einen durch die Verzweiflung.

Den ganzen Tag kärchern, spülen, trocknen, sichten, telefonieren, diktieren, organisieren. Mittags rufen wieder meine Eltern an. Der alte Herr muss es insgeheim schon ahnen. Ich gehe um die Ecke, Stille. Will erzählen, wie es war, was verloren ging. Bei der Stelle angekommen, als ich in mein zerstörtes Zimmer blicke, versagt meine Stimme, ich kämpfe gegen die Tränen an. Nur jetzt nicht heulen! »Hallo, bist du noch da?«, fragt er mich. Ich kann nicht sprechen. Da bricht es aus mir heraus, die ganze angestaute und unterdrückte Verzweiflung der letzten Tage; ich kann es nicht verhindern und heule wie ein Schlosshund. Verdammte Scheiße! Er hat es gewusst, tröstet mich. Sagt was von Schicksal und dass man ja sowieso nichts mitnehmen kann. Und doch weiß ich, dass er unsagbar traurig ist. Aber ich konnte es einfach nicht verhindern, konnte den mir anvertrauten Schatz nicht schützen. Alles verloren.

Als ich mich wieder gefangen habe, gehe ich zu den anderen zurück. Stella blickt mich an. Sie weiß sofort, was los ist. Ihr Blick streichelt mich. Ich liebe sie.

Okay, wieder aufs Pferd und weiter im Takt.

Wieder vierzehn Stunden volle Dröhnung.

Nacht. Wir schleppen uns dumpf ins Hotel.

Tag 8

Noch hält das Wetter. Aufstehen. Frühstück. Ich kann die glotzenden Vertreter nicht mehr sehen. Rammstein. Ulli und Carina kommen aus der nahen Großstadt. Kollegen aus alten Zeiten – Jahre her. Auch wieder Nachbarn, teilweise kennen wir sie nur vom Sehen.

Tante Herta fährt mit dem Zug zurück nach Hause. Überragender Einsatz! Zum Abschied eine Träne – sie sagt, das sie bis an ihre Grenzen gegangen sei.

Weiter, weiter. Überall Schlamm, Diesel und schweres Gerät. Ab morgen soll es regnen. Weiter, weiter.

Die Küche, die Türen, die Schränke im Erdgeschoss, auch die Holztreppe beginnen sich aufzulösen. Die Zerstörung wird mit zeitlicher Distanz eher größer. Normal, sagt der Versicherungsmensch.

Wie sollen wir in den nächsten Monaten wohnen? Aus dem Keller ohrenbetäubender Lärm – die ersten Trocknungsgeräte versuchen, das nasse Grab wieder zu einem Keller zu machen. Drei kleine Kinder!

Am Abend, als die letzten Sachen in der Garage zum Trocknen aufgebahrt sind, beginnt es wieder zu regnen.

Epilog

Wie es jetzt weitergeht? Ich hoffe, dass wir nie vergessen, was für grandiose Menschen uns geholfen haben. Selbstlos und oft bis an ihre Grenzen gehend. Freunde, Bekannte, Fremde, Menschen, von denen wir das nie erwartet hätten. Wir haben so viel Zuspruch und, ja auch Liebe erfahren! Das gab uns die Kraft, diese harte Woche durchzustehen. Dafür sind wir unendlich dankbar!

Wir haben erlebt, was es bedeutet, Naturgewalten ausgeliefert zu sein. Keiner von uns konnte sich vorstellen, wie das ist. Bilder im Fernsehen stumpfen eher ab.

Die erste Phase der Katastrophe haben wir unterm Strich gut gemeistert – dank der vielen selbstlosen Helfer und unseres Kampfgeistes. Die nächsten Phasen werden anders sein. Wir müssen jetzt sehr zäh sein, um all die Rückschläge und viel zu langsamen Fortschritte der nächsten Monate ertragen zu können. Auch das wird uns, davon bin ich fest überzeugt, gelingen. Wir nehmen es als Herausforderung, als Prüfung, die zu bestehen wir fest entschlossen sind.

Und am Ende wird es besser sein als vorher!

Ich werde jetzt mit sehr viel leichterem Gepäck reisen. »Unter Geiern« hänge ich mir an die Wand und befestige eine Plexiglasscheibe drüber. Und jedes Mal, wenn ich daran vorbeigehe, werde ich im Geiste meine vielen stillen Freunde grüßen, die den nassen Tod gestorben sind. Mein Leben sollte ich vielleicht jetzt auch gleich entrümpeln. Ich habe schon damit angefangen und meinen Facebook-Account gelöscht. Das braucht kein Mensch!

Auf jeden Fall stehen wir wieder auf! Es wird ein paar Monate dauern, bis der Schaden am Haus behoben ist. Man schätzt ihn auf wenigstens zweihunderttausend Euro. Der Hausrat kommt noch dazu.

Gott sei Dank sind wir versichert.

Ich habe eine Bürgerinitiative gegründet, die den Politikern auf die Finger sehen will, damit sie jetzt endlich den Ausbau des Hochwasserschutzes beschleunigen. Ob es etwas bringt? Man muss es wenigstens versuchen, oder?! Nur wer aufgibt, hat schon verloren.

Mein Beruf hilft mir, den Rest zu verarbeiten. Oft versuche ich, Menschen zu trösten, die einen nahen Verwandten verloren haben. Ich sage ihnen dann manchmal, dass man lernen muss, für das dankbar zu sein, was war. Das werde ich jetzt auch tun.

Ich hatte einmal eine wunderbare Bibliothek. Zwölf Monate lang. Immerhin.

Zwei Wochen später saßen zweihundert abgekämpfte Gestalten in einem großen Saal und wollten wissen, was die Verantwortlichen der Stadt zu dieser Katastrophe und zu dem Verlust ihres Hab und Guts zu sagen hatten.

Der Bürgermeister persönlich hatte sie eingeladen und auf der improvisierten Bühne war ein Konglomerat aus Wasserexperten, Verwaltungsleuten und Politikern versammelt, deren äußeres Erscheinungsbild seltsam mit dem übrigen sich bietenden traurigen Anblick im Saal kontrastierte.

Nach den unvermeidlichen Mikrofonproblemen trat zunächst der Bürgermeister ans Rednerpult, dem die Anspannung der letzten Tage anzumerken war.

Er war wie immer elegant gekleidet, Schlips und Einstecktuch harmonierten perfekt mit Hemd und Anzug, die Frisur saß und seine Bewegungen waren geschmeidig.

Routiniert begrüßte er die Menschen im Saal und drückte zunächst sein Mitgefühl darüber aus, dass ein ganzer Stadtteil seiner Stadt in den Fluten versunken war.

Dann ging er dazu über, die Einsatzkräfte zu loben, die alles Menschenmögliche und sogar noch mehr getan hätten.

Natürlich durfte auch die Demut nicht fehlen und so gab er unumwunden zu, dass es Versäumnisse gegeben hatte (dass dem so war, konnten die Leute allerdings auch in ihren nassen Häusern sehen).

Als er bei der »Wir werden …«- und »Wir wollen …«-Stellen angekommen war, hatte er die Leute bereits fest im Griff. Man nahm ihm seine Rolle ab, er war nicht umsonst bereits jahrelang Bürgermeister der Stadt und wusste, wie man einen perfekten Auftritt hinlegte.

Danach sprach irgendein Dezernent, der sich als Haacke vorstellte. Er war offenbar relativ neu und hatte mit dieser Flutgeschichte gleich ganz tief ins Klo gegriffen. Offenbar meinte er deshalb, sich als Hardliner positionieren zu müssen und hatte daher nichts Besseres zu tun, als tadelnd zu erwähnen, dass es offenbar Leute gebe, die behaupteten, der Stadtteil sei absichtlich geflutet worden.

Nun ist es ja nicht ungewöhnlich, dass im unmittelbaren Anschluss an ein solches Ereignis allerhand Verschwörungstheorien die Runde machen, und man hätte das souverän ignorieren oder vielleicht sogar entkräften können.

Nicht so Herr Haacke, der sich, ganz in Schwarz gekleidet, offenbar in der Rolle des Rächers gefiel.

»Und das eine sage ich Ihnen«, tönte es von der Bühne, »wir, die Stadt, verklagen jeden Einzelnen, der das behauptet!«

Das betretene Schweigen im Anschluss ließ ihn diese Aussage nochmals wiederholen:

»Jeden Einzelnen!«

Stein drehte sich der Magen um. Da saßen sie, seine Nachbarn und er.

Familien, Kinder, alte Leute, die zum Teil im Rollstuhl gekommen waren. Viele von ihnen hausten noch in den bereitgestellten Notquartieren und wussten nicht, wann sie nach Hause zurückkehren konnten. Alle waren sie übermüdet, völlig erschöpft und verzweifelt. Und die meisten hatten viel, manche sogar alles verloren.

Und dieser Lackaffe hatte tatsächlich nichts Besseres zu tun, als sie alle mit einer Klage zu bedrohen!

Da waren zweihundert Menschen in Not, in die sie natürlich auch deshalb geraten waren, weil die Vorkehrungen für eine solche Katastrophe nicht ausgereicht hatten, und die Stadt hatte also nichts Besseres zu tun, als ihre Hände in Unschuld zu waschen und jeden, der das bezweifelte, mit einer Klage zu bedrohen!

Da mochten sie jetzt so viel Hilfe versprechen, wie sie wollten – das ging gar nicht und Stein verspürte den unbändigen Drang, den Bürgermeister dies auch wissen zu lassen.

Nachdem er drei Tage lang versucht hatte, den Auftritt von Haacke zu verdrängen, musste er sich am vierten Tag schließlich die Erfolglosigkeit dieses Unterfangens eingestehen, und er beschloss, etwas zu unternehmen.

So schrieb er in einer Mittagspause einen Brief an den Oberbürgermeister, bedankte sich zunächst artig für die Bemühungen der Stadt nach der Flut, um dann den peinlichen Auftritt von Haacke zu erwähnen. Er empfahl dem OB dringend, seinen Mitarbeiter zu einer öffentlichen Entschuldigung zu bewegen, da dieser ihm und der Stadtverwaltung mit seinem Verhalten Schaden zugefügt habe.

Nachdem er den Brief in einen Umschlag gesteckt hatte, fiel ihm ein, dass es vielleicht gut sei, ihn mit irgendeinem Prädikat zu versehen, damit er nicht sofort ungelesen in den Papierkorb wandern würde.

So zog er ihn wieder heraus, überlegte ein Weilchen und hatte schließlich eine zündende Idee.

Der Brief bekam einen Zusatz, den ein Politiker nicht übersehen würde:

der Brief wurde von Stein mit der Überschrift »Bürgerinitiative Flutgeschädigte« versehen.

Stein war sich sicher, dass man den Brief nun gewiss nicht ignorieren würde.

Wie recht er damit hatte, bewies die E-Mail, die er ein paar Tage später las und die ihn überraschte: Der Bürgermeister wollte ihn und seine Mitstreiter von der Initiative gerne kennenlernen und lud sie ins Rathaus ein.
    Das stellte Stein allerdings vor das Problem, dass es gar keine Bürgerinitiative gab. Allerdings wollte er sich auch nicht davor drücken und überdies war er neugierig, was der Bürgermeister zu sagen hatte. Daher rief er ein paar Nachbarn an; gemeinsam gründete man noch am selben Abend die Initiative zu dem Brief.
    Schnell war eine Homepage gebastelt, was der Sache tatsächlich irgendwie einen offiziellen Anstrich verlieh.

Der Oberbürgermeister hatte seinen halben Hofstaat antreten lassen.
    Während Stein und seine drei Mitstreiter das Büro des Bürgermeisters betraten, wurde nicht enden wollend Hände geschüttelt. Der Kämmerer und auch der Dezernent »Soundso«, der Wasserexperte »XY«, die Sekretärin etc. wie auch Herr Haacke, wieder ganz in Schwarz gekleidet, aber aktuell allem Anschein nach etwas blasser um die Nase, standen Spalier.
    Sie nahmen alle an dem schweren Eichentisch im Büro des Bürgermeisters Platz; während die Sekretärin eilfertig Kaffee servierte, blickte sich Stein interessiert um.
    Der Bürgermeister zeigte sich als kunstsinniger Typ. Eine Skulptur aus Metall stand im Raum und blickte Stein aus hohlen Augen an. Bilder verschiedener Stile bevölkerten die Wände – allesamt Originale, wie es Stein schien –, während dazwischen unaufdringlich Fotos eingestreut waren,

die den Bürgermeister händeschüttelnd mit verschiedenen Prominenten aus Politik und Medien zeigten.

Alles im Raum suggerierte dem Besucher, dass man es mit einem weltläufigen Mann zu tun hatte, der Tag und Nacht das Wohl der ihm anvertrauten Menschen im Auge hatte.

Ein »Kümmerer«, der sich selbst aufrieb, um die ihm anvertraute Mission erfüllen zu können.

Im Moment sah er allerdings reichlich bekümmert aus, der »Kümmerer«.

»Ach Dr. Stein«, hob er an. »Sie ahnen ja gar nicht, wie schwer mir die letzten Tage waren! Ich will mit offenen Karten spielen: Die Flut hat uns kalt erwischt und unser Krisenmanagement sah dementsprechend aus.« Er seufzte. »Dabei hatten wir zwei Krisenstäbe. Zwei! Leider wurde es versäumt, diese zu koordinieren, sodass in der Nacht, in der die Flut kam, die eine Hand nicht mehr wusste, was die andere tat. Aber glauben Sie mir, wir haben alles getan, was in unserer Macht stand. Alles.«

»Wissen Sie, Herr Bürgermeister Müller«, entgegnete Stein, »es geht hier nicht um Schuldzuweisungen. Es geht nicht darum, wer was versäumt oder nicht versäumt hat.

Aber durch diese Flut haben viele Menschen alles verloren. Menschen, die sich jetzt vielleicht mit viel Energie und Arbeit noch einmal hochkämpfen können. Aber wenn so etwas noch mal passiert, dann werden sie nicht mehr hochkommen. Viele sind alt und haben eine schmale Rente. Uns geht es daher darum, die schlimmste Not zu lindern und zu verhindern, dass so etwas ein weiteres Mal geschieht. Deshalb sind wir hier, wir wollen Ihnen als Betroffene die Hand reichen und konstruktiv mit Ihnen zusammenarbeiten.«

Man konnte sehen, wie sich der Oberbürgermeister daraufhin entspannte. Das lief ja viel besser, als er gedacht hatte! Die waren also gar nicht gekommen, um irgendwelche Schimpfkanonaden loszuwerden, sondern um ihm die Hand zu reichen. Ganz zahm.

Da konnte man ja das Büßergewand ablegen und das des Politmachers wieder anlegen. »Herr Doktor Stein, das ist ganz wunderbar und wirklich beeindruckend, dass Sie und Ihre Initiative sich so sehr für die armen Menschen engagieren«, umschmeichelte er sie. »So etwas ist heute selten geworden und Ihnen gebührt größter Respekt dafür. Selbstverständlich sichere ich Ihnen als Vertreter der Stadt unsere vollste Unterstützung zu, wenn es darum geht, die Not der Menschen zu lindern!«

Im Folgenden wurde lange darüber diskutiert, wie man helfen könne, und es wurden sogar konkrete Beschlüsse gefasst.

Allerdings lag Stein eines noch auf dem Herzen: »Wissen Sie, es wäre uns auch ein Anliegen, deutlich zu machen, dass Herr Haacke mit seinen Drohungen auf der Versammlung etwas zu weit gegangen ist.« Wie auf Kommando senkten König und Hofstaat demütig den Blick. Vielleicht hatte Haacke gehofft, ungeschoren davonzukommen, aber offenbar war er bereits instruiert worden, was er zu sagen habe, wenn das Thema angesprochen werde.

Zerknirscht sprach er etwas vom Eifer des Gefechts, unglücklicher Wortwahl und falschem Ton. Natürlich würde er das so nicht noch einmal sagen, obwohl – und das sei ihm wichtig – er in der Sache natürlich habe so handeln müssen.

Am Ende verziehen ihm die Flutgeschädigten und die Versammlung wurde mit einem Gefühl allgemeiner Erleichterung aufgelöst.

Beim Abschied schüttelte Haacke Stein ganz besonders lange die Hand. »Ich bin auch ein Bücherwurm. Ich weiß, was Sie beim Verlust Ihrer Bibliothek empfinden müssen. Das ist ja wirklich ganz schrecklich.«

Wie das aber mit Bürgerinitiativen häufig der Fall ist, kann man manchmal die Geister, die man gerufen hat, nicht so einfach wieder in die Flasche zurücklocken.

Der Bürgermeister ließ sich jetzt verdächtig häufig in dem betroffenen Stadtteil sehen. Jedes Mal hielt er suchend Ausschau nach Stein, um ihm demonstrativ und so, dass es möglichst viele sehen konnten, die Hand zu schütteln.

Der Höhepunkt war erreicht, als er eines Tages im Gottesdienst erschien, um das Wort bat und schließlich ausrief: »Und da gibt es ja jemanden hier, der eine ganz tolle Initiative gegründet hat, den Doktor Stein. Ja wo isser denn? Er engagiert sich ehrenamtlich für seinen Stadtteil und die Flutgeschädigten! Ehrenamtlich! Solchen Menschen kann man gar nicht genug danken! Ja wo isser denn? Ah, da hinten sitzt er ja – vielen herzlichen Dank für Ihr tolles Engagement, lieber Doktor!«

Stein wäre am liebsten im Erdboden versunken. »Das grenzt an Stalking«, dachte er, während er gequält lächelte, als die Augen der Gemeinde auf ihm ruhten.

Die Initiative selbst gewann an Zulauf und jeder neue Nachbar, der sich ihr anschloss, wartete mit einer neuen – und meist guten – Idee auf.

Zunächst wurde die Kommunikation mit der Stadt abgestimmt, Hilfsangebote und Bekanntmachungen wurden im Stadtteil und auf der Homepage der Initiative weiterverbreitet.

In vielen Diskussionen wurden Wünsche an die Politik artikuliert, die sich zum Ziel setzten, den Hochwasserschutz maßgeblich zu verbessern, und diese wurden anschließend kommuniziert – die Verantwortlichen sicherten maximale Unterstützung zu und es entwickelte sich eine vertrauensvolle Zusammenarbeit zwischen den Verantwortlichen der Stadt und der Bürgerinitiative.

Es gab aber auch ganz handfeste Projekte: So meldete sich jemand, der über die Gruppe günstig ein paar Stromgeneratoren, Pumpen und Schläuche abgeben wollte – ein Angebot, das von den Anwohnern gerne für den Fall der Fälle angenommen wurde.

Wenn jemand helfen wollte oder etwas zu verschenken hatte, was einem der Betroffenen hilfreich sein konnte, wurde das über die Initiative vermittelt, und bald schon entwickelte sich die Gruppe zu einer regen Tauschbörse. Es tat vielen Menschen in dem Stadtteil gut, dass sie ihr Schicksal zumindest ein wenig selbst in die Hand nehmen konnten, und daher erhielt die Initiative einigen Zuspruch. Man hatte das Gefühl, dem Unglück, das die Menschen getroffen hatte, aktiv entgegentreten zu können, und es gab nicht wenige Alte und Einsame, die sich auch deswegen an die Gruppe wandten, um ihrer Verzweiflung zu entgehen. Insgesamt stärkte dies auch den Zusammenhalt der Menschen, die sich nicht zuletzt auch durch die Initiative als Notgemeinschaft verstanden, und so gab es doch bei allem Unglück immer wieder hoffnungsvolle und berührende Zeichen der Menschlichkeit und Solidarität.

Es gab hin und wieder allerdings auch mal ein schwarzes Schaf, das die Selbstlosigkeit der vielen ehrenamtlichen Helfer auszunutzen versuchte.

Ob Stein nicht einmal seine Verbindungen zum OB spielen lassen könne, damit die Stadt ihm seine verlorenen Bücher bezahle, wurde er zum Beispiel von einem derartigen Trittbrettfahrer gefragt.

Dieser war es auch, der ihn dazu ermunterte, doch auch einmal an den Herrn Umweltminister zu schreiben, der sich schließlich auch mal ein wenig kümmern könne.

»Warum nicht?«, dachte Stein und schrieb als Flutgeschädigteninitiativevorsitzender an den Herrn Minister und bat ihn in gestelzten Worten darum, die gemachten Fortschritte im Hochwasserschutz zu skizzieren.

Auch hier erfolgte die Reaktion relativ schnell in Form einer erneuten Einladung zu einem Gespräch beim OB im Beisein des Ministers.

Im Prinzip gab es nicht viel Neues, und man hätte sich die Veranstaltung eigentlich sparen können. Der Minister schaute unablässig auf die Uhr, wirkte reichlich unkonzentriert und blies nach genau einer Stunde zum Aufbruch. Bis dahin wurde ziemlich gelangweilt referiert, was geschehen sei und noch geschehen solle.

Stutzig machte es Stein, dass man eingangs um die Adressen und Berufsangaben der Vertreter der Initiative bat.

Ansonsten moderierte der OB die Veranstaltung gewohnt souverän und wurde auch dieses Mal nicht müde, sich bei Stein und seinen Mitstreitern endlos zu bedanken.

Im Abspann fiel auf, wie herzlich der Minister Herrn Haacke begrüßte – man kannte sich noch von früher.

Nachdem die Aufräumarbeiten abgeschlossen waren, wurde es um die Initiative nach und nach stiller. Es war bereits alles gesagt und getan. Die Aufbauarbeiten kamen allseits voran und auch die Unterstützung von Stadt und Land kam zur Zufriedenheit aller in Gang.

Es hätte also alles ganz wunderbar sein können.

War es auch. Bis Stein nach einem Urlaub, den er auf der Baustelle zu Hause verbracht hatte, wieder in die Firma kam.

In seinem E-Mail-Account fand er eine E-Mail von Hans vor.

»Sofort aufhören mit jeglichen Aktivitäten in puncto Flutinitiative! Keine Attacken mehr auf die Stadt! Ich stehe unter massivem Raketenbeschuss! Es geht um die Zukunft der Firma und damit auch um deine!«

Stein erschrak. Was war denn da los um Himmels willen? Von welchen Attacken war hier die Rede?! Hatte man sich bei ihm nicht hundertmal für sein Engagement bedankt?

Er konnte sich zwar überhaupt keinen Reim auf diese E-Mail machen, aber – wie er sich eingestehen musste – beunruhigte sie ihn beträchtlich.

Da Hans nun wiederum im Urlaub war, musste Stein zwei Wochen warten, bis er die Sache klären konnte. Zwei Wochen im Ungewissen – so wie er Hans kannte, steckte auch dahinter sicher ein gewisses Kalkül.

Als Hans zurück war, bat ihn Stein unverzüglich um ein klärendes Gespräch. Was er von Hans dann zu hören bekam, konnte er anfangs nicht glauben.

Offenbar hatten die Mitarbeiter des Oberbürgermeisters anhand der Adressenliste herausgefunden, wo Stein arbeitete, und somit festgestellt, dass dieser de facto ein Angestellter der Stadt war, da die Firma dem Krankenhaus gehörte und dieses wiederum ein städtischer Betrieb war.

Eines Tages, so Hans, klingelte bei ihm das Telefon und ein Herr aus der städtischen Verwaltungshierarchie, Dezernatsleiter Pankow, die rechte Hand des OB sprach ihn auf die Flutaktivitäten des Herrn Stein an.

Pankow habe ihn daran erinnert, dass die Firma ein städtischer Betrieb sei und dass er, Fetscher, doch gerade jetzt – er spielte auf das Filialprojekt an – etwas von der Stadt wolle.

Es sei da wenig hilfreich, wenn in diesem Fall einer der Angestellten die Stadt immer wieder angreife. Sicher habe man Fehler gemacht. Vor allem habe sich der OB viel zu spät im Katastrophengebiet sehen lassen – ein paar Gummistiefelfotos wie damals beim Bundeskanzler, das hätte natürlich entsprechend Eindruck gemacht. Dies habe man leider versäumt, aber jetzt laufe doch alles reibungslos und daher solle er den Stein schleunigst zurückpfeifen.

Er verlange von ihm als Leiter der Firma, dass er auf seinen Mitarbeiter einwirke, damit dieser das sofortigst unterlasse. »Der hat wörtlich zu mir gesagt ›Das hört mir jetzt auf!‹«, sagte Hans, »ich habe noch gesagt, dass ich ja wohl keinen Einfluss auf das nehmen kann, was einer meiner Mitarbeiter in seiner Freizeit macht. Daraufhin hat er noch mal betont, dass das jetzt sofort aufzuhören habe. Ich solle diesen Rädelsführer Stein mundtot machen – ansonsten werde es Probleme zwischen Stadt und Firma geben.«

Hans erzählte weiter, dass er wenig später eine Parteiveranstaltung besucht habe, auf der er von Pankow, Haacke und sogar dem OB selbst ein weiteres Mal bedrängt worden sei, Stein zu zwingen, die Aktivitäten der Bürgerinitiative einzustellen. Schließlich sei bald Wahl und da wolle man vor allem eines haben: Ruhe. Ein Störenfried sei nicht erwünscht.

Während Hans im – gespielten – Betroffenheitsmodus seinen Monolog abspulte, rang Stein plangemäß um Fassung.

»Aber, aber … der OB hat sich doch zehnmal bei mir bedankt. Und wir haben die Stadt doch gar nicht angegriffen, im Gegenteil, das war doch alles total konstruktiv!«

»Jaja, der OB«, entgegnete Hans bitter, »immer schön freundlich und hintenrum rammt er einem den Dolch in den Rücken. Was glaubst du eigentlich, wie viele Leichen seinen politischen Aufstieg säumen?! Der bedankt sich bei dir, obwohl es ihn total ankotzt, dass du ihm vor den Koffer scheißt. Und dann, ohne dass du merkst, woher die Einschläge kommen, macht er dich fertig. Max, du gefährdest mit deinen Aktivitäten unsere Pläne, unsere und auch deine eigene Zukunft. Bitte hör sofort damit auf und löse die Initiative auf.«

Stein war angezählt. Die Initiative sei doch eigentlich erst durch die Intervention des OB entstanden und außerdem sei ja nun auch bereits viel erreicht worden, sodass man die Aktivitäten sowieso zurückfahren wollte.

Hans lächelte maliziös. »Na dann ist es ja gut; dann werde ich das mal in Richtung Stadt kommunizieren.«

Wie ein geprügelter Hund verließ Stein das Zimmer von Hans.

Es dauerte ein wenig, bis er seine Fassung wiedergewonnen hatte.

Hatte ihm Hans da tatsächlich gerade erzählt, dass der Oberbürgermeister und seine Handlanger ihn durch Erpressung daran hinderten, seine demokratisch verbrieften Bürgerrechte wahrzunehmen? Dass sie seinen Chef bedrohten, ja erpressten, damit dieser Stein kaltstellte?

Und waren das dieselben Menschen, die ihm gleichzeitig öffentlich die Hand schüttelten und Dankbarkeit vorheuchelten?

Sah so gelebte Demokratie in diesem Lande hinter den Kulissen aus?

Oder war das wieder nur einer der schmutzigen Psychotricks von Hans?

Stein war verwirrt, er wusste nicht mehr, was er glauben, wem er trauen konnte. Wer spielte hier ein mieses Spiel mit ihm? War es Hans? Oder war es Oberbürgermeister Müller? Oder beide?

Stein beschloss, sich fürs Erste zurückzuziehen.

Er hatte im Moment auch wahrhaftig andere Sorgen.

Nachdem die ersten Aufräumarbeiten abgeschlossen waren, wurde das Haus endlich auch wieder notdürftig mit Strom versorgt, sodass sie abends wieder Licht hatten. Auch ein Warmwasseraggregat konnten sie sich ausleihen – insbesondere für den kleinen Marius, noch kein Jahr alt, war dies ein Segen.

Mit dem Strom kamen noch mehr Trocknungsgeräte, die in Keller und Erdgeschoss aufgestellt wurden; es waren etwa fünfzehn, die zusammen mit dem Heißgebläse, mit dem permanent Luft in eigens gebohrte Löcher in Böden und Decken geblasen wurde, Tag und Nacht einen infernalischen Lärm verursachten.

Stein lief mit seinem Handy durchs Haus und maß die Lautstärke – am Esstisch herrschten 70 dB, in manchen Räumen 80 – immer, zu jeder Tages- und Nachtzeit.

Insgesamt vier Monate lang.

Das ist so wie ein Picknick neben der Autobahn.

Stein konnte dem Lärm wenigstens während seiner Arbeit entfliehen, aber Stella verbrachte dort auch die Tage und bemühte sich trotz allem darum, den Kindern so viel Normalität wie möglich zurückzugeben.

Stein bewunderte sie und er liebte sie in jenen Tagen noch viel mehr als sonst – ging das überhaupt?

Anfangs fehlte es an allem. Nahezu alle Kleidungsstücke, vor allem die der Kinder, waren weg. Die Küche war kaputt, sodass sie in der ersten Zeit darauf angewiesen waren, von hilfsbereiten Nachbarn warmes Essen zu bekommen. Die Zubereitung der Milch für den kleinen Marius geriet zu einem Kunststück.

Sämtliche Kommunikationsmittel, vom Telefon bis zum Computer, waren futsch und es war ein Glück, dass es Sommer war – die Heizung war schließlich ebenfalls zerstört.

Hinzu kam, dass nun natürlich ein regelrechter Run auf die Handwerker einsetzte und es somit viel Geduld und Nerven brauchte, bis sich endlich einer fand und vorbeikam.

Nachdem die Schuttabholer weg waren, kamen als Nächstes drahtige Männer mit unbestimmbarem Herkunftsland und meißelten im Keller sämtlichen Putz von den Wänden, um die Trocknung zu forcieren.

Im Haus herrschte in diesen Tagen ein noch unbeschreiblicherer Lärm als zuvor, dessen Belästigungsgrad nur noch von dem feinen Staub übertroffen wurde, der sich wie Mehltau auf absolut alles legte und in jede Ritze drang.

Tapfer ertrugen die Kinder und Stella diese Tage, man durfte sich nicht hängen lassen. Der Staub und Dreck waren eigentlich sowieso schon egal. Der Fluss hatte einen so feinen, aber extrem hartnäckigen schmierigen Schlammfilm auf den Fliesen und allem hinterlassen, was er in seine Gewalt gebracht hatte, dass der Staub höchstens noch das i-Tüpfelchen darstellte.

So sehr man auch schrubbte, man bekam den Schlamm einfach nicht ab. Als sie bereits überlegten, die Fliesen komplett zu entfernen, fanden sie jemanden, dem es mit viel Chemie – sie mussten wegen der Dämpfe das Haus für ein paar Tage verlassen – doch noch gelang, die Fliesen zu säubern.

Weil die Küche ersetzt werden musste, lebten sie wochenlang buchstäblich zwischen Töpfen und Tellern, während Handwerkerkolonne um Handwerkerkolonne sich die Klinke in die Hand gab. Sie lebten auf einer Großbaustelle.

Schließlich wurde auch die Holztreppe herausgerissen, sodass sie eine Zeit lang darauf achten mussten, dass kein Kind in den Kellerschacht, der sich nun im Esszimmer auftat, stürzte.

Nach vier Monaten war es endlich so weit, und die letzten Trocknungsgeräte wurden abgebaut. Anfangs wachten sie nachts auf, weil ihnen die plötzliche Stille unheimlich erschien. Aber in dieser Stille merkten sie erst, wie erschöpft sie eigentlich waren.

Nachdem die Maler den Keller und das Erdgeschoss ausgemalt hatten, konnte der Wiederaufbau beginnen.

Und wieder kamen Myriaden von Handwerkern aus aller Herren Länder.

Sie lebten weiter Tag und Nacht auf einer Baustelle, die jegliche Privatsphäre vermissen ließ.

Stella kochte Unmengen Kaffee und belegte unzählige Brötchen, um die Handwerker bei Laune zu halten.

Irgendwann kamen Steins Eltern und lösten sie für zwei Wochen ab. Wochen, in denen sie das alles hinter sich lassen konnten. Zwei Wochen, die viel zu schnell vorbei waren.

Und erneut fanden sie sich in ihrem Haus voller Dreck, Lärm und Gestank wieder. Und wieder unternahmen sie alles Menschenmögliche, um ihren Kindern ein möglichst normales Zuhause zu bieten.

Schließlich war die Küche fertig und Stein sah Stella zum ersten Mal seit Monaten wieder lachen – sie hatte in letzter Zeit viel geweint, zu viel.

Noch vor Weihnachten hatte sich die Versicherung gemeldet, der Regulierer hatte den Abschlussbericht gebracht. Angesichts der Höhe des Gesamtschadens war er persönlich angereist, um noch einmal alles mit Stella und Max durchzugehen.

Nachdem sie sich durch endlose Zahlenkolonnen durchgekämpft hatten, waren sie schließlich bei der Endsumme angekommen.

»Der Gesamtschaden«, stellte er sachlich fest, »beläuft sich auf 292.577,00 Euro. Wenn Sie bitte hier unterschreiben wollen!«

Stella und Max blickten sich stumm an. Die letzten Monate zogen an ihnen vorüber.

Sie wussten, dass es andere gab, die nicht so gut versichert waren wie sie; sie wussten, dass sie sich eigentlich darüber freuen sollten, dass ihre Versicherung für die Kosten der Katastrophe aufkam.

Aber sie waren so ausgelaugt und abgestumpft, dass es nur noch Raum gab für den einen Zustand, den man Müdigkeit nennt.

Nein, es war keine normale Müdigkeit wie nach einer durchwachten Nacht. Es war eine Art von extremem Ausgelaugtsein, das nur kennt, wer einmal über längere Zeit an seine Grenzen gegangen ist.

»Bitte unterschreiben Sie hier, damit wir den Vorgang abschließen können!«

Der »Vorgang« hatte sie als Menschen und als Familie an ihre Grenzen gebracht und sie wussten, dass er mit keiner Unterschrift der Welt abgeschlossen sein würde.

Max sah Stella an, während sie unterschrieb. Ihre schönen Gesichtszüge waren in den letzten Monaten härter geworden, in ihrem Blick lag eine stille Traurigkeit.

Sie war in all den vergangenen Wochen und Monaten so tapfer gewesen, hatte es in diesem lauten Dreckloch voller ersoffener Hoffnungen ausgehalten, hatte klaglos Nächte durchwacht, wenn der kleine Marius nicht schlafen wollte, hatte Emma bei den Schularbeiten geholfen und sich die Sorgen von Oskar angehört – sie hatte ohne zu klagen alles dafür getan, um der Familie an einem Ort, der kein wirkliches Zuhause mehr war, zumindest das Gefühl eines Zuhauses zu geben.

Todmüde saß sie nun da und unterschrieb den Wisch, den ihr der geschäftige Regulierer unter die Nase hielt.

»Machen Sie sich nichts draus«, sagte er. »Als Nächstes besuche ich eine Familie, deren Haus zuerst in der Flut untergegangen ist und danach, als gerade das Schlimmste überstanden schien, abbrannte. Die reißen das jetzt komplett ab und bauen neu. Kann also auch noch schlimmer kommen als bei Ihnen …«

Als er weg war, saßen sie noch eine Weile am Esstisch und starrten ins Leere.

Schließlich durchbrach Max die Stille: »Okay. Jetzt lassen wir das erst mal sacken und dann stehen wir wieder auf, ja? Immerhin ist es jetzt vorbei und wenn's gut läuft, dann erwartet uns ein Superjahr, in dem wir uns keinen Stress mit gar nichts machen und einfach nur in den Tag hineinleben. Wir machen schöne Urlaube, feiern mit Freunden, sind viel in der Natur und tanken wieder Energie. Und irgendwann wird das dann vergessen sein und wir knüpfen da an, wo wir vor der Flut standen. Einverstanden?«

Stella blickte ihn fest an: »Ja«, sagte sie. »So machen wir das! Und bevor du mir wieder sagst, wie tapfer ich war: Ich weiß. Aber du warst es auch – du hast deine Bücher so sehr geliebt und trotzdem hast du nie gejammert!«

»Was soll's«, gab er zurück. »Du weißt ja, wo ich arbeite. Ich sehe so oft Menschen sterben. Da bekommt man ein eine andere Einstellung zum Leben. Und zum Besitz. Mitnehmen kann man eh nichts und das Wichtigste ist doch, dass wir da alle heil rausgekommen sind … Und jetzt wird's ganz bestimmt besser als vorher!«

Es hatte sieben Monate gedauert, aber jetzt konnten sie Weihnachten wieder in einem normalen Haus feiern.
Sie waren sehr ausgelaugt. Aber glücklich.

Zwischen den Jahren waren sie in den Bergen bei den Eltern von Stella. Es tat gut, einmal woanders zu sein und die beiden Alten bemühten sich nach Kräften, dass sie sich ein paar Tage lang erholen konnten.
»Max«, sagte Stella am Silvestermorgen mit dem ihr eigenen Lachen in den Augen, das er so lange vermisst hatte. »Vielleicht sollten wir im nächsten Jahr noch mal etwas intensiver über ein weiteres Kind nachdenken, was meinst du?«
»Weißt du was, Stella: Das hört sich verdammt gut an! Lass uns endlich wieder leben …«
Kein Zweifel: Jetzt würde es wieder bergauf gehen und die Vorfreude auf das Kommende euphorisierte sie förmlich.

Den Silvesterabend verbrachten sie mit alten Freunden, einem ehemaligen Arbeitskollegen und dessen Familie.
Während sie mit Fackeln in den Händen durch ein tief verschneites Tal zur Almhütte stapften, fragte ihn der Freund, wie es denn in der Arbeit so laufe.
Max überlegte; er dachte an die letzten Jahre und an den kometenhaften Aufstieg, den die Firma in dieser Zeit hingelegt hatte. Er dachte daran, wie viel er dazu hatte beitragen können. Er dachte an die vielen kranken Menschen, denen er und das Team der Firma hatten helfen können. Er dachte an das viele Geld, das er verdiente.
Und er dachte daran, wie jetzt endlich wieder Normalität in sein Leben einkehren würde: Er würde wieder entspannt und ohne Sorgen zur Arbeit gehen und könnte sich nun wieder ganz und gar seinen Patienten und der weiteren Entwicklung der Firma widmen.

Die sich mehrenden, Unheil verkündenden Zeichen waren bereits durch die Flutkatastrophe und deren Folgen in den Hintergrund getreten. Hier und jetzt, mit einem alten Kumpel an seiner Seite und der Aussicht auf ein sorgenfreies neues Jahr, verblassten sie vollends.

»Ich hatte noch nie so eine tolle Stelle«, sagte er schließlich. »Ich glaube, ich bin angekommen.«

Das kommende Jahr würde besser werden. Es musste besser werden, denn ein weiteres solches Jahr würden sie nicht überstehen.

Ein doppelter Irrtum, wie sich bald herausstellen sollte.

IGNIS – Zeit des Feuers

Erster Arbeitstag im neuen Jahr.
 Das Telefon klingelt. Eine sanfte Stimme meldet sich. »Kannst du bei Gelegenheit mal zu mir kommen?«, fragt Hans.

Am Abend dieses 10. Januars sitzt Stein wortlos am Tisch. Während die Kinder das übliche Chaos verbreiten, blickt Stella ihn prüfend an. Schweigen.
 Später, als die Kinder im Bett sind, sagt sie: »Na, was ist dir denn heute für eine Laus über die Leber gelaufen? Du bist ja so ungewohnt still!«
 Er reißt sich zusammen »Na ja, bin halt ein bisschen müde nach dem ersten Arbeitstag. Muss erst mal wieder reinfinden …«

Morgenbesprechung. Wie üblich sitzen Hans, Stein, alle Assistenten und die meisten anderen Mitarbeiter in dem dunklen Kabuff, in dem der frühere Chefarzt Hader seine letzten zwei Jahre vor der Rente verbringen musste. Nach seinem Weggang hatte sich niemand die Mühe gemacht, den Raum mal ein wenig zu entrümpeln und so sitzen sie zwischen vertrockneten Pflanzen, uralten Kalenderblättern und verstaubten Büchern, die jedem medizinischen Antiquariat zur Ehre gereichen würden. Stein hatte diesen Raum noch nie gemocht. Nichtsdestotrotz beginnt dort allmorgendlich der Arbeitstag der Firma. In diesem Raum werden die neuen Patienten besprochen, die Krankengeschichte und die geplanten Therapien werden per Beamer an die Wand geworfen. Jeder Arzt stellt seine Patienten vor, nachdem Hans den jeweiligen Namen aufgerufen hat.

Hatte sich anfangs dann oft eine kollegiale Diskussion über manche Fälle entsponnen, die für alle lehrreich war und für den Patienten eine häufig noch bessere Einstellung der Therapie bedeutet hatte, so war diese Art der Patientenbesprechung aufgrund der zunehmenden verbalen Ausfälle von Hans gegenüber verschiedenen Mitarbeitern weitgehend eingeschlafen.

Wenn die Assistenten zunächst schlicht Angst davor gehabt hatten, ihre Meinung zu äußern, so waren sie im weiteren Verlauf zunehmend dazu übergegangen, gar keine Meinung mehr zu haben.

Sie warten jetzt schlichtweg auf die Ansagen ihres Chefs – wozu sollte man sich unter diesen Bedingungen denn auch eigene Gedanken machen?

Einzig Stein war bisher nicht müde geworden, sich den Luxus einer eigenen Meinung zu gönnen.

Nun sitzt er auf seinem Stuhl im Dunkeln und Hans ruft Herrn Maier auf, einen Patienten von Stein.

Stille, prüfend starrt Hans auf das Konzept. »Hmmm. Hmmm. Hmmm«, brummt es durch die Dunkelheit. Der Cursor kreist unermüdlich um Steins Konzept. »Herr Kniep, ich glaube, das müssen wir noch mal überarbeiten. Das mache ich wohl lieber selbst.«

Totenstille, man könnte eine Stecknadel auf den Boden fallen hören.

Als Nächstes werden Fälle besprochen, deren Behandlungskonzepte Stein zusammen mit anderen Kollegen auf verschiedenen Tumorkonferenzen festgelegt hat.

»Was soll denn das, also das kann man ja wirklich nicht so entscheiden. Das gibt's doch nicht, nein, also das müssen wir an die Tumorkonferenz zurückgeben. Da hat wohl jemand noch größeren Weiterbildungsbedarf!«

In dieser Morgenbesprechung werden fast sämtliche Fälle Steins von Hans zerpflückt. Bereits erfolgte Therapieplanungen werden nicht freigegeben und – sehr zu deren Freude – wieder an jene Mitarbeiter zurückgegeben, die die Konzepte von Stein umgesetzt haben. Die wenig subtile Botschaft lautet: Stein hat Mist gebaut und das müsst ihr jetzt ausbaden.

Stein versucht, sich zu verteidigen. Sämtliche Konzepte und Planungen von ihm sind wie immer gewissenhaft durchdacht und entsprechen den Richtlinien der Firma und der allgemeinen Therapieleitlinien.

Hans, der das erwartet hatte, schneidet ihm das Wort ab. Seine Stimme nimmt einen aggressiv-drohenden Unterton an, der keinen Widerspruch duldet. Er ist hier der Chef und sein Wort ist Gesetz!

Aus den Augenwinkeln sieht Stein die anderen zusammenzucken.

Mehrmals versucht er, mit sachlichen Argumenten seinen Standpunkt klarzumachen – jedes Mal wird der harsche Tonfall, mit dem er unterbrochen wird, aggressiver.

Schließlich sieht er ein, dass es keinen Zweck hat, und lässt den Rest der »Besprechung« über sich ergehen.

Als die Besprechung beendet ist, verlassen alle schweigend den Raum, wobei die Kollegen vorsichtshalber den Blickkontakt zu Stein meiden. Ihnen ist klar, dass irgendetwas zwischen Hans und Stein vorgefallen sein muss, und niemand möchte ins Schussfeld von Hans geraten; schließlich weiß man, was das bedeutet.

Hans geht als Erster den Gang zwischen Besprechungsraum und Arztzimmern entlang, seine Tolle wippt bei jedem Schritt auf und ab und Stein kommt das Wippen heute etwas beschwingter vor als üblich.

Wipp, wipp, wipp, ich mach dich fertig, wirst schon sehen. Wipp, wipp, wipp, ich zah's dir heim. Wipp, wipp, wipp, und willst du mein Freund nicht sein, dann schlag ich dir den Schädel ein. Wipp, wipp, wipp, und spreng ich nicht mein Deckelein, wirst sehn, es wird dein Schaden sein.

Niemand spricht ein Wort und die Assistenten beeilen sich, in ihren Zimmern zu verschwinden.

In seinem Büro angekommen, lässt sich Stein auf seinen Stuhl fallen und starrt auf die Bilder von Stella und den Kindern auf seinem Schreibtisch.

Hans hat keine Zeit verloren und ohne Umschweife mit dem Granatbeschuss, wie er es ausdrücken würde, begonnen.

Nachdem die ohnmächtige Wut über die kalkulierten Demütigungen etwas abgeklungen ist, versucht Stein, seine Optionen zu prüfen.

Er kennt Hans nun bereits seit vier Jahren, in denen er sehr eng mit ihm zusammengearbeitet hat. Das ist ausreichend Zeit, um jemanden ausgiebig zu studieren. Er weiß, dass Hans ein Mensch ist, der eine geradezu diebische Freude daran hat, Menschen zu quälen. Natürlich nur solche, die in der Hierarchie unter ihm stehen. Hat er jemanden vor der Flinte, so plant er seine Attacken akribisch, sucht die Schwachstellen bei seinem »Gegner« und versucht hartnäckig und ohne Skrupel, diesen an seinen schwächsten Stellen immer und immer wieder zu treffen. So lange, bis dieser zermürbt ist. Dabei achtet Hans genauestens darauf, dass sein Gegner ihm selbst nicht gefährlich werden kann, und geht mit einer massiven Härte vor, die bislang jeden Widerstand zu brechen imstande war.

Einen solchen Feind wünscht sich niemand. Wenn dieser dann auch noch der eigene Chef ist und kraft seines Amtes eine Machtposition innehat, die es ihm erlaubt, seine Attacken ohne große Rücksichten und vor allem für sich selbst gefahrlos auszuführen, dann nennt man so etwas wohl eine fatale Lage.

Stein denkt an das vergangene Jahr. Er denkt an seine Frau und die Kinder, die dringend wieder Normalität brauchen. Er denkt an das Haus, das unter so vielen Mühen und Entbehrungen gerade wieder aufgebaut worden ist.

Es ist völlig ausgeschlossen, seiner Familie nach all dem, was in den letzten Monaten geschehen ist, nun die nächste Katastrophe zuzumuten.

Überdies ist er sich bewusst, dass er einen ihm von Hans aufgezwungenen Kampf niemals gewinnen kann. Zu mächtig, zu skrupellos und zu verschlagen ist dieser.

Ein Kampf mit Hans würde letztendlich zur völligen Vernichtung seiner beruflichen Existenz führen.

Ein Ausweichen ist aber angesichts der beruflich bedingten Nähe zu Hans faktisch nicht möglich.

Einzige Option bleibt daher, Hans dazu zu bringen, von ihm abzulassen. Aber ist das realistisch?

Zumindest ist es schwierig, weil Stein bisher noch nicht weiß, was genau Hans überhaupt dazu bewogen hat, die Attacken zu starten.

Wie kann er das Problem lösen, ohne seine Ursache zu kennen?

Bleibt also die vage Hoffnung, dass es diesmal anders läuft und Hans irgendwann wieder von ihm ablässt.

Er beschließt daher, sich absolut defensiv zu verhalten und in Zukunft in den Morgenbesprechungen zu schweigen, wenn es gegen ihn gehen sollte.

Im Laufe der nächsten Tage und Wochen wird offensichtlich, dass es sich, wie Stein bereits befürchtet hatte, nicht nur um eine bloße Laune von Hans handelt.

Nahezu täglich wird er vor allem in den Morgenbesprechungen vorgeführt und gedemütigt, was er schweigend erträgt.

Sarkastisch denkt er manchmal: »Gäbe es einen Preis für den schlechtesten Mitarbeiter – ich würde ihn mit Auszeichnung gewinnen.«

Er versucht, innerlich Haltung zu bewahren, indem er sich immer wieder sagt, dass die fachlichen Vorwürfe lediglich Mittel zum Zweck sind.

Ihm ist klar, dass es Hans nicht um die Sache an sich geht, sondern ausschließlich darum, ihn vor den anderen Mitarbeitern bloßzustellen und zu demontieren. Da Hans weiß, wie sehr Stein das Wohl der Patienten am Herzen liegt, versucht er, ihn fachlich zu diskreditieren. Da es fachlich jedoch rein objektiv nichts auszusetzen gibt, behauptet Hans das einfach kraft seines Amtes als Chef, weil er weiß, dass es niemand wagen wird, ihm zu widersprechen. Außerdem hat er –verschlagener Taktiker, der er ist – die Erfahrung gemacht, dass man Lügen und haltlose Behauptungen lediglich überzeugend herüberbringen und oft genug wiederholen muss, damit das Publikum sie am Ende glaubt.

Und er weiß, dass selbst der Delinquent irgendwann einmal glauben wird, dass zwei plus zwei fünf ergibt, wenn man ihm das nur lange genug einredet.

Doch auch wenn Stein die täglichen Demütigungen schweigend und ohne Gegenwehr erträgt und obwohl er manchmal schier daran verzweifeln möchte – nicht im Entferntesten ist er gewillt, sich von Hans brechen zu lassen.

Nach drei Wochen Trommelfeuer ist er sich endgültig im Klaren darüber, dass Hans den Plan hegt, ihn zu zerbrechen.
Da seine Optionen unverändert geblieben sind, beschließt er, nochmals mit Hans zu sprechen. Vielleicht kann er ihn zum Einlenken bewegen.

Seiner Bitte um eine Unterredung wird von Hans mit einer gönnerhaften Geste stattgegeben, die verrät, dass er bereits darauf gewartet hat.
Grinsend empfängt er Stein in seinem Büro. »Was gibt es denn so Wichtiges, Max?«, säuselt er amüsiert.
»Hans, ich möchte mit dir mal über unser Binnenverhältnis reden; ich glaube, es gibt da deutlichen Klärungsbedarf …« »Ach wirklich? Na dann schieß doch einfach mal los!«
»Okay, Hans, mir ist nicht ganz klar, was ich eigentlich verbrochen habe, mir ist nicht klar, warum du mich so behandelst. Meines Wissens war ich immer – und ich betone: IMMER – extrem loyal dir und der Firma gegenüber …«
»Max«, Hans schneidet ihm das Wort ab. »Die Leute, die mir gegenüber nicht loyal waren, sind auch schon alle tot. Es geht hier auch nicht um Loyalität. Es geht darum, dass ich für die Qualität in der Firma verantwortlich bin und daran hapert es leider bei dir ganz gewaltig. Neunzig Prozent aller Probleme, die wir hier intern mit der medizinischen Qualität haben, lassen sich auf dich zurückführen, Max. Du wirst mir zustimmen, wenn ich sage, dass ich das als Leiter nicht dulden kann. Wir sind hier den Menschen, die wir behandeln, verpflichtet und ich bin dazu da, darauf zu achten, dass ihnen kein Leid geschieht.«
Stein ist wie vor den Kopf geschlagen.
Auch Hans muss sich darüber im Klaren sein, dass es Stein war, der die medizinische Qualität der Firma erst zu dem gemacht hat, was sie heute ist. Wie oft hatte Hans ihn um Rat gefragt, wenn er bei einem Patienten nicht mehr weiterwusste! Und jetzt das!

»Aber«, Stein muss sich mühsam beherrschen, »es ist schon komisch, dass vier Jahre lang überhaupt keine Kritik kommt und jetzt plötzlich alles falsch ist, was ich mache. Das kann doch gar nicht sein!«

Hans hat das offenbar erwartet: »Na ja, Herr Kniep und die anderen Mitarbeiter sind eben ziemlich verschwiegen. Was meinst du, wie oft ich bei denen war und wir dann gemeinsam deine Fehler ausgebügelt haben! Ich wollte dich halt schonen, weil ich dich gerne hab. Aber irgendwann kommt der Punkt, an dem das einfach nicht mehr geht.«

»Ach, diese Nummer fährst du jetzt«, dachte Stein. Aalglatt. Aalglatt und völlig absurd.

»Du willst mir also sagen, ich hätte vier Jahre lang Fehler gemacht?«

Hans nickt genüsslich »Es tut mir echt leid Max, ich weiß ja, wie sehr du dir das immer zu Herzen nimmst, wenn in der Patientenbehandlung etwas schiefgeht. Deshalb habe ich ja auch so lange nichts gesagt. Hinzu kommt«, und jetzt blitzt es wieder stählern aus seinen Augen, »dass du die Stadt gegen uns aufgebracht hast!«

Max schaut überrascht.

»Ja Max, du hast mit deiner Scheiß-Bürgerinitiative die Stadt, der diese Firma hier gehört, maximal in Rage versetzt. Was glaubst du eigentlich, wie viel Energien es mich gekostet hat, den OB und seine Knechte wieder zu beruhigen?!« Jetzt wird Hans laut. »Du sitzt da mit einem Glas Rotwein auf deinem Sofa, bist vollkaskoversichert und überlegst, wie du dem OB noch eine zünden kannst! Ist doch kein Wunder, wenn der dann irgendwann die Kanone auf dich richtet! Damit bringst du unsere Firma in Gefahr, denn die Stadt hat mir ganz offen mit Konsequenzen gedroht, wenn du nicht endlich damit aufhörst! Und schau dir doch mal dein Einkommen an! Scheißt man jemandem ans Bein, dem man so viel zu verdanken hat?!«

»Du weißt genauso gut wie ich, dass wir mit unserer Flutopferinitiative lediglich unsere Interessen wahrgenommen haben, und zwar ohne ein einziges böses Wort!«, gibt Stein zurück. »Wir haben mit der Stadt zwei sehr konstruktive Gespräche geführt, für die sich der OB x-mal bei mir bedankt hat. Ich habe nichts Verbotenes getan und erst recht nichts, was der Firma schaden könnte. Ich konnte doch nicht wissen, wie das hier hinter den Kulissen läuft, und ich habe die Sache sofort beendet, als sie dich unter Druck gesetzt haben!«

»Das war auch gut so und unser aller Glück«, Hans beruhigt sich langsam wieder. »Jetzt schauen wir zu, dass wir den Dampfer hier auch medizinisch wieder flottmachen«, er zwinkert Stein zu, »und dann weiter mit Volldampf in höhere Gewinnsphären!«

Er grinst Stein an. Das Gespräch ist beendet.

Tief in der Nacht wacht Stein auf und kann danach nicht mehr einschlafen. Zu schwer sind die Gedanken, die auf ihm lasten.

Er kann noch nicht ahnen, dass das jetzt faktisch jede Nacht so sein wird und er erst Monate später wieder durchschlafen kann. Er weiß noch nichts von der bleiernen Müdigkeit, die ihn von nun an ständig begleiten wird und die sich seiner bemächtigt, noch bevor er überhaupt anfangen kann, sich vom vergangenen Jahr zu erholen.

Was hatte das Gespräch außer weiteren Demütigungen gebracht?

Gab es irgendeinen Hinweis darauf, dass Hans ihn nun in Ruhe lassen würde, irgendein versöhnendes Signal in Steins Richtung?

Vielleicht der letzte Satz? Ja, der macht etwas Hoffnung. Stein zwingt sich, sich an diesen Satz zu klammern und die Demütigungen zu vergessen. Aber es gelingt ihm nicht wirklich und so fährt er am nächsten Morgen völlig zerschlagen in die Firma, wo die nächste Morgenbesprechung auf ihn wartet.

Spätestens danach ist ihm endgültig klar, dass sich nichts geändert hat. Wieder ist er an den Pranger gestellt worden, wieder hat Hans mit gespieltem Fatalismus Fehler gefunden, die keine waren. Wieder haben ihn die Kollegen nach der Besprechung gemieden.

Stein wird klar, dass auch der kleine vorgetäuschte Hoffnungsschimmer lediglich Teil der Strategie ist, die ihn zermürben soll.

Er beschließt daher, zunächst einmal bei den Mitarbeitern vorsichtig nachzuforschen, was hinter der Behauptung von Hans steckt, man habe gemeinsam jahrelang heimlich Steins Fehler gerade gebogen.

Er geht zunächst zu Franz Kniep. Hans hatte ihn ja explizit als einen der Mitarbeiter erwähnt, die bereits seit Jahren Max' ständige Fehler korrigierten.

Franz ist ein langjähriger Mitarbeiter der Firma und hat die Aufgabe, die von den Ärzten verordneten Therapiestrategien umzusetzen; er sitzt also direkt an der möglichen Fehlerquelle und bemerkt als Erster, wenn etwas falsch verordnet wurde.

Er ist ein schweigsamer Geselle, dessen einzige Leidenschaft der örtliche Fußballverein zu sein scheint. Stein hält ihn für relativ integer, sodass er ohne viel Federlesens zur Sache kommt.

»Sag mal Franz, ich muss dich mal was fragen.« »Oha«, brummt der andere, »das hört sich jetzt aber sehr offiziell an!« »Nö, keine Sorge. Du arbeitest hier doch schon so lange und kannst daher sicher ganz gut einschätzen, was die Ärzte hier so fachlich draufhaben. Und ich bin ja selbst immer sehr interessiert daran, aus Fehlern zu lernen. Da wollte ich dich mal fragen, ob dir irgendwann in der Vergangenheit oder auch jetzt Fehler von mir aufgefallen sind. Kannst es mir ruhig sagen, ich will's ja dann besser machen und wenn's einem keiner sagt, dann geht's ja womöglich immer so weiter. Also: Raus mit der Sprache – wo gibt's bei mir Verbesserungsbedarf?«

Kniep überlegt angestrengt. »Nö, Max, bei dir war eigentlich nie was. Wenn's was gab, dann eher bei den Assis, vor allem beim Zung. Das nervt manchmal schon richtig. Aber bei dir? Nee!«

Stein klappert in den nächsten Tagen die maßgeblichen Mitarbeiter ab, die alle wie Kniep oder so ähnlich antworten. Da Stein zu vielen ein Vertrauensverhältnis zu haben glaubt, sieht er keinen Grund, am Wahrheitsgehalt der Antworten zu zweifeln.

Einerseits erleichtert ihn das natürlich, andererseits beunruhigt es ihn aber auch noch mehr, zeigt es doch einmal mehr die Skrupellosigkeit von Hans und dessen manipulative Lügen.

Beiläufig erwähnt Pummer, einer der Assis, in einem solchen Gespräch, dass Hans den Assistenten bereits vor Monaten untersagt hat, mit fachlichen Fragen oder Problemen zu Max zu gehen.

»Er hat jedem von uns verboten, dich bei fachlichen Fragen zurate zu ziehen. Warum er das getan hat? Ich weiß es nicht. An deinem Können kann es nicht liegen, da du ihn ja immer vertrittst, wenn er im Urlaub ist – und das machst du ja ganz offensichtlich gut.«

Tja, warum hat er das gemacht? Max wird langsam klar, dass Hans bereits viel länger gegen ihn intrigiert, als er dachte. Verdeckt, heimlich hat er offenbar bereits seit Längerem daran gearbeitet, Steins Position in der Firma zu untergraben; hat Gerüchte gestreut und unter der Hand Anweisungen gegeben, die sich gegen Stein richteten.

Schon länger war ihm aufgefallen, dass die Assistenten immer nur dann mit Fragen zu ihm kamen, wenn Hans verreist war. Jetzt weiß er also, warum.

Und wieder wird ihm der Boden ein Stück mehr unter den Füßen weggezogen.

Und wieder liegt er nachts wach und grübelt. Und wieder kommen die Dämonen des Tages, die im Dunkel der Nacht riesenhafte Schatten werfen. Ein zentnerschwerer Druck lastet auf ihm. Seine Gedanken kreisen um das Problem, aber sie finden keinen Ausweg.

Wipp, wipp, wipp, und du bist weg …

Eine zarte Hand tastet nach ihm in der Dunkelheit. Sanft streicht sie ihm übers Haar. »Du bist nicht allein, Max, ich bin immer an deiner Seite.

Aber du musst mit mir reden. Ich mache mir Sorgen, Max. Du bist immer verschlossener, du bist so – traurig. Rede mit mir, sag mir doch, was geschehen ist.«

Das alles sagt ihm die Hand und Stein beschließt schweren Herzens, mit Stella zu reden.

»Ich glaube, er hasst mich.« »Es geht um Hans Fetscher, nicht wahr? Was ist denn los zwischen euch, ihr habt euch doch eigentlich immer ganz gut verstanden?«

»Ich weiß es nicht Stella. Ich weiß nicht, warum er das tut. Aber ich fürchte, dass er mich fertigmachen, mich brechen will. Er hat mir nach den Weihnachtsferien ganz offiziell den Krieg erklärt. Weil ich seine Freundschaft angeblich nicht erwidert habe – so ein Quatsch! Seitdem quält er mich, wo er nur kann. Er demütigt mich jeden Tag in der Morgenbesprechung. Selbst der kleinste Assistent steht mittlerweile besser da als ich. Er stellt mir Fallen und ich habe langsam Angst, dass er mir irgendwann etwas unterschieben wird. Ich habe schließlich bei den anderen gesehen, wozu der fähig ist – dazu hatte ich ja in den letzten Jahren mehr als genug Gelegenheit.«

Stille.

»Aber wo wird das hinführen?«

»Ich weiß es nicht. Manchmal bin ich echt verzweifelt; vor allem, weil ich euch das nach all dem, wir im letzten Jahr mitgemacht haben, nicht antun kann.«

Stille.

»Hast du nicht mit ihm geredet?«

»Hab ich doch versucht, mehrmals. Der hat mich eiskalt auflaufen lassen. Es war, als würde er sich daran weiden, wie ich versuche, seinem Hass zu entgehen. Ich habe ihn sogar inständig darum gebeten, daran zu denken, dass meine Familie so etwas nicht auch noch durchmachen kann.«

Stille.

»Und da hat er kein Einsehen?«

»Ich befürchte im Gegenteil, dass ihn das sogar noch anspornt. Die ganzen Geschichten, die ich mit ihm selbst schon erlebt habe. Das, was ich so alles über ihn gehört habe. Das ist doch alles nicht normal. Ich habe auch schon an Bollmann oder den Betriebsrat des Krankenhauses gedacht. Aber Hans ist einfach zu clever dafür, der steckt die alle in die Tasche und am Ende wird es dadurch noch schlimmer. Und außerdem: Wenn Du mal googelst, was man gegen so etwas unternehmen kann … vergiss es! Die raten einem alle, man solle gehen, wenn man es nicht mehr aushält. Aber ist das eine Option?! Ich weiß nicht Stella, aber ich habe ein ganz ungutes Gefühl. Wenn ich wüsste, dass es irgendwann mal aufhört, dann könnte ich mich ganz kleinmachen und es über mich ergehen lassen. Aber der hat mir ja quasi gesagt, dass er mich fertigmachen wird. Der macht einfach weiter, der will mich zerstören.

Stella, ich fürchte mich vor dem, was dann passier. Ich muss mir eingestehen, dass ich Angst vor ihm habe. Ich versuche, das auszuhalten. Ich muss es einfach versuchen – das gerade mit so viel Mühe aufgebaute Haus, die Kinder, unsere Existenz, das alles darf doch nicht von einem einzigen Menschen ruiniert werden, nur weil es ihm Spaß macht!«

Er spürt, wie eine zweite Hand durch die Dunkelheit zu ihm gleitet. Sie schlingt ihre zarten Arme um ihn, schmiegt sich an ihn, hält ihn ganz fest, sagt lange nichts.

»Max, du musst es versuchen. Für uns. Aber wenn alles nichts hilft und wir dann eben hier wegmüssen, weil er dich sonst kaputtmacht, dann ist es so. Ich halte zu dir, Max, egal, was passiert. Denn ich bin deine Frau und wir werden auch das gemeinsam meistern. Der kriegt uns nicht klein!«

Die Wochen ziehen dahin. Gleichförmig verlaufen die Tage. Das morgendliche Aufstehen fällt Max schwer. Er ist so müde, seine Stimmung wird immer düsterer. Der Weg zur Arbeit ist eine Qual, ist er dort angekommen, kommt es ihm so vor, als habe er eine ansteckende Krankheit. Nach Möglichkeit meiden ihn die Kollegen, wollen nicht infiziert werden und ins Schussfeld gelangen. Nur Hans ist bester Laune, die sich ganz offensichtlich antiproportional zu der von Max entwickelt.

Nur eines durchbricht die Gleichförmigkeit dieser Wochen: Nach jeder Morgenbesprechung ruft Stella an, um sich sorgenvoll zu erkundigen, wie es dieses Mal wieder gelaufen ist. Ihr täglicher Anruf wird für Max zum Notnagel, an dem er seine Hoffnung befestigt. Er bemüht sich dann jedes Mal, es nicht so schlimm aussehen zu lassen. Aber sie kennt ihn besser.

Wie es ihr wohl geht, wenn sie den Hörer auflegt? Er fühlt sich schuldig.

Gut gelaunt, steigert Hans sich zu immer neuen Höchstformen, was seine Kreativität hinsichtlich des Demütigens von Max betrifft. Die ständigen Korrekturen an Max' Therapieplänen haben mittlerweile ein solches Ausmaß erreicht, dass manche Mitarbeiter beginnen, heimlich zu murren. Ständig müssen sie bereits erstellte Pläne neu verfassen, weil Hans es wünscht. Dabei sind die Änderungen graduell und ändern de facto gar nichts an der eigentlichen Behandlung – sie haben lediglich den Zweck, Max vorzuführen, zu verunsichern, zu demütigen und die anderen gegen ihn aufzubringen.

Die zunehmende Unzufriedenheit der Mitarbeiter ist wohlkalkuliert. Die Botschaft von Hans lautet: Beschwert euch nicht bei mir, ich verhindere ja nur das Schlimmste. Beschwert euch doch bei dem unfähigen Stein!

»Jahrelang war alles gut, plötzlich ist alles scheiße! Als ob ich alles, was ich weiß und kann, plötzlich verlernt hätte!«, denkt Stein bitter.

Hans hält jetzt auch nach der Morgenkonferenz öfter Besprechungen ab – mit allen Ärzten, außer Stein. Planen sie schon ohne ihn?

Stein verkriecht sich in sein Zimmer – einzig die Patienten vergolden ihm die Tage.

Es gibt viele, die ihn immer wieder aufsuchen und auch noch gerne zu ihm kommen, wenn die Therapie schon lange vorbei ist. Viele haben so traurige Geschichten. Da ist zum Beispiel die Frau, die von ihrem Mann vor die Tür gesetzt wurde, als Krebs bei ihr diagnostiziert wurde, weil er seine neue Freundin ins gemeinsame Haus holen wollte. Oder die junge Mutter mit dem Hirntumor, die bis zum Schluss so lebenslustig war. Oder die einsame Dame, die sich kurz vor ihrem Tod doch noch mit ihrem Sohn versöhnen konnte.

»Was stelle ich mich denn an?!«, denkt er oft, wenn er mit seinen Patienten spricht. Dann überkommt ihn ein Anflug von Trauer darüber, dass er nicht glücklich sein kann, obwohl er doch gesund ist, und er schämt sich ein wenig dafür.

Bis er wieder in der Morgenbesprechung sitzt.

Bei Orwell gibt es einen Raum, der für jeden Menschen genau das bereithält, was er am meisten fürchtet; sozusagen die ultimative Folterkammer, die persönliche Hölle. Im Roman wird dieser Raum lapidar »Room 101« genannt.

Winston wird schließlich von O'Brien in diesen Raum gebracht und das Grauen dort lässt ihn am Ende das Letzte seines ursprünglichen Selbst verraten.

Dieses kleine, verstaubte, dunkle, miese Loch, dieses stickige Kabuff, in dem die allmorgendliche Hinrichtung durchgeführt wird, wird immer mehr zum ganz persönlichen Raum 101 von Max.

Er hatte während seiner lange zurückliegenden Ausbildung häufig miterleben müssen, wie gestandene Männer vor der ganzen Mannschaft bis aufs Blut gedemütigt wurden. Jedes Mal hatte er sich gefragt, warum sich niemand wehrte. »Wie können diese Menschen abends nach Hause gehen und ihren Kindern Vorbilder sein? Wie können sie sich morgens im Spiegel selbst ins Gesicht blicken, ohne sich dafür zu schämen, was sie mit sich machen lassen?«

In der Medizin sei das halt so, denken viele. Und wenn sie es dann endlich nach oben geschafft haben, dann machen sie es genauso mit denen, die unter ihnen stehen – ein ganzes Heer von Radfahrern und Speichelleckern, die genau wissen, wann sie buckeln müssen und wann sie treten dürfen.

Max hatte das schon immer angewidert und er hatte zu seinem Glück bislang noch nie persönlich derartige Erfahrungen machen müssen. Das hätte er auch nicht lange mitgemacht.

Ausgerechnet jetzt, in einem Lebensstadium, in dem er aus verschiedenen Gründen längst nicht mehr so flexibel ist wie früher, hat es ihn also doch noch erwischt. Und wie!

Er kann hier nicht weg, er muss versuchen, das auszusitzen. Und je mehr er es versucht, umso mehr Druck kommt von Hans. Es ist wie ein ungleicher Kampf zwischen einem Ertrinkenden und einem, der diesen mit dem Fuß unter Wasser drückt, während er genüsslich an einer Zigarette zieht.

Eines Tages erzählt ihm eine Patientin, wie sie aus der Firma gemobbt wurde, in der sie dreißig Jahre lang Chefsekretärin war. Es ist zwar schon länger her, aber sie hat deswegen immer noch Depressionen. »Eigentlich«, sagt sie leise, »bin ich seitdem nie wieder auf die Beine gekommen. Aber es tut mir gut, wenn ich darüber reden kann.« Stein hat einen Kloß im Hals. Wie gerne würde er ihr erzählen, was gerade mit ihm geschieht, er würde so gerne jemandem die Hand reichen, der es selbst erlebt hat, der weiß, wie sich das anfühlt.

Nein, es geht nicht. Das wäre unprofessionell. Und außerdem weiß er nicht, wer dann noch so alles mit wem reden würde.

So drückt er ihr stumm die Hand und ist froh, als sie sein Zimmer verlässt. Beim Abschied sieht sie ihn an, als wisse sie Bescheid.

Mit der Zeit zeigen sich erste Zermürbungserscheinungen bei Max. Obwohl er den Job schon jahrelang macht und sich sicher ist, dass er ihn gut macht, und obwohl er ja weiß, dass auch Hans bei ihm gelernt hat, ertappt er sich dabei, wie er manchmal unsicher wird.

»Bist du sicher, dass du das richtig gemacht hast? Wirklich ganz sicher? Du weißt ja, er wartet nur auf einen Fehler, den er dir dann so richtig vorhalten kann …«, hört er das Teufelchen auf seiner Schulter sagen.

Er prüft seine Verordnungen inzwischen doppelt und dreifach und so dadurch gerät selbst ein Routinefall zu einer zeitfressenden Prozedur. Nie findet er einen Fehler, versucht, sich zu beruhigen, sich an dem aufzurichten, was er weiß.

Aber das Gift des Zweifels, dass Hans so virtuos und unentrinnbar täglich in ihn hineinträufelt, verfehlt auf Dauer seine Wirkung nicht.

Tropf, tropf, tropf, bist du sicher, wirklich sicher?

In diesen Tagen trifft er seinen alten Kumpel Charly.

Charly Piel ist ein paar Jahre älter als er, ein langer Lulatsch, weitgereister Schwabe und – sehr zum Vergnügen von Steins Kindern – Besitzer eines feuerroten Porsche-Traktors. Wenn die Steins Charly und seine

Frau auf ihrem Hof besuchen, dürfen ihre Kinder damit immer ein paar Runden über die Äcker drehen. Charly ist Landarzt. Er hatte zunächst Landwirtschaft studiert, bevor er sich der Medizin zugewandt hatte, und war erst spät sesshaft geworden. Vorher hatte er auf allen Kontinenten gearbeitet und die Abende bei ihm waren dementsprechend kurzweilig, hatte er doch immer ein paar alte Geschichten auf Lager. Nach seiner Sturm- und Drangphase hatte er eine Landarztpraxis übernommen. Stein hatte eine Zeit lang Wochenenddienste für ihn gemacht und so hatten sie sich vor geraumer Zeit angefreundet.

Charly hatte auf die übliche Weiterbildungsmühle nach dem Studium verzichtet, weil er sich, wie er es ausdrückte »doch nicht von irgendwelchen Deppen blöd anreden lassen wollte«.

Er war schon immer sein eigener Herr gewesen, der in der Medizin einen Weg gefunden hatte, sein Leben ohne die üblichen Kollateralschäden eines streng hierarchischen Systems zu leben.

»Dafür bin ich eben auch nur ein einfacher Landbader«, pflegte er zu sagen, wenn die Sprache auf dieses Thema kam.

Nach dem ersten Bierchen fragt Charly Stein, was denn eigentlich los sei. Man höre ja gar nichts mehr von ihm und jetzt sitze auf dem Sofa »wie ein Schluck Wasser in der Kurve« und wirke doch leicht derangiert.

»Weißt du, Charly, vielleicht sollte ich's einfach mal loswerden. Bei uns im Ort kann ich nicht darüber sprechen. Viel zu gefährlich, da kennt jeder jeden und wenn sich das rumspricht wird's noch viel schlimmer.«

Charly zieht die Augenbrauen hoch und sagt nichts, doch die Erleichterung ist ihm anzusehen, als er realisiert, dass es um Berufliches geht. »Also nichts zwischen dir und Stella?« »Nein, natürlich nicht! Potenziell ist das, was da in der Arbeit abläuft, natürlich auch darauf angelegt, mein Privatleben kaputtzumachen. Aber das wird nicht klappen, da bin ich mir sicher.«

Und dann erzählt er ihm, was in den letzten Monaten geschehen ist.

Charly sitzt währenddessen ruhig da, Stein meint jedoch, einen steigenden Widerwillen gegen das Gehörte bei ihm ausmachen zu können. Schließlich sitzen sich beide schweigend gegenüber. Charly macht ein sorgenvolles Gesicht. »Mensch Max, da bist du ja in eine schöne Scheiße reingeraten. Oh Mann, das ist genau der Grund, warum ich mir diesen ganzen Klinikbetrieb nur so lange gegeben habe wie unbedingt nötig. Es gibt so viele Arschlöcher auf der Welt! Was willst du denn jetzt machen?«

»Aussitzen?«

»Wird nicht klappen. So wie du den schilderst, ist das ein Killer, einer von diesen Psychopathen, die erst aufhören, wenn sie den anderen vollständig zur Strecke gebracht haben.«

»Aber welche Optionen gibt es denn dann?«

»Auf jeden Fall erst mal Buch über alles führen. Alles aufschreiben, dokumentieren. Wer weiß, ob man das noch mal braucht.«

»Mach ich schon, bin ja auch nicht blöd. Da ist schon ganz schön was zusammengekommen.«

»Ansonsten: Du hast Familie, drei Kinder, ein Haus, kurz: Verantwortung. Du musst gut überlegen, was du tust. Aber du musst dich auch nach Alternativen umschauen.« »Schwierig, in erreichbarer Nähe unmöglich, du weißt ja, wie speziell das ist, was ich mache.« »Du könntest auch als Landarzt arbeiten, da gibt es genug Bedarf. Auch bei euch dort unten.« »Hab ich mir auch schon überlegt, aber weißt du, mir würden meine Patienten fehlen. Krebspatienten sind was ganz Besonderes. Die brauchen wirklich Hilfe und die brauchen auch jemanden, der sie versteht und sie tröstet. Ich glaube, dass das ein bisschen meine Gabe ist, und deshalb will ich eigentlich gar nichts anderes machen. Aber du hast recht, erst mal geht es ja darum, für die Familie zu sorgen. Ich würde auch am Fließband stehen oder sonstwas anderes machen, wenn es nötig wäre. Es wäre halt schade um das Know-how, was ich mittlerweile habe, aber was soll's; man muss Prioritäten setzen. Andererseits hätte er dann erreicht, was er will – und mich zumindest beruflich kaputtgemacht.«

Charly schweigt eine ganze Weile, dann denkt er laut nach: »Tja, das bringt einen wieder mal zu der Frage, worum es im Leben eigentlich geht. Geht's um Geld? Du verdienst ja einen ziemlichen Haufen davon …«

»Ja, das wird mir aber auch ständig aufs Brot geschmiert, der erpresst mich doch schon seit Jahren damit! Was meinst du, wie es sich anfühlt, wenn dir dein Chef bei jeder Gelegenheit zuraunt, was für ein Wahnsinnseinkommen du hast und du weißt, dass er selbst fünfundzwanzig Stunden am Tag deshalb abkotzt, weil er weniger verdient! Ich hab ihm ja schon alle möglichen Brücken bauen wollen, aber der hat scheinbar gehofft, dass der Stadtrat ein Einsehen haben und seinen Scheiß-Gehaltsdeckel abschrauben würde, weil ein Chef nicht weniger verdienen kann als sein Angestellter. Ich glaube, dass der das mit meinem Vertrag dem Stadtrat gegenüber vorsätzlich eingesetzt hat. Das war alles von vornherein geplant und ich nur das Mittel zum Zweck, die Schachfigur. Und jetzt hat er halt gemerkt, dass es nicht klappt. Das packt er nicht und dafür rächt er sich an mir. Dabei war er es selbst, der dafür gesorgt hat, dass ich mehr verdiene als jeder andere angestellte Nicht-Chefarzt in ganz Deutschland! Und das alles nur, weil die Gewinne der Firma so hochgegangen sind, sodass ich sozusagen jetzt für den Erfolg bestraft werde. Dann seine ganzen Intrigen, die ihn überall so verhasst machen, dass ich für ihn die Kastanien aus dem Feuer holen muss. Wenn er dann auch mal in eine Tumorkonferenz geht, fliegt er raus –auch das kreidet er dann sicher mir an. Dazu kommt dann noch die Sache mit der Flut und der Stadt und fertig ist das Untergangsszenario. Das ist so irre, das glaubt einem doch kein Mensch!«

»Jaaa«, erwidert Charly langezogen. »Das mag ja alles so sein, aber noch mal zurück zur ursprünglichen Frage: Worum geht's denn im Leben? Brauchst du wirklich so viel Geld?« »Natürlich nicht, das wäre mir doch auch völlig wurscht! Ich will einigermaßen normal leben können, aber das ginge natürlich auch mit viel weniger.«

»Was hält dich dann dort?«

»Mann, wir leben jetzt seit fünf Jahren dort, die Kinder gehen dort zur Schule, wir fühlen uns wohl. Ich habe in der Arbeit echt was aufgebaut. Ach, was sag ich, nicht nur in der Arbeit: Wir haben gerade unser Haus wiederaufgebaut! Wir alle müssten irgendwo anders doch wieder ganz von vorne anfangen!«

»Bist du schon so alt, dass du dir das nicht mehr zutraust?«

»Natürlich nicht! Aber es kann doch nicht sein, dass hier alles, was wir uns in den letzten Jahren aufgebaut haben, den Bach runtergeht, nur weil es einem einzigen Menschen gefällt! Das kann und das darf doch nicht sein!!«

»Aber du hast ja gerade gesagt, dass deine Optionen ziemlich mies sind, so lange du dich nicht mit dem Gedanken anfreunden kannst, die letzte Konsequenz zu ziehen: zu gehen und irgendwo anders wieder von vorne anzufangen. Max, an was wirst du dich wohl erinnern, wenn du mal alt bist: daran, dass du im Jahr XY noch mal hunderttausend mehr verdient hast oder daran, dass du dich dafür zum Arschloch hast machen lassen, das jemand anders nach Belieben – entschuldige, aber das muss ich jetzt mal so drastisch sagen – ficken kann?! Was willst du deinen Kindern und deinen Enkeln später mal von dir erzählen? Ich wurde reich, aber dafür habe ich meine Seele verkauft? Ist es das, was sie von dir in Erinnerung behalten sollen? Ein tolles Erbe von einem verächtlichen Menschen? Mensch Max, erinnere dich doch einfach mal daran, wie es war, als du jünger warst! Du hättest dir das nie gefallen lassen. Du hättest gekämpft und irgendwann hättest du, wenn es eben keinen anderen Weg gegeben hätte, drauf gepfiffen und hättest anderen den Vortritt beim Sich-zum-Arsch-machen-Lassen gegeben. Wusstest du übrigens, dass es bei Schillers Götz im Original nicht ›am Arsch lecken‹ sondern ›im Arsche lecken‹ heißt? Letzteres ist die etwas unhygienischere Variante, die jedoch genau deshalb in deinem Falle ruhig gewählt werden sollte, hähähä!« Er tut so, als winke er huldvoll mit einer eisernen Hand aus dem Fenster: »Sage ihm, er soll mich im …«

»Jaja, ist ja gut«, unterbricht ihn Stein grinsend. »Natürlich habe ich mir das auch schon alles gesagt. Man hat ja viel Zeit zum Nachdenken, wenn man nachts nicht schlafen kann. Ich werde nächstes Jahr fünfzig – da sollte man es eigentlich geschafft haben, oder? Noch mal ganz von vorne anfangen, hatte ich für dieses Alter irgendwie nicht so im Plan. Gibt ja genug Leute, die mit fünfzig arbeitslos werden und dann kein Bein mehr an Deck kriegen, weil sie zu alt sind. Ist doch klar, dass einem ein radikales Umdenken in dem Alter schwerer fällt als mit dreißig. Außerdem geht's ja beileibe nicht nur um mich. Wie du ganz richtig sagtest: Ich habe eine ziemliche Verantwortung meiner Familie gegenüber – auch und gerade nach dem letzten Jahr mit der Flut. Schon alleine deshalb kann ich nicht so einfach aufgeben. Außerdem: Wo fängt die Feigheit an, was ist denn eigentlich der bequemere Weg? Jetzt einfach wegzulaufen, ist ja vielleicht auch irgendwie zu einfach, oder? Wo verläuft die Grenze, ab wann ist es besser, zu gehen? Ich weiß nicht, aber, so beschissen es im Moment auch ist, ich hätte, würde ich jetzt gehen, immer das Gefühl, es mir zu einfach gemacht zu haben. Im Moment heißt kämpfen: dort bleiben und daran arbeiten, dass es besser wird. Und das bedeutet im Wesentlichen, es möglichst stoisch über sich ergehen zu lassen und zu hoffen, dass er irgendwann aufhört; auch wenn es ziemlich kräftezehrend ist. Das bin ich meiner Familie und auch mir selbst schuldig. Ich kann und will nicht so einfach aufgeben.«

»Vielleicht hast du recht, Max. Aber pass auf, dass du deine Seele am Ende nicht an den Teufel verkaufst!«

»Du wirst lachen: Ich habe das Gefühl, dass ich das schon längst getan habe. Wenn man es so pathetisch ausdrücken will, ist es jetzt eher langsam an der Zeit, sie sich wieder zurückzuholen.«

»Und darauf, Max, trinken wir jetzt einen!«

Aber Steins Hoffnungen werden auch in den nächsten Wochen auf eine harte Probe gestellt. Hans lässt nicht von ihm ab und wie das so ist, wenn jemand ständig den Boxsack geben muss: Es gibt immer jemanden, der sich dann auch aus der Deckung wagt und gefahrlos sein Mütchen kühlen und seine eigene Position beim Chef ausbauen möchte. In diesem Fall ist es Roland Brunner, einer der Assistenten, die Hans bei anderen Abteilungen abgeworben hatte, und der sich nun offenbar bei Hans einschmeicheln möchte, indem er auch mal in die Kerbe Stein schlägt.

Brunner ist ein unscheinbares Männchen, das bereits physiognomisch eine gewisse Subalternität ausstrahlt. Er ist einer dieser Typen, die von allen gemocht werden wollen und zu jedem nett sind, wobei man mit der

Zeit merkt, dass die Eigenschaft »nett« bei manchen Menschen durchaus auch eine negative sein kann. Bei Brunner ist es dieses klebrige vorauseilende Reden, was der andere hören will, dieses Bloß-nicht-anecken-Wollen und das falsche Schöntun, was Stein nach einiger Zeit instinktiv abgestoßen hatte.

Die durch seine ganze Verdrückstheit zwangsläufig aufgestauten Aggressionen entladen sich bei ihm durch heimliche »Wadlbeißerei« – Brunner kann äußerst gehässig sein, wenn er die Subjekte seiner Häme außer Hörweite wähnt. Er hat für die kleinen Unzulänglichkeiten seiner Mitmenschen ein feines Gespür und liebt es, sich darüber lustig zu machen. Wenn der heimlich Verspottete dann plötzlich und unvorhergesehen um die Ecke biegen sollte, kann er erstaunlich schnell wieder in den Nettigkeits-Modus umschalten.

Natürlich sind seine bevorzugten Zielobjekte Menschen, die er in der Hierarchie unter sich wähnt. Stein gegenüber hatte er lediglich ein einziges Mal über Hans gelästert – mit einem lauernden Blick: »Der Schönling mit der Föntolle und der Achtzigerjahre-Fotzebürscht.«

»Witze über das Aussehen anderer Leute finde ich nicht witzig«, hatte Stein nur trocken zurückgegeben. »Außerdem mag ich es nicht, wenn man hinter dem Rücken anderer Leute über sie lästert.«

Dabei hatte er sich zunächst darum bemüht, zu Brunner ein kollegiales Verhältnis aufzubauen, und diese Bemühungen gipfelten darin, dass er dessen Freundin einen Teil seiner Plattensammlung (natürlich vor der Flut, der andere Teil ging darin unter) geschenkt hatte. Dass diese sich nie bei ihm dafür bedankt hatte, war ihm zunächst gar nicht aufgefallen, aber es passte ins Gesamtbild, das Stein von Brunner allmählich bekam. Der nette Brunner, der anderen kleine Tischdeckchen häkelt, um zu gefallen, und der – um mal ein Bild aus der Schule zu bemühen, an das sich jeder noch erinnern wird – dem Direktor am liebsten die Aktentasche tragen würde, damit dieser lieb zu ihm ist, dieser nette Brunner sieht also nun ganz offenbar seine Stunde gekommen, um bei Hans ordentlich zu punkten.

Natürlich traut er sich nicht, Stein gegenüber unfreundlich aufzutreten, denn dazu bräuchte er Macht oder Rückgrat. In Ermangelung dessen wird Stein – sofern man ihm nicht aus dem Weg gehen kann – freundlich angelächelt, während man hinter dessen Rücken und vielleicht sogar in Absprache mit Hans zum Beispiel einfach mal eine in der Tumorkonferenz von Stein empfohlene Therapie für falsch erklärt und den Fall – selbstredend ohne Rücksprache mit Stein – wieder dort anmeldet.

Stein sitzt also in der nächsten Tumorkonferenz und ist ähnlich verdutzt wie die anderen Konferenzteilnehmer, als in der aufgerufenen Liste von Fällen plötzlich ein vertrauter Name auftaucht. Auf Nachfrage bemerkt die Sekretärin lapidar, man habe aus der Firma angerufen und gebeten, den Patienten noch mal zu besprechen, weil dem Dr. Stein ganz offenbar ein Fehler unterlaufen sei. Alle Blicke richten sich auf den Ahnungslosen, während im Folgenden von allen Anwesenden versucht wird, den Fehler zu finden.

Es gibt keinen.

Stein glaubt zunächst an ein Versehen, aber als er das mit Brunner besprechen möchte, zeigt ihm dessen Reaktion deutlich, dass es kein Versehen war: Die allzeit freundliche Maske fällt ganz plötzlich und dahinter grinst ihn jemand hämisch an und meint mit äußerster Genugtuung: »Tja, Max, da hast du ja wohl auch einen ziemlichen Fehler gemacht, oder? Schau dir das doch mal genau an …«

Stein ist sprachlos – so ist das also, so tief ist er nun schon in der Firmenhierarchie gesunken, dass so ein Diederich Heßling wie Brunner meint, gefahrlos auf diesen Zug aufspringen zu können!

»Okay Roland«, gibt Max verächtlich zurück. »Wenn das so ist: Eigentlich wollte ich dir das in Ruhe erklären, aber vielleicht schaust du dir das zu Hause noch mal genauer an. Den Fehler habe nämlich nicht ich gemacht, sondern du. Möglicherweise ist das Leben als Sesselpuper ja doch etwas anspruchsvoller, als du denkst. Musst dich vielleicht etwas mehr bemühen, wenn du hier mitkommen willst.«

Brunner wirft einen entsetzten Blick auf den Fall und erkennt, dass Stein recht hat.

Der blickt ihn lange an, Brunner wird augenblicklich puterrot, senkt den Blick und verschwindet mit hängenden Schultern in seinem Zimmer.

In das kleine Triumphgefühl mischt sich bei Stein sofort eine tiefe Enttäuschung. Wem kann er noch trauen? Die Einsamkeit, die ihn umfängt, wird an diesem Tag noch ein wenig größer.

Der ganze Vorgang hat aber auch noch einen anderen Aspekt; zeigt er doch einmal mehr, dass es um die Qualität der Ausbildung in der Firma nicht gut bestellt ist. Das muss auch Hans seit Längerem aufgefallen sein. Bereits wiederholt war es vorgekommen, dass falsche Therapiepläne von den Assistenten mit »Fetscher vidit et dixit« versehen worden waren – abgesegnet von Dr. Fetscher –, obwohl dieser sie entweder nie gesehen (seine Version) oder aber zwischen Tür und Angel einfach nicht genau genug hingesehen hatte (die Assistenten-Version, selbstverständlich nur hinter vorgehaltener Hand).

In letzter Minute war das dann jeweils aufgefallen und Hans wurde dann jedes Mal fuchsteufelswild, wobei es selbstverständlich war, dass ihn keinerlei Schuld traf.

Er hatte daraus die Konsequenz gezogen, dass er den Assistenten schlichtweg verbot, ihn in den Unterlagen zu erwähnen, um für Fehler nicht direkt verantwortlich gemacht werden zu können.

Es ist bezeichnend, dass es Hans somit in erster Linie darum ging, mit den Fehlern nicht in direkten Zusammenhang gebracht werden zu können, statt dafür zu sorgen, dass die Fehler gar nicht erst auftreten.

Kurioserweise kommt es seitdem immer wieder vor, dass er Konzepte, die er selbst entwickelt hat, in der Besprechung für unsinnig erklärt, was angesichts des Furors, zu dem er fähig ist, von den Assistenten mit stoischer Ergebenheit hingenommen wird.

Ein paar Tage später. In der Morgenbesprechung wieder das übliche Theater. Hans demütigt, beschimpft und macht äußerst feindselige Bemerkungen auch über diverse andere Mitarbeiter der Klinik. Heute hat er wieder mal die »Die anderen sind unsere Feinde«-Platte aufgelegt.

Stein, der aufgrund seiner Pariastellung eine viel größere Distanz zu dem Geschehen hat als früher, fragt sich einmal mehr, wieso er sich von diesem Menschen so blenden, ja regelrecht einsaugen ließ, derweil die anderen kriecherisch an seinen Lippen hängen.

Wie so oft in letzter Zeit verlässt er als Letzter den Raum, um nicht wieder erleben zu müssen, wie die anderen aus Angst vor Hans versuchen zu vermeiden, von ihm in ein Gespräch verwickelt zu werden.

Als er aus der Tür tritt, passt Grotzke ihn ab. »Du Max«, raunt er ihm zu, »hast du mal ne Minute?« »Klar«, gibt Max zurück und wird von Grotzke in dessen Zimmer gelotst.

Grotzke hat das Glück, nur ab und zu an den Morgenbesprechungen teilnehmen zu müssen, da er in einem Bereich arbeitet, der sich nur zum Teil mit dem von Max überschneidet.

Dennoch wurde auch er bereits des Öfteren von Hans vor versammelter Mannschaft abgewatscht. Stein erinnert sich noch gut an das letzte Mal, als Hans sich für das als »Verrat« gewertete Gespräch Grotzkes mit Bollmann gerächt hat.

»Sag mal«, fängt Grotzke an, »Du bist in der letzten Zeit so still. Früher hast du in der Morgenbesprechung doch immer ein paar lockere Sprüche draufgehabt. Jetzt hockst du nur noch da und sagst nichts. Es kommt einem so vor, als wärest du völlig verändert.«

Stein überlegt. Könnte es sein, dass auch Alexander Grotzke ein Zuträger von Hans ist? Eigentlich schätzt er ihn anders ein, aber weiß man's? Vielleicht hat er sich damit die Gnade von Hans erkauft? Stein beschließt, vorsichtig zu sein.

»Wundert dich das?«

»Nee, eigentlich nicht. Es wundert mich eher, dass du dir das alles gefallen lässt.« Stein lacht bitter. »Hast du ne bessere Idee?! Du weißt doch selbst am besten, wie sich das anfühlt, und du hast dich ja damals auch nicht gewehrt. Und dabei hattest du noch den Vorteil, dass er das wenigstens nicht jeden Tag mit dir machen konnte.«

»Stimmt«, Grotzke wird nachdenklich. »Irgendwie scheint es mit ihm auch immer schlimmer zu werden. Diese Aggressivität schon allein in der Sprache. Und immer ist er von Feinden umgeben. Ich find's total traurig. Als ich hier anfing, war die Stimmung doch eigentlich echt gut.

Okay, ein wenig seltsam war er ja schon immer, aber das jetzt? Ich weiß nicht, Max, das ist alles nicht gut und mir tut es echt leid, dass sich das hier so entwickelt.«

Nach einer langen Pause, in der Stein dagegen ankämpft, dass seine ganze Verzweiflung aus ihm herausbricht, antwortet er mit mühevoll zur Schau gestellter Gelassenheit: »Ja, das ist wohl so, aber was will man machen? Ich habe versucht, mit ihm zu reden – Fehlanzeige. Jetzt muss ich es eben aushalten. Bei dir hat er ja auch irgendwann mal aufgehört.«

Eigentlich möchte er ihm sagen, dass er ihm für seine Worte dankbar ist. Dafür, dass er ihn nicht gemieden, sondern ihm für einen kurzen Moment die Hand gereicht hat. Das tut so gut. Aber es ändert sowieso nichts und hier, wo die Wände Augen und Ohren haben, muss er vorsichtig sein, darf sich jetzt keinen Fehler erlauben. Er reißt sich zusammen, drückt Alexander Grotzke kurz die Hand und geht zügig durch den Gang in sein Zimmer.

In den nächsten Tagen lässt Hans ein wenig von Stein ab – die neue Homepage der Firma ist fertig und er ist mächtig stolz darauf. Morgens wird sie immer wieder aufgerufen und in allen Facetten besprochen.

Unter der Rubrik »Team« hat Hans seine Vorstellungen von dem, was er unter einem Team versteht, ins Internet stellen lassen. An der Stelle, wo normalerweise verschiedene Mitarbeiter vorgestellt werden – ein Team besteht ja eigentlich zwangsläufig aus mehr als einer Person –, erscheint … Hans. Ausschließlich … Hans. Immer wieder … Hans.

Ausführlich und über mehrere Seiten werden dort verschiedenste wahre und unwahre Aspekte seines kometenhaften beruflichen Werdegangs und seine exzellente und herausragende Expertise auf sämtlichen Gebieten der Krebsbehandlung und darüber hinaus angepriesen. Dass ein simples Pflichtpraktikum dabei schon mal zu einem hochkarätigen Studienaufenthalt upgegradet wird, gehört dabei schon eher zum Pflichtprogramm. Die Kür erreicht er dann bei dem Angebot für Fachkollegen, sie mithilfe eines Kurses auf seine eigenen fachlichen Höhen emporzuheben. Der Kurs wird bis ins letzte Detail beschrieben, Stundenzahl und Inhalte, sogar ein dezidierter Stundenplan lassen Hans als absolutes fachliches Ass brillieren, der in seiner unendlichen Güte auch andere Meister des Faches an seinem Wissen teilhaben lassen und zu noch höheren Weihen führen möchte.

Der Kurs findet einmal im Jahr statt, Anmeldungen bitte im Sekretariat.

Dass es noch nie einen solchen Kurs gegeben hat, gibt oder geben wird, ist zwar allen Anwesenden durchaus bewusst, wird aber angesichts der Gefahr, in die derjenige gerät, der Hans' Begeisterung jetzt dämpfen würde, gerne billigend in Kauf genommen.

Das Pfauenrad, welches Hans auf seiner Homepage mit so großem Bemühen schlägt, dient neben einer adäquaten und seiner Eigenwahrnehmung entsprechenden persönlichen Selbstdarstellung natürlich vor allem der Größe des Eindrucks, den er bei ehemaligen Mitschülern, sonstigen Weggefährten und Kollegen sowie potenziellen Patienten und deren ärztlichen Zuweisern erwecken möchte. Es ist sozusagen der dickste Brocken, den er sich an die Angel hängen konnte – es werden schon Fische anbeißen. Schließlich können sie zwischen der bunten Illusion und der etwas tristeren Wirklichkeit nur schwer unterscheiden.

So sind denn auch die nun Anwesenden glücklich, kleine Rädchen sein zu dürfen, die als fleißige und immerhin auf der Startseite kurz namentlich erwähnte Bienchen für das Team Hans arbeiten dürfen, während er dafür etwas von seinem unerhörten Glanz auf die Firma zurückstrahlen lässt.

Die Tatsache, dass die meisten von den Bienchen noch in der Ausbildung sind, hat Hans wiederum beiseitegeschoben, indem er sie auch auf der Homepage einfach als Fachärzte bezeichnen lässt – schließlich sind sie das ja, wenn auch in völlig anderen Fächern.

Die Begeisterung, die Inhalt und das – selbstverständlich von Hans entworfene – Design der neuen Homepage bei jenem hervorrufen, sorgt für kurze Zeit dafür, dass Stein weniger als in den vergangenen Monaten im Fokus steht.

Außerdem beginnen die Osterferien und Stein wird die erste Ferienwoche mit seiner Familie in den Bergen bei den Schwiegereltern verbringen.

Normalerweise hat er eine recht robuste Gemütsverfassung, die es ihm gestattet, Berufliches nach der Arbeit auszublenden. In letzter Zeit ist diese Eigenschaft jedoch gänzlich verloren gegangen und hat einer eigentümlichen Dünnhäutigkeit Platz gemacht, die sich mit düster-grüblerischen Phasen abwechselt, die vor allem in den Nächten vorherrschend sind.

So hofft er denn, wenigstens jetzt im Urlaub die Schrecken der vergangenen Monate hinter sich lassen zu können.

Aber er muss sehr bald feststellen, dass das alte Sprichwort von den Sorgen, die einem hinterherreisen, einen gewissen Wahrheitsgehalt hat. Nach den ersten entspannten Stunden verfällt er wieder in die dumpfe Grübelei, die sich jetzt, da er Zeit hat, sogar noch eher verstärkt.

Der Schwiegervater plant eine Bergtour; er hat eigentlich keine Lust, mitzukommen, aber Stella überredet ihn dazu: »Komm, wirst schon sehen, das befreit, da kommst du mal auf andere Gedanken!«

»Okay, warum nicht«, denkt er.

Wenig später kraxeln sie keuchend über einen Klettersteig und machen schließlich auf einer kleinen Wiese unterhalb des noch schneebedeckten Gipfels Rast.

Während Stein seine Brotzeit auspackt, schweift sein Blick über die majestätischen weißen Gipfel der Hochalpen. Wie alt diese Berge sind! Wie großartig! Und wie klein doch der weltliche Tand vor dieser Kulisse erscheint!

Er ist so sehr in Gedanken versunken, dass er zunächst nicht bemerkt, wie sein Schwiegervater ihn prüfend von der Seite anblickt.

»Max, sag mal, was ist eigentlich los? Ich habe das Gefühl, dass bei euch etwas nicht stimmt. Stella ist so still und du bist den ganzen Tag in Gedanken versunken. Habt ihr Probleme, können wir euch helfen? Ich will dich nicht nerven, aber du kannst mit mir reden, so von Mann zu Mann!«

Ein Lächeln, mit einem Anflug von Dankbarkeit, huscht über Max' Gesicht. »Nee, August, das ist wirklich sehr nett von dir, aber eigentlich ist alles okay. Ich hab nur ein bisschen Stress in der Arbeit. Wird schon wieder, es gibt ja immer mal wieder ein kleines Tief im Leben.«

Nach einer kurzen Pause fährt er fort: »Sag mal, wie war das eigentlich bei dir so, ging bei dir immer alles glatt? Oder hattest du auch mal Phasen, in denen du dich durchkämpfen musstest?«

August überlegt. »Natürlich hatte ich auch solche Phasen, das ist doch normal. Am schlimmsten war es, als ich damals eine kleine Familie mit zwei kleinen Kindern hatte und Alleinverdiener war. Da hat dann plötzlich die Baufirma, für die ich schon jahrelang tätig war, Konkurs angemeldet und ich stand auf der Straße. Da war ich manchmal echt verzweifelt. Aber es nützt ja nichts, da muss man sich zusammenreißen, man hat ja nicht nur für sich Verantwortung.«

»Und was hast du dann gemacht?«

»Na ja, ich hatte damals einen Freund, dem es ähnlich ergangen war. Und gemeinsam haben wir dann eben aus der Not eine Tugend gemacht und unsere Firma, die wir auch jetzt noch haben, gegründet. Im Nachhinein muss man ja sagen, dass es eine glückliche Fügung war, denn ohne die Pleite hätten wir das sicher nie in Angriff genommen. Aber damals gab es schon viele Phasen, in denen wir wirklich kämpfen und von früh bis spät in die Nacht arbeiten mussten, damit die Firma überlebt. Das war oft nicht einfach und ging auch sehr zulasten der Familie. Aber in solchen Situationen gibt es kein Wenn und kein Aber, da muss man anpacken. Eins habe ich dabei auf jeden Fall gelernt: Wo ein Wille ist, da ist auch ein Weg. Oder mit einem anderen alten Sprichwort ausgedrückt: Schlägt eine Hoffnung fehl, nie fehle dir das Hoffen – eine Tür ist zugetan, doch tausend sind noch offen!«

»Ja«, sagt Stein nachdenklich. »Vielleicht hast du recht.«

Natürlich hat er recht!

Sie brechen auf, um den Gipfel noch vor dem höchsten Stand der Sonne zu erreichen. August schreitet munter voran – er ist für sein Alter noch ziemlich fit und gut trainiert. Während Stein ihm folgt, denkt er an seine Großeltern. Kriegsgeneration. Bürgerliches Leben vor dem Krieg, Kriegsteilnahme, Flucht, Vertreibung, danach Elend. Schließlich wieder hochgekämpft.

Erstaunlicherweise hatten gerade sie besonders lange gelebt – sein

Großvater war als Jüngster mit 86 gestorben, seine Großmutter als Älteste mit 96. Stein hatte sich oft mit seiner Großmutter über den Krieg und die Zeit danach unterhalten. Sie hatte ein besonders hartes und entbehrungsreiches Leben gehabt. Aber geklagt hatte sie nie, im Gegenteil: Sie war immer dankbar für alles, was sie an Gutem im Leben gehabt hatte, gewesen und hatte das Schlechte ergeben hingenommen und ertragen.

Was würde sie in deiner Situation wohl machen, fragt er sich, um sich die Antwort dann gleich selbst zu geben: niemals jammern, sich durchkämpfen, solange, bis man wieder Licht am Ende des Tunnels sieht. Im Übrigen, so muss er sich natürlich auch eingestehen, sind seine Probleme höchstens Kinkerlitzchen gegenüber denen seiner Vorfahren.

Er denkt an anderes, was er selbst früher durchgemacht hat, und dabei fällt ihm wieder die HIV-Geschichte ein.

Vor ein paar Jahren hatte er sich mal wieder einer betriebsärztlichen Untersuchung unterziehen müssen. Reine Routine. Ob er auch einen HIV-Test machen wolle, wurde er dabei gefragt. Kann nicht schaden, oder? Dann ein paar Tage später die alarmierte Stimme der Betriebsärztin am Telefon: Er solle bitte sofort in ihr Büro kommen. Totenbleich eröffnete sie ihm, dass sein Test positiv gewesen sei. Ungläubiges Staunen, später Entsetzen. Sie müsse zur Sicherheit noch einen genaueren Test machen, das hier sei ja nur ein Screening-Test gewesen, aber auch der irre sich normalerweise selten.

Hatte er anfangs noch recht cool reagiert, war die äußere Schale spätestens nach ein paar Stunden surfen auf einschlägigen Internetseiten verschwunden. Sein Leben war zerstört, er würde nie eine Familie haben und könnte auch kein Arzt mehr sein.

Die Tage damals waren wie Blei gewesen, grau und schwer und ohne jegliche Hoffnung. Als das Ergebnis des genauen Tests schließlich negativ war, hatte er eine solche Achterbahnfahrt hinter sich, dass er sich kaum darüber freuen konnte. Erst langsam hatte er danach realisiert, was geschehen war, als die Mitarbeiter der Aids-Beratungsstelle fassungslos auf das Verhalten der Ärztin reagiert hatten: »Der Screening-Test ist so häufig falsch-positiv, dass wir dazu angehalten sind, den Betroffenen im Falle eines positiven Ergebnisses auf keinen Fall zu informieren. Vielmehr soll dann sofort und kommentarlos der genaue Test durchgeführt werden. Es hat schon Suizide gegeben von Leuten, denen man vorschnell sagte, sie seien positiv, was dann aber im Nachhinein gar nicht stimmte! Was die mit Ihnen gemacht hat, war absolut verantwortungslos!«

Während Stein oben auf dem Gipfel nach Luft ringt, muss er grinsen. Die Zeit danach war ihm damals wie eine zweite Chance vorgekommen. Aber er hat auch nie das furchtbare Gefühl vergessen, das nach der »Diagnose« in ihn hineingekrochen war.

»Mann«, denkt er. »Und du lässt dich jetzt von so einem Himbi ins Bockshorn jagen! Das Leben ist so groß und das da ist so klein – natürlich wirst du das meistern! Du wirst vor allem dir selbst jetzt beweisen, dass du das durchstehst, ohne zu schwächeln. Irgendwann wird der Schwachmat schon damit aufhören.«

Etwas in ihm fragt, ob er, selbst wenn es irgendwann aufhören sollte, diesem Menschen jemals diese Demütigungen verzeihen und vor allem wieder Vertrauen zu ihm fassen könne.

Aber er wischt diese Gedanken beiseite – heute ist so ein schöner Tag und das Leben ist schön.

Die folgenden Tage sind die ersten unbeschwerten seit Anfang des Jahres.

Aber wie das nun einmal so ist; jeder Urlaub ist zu kurz, und so sitzt er irgendwann wieder in Raum 101 – allerdings hat die gerade angebrochene Woche einen gewaltigen Vorteil: Hans ist im Urlaub!

Stein ist wieder sein Vertreter und er verzieht angewidert den Mund, als er daran denkt, dass er dafür offenbar noch gut genug ist »Wenn der Sack in den Urlaub fahren will, dann kann ihn also sogar so eine Niete wie ich vertreten«, denkt er bitter.

Die Atmosphäre im Besprechungsraum ist plötzlich ganz anders als in den letzten Monaten. Die Assistenten kommen in gelöster Stimmung herein und es werden ein paar Zoten erzählt, bevor man sich den Patienten widmet.

»Ich möchte in dieser Woche, dass wir wieder über die Fälle diskutieren. Ohne Angst«, grüßt Stein in die Runde. »Ich möchte, dass sich jeder von euch über seine Patienten ausreichend Gedanken macht und dann kurz vorträgt, wie er zu der Therapieentscheidung kam. Und dann sollten wir darüber diskutieren. Ich bin gespannt auf eure Vorschläge. Was haltet ihr davon?«

Nach all den Wochen, in denen es eine klare Befehlskette von oben nach unten gab und einige schon keinerlei Anstrengungen mehr unternommen hatten, selbst über ihre Fälle nachzudenken, da ihnen Hans sowieso alles diktierte, ist der Start in diese kurze freie Woche zwar zunächst etwas holprig. Recht schnell jedoch entspinnen sich anregende Diskussionen, in denen tatsächlich einige sehr sinnvolle Therapieansätze entwickelt werden, die es in dieser Form mit dem Fetscher-System nicht gegeben hätte. Stein bemerkt, dass auch die anderen die entspannte Atmosphäre genießen. Es macht offensichtlich nicht nur ihm wieder richtig Spaß.

Am Mittwoch nach der Besprechung passt Manfred Pummer ihn ab. »Schon erstaunlich, wie anders das Klima jetzt hier ist, wenn Hans weg ist«, grinst er ihn an. »Es ist schön, dass wir jetzt wieder auf die sachliche Ebene zurückfinden.«

»Wie meinst du das, Manfred?«, gibt Stein zurück.

»Na ja, es hat im Moment keiner mehr Angst. Es macht richtig Spaß …«

»Ja, das tut es«, denkt Stein, um sich danach zu wünschen, dass Hans entweder gar nicht oder geläutert aus seinem Urlaub zurückkommen möge. »Wünschen wird man ja wohl noch dürfen«, denkt er, als das Teufelchen auf seiner Schulter ihn hämisch angrinst.

Nachmittags ruft Alexander Grotzke bei ihm an. »Du Max, pass mal auf, ich muss dich mal vorwarnen. Als du im Urlaub warst, hat Hans einen Fehler, den du scheinbar gemacht hast, entdeckt und in der Morgenbesprechung an die ganz große Glocke gehängt. Der hat sich fürchterlich aufgeregt und du musst damit rechnen, dass er dir daraus irgendeinen

Strick drehen wird. Vielleicht überprüfst du das noch mal. Fehler passieren halt und so weit ich das beurteilen kann, war das gar nicht so schlimm. Aber er hat dich ja ziemlich auf dem Kieker und das ist genau das, worauf er seit Monaten wartet. Ich wollte es dir nur sagen, damit du dich darauf vorbereiten kannst.«

»Na klasse«, denkt sich Stein. »Jetzt hatte ich mal einen schönen Urlaub und eigentlich ist es im Moment genau so, wie es sein sollte. Und jetzt ziehen schon wieder düstere Wolken auf.«

Er besorgt sich umgehend die Akte des Patienten und überprüft akribisch den Fall und seine Einträge.

Tatsächlich, er hatte sich in der Dosierung vertan. Nichts Gefährliches, aber so etwas sollte nicht passieren. Natürlich musste das in der Morgenbesprechung auffallen; dafür ist diese schließlich da. Und natürlich machen andere – nicht zuletzt Hans selbst – immer mal wieder derartige Fehler, die dann entdeckt und korrigiert werden. Deshalb gibt es ja die ganzen Kontrollmechanismen.

Aber eines stimmt tatsächlich: Das ist genau das, was Hans seit Monaten herbeigesehnt hatte. Endlich konnte er Stein einen Fehler unter die Nase reiben, endlich konnte er ihn vorführen. Und das würde er; er würde diesen Fehler exzessiv aufbauschen, ihn geradezu lebensbedrohlich für den Patienten erscheinen lassen, sich darüber ereifern, dass gerade Stein einen solchen Fehler niemals machen dürfe, und sagen, wie enttäuscht er von ihm sei. Dass er Konsequenzen ziehen müsse und so weiter und so weiter. Das alles natürlich wie immer coram publico.

Stein ist frustriert und fällt wieder in sein Loch zurück. Da nützt es auch nichts, dass er solche Fehler zuhauf schon bei Hans festgestellt und stillschweigend korrigiert hat.

Es hilft auch nichts, dass ihm klar ist, dass der zunehmende Druck, den Hans auf ihn ausübt, zwangsläufig irgendwann zu einem Fehler führen musste. Wer kann schon normal arbeiten, wenn er weiß, dass sein Chef ständig alles akribisch kontrolliert, weil er unbedingt einen realen Fehler finden will, um damit keinen mehr erfinden zu müssen?

Nein, er weiß, dass er sich eine Verteidigungsstrategie überlegen muss und er ist Grotzke sehr dankbar dafür, dass er ihn gewarnt hat. Ansonsten wäre er ins offene Messer gelaufen.

Montagmorgen. Alle sind schon zehn Minuten früher da – keiner will sich das antun, heute zu spät zu kommen und dafür womöglich von Hans an den Pranger gestellt zu werden. Es herrscht angespannte Stille, bis Hans den Raum betritt. »Guten Morgen«, grüßt er, wobei sein Gesichtsausdruck verrät, dass dieser Morgen nicht gut werden wird. »Besonders erholsam war der Urlaub wohl nicht«, denkt Stein unwillkürlich.

Schweigend blättert Hans den Stapel Akten auf seinem Tisch durch und lässt sich die einzelnen Fälle vorstellen. Der erste Fall wird abgenickt, aber bereits der zweite treibt ihm dunkle Wolken übers Gesicht »Wer hat denn das abgesegnet, so geht das doch nicht!« Hans war selbstverständlich klar, dass dies einer der Fälle war, die Stein letzte Woche mit den Assistenten beschlossen und freigegeben hatte. »Das war ich, wieso, was stimmt denn daran nicht?«, erwidert Stein.

Keine Antwort, nur ein genervtes Stöhnen. »Nein, das müssen wir zurück zur Therapieplanung geben, das kann man so doch nicht freigeben!« Er hätte noch »Alles muss man selber machen!« sagen können, dann wäre der Auftritt perfekt gewesen.

Was nun folgt ist – um die martialische Sprache von Hans zu verwenden – die Exekution von Stein als dessen Stellvertreter. Es werden nahezu alle Fälle der gesamten letzten Woche abgelehnt und wieder an bereits durchlaufene Stationen zurückgegeben. Es werden keine Begründungen dafür gegeben, sodass die frustrierten Mitarbeiter zum Teil gar nicht wissen, was sie eigentlich ändern sollen. Zum Teil handelt es sich um hauchdünne Nuancen, die im Prinzip gar nichts an der Therapie ändern.

Vollends absurd wird es, als Hans sogar Fälle, die er vor seinem Urlaub noch selbst abgesegnet hatte, mit der Begründung ablehnt, das sei doch Quatsch, weil er sich ganz offensichtlich gar nicht mehr daran erinnert, dass sie nicht von Stein, sondern von ihm selbst freigegeben worden waren. Aber auch jetzt blicken alle stoisch auf den Boden vor sich – niemand wagt es, ihn darauf hinzuweisen.

Nach der Hinrichtung von Stein hat sich seine Laune wie üblich deutlich aufgehellt; er schwärmt von seinem Urlaub in Israel – es sei ja schon ein komisches Gefühl, wenn man begleitet von einem Militärkonvoi als Schutz durchs Westjordanland fahre, aber das sei auch sehr aufregend gewesen.

»Jaja, der Crocodile Dundee für Arme hat seinen Urlaub wieder mal rhetorisch ganz schön aufgemotzt. Wahrscheinlich lag er die ganze Zeit in Tel Aviv am Pool«, denkt Stein.

Immerhin lässt er von Stein ab, während er die Abenteuer seiner Urlaubswoche in den schillerndsten Farben schildert.

Aber Hans wäre nicht Hans, wenn er die Morgenbesprechung nicht nach seinem üblichen, genau geplanten Schema ablaufen ließe – nachdem nun alle entspannt sind, weil er bei seinen Urlaubsanekdoten angekommen ist, schlägt er schließlich unvermittelt ein weiteres Mal zu:

»Und da wäre dann noch der Fall von Herrn Schuster. Franz, ruf den doch mal schnell auf. Okay, dies ist ein gutes Beispiel, um zu demonstrieren, was alles schiefgehen kann, wenn man gar nicht verstanden hat, worum es eigentlich geht. Tja Max, ich glaube, der ist von dir – ich habe ja lange überlegt, ob ich dir das sagen soll, aber es gibt einfach Dinge, die kann ich nicht durchgehen lassen. Schau dir das mal an, so kann man das nicht machen. Und das hier, also da bin ich ja regelrecht erschrocken! Max, was sagst du denn dazu?«

Stein sitzt regungslos auf seinem Stuhl – er hatte sich nach Alexander Grotzkes Warnung überlegt, was nach diesem Angriff zu tun wäre. Er weiß, dass er nun den letzten Meter Boden preisgibt, aber er sieht keinen anderen Weg. Es soll ein letzter verzweifelter Versuch sein, Hans dazu zu bringen, endlich von ihm abzulassen.

»Hans, ich habe mir den Fall auch näher angeschaut. Es stimmt, mir ist da ein Fehler unterlaufen. Damit das nicht wieder passiert, biete ich dir an, dass ich dir in Zukunft alle meine Patienten vorher zeige und du die Therapie festlegen kannst – so wie bei den Assistenten.«

Es kostet ihn sehr viel Überwindung, das zu sagen, denn Hans wird es als Kapitulation auffassen, und er signalisiert damit, dass er die ständigen Herabsetzungen schließlich akzeptiert hat.

Hans blitzt ihn überrascht an und ist tatsächlich im ersten Moment sprachlos. »Ja, äh, wenn das so ist ... ja, das sollten wir so machen. Das reduziert sicher die Fehlerquote.«

Die Besprechung ist beendet. Wie vor dem Urlaub üblich, verlässt Stein als Letzter den Raum. Raum 101. Weit vor ihm im Gang wippt eine blonde Tolle.

Nach dieser Machtdemonstration von Hans ist alles wieder beim Alten – es ist, als hätte es die letzte Woche nie gegeben.

Die Assistenten machen einen Bogen um ihn und er ist froh, wenn die Morgenbesprechung vorüber ist.

Alles beim Alten? Nicht ganz: Stein hat jetzt fast täglich einen Termin bei Hans, in dem er ihm seine Fälle und Therapievorschläge vorstellt. Während Stein vorträgt, sitzt Hans, sich seiner Wichtigkeit und der Erhabenheit des Augenblicks voll bewusst, selbstgefällig hinter seinem Schreibtisch und lauscht den Ausführungen. Die Szene erinnert an einen Schuljungen, der aufgrund unzureichender Leistungen ein wenig Nachhilfe beim Direktor bekommt.

Der Direktor lächelt gnädig, verbessert mal hier und mal dort – insgesamt wie immer völlig irrelevante Marginalien. Aber darum geht es ja auch gar nicht. Es geht nicht um die Patienten und deren Behandlung.

Es geht darum, dass der Schulbub merkt, dass er ein Schulbub ist, damit der Direktor sich wie ein Direktor fühlen kann.

Wenn es nicht so traurig wäre, denkt Stein, wäre es fast komisch – da sitzt der Direktor, dem der Schulbub vieles von dem beigebracht hat, was der Bub jetzt angeblich erst noch vom Direktor lernen muss, hinter seinem Tisch. Beide spielen sie Rollen, von denen jeder von ihnen weiß, dass es nur Rollen sind, die mit der Wirklichkeit nichts zu tun haben.

Der Schulbub spielt die Rolle, weil er überleben will. Der Direktor spielt sie, weil ihn der Schulbub an etwas erinnert, das er, der Direktor, niemals sein kann. Er spielt sie, um sein eigenes Leben erträglicher zu machen.

Das ist Stein in den Tagen von Hans' Abwesenheit klar geworden. Der Hass und die Zerstörungswut, mit denen Hans Stein begegnet, sein ganzer Furor diesem gegenüber – da geht es letztlich nicht um Stein. Es geht um Hans selbst. In Hans' Augen ist seine Strahlkraft, sein Selbstbild durch Steins Anwesenheit beeinträchtigt. Deshalb muss er Stein zum Paria machen, um sich selbst wieder so wahrnehmen zu können, wie er sich eigentlich sehen möchte.

Wenn es also nun gelänge, Hans davon zu überzeugen, dass auch Stein akzeptiert hat, dass Hans tatsächlich viel größer und erhabener als Stein ist – vielleicht ließe jener dann von ihm ab?

Er muss dafür einen Strategiewechsel vornehmen und Hans auch aktiv klarmachen, dass er keine Gefahr für dessen schwächliches Ego darstellen will.

Er hat hart mit sich selbst gerungen, ob es ihm möglich wäre, auch diese letzte Unterwerfungsgeste auszuführen, aber er hat schließlich einsehen müssen, dass seine Optionen ansonsten sehr begrenzt sind. Es ist ihm schwergefallen, doch dann hat er an Stella und die Kinder gedacht und plötzlich ist ihm auch dieses Opfer sehr klein erschienen.

Stein ist sich darüber im Klaren, dass es sowohl fachlich als auch im Hinblick auf seine Persönlichkeit schwer bis unmöglich sein würde, diese Rolle dauerhaft zu spielen, aber was bleibt ihm anderes übrig? Sollte er gehofft haben, dass Hans geläutert aus dem Urlaub zurückkommen würde, so wurde diese Hoffnung bereits am ersten Tag zunichtegemacht.

Also hat er beschlossen, die Rolle des unsicheren Assistenten einzunehmen. Vielleicht würde das seinem Chef den Wind aus den Segeln nehmen. Und nach einer Weile könne man dann vielleicht daran arbeiten, dass man zu einem erträglichen Status quo findet.

Und tatsächlich wirkt Hans in den ersten Tagen versöhnlicher. Versöhnlich ist vielleicht das falsche Wort; am besten lässt sich seine Reaktion vielleicht mit einer kleinen Geschichte umschreiben. Im Jahre 1998, als die rot-grüne Koalition die Regierung im Bund übernahm, ereignete sich eine Szene, die sehr bezeichnend war. Als Joschka Fischer zum ersten

Mal sein Büro betrat und dabei gefilmt wurde, wie er mit einer Mischung aus Unglauben und geradezu kindlicher Freude vor seinem zukünftigen Schreibtisch stand, wurde dem Zuschauer klar, dass dort ein Mann stand, der niemals damit gerechnet hatte, irgendwann einmal an diesem Platz zu stehen, ja, der selbst jetzt noch, im Augenblick des Triumphes, zu träumen glaubte. Zu unwahrscheinlich kam es ihm vor, dass man so jemanden wie ihn tatsächlich zum Außenminister Deutschlands machen würde.

Den gleichen Gesichtsausdruck erkennt Stein bei Hans, wenn er artig vor ihm sitzt und vorsingt.

Hans ist von dieser Entwicklung derart begeistert, dass er zunächst tatsächlich von Stein ablässt.

Stattdessen schmiedet er in der Morgenkonferenz in langen Monologen wieder diverse Pläne, die allesamt entweder dazu dienen sollen, echte respektive eingebildete Gegner einzuschüchtern oder zur Strecke zu bringen oder die Gewinne der Firma weiter zu steigern.

Er gibt zum Beispiel die Anweisung, dass man bei neuen Patienten auf eigentlich notwendige Voruntersuchungen verzichten soll, wenn der Verdacht besteht, dass die Ergebnisse dieser Untersuchungen dazu führen könnten, dass der Patient woanders behandelt werden müsste. »Das kann man immer noch nach unserer Therapie machen; wir können doch nicht zulassen, dass uns wegen irgendeiner blöden Untersuchung die Kohle durch die Lappen geht!«

Dass er damit einem anderen Menschen eine möglicherweise sinnvollere Therapie vorenthält, interessiert ihn nicht. Man muss Prioritäten setzen.

Begeistert wird wieder jeden Tag »eine andere Sau durchs Dorf getrieben«.

Dann verkündet er überraschend neue Maßnahmen und Richtlinien, um die Effizienz, insbesondere in Bezug auf die Selbstdarstellung der Firma bei Kontrollen durch Aufsichtsgremien, zu steigern.

Er brüstet sich wiederholt damit, wie er mit rhetorischen Kniffen und glatten Lügen diverse Zertifizierungsfirmen so hinters Licht geführt hat, dass diese die Firma mit Auszeichnung zertifizierten, wobei Stein unwillkürlich an die Sache mit dem Onkologischen Zentrum denken muss.

Schließlich verteilt er eines Tages einen Zettel mit konkreten Handlungsanweisungen für den bevorstehenden Besuch der Fachaufsicht, eines Gremiums zur Kontrolle der medizinischen Qualität.

Da dieses Gremium im Gegensatz zu den anderen Zertifizierern aus medizinischen Experten besteht und dafür bekannt ist, sehr streng zu sein, reicht es offenbar aus Hans' Sicht nicht aus, mit verbalen Verrenkungen zu operieren. Nein, hier müssen härtere Bandagen angelegt werden: »Wir haben, wir ihr alle wisst, eine elektronische Patientenakte«, beginnt er. »Die ist ja angeblich fälschungssicher, das heißt, dass man einen einmal gemachten und freigegebenen Eintrag hinterher weder löschen noch korrigieren kann. Ist schließlich ein Dokument – auch Einträge in eine schriftliche Akte darf man nicht mehr verändern. Ich habe nun einen Kumpel bei der Firma, der mir einen Trick gezeigt hat, wie das trotzdem geht. Man kann also die elektronische und ach so sichere Patientenakte (er grinst triumphierend) ganz leicht nachträglich – also nach der Freigabe – so frisieren, dass nicht erwünschte Einträge verschwinden. Ich zeige euch das jetzt mal.« Er klickt sich durch eine beliebige Akte, kommt zum gesicherten, bereits freigegebenen Bereich und, schwuppdiwupp, ist der letzte Eintrag nicht mehr zu sehen.

Ungläubiges Staunen. »Aber ist das nicht, rein rechtlich meine ich, ein Dokument, also eine Urkunde?«, fragt Kollege Zung. Hans sieht ihn verschwörerisch an: »Ja klar, das ist ja der Clou dabei: Ich habe eine Möglichkeit gefunden, wie man selbst solche Einträge noch verändern kann, bei denen es eigentlich gar nicht mehr gehen dürfte. Und ich möchte, dass ihr diese Möglichkeit nutzt. Wir wissen ungefähr, in welchem Zeitraum das Fachgremium unsere Patientenakten kontrollieren wird. Es handelt sich dabei aller Voraussicht nach um alle Patienten, die im Monat Juni bei uns in Behandlung sind. Bei all diesen Patienten müssen die elektronischen Akten von euch geprüft werden. Wenn jemand irgendeinen Eintrag sieht, der dem Fachgremium aufstoßen könnte, sei es eine fehlerhafte Therapie (dabei sieht er Stein verächtlich an), seien es beleidigende Kommentare über Patienten, sei es irgendetwas anderes, was denen nicht gefallen könnte, werden diese Einträge von euch allen gelöscht. Falls stattdessen neue Einträge gemacht werden müssen, wodurch das Eintragsdatum verräterisch sein könnte, habe ich zusätzlich auch noch herausgefunden, wie man das Datum des Eintrags verschwinden lassen kann. Dem Fachgremium gehören lauter alte Männer an, die keine Ahnung von moderner Krebstherapie haben – die werden schon nichts merken. Also: Ihr wisst Bescheid – ich möchte nicht erleben, dass die irgendwas finden, nur weil jemand von euch vergessen hat, die Akte zu glätten!«

Stein schaut betreten auf den Zettel – auf ihm findet sich eine Ansammlung dezidierter Handlungsanweisungen für den Monat Juni, die allesamt zum Ziel haben, in diesem Monat die Abläufe völlig anders erscheinen zu lassen, als sie eigentlich sind.

Der letzte Punkt lautet: »Keine sonst bei uns üblichen Therapiekonzepte verwenden! Stattdessen veraltete Konzepte benutzen! Die alten Männer vom Fachgremium haben keine Ahnung von moderner Therapie.«

Er sieht sich in der Runde um. Schweigen. Ob den anderen klar ist, was Hans da von ihnen verlangt?

Der Mittwoch ist für Stein ein guter Wochentag, weil er nach dem üblichen Vormittagsprogramm dann immer in das andere Krankenhaus fährt, in dem die »Praxis Stein« seit dem Nachmittag beim Zulassungsausschuss beheimatet ist. Man hatte sich mit diesem Krankenhaus darauf geeinigt, dass Stein dort einmal pro Woche in behelfsmäßigen Räumen die Patienten aus der Region behandeln und an der wöchentlichen Tumorkonferenz teilnehmen solle.

Der eigentliche Betrieb sollte erst aufgenommen werden, wenn die Baumaßnahmen abgeschlossen seien.

Diese haben jedoch bisher noch nicht einmal begonnen, weil sich Hans und Bollmann zusammen mit Rechtsanwalt Pößlinger offenbar immer noch den Kopf darüber zerbrechen, wie man den Stadtrat dazu bringen könnte, Steuergelder für den Bau einer rein rechtlich privat und unabhängig geführten Arztpraxis freizugeben. »Das ist so, als wollten wir eine Bäckerei mit Steuergeldern aufmachen. Kannst dir vielleicht vorstellen, dass man das selbst diesen Deppen nicht so einfach verkaufen kann«, hatte Hans in besseren Zeiten öfter zu Stein gesagt.

Mittwochs sitzt Stein somit immer in seinen provisorischen Praxisräumen und wartet auf Patienten. Die Terminvergabe läuft über das Sekretariat der Firma, welches angewiesen wurde, alle Patienten mit praxisnahem Wohnort an diesem Wochentag zu Stein zu schicken.

Es müssten nach den Berechnungen von Hans, auf deren Grundlage das Projekt offiziell gestartet wurde, also eigentlich eine ganze Menge an Patienten auf Stein warten.

Der Einzige, der mittwochs jedoch regelmäßig wartet, ist Stein – auf Patienten. Mal kommen zwei, mal einer. An guten Tagen drei. Das ist die äußerst magere Bilanz. Woche für Woche.

In der dortigen Tumorkonferenz sieht es ähnlich aus – kein Vergleich zu den Patientenzahlen am Hauptstandort. Dafür ist das Betriebsklima offenbar deutlich besser als in der Firma, was Stein nicht wirklich überrascht, aber dazu führt, dass er trotz der desolaten Patientenzahlen gerne dort ist.

Wie man mit solchen Zahlen betriebswirtschaftlich sinnvoll arbeiten soll, ist Stein ein Rätsel. Und einmal mehr drängt sich ihm der Verdacht auf, dass dieses Projekt ausschließlich dazu dient, das Einkommen von Hans zu erhöhen, weil der Stadtrat letztendlich zu der Einsicht gebracht werden soll, dass ein Leiter von zwei Standorten mehr als ein Leiter von nur einem verdienen muss.

Mit der Zeit wird ihm auch klar, wem schließlich die Schuld für den schlechten Ertrag dieses Standortes in die Schuhe geschoben werden wird. Er hört ihn schon rufen: »Der Stein, der kann es halt nicht!« Eigentlich eine optimale Abschussrampe, auf die er mich da gesetzt hat, denkt sich Stein manchmal, während er in seiner »Praxis« auf Godot wartet.

Und wenn er dann weg ist, wird Hans die Defizite des Standortes dermaßen geschickt mit den Gewinnen der Firma vernebeln, dass er wie der große Retter erscheint.

»Vielleicht ist das der Plan, um mich loszuwerden; das würde zu ihm passen – eine langfristig angelegte Falle, in die man tappt, weil man solch bösartiges Kalkül nicht für möglich hält. Ich sehe ihn schon vor mir mit besorgter Miene: ›Max, jetzt habe ich dir eine echte Chance gegeben, habe so viele Hoffnungen in dich gesetzt. Aber du bringst es einfach nicht! Das ist so enttäuschend!‹ Dabei habe ich ihm immer wieder gesagt, dass der Standort beim besten Willen nicht vernünftig laufen kann. Das wird ein Millionengrab und ich werde, wenn ich nicht aufpasse, der Buhmann sein.«

Der kurze Frühling in der Firma ist für Stein schon bald vorbei und es dauert nicht lange, so sitzt er trotz des täglichen Vorsingens bei Hans wieder in Raum 101.

Es ist zum Verzweifeln – obwohl Hans mittlerweile jede Verordnung von Stein absegnet, findet er trotzdem immer wieder etwas auszusetzen: Mal hat Stein seine Anweisungen nicht umgesetzt, mal hat er ihm angeblich den Fall gar nicht gezeigt. Kurz: Es ist bald wieder alles so, wie es zuvor war. Die Mitarbeiter murren wieder wegen der massiven Mehrarbeit, die Hans ihnen dadurch aufbürdet, dass er Steins Arbeit wiederholen lässt – natürlich nicht Hans gegenüber. Aber Stein merkt, wie sich ihr Unmut immer mehr gegen ihn richtet. Auch wenn sie wissen, was eigentlich gespielt wird: Ab einem gewissen Punkt spielt das keine Rolle mehr; dann geht es nur noch darum, dass man selbst in Mitleidenschaft gezogen wird und es muss ein Sündenbock gefunden werden. Da Hans das nicht sein kann, richten sich die Emotionen dann eben gegen den, der ihn so in Rage bringt. Auch das ist, davon ist Stein überzeugt, Teil von Hans' Strategie, der ihn damit von den anderen isolieren will.

Eines Tages trifft er zufällig den Kollegen Wolfgang Knörzer auf der Straße; den Kollegen, welchen er vor ein paar Monaten gegen Hans' Angriffe in Schutz genommen hatte.

Knörzer schaut sich verstohlen um, als er Stein erblickt, erst dann grüßt er ihn: »Na, Max, was macht das Leben?« »Pschaaw, ich habe ja frei, da muss es doch gut sein, oder?«

Knörzer sieht besorgt aus: »Na ja, du bist ja echt cool; ich könnte das nicht aushalten, was du aushalten musst.« Stein blickt ihn lange an, es ist ein trauriger, erschöpfter Blick: »Ich kann es auch nicht, aber ich muss.

Verstehst du, ich muss meine Familie beschützen. Nach alldem, der Flut und so. Ich muss das aushalten, auch wenn es verdammt hart ist. Sag mal, hast du eigentlich eine Idee, warum er das macht?«

Knörzer schaut sich wieder um – die Luft ist rein: »Na ja, es macht ihm Spaß. Es macht ihm Spaß, dich zu quälen. Er macht das, weil er es kann, weil er der Größte ist. Als du angefangen hast, ihm deine Therapiepläne zu zeigen, hat er grinsend zu mir gesagt: ›Jetzt zeigt er mir sogar schon seine Therapiepläne – bald wird er platzen!‹ Er macht das, weil er der Größte ist und weil es nur einen Größten geben darf. Es kann nur einen geben und das sollst du spüren. Und wie gesagt: Es bereitet ihm einfach Spaß, dich zu demütigen, so wie er es auch mit mir gemacht hat. Außerdem hat er sich scheinbar auch sehr darüber geärgert, dass er wegen dir und der Flutgeschichte Ärger mit dem Bürgermeister hatte.« Er überlegt kurz: »Nein, schlimmer. Das, was er mit dir macht, ist viel schlimmer als bei mir damals.«

Es ist Anfang Mai. Gestern hat Stein zu Hause ein Schreiben des Zulassungsausschusses aus dem Briefkasten gefischt, in welchem es um irgendeine Frage geht, die »seine Praxis« betrifft. Da ihm nicht ganz klar ist, worum es sich handelt, ruft er Rechtsanwalt Pößlinger an. »Kein Problem, das ist eine reine Formsache. Ich regel das, darum brauchen Sie sich nicht mehr zu kümmern!«

Damit ist der Fall für Stein erledigt. Was er nicht wissen kann und was ihn, wüsste er es, auch nicht sonderlich beunruhigen würde, ist, dass Pößlinger pflichtgemäß Bollmann von dem Vorgang informiert, der diese Information an Hans weitergibt.

Es ist Anfang Mai. Ein wunderbarer Frühlingstag, es ist warm und ein Hauch von Sommer liegt in der Luft. Heute Abend würde er mit Stella zum ersten Mal in diesem Jahr ein Glas Wein auf der Terrasse trinken, wenn das Wetter halten sollte.

Er hatte den PC schon heruntergefahren und war voller Vorfreude auf den schönen Abend.

Da klopft es leise an der Tür. Stein erstarrt – Hans tritt ein.

Er hat einen merkwürdig wächsernen Gesichtsausdruck. »Na, Max, wie geht's, wie war dein Tag?«, er gibt sich Mühe, freundlich zu klingen, aber Stein läuft es kalt den Rücken herunter.

»Gut, danke der Nachfrage. Gibt's noch was, ich wollte gerade nach Hause fahren?«

»War heute irgendwas Besonderes?«

Stein überlegt. Nein, es hatte nichts Besonderes gegeben außer der Sache mit dem Brief. Aber die war ja schon geklärt. Trotzdem beschließt er, einer dunklen Ahnung nachgebend, das zu erwähnen. »Nö, eigentlich nicht. Außer, dass ich heute kurz mit Pößlinger sprach, weil ich gestern einen Brief vom ZA bekommen habe. Ist aber nichts Wichtiges gewesen, hat Pößlinger schon erledigt.«

Was jetzt geschieht, hätte Stein selbst nach all den vergangenen Monaten nicht für möglich gehalten. Er sieht, wie sich das Gesicht von Hans zu einer unkenntlichen Fratze verzerrt – wenn es in seinem Leben jemals einen Moment gegeben hatte, in dem er Wut und Hass mit allen seinen Sinnen wahrnehmen konnte – jetzt ist er da. Hans steht vor ihm, er steht einfach nur da und starrt ihn mit einem derartig wilden Hass in den Augen an, dass er dem Blick nicht standhalten kann, so sehr er sich auch darum bemüht. Er spürt in diesem Moment, dass Hans im nächsten Moment die Kontrolle über sich verlieren wird. Sein Gehirn sucht verzweifelt nach einer Fluchtmöglichkeit vor dem, was gleich unvermeidbar über ihn hereinbrechen wird, es sucht mit aller Macht einen Ausweg. Und doch bewegt er sich nicht. Er sitzt da, ist wie gelähmt und muss wie gebannt in dieses teuflisch verzerrte Gesicht blicken, er kann den Blick nicht abwenden, er ist gefangen wie ein Falter im Netz einer Spinne, die unaufhörlich auf ihn zukriecht, sich ihm Millimeter für Millimeter nähert, bis ihm der Todeskuss die Sinne raubt.

Hans atmet schwer, ja er keucht, seine Hände zittern wie Espenlaub, sein Gesicht verfärbt sich blutrot.

Dann erfolgt die Explosion.

Er beugt sich zu Stein über den Tisch und brüllt ihn in einer Lautstärke an, die Stein vollständig paralysiert – noch niemals hat er einen Menschen so brüllen hören, ja, er hätte es nicht für möglich gehalten, dass jemand überhaupt derart brüllen kann.

»Du bist ein Nichts! Du hast hier nichts zu melden! Ich kann dich von heute auf morgen austauschen, wenn es mir gefällt. Einen Scheiß hast du hier zu melden! Du hast hier niemanden anzurufen, du Nichts! Was hier passiert, geht dich einen Scheißdreck an!«

Stein ist kreidebleich, sämtliche Mitarbeiter der Firma und alle Patienten, die sich dort noch aufhalten, müssen jedes Wort verstehen. Er versucht, Hans zu beruhigen »Hans, mäßige deinen Tonfall, mäßige dich!«, beschwört er ihn. Aber er dringt überhaupt nicht zu ihm durch. Im Gegenteil, Hans brüllt sich immer mehr in Rage: »Du hast doch noch nie was auf die Reihe gekriegt, du bist überall gescheitert und jetzt surfst du auf meiner Welle! Meine Welle, du Trittbrettfahrer, du Nichts! Wenn ich will, dann zahlst du mit einem Federstrich von mir dreihunderttausend Euro zurück, du Null! Wenn du gehen willst, dann geh doch, hau doch ab, für dich finde ich dutzendweise Ersatz! Du vertraust mir nicht und das, du Niete, zahl ich dir jetzt heim! Ich mach dich fertig, bis du tot bist!«

Stein ist mittlerweile ebenfalls maximal aufgewühlt – niemand hat es jemals gewagt, so mit ihm zu reden. Dennoch versucht er mit aller Kraft, sachlich zu bleiben: »Mäßige dich, Hans! Du weißt genau, dass das nicht stimmt. Du weißt doch genau, wie es wirklich war und ist! Und es stimmt einfach nicht, dass ich irgendwo gescheitert bin …«

»Lüg mich nicht an!«, unterbricht der andere ihn in Orkanstärke brüllend. »Lüg mich nicht an, du Null! Du hast noch nie was auf die Reihe gekriegt! Du bist so eine komplette Niete, so ein Versager … Du hast mir alles zu verdanken – umgekehrt habe ich dir nichts zu verdanken …!«

Und er brüllt und brüllt und überhäuft Stein mit allen nur denkbaren Beleidigungen, während der irgendwann nur noch stumm dasitzt und es über sich ergehen lässt.

Später wird ihn Stella fragen, warum er nicht einfach gegangen ist.

Er weiß es nicht. Es kommt ihm gar nicht in den Sinn, es ist, als befinde er sich gar nicht in dem Körper dieses Menschen, der da hinter seinem Schreibtisch sitzt und angeschrien und zutiefst gedemütigt wird; es ist, als beobachte er sich selbst. Sich selbst und den, der da brüllend und geifernd und voller Hass die Kontrolle verliert. Er beobachtet die Szenerie wie ein Unbeteiligter, wie ein Verhaltensforscher, der mit wissenschaftlichem Interesse Aktion und Reaktion seiner Probanden studiert.

Und dabei spürt er jedoch, dass Hans nun eine weitere Linie überschritten hat. Eine Linie, die er niemals hätte übertreten dürfen.

Schließlich, es mögen dreißig Minuten gewesen sein, die Stein wie eine Ewigkeit vorkommen, ebbt der Wutausbruch von Hans ab, er beginnt, wieder Monologe zu halten, fühlt sich missverstanden und von allen verfolgt.

Dann fällt er auf einen Stuhl, sackt zusammen und – heult.

Stein traut seinen Augen nicht: Hans sitzt vor ihm und weint wie ein kleines Kind. Zwischen tränenersticktem Schluchzen folgen wieder Monologe über alle anderen, die gegen ihn sind – er tut sich selbst unendlich leid.

Stein sitzt fassungslos da und starrt ihn an. Er kommt langsam wieder zu sich, sieht den anderen zusammengesackt und weinend auf der anderen Seite des Tisches. Er spürt, wie sich der wilde Hass des anderen in dessen unendlicher innerer Leere verliert. Er spürt die Verzweiflung des anderen über diese Leere und empfindet – Mitleid.

Ist das möglich? Kann er Mitleid empfinden für diesen Menschen, dessen größtes Vergnügen es ist, ihn, Stein, zu erniedrigen?

Er redet mit Hans wie mit einem kleinen Kind, versucht, zu beruhigen und, ja tatsächlich, er ertappt sich dabei, wie ihm Hans leidtut.

Später, als die Tränen getrocknet sind und Stein wieder alleine ist, bemerkt er, wie seine Hand immer noch krampfhaft das Diktiergerät umschlossen hält. Sie schmerzt, als er sie öffnet.

Mechanisch packt er seine Sachen zusammen und verlässt sein Büro. Vor der Tür stehen Leute – Mitarbeiter? Patienten?, er weiß es nicht, nimmt nur die entsetzten Blicke wahr, mit denen sie ihn anschauen.

Er setzt sich auf sein Fahrrad und fährt den Fluss entlang. Es ist ein schöner, lauer Frühlingsabend, doch er nimmt es nicht wahr. Er fährt wie ein Besinnungsloser, will nach Hause rasen. Nach Hause, nur nach Hause. Schließlich wird er langsamer, hält an, setzt sich auf einen Baumstamm am Fluss und starrt auf das Wasser.

»So muss es sich anfühlen«, denkt er, »wenn man vergewaltigt worden ist.«

Als er, viel später, wieder auf sein Fahrrad steigt, weiß er, dass Hans ihm diesen Ausbruch nie verzeihen wird.

Als er nach Hause kommt, hofft er, dass er niemandem von seiner Familie begegnet. Er schleicht sich ins Bad, zieht sich aus und dreht die Dusche an. Lange steht er unter dem Strahl und versucht, wegzuduschen, was ihm gerade widerfuhr. Sein ganzer Körper fühlt sich taub an, nein, es ist nicht der Körper, es ist seine Seele, die wie gefroren ist. Der Wasserstrahl wird heiß, aber sie will dennoch nicht auftauen. Schließlich setzt er sich auf den Boden der Dusche, sitzt einfach nur da, während das Wasser unaufhörlich aus der Dusche läuft. Er sitzt da und starrt ins Leere.

Er mag wohl eine kleine Ewigkeit so dagesessen haben, als der Duschvorhang von einer zarten Hand beiseitegezogen wird.

Stella schaut ihn mit großen, traurigen Augen an: »So schlimm heute?« Er lächelt müde. »Ist es das, Max, was unsere Zukunft sein soll? Das kann doch so nicht weitergehen …«

Dann dreht sie sich um und geht. Sie will nicht, dass er sieht, wie sie weint.

Stein weiß, dass sie recht hat. Es kann so nicht weitergehen. Aber wie lässt sich etwas daran ändern?

Natürlich hat er bemerkt, wie sich die Situation in seiner Arbeit auch in die Familie gefressen hat. Ihm ist nicht entgangen, dass auch Stella kaum noch schlafen kann, dass auch Stella nachts wach liegt und grübelt.

Manchmal tastet sich dann ihre Hand bis zu seiner vor und hält sie ganz fest. Meistens aber versuchen beide, ihre Schlaflosigkeit voreinander zu verbergen.

Kürzlich waren sie bei der Lehrerin von Emma. Dritte Klasse. Sie hatte ganz besorgt ausgesehen: »Sagen Sie, gibt es Probleme bei Ihnen zu Hause? Ich erkenne Emma nicht wieder. Sie war doch immer so ein aufgewecktes und fleißiges Mädchen, hatte nie Probleme. Seit ein paar Wochen ist sie wie ausgewechselt – still und verschlossen. Und ihre Leistungen sind massiv eingebrochen!«

Stein hatte Stella nur stumm angesehen, während sich beide bemüht hatten, die Fassade zu wahren und der Lehrerin zu versichern, dass alles in Ordnung sei. Was hätte man auch sagen sollen – dass Steins Chef gerade dabei ist, die Existenz der Familie zu zerstören?

Auch der kleine Marius hatte sich verändert. Er war noch kein Jahr alt gewesen, als die Flutgeschichte die Familie strapaziert hatte. Sie hatten das aber noch relativ gut kompensieren können, sodass er sich trotz allem normal entwickelt hatte. Aber jetzt bemerken sie an ihm zunehmend auffällige Verhaltensweisen, vor allem völlig unverhältnismäßige Aggressionen.

Der Mittlere, Oskar, war schon immer der Sensibelste gewesen. Er hatte sich in letzter Zeit weitgehend zurückgezogen, spricht immer weniger und verschwindet immer häufiger in seinem Zimmer.

Es ist, als hänge eine dunkle Wolke über der Familie.

Zu allem Überfluss hatte Stellas Mutter im Frühjahr auch noch einen schweren Unfall mit einer Hirnblutung und erholt sich nur schleppend davon.

Stella, die schon immer eine sehr enge Bindung zu ihrer Mutter gehabt hatte, redet kaum darüber, aber Stein weiß, dass sie sich große Sorgen macht.

Nein, es kann so nicht weitergehen. Es ist jetzt knapp fünf Monate her, dass Hans ihm den Krieg erklärt hat. Stein hat versucht, sich so defensiv wie nur irgend möglich zu verhalten und hat sich von Hans bis zur Selbstverleugnung demütigen lassen.

Er hat gehofft, dass er Hans auf diese Weise dazu bewegen könne, irgendwann damit aufzuhören.

Der heutige Tag aber hat ihm gezeigt, dass es keinen Weg zurückgibt, dass alles Hoffen vergebens war – der Hass von Hans ist grenzenlos, und grenzenlos scheint auch seine Entschlossenheit, Stein zu brechen, zu zerstören. Und je defensiver sich Stein verhält, umso wilder schlägt Hans auf ihn ein.

Warum dieser Hass? Stein hat sich in den letzten Monaten sein Hirn zermartert, um die Ursache zu ergründen, aber dieser extreme Wutausbruch von Hans hat ihm gezeigt, dass es da noch etwas anderes geben muss.

In den nächsten Tagen wälzt er Fachbücher und verbringt viel Zeit im Internet. Er findet dabei immer wieder Puzzleteile wie diese hier:

»Die paranoide Persönlichkeitsstörung ist gekennzeichnet durch besondere Empfindlichkeit gegenüber Zurückweisung, Nachtragen von Kränkungen, übertriebenes Misstrauen sowie die Neigung, Erlebtes in Richtung auf feindselige Tendenzen der eigenen Person gegenüber zu deuten. […]

Hauptmerkmal einer paranoiden Persönlichkeitsstörung ist die Neigung, neutrale oder freundliche Handlungen anderer als feindselig zu interpretieren, was eine durchgängig misstrauische Haltung bewirkt. […]

[…] Tendenz zu übermäßiger Empfindlichkeit und Kränkbarkeit, was oft Rechthaberei und Streitsucht zur Folge hat. […]

Menschen mit paranoider Persönlichkeitsstruktur können andererseits zu überhöhtem Selbstwertgefühl und übertriebener Selbstbezogenheit neigen. […]

[…] Tendenz, eigene Aggressionen Mitmenschen zuzuschreiben und dann dort als Feindseligkeit wahrzunehmen und zu bekämpfen. […]

Da sie Personen in ihrer Umgebung häufig anklagen, führen sie dadurch selbst herbei, was sie besonders befürchten. […]

Wegen ihrer geringen Vertrauensbereitschaft und ihres kompromisslosen Vorgehens haben paranoide Persönlichkeiten zunehmend Schwierigkeiten, tiefgehende zwischenmenschliche Beziehungen aufzubauen. […]

Häufige Komorbidität ist die narzisstische Persönlichkeitsstörung. […] Zur Diagnose müssen mindestens vier der folgenden Eigenschaften vorliegen:
1. Übertriebene Empfindlichkeit gegenüber Zurückweisung
2. Neigung, dauerhaft Groll zu hegen; das heißt, subjektiv erlebte Beleidigungen, Missachtungen oder Verletzungen werden nicht vergeben
3. Misstrauen und eine anhaltende Tendenz, Erlebtes zu verdrehen, indem neutrale oder freundliche Handlungen anderer als feindlich oder verächtlich missdeutet werden
4. Streitbarkeit und beharrliches, stimmungsunangemessenes Bestehen auf eigenen Rechten
5. häufiges ungerechtfertigtes Misstrauen gegenüber der sexuellen Treue des Ehe- oder Sexualpartners
6. ständige Selbstbezogenheit, besonders in Verbindung mit starker Überheblichkeit
7. häufige Beschäftigung mit unbegründeten Gedanken an Verschwörungen als Erklärung für Ereignisse in der näheren und weiteren Umgebung«

In einem anderen Kriterienkatalog liest er im Hinblick auf die paranoide Persönlichkeitsstörung Folgendes:
»Mindestens vier der folgenden Kriterien müssen erfüllt sein:
1. verdächtigt andere ohne ausreichenden Grund, von ihnen ausgenutzt, geschädigt oder getäuscht zu werden
2. ist stark eingenommen von ungerechtfertigten Zweifeln an der Loyalität und Vertrauenswürdigkeit von Freunden oder Partnern
3. vertraut sich nur zögernd anderen Menschen an aus der ungerechtfertigten Angst, Informationen könnten in böswilliger Weise gegen ihn verwendet werden
4. liest in harmlose Bemerkungen oder Vorkommnisse eine versteckte, abwertende oder bedrohliche Bedeutung hinein
5. ist lange nachtragend, d. h. verzeiht vermeintliche Kränkungen, Verletzungen oder Herabsetzungen nicht

6. nimmt Angriffe auf die eigene Person oder das Ansehen wahr, die anderen nicht so vorkommen, und reagiert schnell und zornig oder startet einen Gegenangriff
7. verdächtigt wiederholt und ohne jede Berechtigung den Ehe- oder Sexualpartner der Untreue«

Stein musste kein Psychiater sein, um schlagartig zu erkennen, dass jeweils mindestens sechs der sieben geforderten Punkte bei Hans erfüllt waren.

Noch interessanter wurde es bei der erwähnten Komorbidität, der narzisstischen Persönlichkeitsstörung:

»Die narzisstische Persönlichkeitsstörung zeichnet sich durch gesteigertes Verlangen nach Anerkennung und Überschätzung der eigenen Fähigkeiten aus. Da Betroffene oftmals extrem unsicher sind, bauen sie ein Größenselbst auf und suchen ständig neue Bestätigung, um ihr Selbstwertgefühl weiter zu stärken. […]

Menschen mit narzisstischer Persönlichkeitsstörung werden oftmals als arrogant, überheblich, snobistisch und herablassend beschrieben. […]

Sie […] können leistungsstark (in Schule, Beruf, Hobby) sein und haben oft gepflegte und statusbewusste Umgangsformen. […]

[…] immer auf der Suche nach Anerkennung, wobei sie anderen Menschen wenig echte Aufmerksamkeit schenken. […]

[…] fällt ihnen schwer, auf die Bedürfnisse anderer einzugehen und sie verfügen über ein unrealistisches Selbstbild, wodurch sie unfähig sind, sich anzunehmen. […]

Sie haben ein übertriebenes Gefühl von Wichtigkeit, hoffen, eine Sonderstellung einzunehmen und zu verdienen. […]

[…] sind häufig sehr stolz und besitzen eine hohe Anspruchshaltung sich selbst. […]

[…] zeigen ein meist ausbeutendes Verhalten und einen Mangel an Empathie. Es können wahnhafte Störungen und Größenideen auftreten. […]

[…] zerstören aus Missgunst, was andere aufgebaut haben und zeigen eine auffällige Empfindlichkeit gegenüber negativer Kritik, die sie oft global verstehen, was in ihnen Gefühle wie Wut, Scham oder Demütigung hervorruft. Häufig wird deshalb ein Netz aus Intrigen gesponnen, um sich ins rechte Licht zu rücken. [...] Hierbei werden durch teils erfundene oder übertriebene Geschichten kritische Menschen herabgestuft.

[...] Die Wahrnehmung für tatsächliche Begebenheiten ist [...] stark verschwommen [...] es werden Teile der Realität bewusst verfälscht oder weggelassen. [...]

Der Hang zur Mythomanie ist fließend. Für Außenstehende ist es sehr schwer, die Wahrheit innerhalb der Intrigen zu erkennen, da bei narzisstischen Persönlichkeiten meist eine ausgefeilte und sehr subtile Lebenstaktik, die hart erarbeitet wurde, dahintersteht.

Erhalten Betroffene genug Selbstvertrauen durch ihre Umwelt, sind sie in der Lage, große Erfolge zu erzielen.

Üben Narzissten eine leitende Funktion aus, leiden die Untergebenen sehr. Wenn möglich, entziehen sie sich deren Einfluss. [...]

[...] dass bei Betroffenen die ideale Vorstellung von sich selbst gewissermaßen mit dem realen Selbst verschmolzen ist. Weiter ist das Selbst gespalten in Ideal-Selbst und entwertetes Selbst. Diese Selbstrepräsentanzen werden auf äußere Objekte projiziert.«

Stein stockt der Atem. Da war er wieder, der Spiegel. Der Spiegel, der mit der Zeit blind geworden war. Das war es: Hans hatte ihn, Stein, zunächst idealisiert, also sein Ideal-Selbst auf Stein projiziert. Allmählich hatte er mit seinen feinen Antennen wahrgenommen, dass Stein sein Verhalten zunehmend kritisch beurteilte, sich von ihm unmerklich distanzierte. Stein hatte nicht mehr über die überdrehten Geschichten von Hans gelacht, war stumm geblieben, während Hans Beifall für seine Intrigen und hochfahrenden Pläne erwartet hatte und hatte ihn für sein Verhalten anderen Mitarbeitern gegenüber kritisiert.

Auch wenn Stein dennoch weiterhin unbedingt loyal zur Firma und deren Chef stand, so musste eine Persönlichkeit wie die von Hans die leise Distanzierung spüren und schließlich als Verrat empfinden.

»Du nimmst meine Freundschaft nicht an und das zahle ich dir jetzt heim!«

Stein wird schlagartig klar, dass der Spiegel letztendlich nicht blind geworden war: Er spiegelte nur etwas anderes und dieses andere war der entwertete und verhasste Teil von Hans' Selbst.

Indem er Stein quält, rächt er sich dafür, dass er, Hans Fetscher, nicht so ist, wie er sich sehen will. Und er rächt sich an Stein dafür, dass dieser das erkannt hat.

Stein wird jetzt klar, dass er von Hans' schwächlichem Ego als akute Bedrohung wahrgenommen wird.

Deswegen quält er ihn und daher wird er damit auch nicht aufhören.

Auch der Verfolgungswahn, die Größenfantasien, die geplanten und ungeplanten Aggressionen und die kompromisslose Rachsucht, die stählerne Erbarmungslosigkeit, mit der Hans gegen seine eingebildeten Gegner vorgeht, sowie die sich damit selbsterfüllenden Prophezeiungen machen plötzlich Sinn.

Stein sitzt vor dem Bildschirm, die Worte tanzen vor seinen Augen:

»Üben Narzissten eine leitende Funktion aus, leiden die Untergebenen sehr. Wenn möglich, entziehen sie sich deren Einfluss […] Wenn möglich, entziehen sie sich deren Einfluss […] Wenn möglichm entziehen SIE sich deren Einfluss […] entziehen SIE sich […] entziehen SIE sich […] ENTZIEHEN SIE SICH […] »

Sich entziehen? Das würde alles zunichtemachen, was sie sich hier in den letzten Jahren aufgebaut haben. Alles umsonst. Nur, weil es einem einzigen Menschen so gefällt.

Stein surft nächtelang in einschlägigen Internetforen, liest Zeitungsartikel und lernt, was »Bossing« bedeutet.

Themen wie Mobbing oder Bossing sind bislang weitgehend Fremdwörter für ihn gewesen. Sicher, er hatte gehört, dass es so etwas gibt, hatte sich aber insgeheim immer gedacht, dass viele von den Menschen, die sich für Mobbing-Opfer halten, sich nicht so anstellen sollten. Schließlich gab es im Arbeitsleben immer mal wieder Reibereien und wenn er ehrlich zu sich selbst ist, muss er zugeben, dass er Leute, die sich über Mobbing beklagt hatten, zumeist für zartbesaitete Weicheier gehalten hat.

So liest er denn mit einer Prise Scham die Geschichten, die andere von sich im Netz erzählen. Vor allem interessiert ihn, welche Strategien zur Problemlösung empfohlen werden.

Betriebsrat? Vorgesetzter?

Konnte man in seinem Fall vergessen. Den Betriebsrat würde Hans zum Frühstück fressen und Bollmann wurde bereits seit Jahren von Hans nach Belieben manipuliert. Außerdem ist Hans die »Cashcow«, der Goldesel, der in der ganzen Stadt für die schier unfassbaren Gewinnsteigerungen der Firma bekannt ist. So einer kann sich viel erlauben.

Bitter fährt es Stein durch den Kopf, dass er damit wohl zu einem Teil auch Opfer des eigenen Erfolges geworden ist – der Gewinn war, seitdem er in der Firma arbeitete, von 1,2 auf 3,5 Millionen Euro angestiegen. Bollmann brüstete sich zwar immer damit, dass er ein solch guter Kaufmann sei, insgeheim wussten aber alle, dass das Geld in der Firma nicht wegen sondern trotz Bollmann verdient wurde. Hans wiederum hatte es Bollmann und der Stadt gegenüber verstanden, Steins Anteil an dem Erfolg sich selbst zuzuschreiben.

Schließlich verdiente der ja genug damit, während er selbst, Hans, diesen verdammten Gehaltsdeckel einfach nicht wegsprengen konnte. Verdiente Stein nicht mehr als Hans?! Und immer noch mehr und noch mehr?!

Verdammt ja, und die Diskrepanz wurde immer größer, je mehr Gewinn die beiden erwirtschafteten. Und daher auch der Hass auf Stein.

Gespräche? Unterwerfungsgesten?

Alles versucht, es hatte nichts gebracht. Im Gegenteil, es wird immer schlimmer.

Rechtsweg? Anzeige?

Schlechte Karten. Es gibt keinen Straftatbestand »Mobbing« oder gar »Bossing« und die Beweisführung ist sehr komplex – zu komplex. Die meisten Verfahren enden nicht zugunsten des Klägers. In diesem Staat wird alles geregelt, für jeden Mist gibt es Gesetze. Nur bei diesem Thema, das – da ist Stein sich nach seinen Recherchen sicher – Millionen Menschen betrifft, schaut der Gesetzgeber einfach weg. Es ist unfassbar!

Nein, die Quintessenz dessen, was sich Stein in diesen Tagen ersurft, ist ungefähr die: »Wenn Sie einen Chef mit einer narzisstischen Persönlichkeitsstruktur haben, der es auf Sie abgesehen hat, dann gibt es nur eins: Nehmen Sie Ihre Beine in die Hand und gehen Sie, bringen Sie so viele Kilometer zwischen sich und diesen Menschen, wie Sie nur können. Solange Sie es können. Denn andernfalls wird Sie das krank machen und Sie werden als Wrack enden. Sie haben keine andere Chance – nutzen Sie sie.«

Da sich das nicht besonders ermutigend anhört, beschließt Stein nach ein paar Tagen und um einige unerwünschte Erkenntnisse reicher, die Recherchen abzubrechen.

So sehr er auch nach einem Ausweg sucht – er findet ihn nicht.

In den Tagen nach Hans' Wutausbruch tun alle so, als wäre nichts geschehen. Stein ist sich zwar sicher, dass es sich unter den Mitarbeitern herumgesprochen hat, aber niemand spricht ihn darauf an, niemand fragt ihn, was da los war. Zu groß ist wohl die Angst, in etwas hineingezogen zu werden und dann womöglich genauso zu enden wie Stein.

Hans hingegen ist nun in der Morgenbesprechung wieder sehr schweigsam. Nach einem knappen Gruß werden die Fälle »heruntergebetet«, ab und zu erfolgt mal ein Seitenhieb auf Stein (eigentlich sehr moderat im Vergleich zu den Zeiten vor dem Ausbruch). Danach verschwindet er in seinem Zimmer.

Eines Tages klingelt Steins Telefon. Am anderen Ende ist die Patientin, die ihm vor einigen Monaten erzählte, wie man sie aus ihrem Job gemobbt hatte. »Dr. Stein«, hebt sie an, »ich möchte Ihnen nicht zu nahetreten, aber ich hatte bei der letzten Untersuchung bei Ihnen, Sie wissen schon, als ich Ihnen von meinem beruflichen Schicksal erzählte, ganz deutlich das Gefühl, dass auch Sie gerade ein Päckchen mit sich herumschleppen. Ich hätte

Sie damals fast darauf angesprochen, aber es war nur so ein Gefühl und ich wollte Sie damals nicht belästigen. Aber inzwischen ist etwas passiert und ich denke, dass Sie das wissen sollten. Vor ein paar Tagen hat jemand bei mir angerufen. Ein Mann, er hat sich nicht mit Namen vorgestellt, aber er hat gesagt, dass er im Auftrag Ihrer Firma anrufe. Man würde dort von Zeit zu Zeit stichprobenartig die Patientenzufriedenheit kontrollieren und ich solle nun Angaben machen, wie sehr ich mit der Behandlung zufrieden sei. Insbesondere sei ich ja Patientin von Dr. Stein und er hätte nun gerne gewusst, wie zufrieden ich mit diesem Arzt sei.« Stein erschrak, denn er wusste: Eine solche Umfrage gab es nicht: »Und was haben Sie gesagt?« »Na ja, ich habe mich daran erinnert, wie traurig Sie mich damals angeschaut haben und da habe ich nur in den Hörer gerufen: ›Sehr zufrieden, super zufrieden, das ist der beste Arzt, den ich kenne!‹ und dann habe ich aufgelegt. Ich habe mich hinterher so dermaßen darüber aufgeregt! Dr. Stein, wenn Sie wollen, dann kann ich für Sie eine Unterschriftensammlung …«

»Nein, nein«, Stein winkt müde ab »bitte nicht. Das würde alles nur noch schlimmer machen. Sie haben recht, es geht mir nicht gut – ich sag's jetzt einfach mal, obwohl es nicht sonderlich professionell ist. Möglicherweise erlebe ich hier gerade auch etwas, das Sie schon kennen; aber es hilft mir sehr, dass Sie mir das erzählen, da kann ich versuchen, mich entsprechend zu positionieren. Ich bitte Sie bloß darum: zu niemandem ein Wort! Wenn sich das herumspricht, dann wird es erst recht schlimm!«

»Nein, nein, natürlich nicht. Aber seien Sie auf der Hut. Ich glaube, da will jemand irgendetwas finden, um etwas gegen Sie in der Hand zu haben. Und wenn ich Ihnen irgendwie helfen kann …« »Das ist wirklich supernett von Ihnen. Und es war sehr wichtig, dass Sie mir das erzählt haben, tausend Dank! Wir sehen uns bei der nächsten Untersuchung!«

Nach diesem Telefonat sitzt Stein in Gedanken versunken vor seinem Schreibtisch. Er braucht ein wenig, um das zu verarbeiten. Jetzt hat er es also amtlich: Hans sammelt Material gegen ihn. Dabei ist der sich offenbar nicht zu schade, bei Steins Patienten anzurufen – oder anrufen zu lassen? Von wem? – und denen irgendeine Geschichte vorzulügen, um jemanden zu finden, der sich negativ über Stein äußert.

Am Abend spricht er mit Stella darüber. »Max, das kann so nicht weitergehen. Es ist natürlich richtig, dass du versuchst, unsere Existenz hier zu retten. Aber wohin hat es uns geführt? Es wird eigentlich immer schlimmer statt besser. Und jetzt ist es also nicht mehr ›nur‹ Mobbing, sondern jetzt wissen wir also, dass er auch Intrigen gegen dich spinnt und irgendwas ausbrütet. Du weißt doch, dass er auf diesem Gebiet ein Meister aus Leidenschaft ist.«

»Ja«, gibt Stein zurück. »Er ist geradezu ein Weltmeister im Intrigenspinnen. Ich habe heute auch lange darüber nachgedacht, wie man dem begegnen kann und was zu tun ist. Ich glaube, dass es jetzt an der Zeit ist, über den Horizont hinauszudenken.«

»Wie meinst du das?«, Stella schaut ihn fragend an.

»Na ja, bisher habe ich, haben wir versucht, alles dafür zu tun, damit wir das, was wir hier haben, möglichst bewahren. Wir haben ein Haus, das wir gerade wieder mühsam aufgebaut haben, wir haben uns hier gut eingelebt, haben Freunde, Bekannte. Ich habe eigentlich einen guten Job und verdiene mehr als genug Geld. Kurz: Wir fühlen uns hier grundsätzlich sehr wohl, wir sind angekommen. Da ist es doch richtig, darum zu kämpfen! Aber was ist, wenn das nicht reicht?« Seine Stimme zittert ein wenig. »Was ist, wenn ein einziger Mensch den absoluten Willen und auch die Möglichkeiten hat, das zu zerstören? Wenn er uns so lange quält, bis alles kaputt ist? Ich habe lange darüber nachgedacht: Ich glaube, nein ich fürchte, wir müssen bereit sein, bis zum Äußersten zu gehen, wenn wir eine Chance gegen den haben wollen.«

»Was meinst du damit, Max?«, fragt Stella ängstlich.

»Ich glaube, wir müssen bereit sein, alles aufs Spiel zu setzen. Aber wir dürfen das nicht kopflos tun. Natürlich werde ich weiter alles versuchen, um ihn zum Aufhören zu bewegen. Aber ich bin langsam ratlos. Und seitdem er so ausgeflippt ist und wir uns ein wenig informiert haben und seitdem mich meine Patientin anrief und mir von der angeblichen Umfrage erzählte … Stella, ich glaube, der ist verrückt, den kann man nicht mit normalen Maßstäben messen. Ich glaube, das ist einer von der Sorte, die glauben, dass sie ihre Gesetze und Regeln selbst machen können, dass die gültigen Regeln nicht für sie gelten. Und der ist so schlau, dass er damit nicht nur durchkommt, sondern sehr viel Erfolg hat. Das ist ein Teufelskreis:Der Erfolg steigt ihm zu Kopf und bestärkt ihn in seinen Extremen. Wie eine Spirale, die sich immer schneller dreht. Ich glaube, ehrlich gesagt, nicht mehr daran, dass er aufhört, bevor er nicht erreicht hat, was er will: mich, nein uns, kaputtmachen.«

»Ja Max, das haben wir doch schon so oft besprochen. Wir reden ja seit Monaten über nichts anderes mehr. Ich glaube auch, dass er abgrundtief böse, vielleicht sogar wahnsinnig ist. Aber was nützt das? Er kommt damit durch und du wirst ihn nicht stoppen können.«

»Wahrscheinlich nicht«, gibt Max zurück. »Deshalb ist es ja wichtig, die Optionen zu prüfen, die jenseits des Horizonts liegen. Solange wir immer nur daran denken, dass wir hier bleiben wollen, bestimmt er das Spiel und die Regeln. Er glaubt ja von mir, ich sei ein Sicherheitstyp. Das ist seine Grundannahme: ›Der Stein kann sich gar nicht wehren, weil er keine andere Option hat, als hierzubleiben. Und deswegen kann ich ihn auch zu meinem Sklaven machen, den ich nach Belieben quälen kann.‹ Aber Charly hat recht: Was will ich meinen Kindern später mal erzählen? Dass mein Chef mir die Eier abgeschnitten hat? Willst Du einen Mann ohne Eier haben?« Stella schüttelt den Kopf und grinst ein wenig. »Und ich will auch kein Mann sein, der sich die Eier abschneiden lässt. Wenigstens nicht kampflos. Und deshalb müssen wir zwei Dinge tun: Wir müssen uns mit dem Gedanken anfreunden, dass das Leben auch weitergeht, wenn wir uns irgendwo anders wieder eine neue Existenz aufbauen müssen. Und wir müssen versuchen, uns in Hans Fetscher hineinzuversetzen. Wir müssen lernen, so zu denken wie er, damit wir seine Schritte im Voraus erahnen und Gegenmaßnahmen treffen können. Und wir müssen uns dabei davor hüten, so zu werden wie er.«

»Aber was heißt das konkret?«

»Na ja, zunächst mal muss ich verhindern, dass ich bei der Arbeit irgendwelche fachlichen Fehler mache, die er dann gegen mich verwenden kann. Das versuche ich ja schon seit Monaten, aber das macht den Job nicht gerade angenehmer. Dann muss ich aber scheinbar auch verhindern, dass er mir Fehler unterschiebt, bei denen ich nachher gar nicht mehr beweisen kann, dass ich das nicht war.«

»Wie sollte ihm das gelingen?«

»Nun ja, nach dem Gespräch mit der Patientin ist mir zum Beispiel eingefallen, dass mein Passwort für sämtliche Anwendungen »stein« ist. Das weiß auch jeder; intern war das ja bis jetzt völlig egal, denn wenn man in diesem Metier seinen Kollegen nicht vertrauen kann, dann weiß ich auch nicht … Aber jetzt? Ich sollte das ändern. Aber neben solchen Vorsichtsmaßnahmen sollte ich vielleicht auch anfangen, mein altes Netzwerk wieder ein wenig zu pflegen. Ich kannte ja mal viele Leute in und rund um meinen Beruf. Das ist in den letzten Jahren ein wenig eingeschlafen, aber ich sollte das mal reaktivieren. Vielleicht gibt es irgendwo ein gutes Angebot? Wenn man so drüber nachdenkt, dann kommt man zwangsläufig zu der wichtigsten Frage: Was ist mit dem Arztsitz in dem anderen Krankenhaus, mit dem ich die ›Praxis Stein‹ betreibe? Wem gehört der? Gehört der der Firma, für die ich das ja eigentlich mache? Oder gehört der nicht eigentlich mir? Verstehst du, Stella: wenn es zum Äußersten kommen sollte und ich gehen muss, dann habe ich kaum noch Optionen, wenn ich diese Lizenz nicht mitnehmen kann. Aber wenn ich sie mitnehmen kann, dann kann ich noch mal ganz von vorne anfangen, kann erneut eine echte Praxis gründen und mein eigenes Ding machen. Der Arztsitz, das ist mir in den letzten Tagen klar geworden, könnte unser Ticket in die Freiheit sein – falls ich ihn mitnehmen kann.«

»Aber wie willst du das herausfinden?«

»Man müsste, wenn es zum Äußersten kommen sollte, vorher mal mit einem Experten sprechen, einem Anwalt oder so. Aber das ist zum jetzigen Zeitpunkt alles zu gefährlich. Wenn Hans Wind davon bekommt, bin ich tot. Außerdem käme ich mir wie ein Betrüger vor, schließlich gehört der Sitz moralisch gesehen ja der Firma.«

»Moralisch? Jetzt mach aber mal einen Punkt! Denk mal dran, wie der dich behandelt! Ist das vielleicht moralisch?! Aber wollen wir das wirklich: noch mal ganz von vorne anfangen? Kann man das zulassen, dass der Dreckskerl alles kaputtmacht, was wir uns hier aufgebaut haben, nur weil er Lust dazu hat und seinen sadistischen Trieb befriedigen möchte?!«

»Nein, Stella, natürlich nicht! Das sind ja auch nur Überlegungen, die mir in den letzten Tagen so durch den Kopf gegangen sind. Das Bedrohungsszenario hat sich eben seit der Sache Anfang des Monats abermals ziemlich verändert. Das war so krass, so was habe ich noch nie erlebt; noch nicht mal gehört oder im Fernsehen gesehen. Das war im wahrsten Sinne des Wortes irre! Ich muss da einfach noch mal weiter drüber nachdenken; Du weißt ja, wie schlau der ist. Die Frage ist nämlich die: Warum behandelt er mich eigentlich so, wo er doch weiß, dass der Arztsitz wahrscheinlich an mich gebunden ist und ich den mitnehmen würde, wenn er mich rausmobbt – dann kann er nämlich sein Projekt in dem anderen Krankenhaus vergessen, was nach dem ganzen Aufwand, der bislang dafür betrieben wurde, bei sehr vielen Leuten sehr schlecht ankommen würde. Er braucht den Sitz unbedingt, ohne den geht es nicht. Es ist also unlogisch, mich rauszumobben, bevor ich den Sitz wieder an ihn abgegeben habe. Das passt nicht zu ihm, der denkt ja immer im Voraus um zehn Ecken. Sollte er das tatsächlich nicht bedacht haben? Glaube ich nicht. Also habe ich vielleicht auch jetzt schon gar keinen Zugriff auf den Sitz? Noch mal: Die Frage, wem der Sitz gehört, ist entscheidend – es könnte der Moment kommen, in dem das mit oberster Priorität abgeklärt werden muss.

Aber ich hoffe natürlich trotzdem, dass ich das verhindern kann; ich will dich auch nicht beunruhigen. Ich meine ja nur, dass es gut ist, mental auf alles vorbereitet zu sein. Ich weiß doch auch nicht, ob der jetzt mal irgendwann aufhört oder was dem noch so alles einfällt. Ich weiß nur eins: Ich will überleben. Ich werde überleben.

Als Erstes werde ich jedenfalls mal mein Passwort ändern. Sicher ist sicher.«

Leider geht das nicht so einfach. Nach einigen vergeblichen Versuchen muss Stein erkennen, dass er dazu jemanden braucht, der die entsprechende Berechtigung hat. Das ist Franz Kniep, bekennender Fußballfan und ansonsten recht ruhig bis zur Langeweile, ein Mann ohne Eigenschaften. Stein sucht ihn in seinem Büro auf.

»Du Franz«, fängt er an. »Man wird ja immer von allen möglichen Seiten aufgefordert, seine Passwörter immer mal wieder zu ändern. Was hältst du denn so davon?«

»Na ja«, brummt der andere. »Grundsätzlich ist das schon sinnvoll. Willst du deins ändern?«

»Tja, ich weiß nicht recht. Soll ich? Hab ich noch nie gemacht, vielleicht sollte ich das mal tun. Nicht, dass man irgendwie gehackt wird oder so …« Stein ohrfeigt sich insgeheim – wie doof war das denn?! Das war kein Vorwand, kein vorsichtiges Ranpirschen. Das war die Holzhammermethode! Egal – schließlich ist es sein gutes Recht, sein Passwort zu ändern! Und wird das nicht immer von der EDV-Abteilung empfohlen?! Voilà – jetzt tut er's eben, das ist ein völliger normaler Vorgang!

Franz scheint das auch nicht weiter interessant zu finden, innerhalb von fünf Minuten ist das neue Passwort eingerichtet.

Später trifft er Wolfgang Knörzer. Es ist spät, Fetscher und die anderen Ärzte sind schon längst gegangen. Trotzdem schaut Knörzer sich instinktiv um. Er lotst Stein schnell in sein Zimmer und schließt die Tür.

»Wie geht's dir denn, Max?« Stein hat wieder mal einen schrecklichen Morgen und einen Tag voller Gehässigkeiten hinter sich. Er ist müde und es tut gut, dass jemand mal danach fragt, wie er sich fühlt. Er vertraut Knörzer. Hatte der nicht auch so unter Hans gelitten? Und hatte er sich nicht damals bei Stein dafür bedankt, dass der ihn verteidigt und ihn ab und zu getröstet hatte? »Das vergesse ich dir nicht …«, hatte er damals zu Stein gesagt.

Etwas in ihm sagt ihm, dass er vorsichtig sein sollte, dass Wände Ohren haben können. Aber jetzt ist ihm das egal. Er ist müde und er ist immer noch erschüttert über das, was er im Internet gelesen hat. »Du Wolfgang, wie hast du das eigentlich damals ausgehalten? Was hast du dabei empfunden?« Knörzer denkt lange nach, beginnt irgendwann, leise zu sprechen: »Ich habe dir ja schon mal erzählt, wie lange ich Hans kenne. Ich dachte, dass wir Freunde seien. Seit letztem Jahr weiß ich, dass das nicht so ist. Ich glaube, der hat gar keine Freunde und ich glaube auch, dass die

Familie von dem total kaputt ist. So einer wie der wird immer einsam sein. Weil er alles kaputtmacht. Aber er macht es auf eine Art, bei der man sich letzten Endes fragt, wer eigentlich verrückt ist – der oder man selbst. Glaub mir, ich habe im letzten Jahr manchmal geglaubt, dass ich verrückt bin. Der schafft es, dass man so was von sich glaubt.« Er sieht, wie Stein ihn zweifelnd anschaut. »Ja, du Max, du kannst dich vielleicht wehren. Aber ich? Ich bin doch kein richtiger Mann, ich trau mich das nicht!«

Max beschwichtigt: »Nein, so war mein Blick nicht gemeint. Und ich glaube auch nicht, dass du verrückt bist. Natürlich nicht. Aber ich glaube, du liegst gar nicht so falsch, wenn du das von Hans glaubst ...« Der andere wird hellhörig: »Wieso?« Stein überlegt, ob er das Gespräch vorsichtshalber hier beenden sollte. Aber dafür hat er schon zu viel gesagt. Und er hält Knörzer für absolut vertrauenswürdig.

Daher erzählt er ihm von seinen Recherchen. Er erzählt von der schockierenden Übereinstimmung der beschriebenen Symptome mit Hans' Verhalten, berichtet von den Artikeln über Mobbing, Bossing und durchgeknallte Chefs. »Ich glaube, dass Hans möglicherweise eine paranoide und narzisstische Persönlichkeitsstruktur hat, eine Psychose. Nicht du bist verrückt, Wolfgang. Er ist es.«

Knörzer schaut betreten zu Boden, Stein merkt, dass er ihn überfordert hat, dass Knörzer Angst hat und an dem Punkt ist, wo er Steins Problem garantiert nicht zu seinem machen will. Deshalb versucht er, die Situation irgendwie zu retten: »Aber lass mal, Wolfgang. Ich krieg das schon hin und er hört sicher irgendwann mal damit auf. Hat er ja bei dir auch getan.« Schnell verabschiedet er sich, dankbar schaut Knörzer ihm hinterher. Er ist froh, dass Stein so rasch gegangen ist.

Es ist nun Mitte Mai. Ein herrlicher Frühling steht in voller Blüte. Eigentlich war das immer Steins Lieblingsmonat, doch die bedrohlichen Ereignisse stecken ihm nach wie vor in den Knochen. Seine Tage, vor allem aber seine Nächte, werden von einer einzigen bangen Frage beherrscht:

Wird er es schaffen, standzuhalten und für seine Familie und sich einen Weg aus dieser Hölle zu finden?

Ein paar Tage nach dem Gespräch mit Knörzer sitzt Stein wieder mit den anderen zusammen, unentrinnbar den Demütigungen von Hans ausgesetzt, in Raum 101.

Die Besprechung ist fast beendet, die Spannung lässt langsam nach. Auf diesen Moment hat Hans gewartet: »Und dann ist da noch jemand unter uns«, unwillkürlich richten sich alle Blicke wie selbstverständlich auf Stein, »der heimlich sein Passwort ändert.« Kurze Pause, Hans taxiert Stein, wartet den Effekt dieser Worte ab. »Der ändert doch glatt sein Passwort! Max«, jetzt brüllt er wieder – kein solch animalisches Gebrülle wie bei seinem Wutausbruch Anfang des Monats, aber es reicht, um alle Anwesenden einzuschüchtern und jegliche potenzielle Gegenwehr von vornherein abzuwürgen: »Max, so etwas tun wir hier nicht! Wir vertrauen uns hier und jemand, der so etwas heimlich tut, zeigt damit, dass er uns nicht vertraut. Das ist paranoid, Max. Paranoid und narzisstisch!« Pause. Stein schaut zu Knörzer, dessen Blick auf seinen Schuhspitzen klebt. »Ja, Max, ich merke das! Ich merke das, Max, wenn mich jemand hintergehen will!«

»Ich kann nicht sehen, was daran schlecht sein soll – das ist doch ein völlig normaler Vorgang, dass man mal sein Passwort …«, weiter kommt Stein nicht. »Das ist paranoid und narzisstisch!«, unterbricht ihn Hans schreiend. »Paranoid und narzisstisch!«

Wie der feindliche Soldat in der Schlacht eine erbeutete Fahne vor sich herträgt, so trägt Hans diese Worte vor sich her. Verrat, Verrat, grinsen sie ihn an, nirgends bist du sicher, niemandem kannst du vertrauen, ich kontrolliere alles und du bist ganz alleine, wipp, wipp, wipp …

Während Hans noch eine ganze Weile weiterbrüllt, fühlt Stein, wie eine Welle der Einsamkeit über ihm zusammenschlägt.

Ob sie wissen, was sie ihm damit angetan haben? Ob die paar Silberlinge das wert waren?

»Stella, wir müssen reden …« und er erzählt ihr von Knörzer und von Kniep und von dreißig Silberlingen.

Er hat einen Fehler gemacht, er hat in der Firma jemandem vertraut, hat gehofft, dass diese wenigstens so viel Rückgrat haben würden, ihn nicht ohne Not zu verraten. Er weiß, dass sie von sich aus zu Hans gegangen sein mussten, um ihn anzuschwärzen. Der eine, weil er offenbar in das Zuträgersystem von Hans eingebunden war, der andere, weil er sich davon wahrscheinlich erhoffte, dass Hans ihn in Zukunft in Ruhe lassen würde.

Er hätte eben weiterhin eisern schweigen müssen, hätte diesen einen schwachen Moment, in dem er sich so sehr nach einem Freund, einem Verbündeten gesehnt hatte, umschiffen müssen. Nun war es zu spät und er hatte durch diese Unbedachtheit, durch diese kurze Schwäche den Hass und das pathologische Misstrauen von Hans weiter angestachelt.

Es wurde nun Zeit, endlich etwas zu unternehmen.

»In ein paar Tagen findet ein Kongress statt, da kommen viele alte Kollegen hin, die ich schon lange kenne. Vielleicht kann ich da mit ein paar Leuten sprechen. Stella, ich sollte mich zumindest mal umhören, was meinst du?«

»Du hättest Knörzer nicht einweihen dürfen, das wissen wir beide. Das ist ein feiger Schwächling, der dich hängt, wenn er seinen Vorteil daraus ziehen kann. Aber jetzt ist es eben passiert und irgendwie verstehe ich es auch, dass man so etwas nicht monatelang aushalten kann, ohne auch mal mit Leuten darüber zu sprechen, die es täglich miterleben. Aber das macht es natürlich nicht besser für dich in der Firma. Fahr mal zu dem Kongress, vielleicht bekommst du dort eine Idee, was du tun kannst. Außerdem musst du mal raus und ein paar alte Bekannte treffen, das wird dir guttun.«

Ein paar Tage später sitzt Stein auf der Veranda eines Hotels am See in der Sonne. Jutta Soehler sitzt ihm gegenüber, daneben ihr Assistent.

Jutta und Stein kennen sich seit Jahren. Sie organisiert Kongresse wie diesen und ist in der Szene wie ein bunter Hund bekannt. Stein vertraut ihr.

»Okay Max, was gibt's denn so Wichtiges, dass wir uns hier außer Hör- und Sichtweite des Kongressbetriebs treffen müssen? Das ist ja fast schon konspirativ!«, lacht sie.

»Jutta, ich glaube, ich brauch mal deinen Rat. Du kennst doch viele meiner Kollegen und hast Einblick in die Szene. Ich erzähl dir jetzt mal, was bei mir in den letzten Monaten so abgelaufen ist und dann bin ich mal gespannt, was du dazu sagst. Aber eins ist echt extrem wichtig«, er blickt zu dem Assistenten, »absolutes Stillschweigen! Wenn das nach außen dringt, dann kriege ich echt Probleme!« Jutta hat seinen Blick bemerkt: »Kannst dich auf mich verlassen, Max. Und auf ihn« – sie deutet auf ihren Begleiter – »auch.«

In den nächsten zwei Stunden hören beide gebannt zu. Jutta hat schon so einiges erlebt, sie verzieht keine Miene. Aber Stein kann an der Mimik ihres Assistenten deutlich ablesen, wie schockiert er ist.

Nachdem Stein geendet hat – Stille.

»Oh Mann, Max, da bist du ja an einen richtig krassen Typen geraten. Das hört sich ehrlich gesagt nicht so an, als ob der dich irgendwann mal in Ruhe lassen wird. Die Frage ist ja auch: selbst wenn – könntest du ihm denn verzeihen, was er dir, und letztlich ja auch deiner Familie, angetan hat? Könntest du je wieder vertrauensvoll mit dem zusammenarbeiten? Ich find's ja gut, dass du bis jetzt versucht hast, irgendwie damit klarzukommen; man soll ja auch nicht so schnell aufgeben. Aber das hört sich nicht so an, als ob das was nützt, oder?«

»Deshalb bin ich ja hier. Ich suche nach Auswegen und wir wissen doch beide: Wenn jemand einen Ausweg kennt, dann du, oder?!«

Jutta lacht. »Na ja, ich hab schon viele schräge Geschichten gehört, auch noch schlimmere. Und irgendwie gibt's dann doch immer einen Ausweg. Wichtig ist, das hast du ganz richtig erkannt, dass du hieb- und stichfest überprüfst, ob du Zugriff auf diesen Arztsitz hast. Wenn nicht: nicht gut! Wenn ja: sehr gut! Denn dann hast du alle Optionen, woanders anzuheuern und diesem Idioten eine lange Nase zu drehen. Das kann ich dir fast schon garantieren: Wenn du den Sitz hast, dann lasse ich mal meine Kontakte spielen und dann werden wir auch was für dich finden. Also, der erste Schritt wäre, das Ganze mal von einem guten Anwalt überprüfen zu lassen. Ich kenne einen, den ich persönlich für den besten halte: Justus (der heißt schon so) Ewerding. Wenn du willst, gebe ich dir mal seine Nummer, findest du aber auch im Netz.«

Stein rührt nachdenklich in seiner Tasse: »Jutta, das tut echt gut, aber ich weiß nicht, ob ich schon so weit bin. Alle Brücken abbrechen, noch mal ganz von vorne beginnen. Mann, ich werde nächstes Jahr fünfzig, da sollte man es doch eigentlich geschafft haben, anstatt noch mal bei Null anfangen zu müssen! In dem Alter bereiten sich andere schon auf die Rente vor oder pflegen ihre Hobbys und Neurosen. Und dann hätte dieser Arsch ja auch erreicht, was er will. Und dann Stella und die Kinder, Schule, Freunde, Bekannte – du weißt doch, dass es bei uns im Umkreis nichts gibt, wo ich arbeiten könnte. Da müssten wir umziehen; und das, nachdem wir das Haus nach dieser verdammten Flut gerade wieder aufgebaut haben! Verdammt, ich will mich da nicht so einfach vertreiben lassen!«

»Mensch Max, was willst du denn?! Du hast eine Top-Ausbildung und ich kann dir garantieren, dass du wieder was findest. Und das wird sicher besser sein als das, was du jetzt hast. Und deine Familie wird sich auch woanders einleben. Ich verstehe ja, dass ihr euch das nicht von dem kaputtmachen lassen wollt, aber was willst du denn machen? Er hat offensichtlich die Macht und die Bösartigkeit dazu und tut es – ob du willst oder nicht! Ich kann dir nur eins sagen: Hans Fetscher ist auch bei seinen Fachkollegen berüchtigt, die wissen, was das für ein falscher Fuffziger ist und ich schätze mal, dass es viele verstehen können, wenn du da wegwillst.«

Stein weiß, dass sie recht hat und letztlich sitzen sie ja auch deshalb zusammen. Das Gespräch tut ihm gut, weil es über den Horizont hinausgeht und ihn daran erinnert, dass die Erde keine Scheibe ist.

Er sieht Jutta dankbar an: »Ist schon gut in so einer Situation, wenn man Freunde hat, Jutta. Ich komm auf dein Angebot zurück, wenn es noch ernster wird. Es ist schon mal wichtig für mich, dass ich weiß, dass es Optionen gäbe, wenn alle Stricke reißen.«

Als er am nächsten Morgen aufsteht, spürt er einen Stich im Rücken, der bis zum rechten Knie ausstrahlt. »Scheiß Hotelbetten!«, denkt er noch, ahnt aber schon, dass daraus ein wenig mehr werden könnte. Er hatte vor Jahren einen Bandscheibenvorfall – der hatte sich genauso angefühlt.

Während der Autofahrt muss er immer wieder schweißgebadet anhalten und aussteigen. Das Sitzen im Auto ist eine Qual.

Na, das hatte ja gerade noch gefehlt! Als er zu Hause ankommt, kann er kaum aus dem Auto klettern. Langsam hinkt er zur Tür und legt sich im Haus auf den harten Boden. Wie gut das tut!

»Was ist denn mit dir los?«, fragt Stella besorgt.

»Keine Ahnung, hab mir wohl einen Nerv verklemmt. Nichts Schlimmes. Der Kongress war ganz gut. Ich hab Jutta getroffen, schöne Grüße.«

»Und: Was hat sie gesagt?«

»Na ja, sie hat sich das angehört und scheint nicht mehr viel dafür zu geben, dass es noch hinhaut. Hat mir einen Anwalt empfohlen, der das mit dem Sitz abklären könnte. Ich hab aber erst mal abgewiegelt. So weit sind wir noch nicht, aber es ist gut, zu wissen, dass da jemand ist, der einem vielleicht weiterhelfen kann.«

Am Abend knetet Stella ihn nach allen Regeln der Kunst durch, aber der Schmerz will nicht weichen. Ein paar Tabletten bringen ihn durch die Nacht, aber das Aufstehen ist eine Qual.

Als er sich mühsam anzieht – am schwierigsten sind die Strümpfe –, blickt ihn Stella skeptisch an: »Willst du echt so zur Arbeit gehen? Das dankt dir doch eh keiner! Du warst in all den Jahren noch nie krank – jetzt wäre es mal an der Zeit, sich auch mal krankzumelden – du kannst dich doch kaum bewegen! Geh lieber zum Arzt!«

Stein überlegt. Eigentlich will er sich gerade jetzt keine Blöße geben und Hans wieder eine Angriffsfläche bieten. Andererseits: Warum eigentlich nicht?! Schließlich ist er ja in einem Zustand, in dem jeder andere zu Hause bliebe. Und sie hat ja recht: Danken würde Hans es ihm sowieso nicht.

Also ruft er – zum ersten Mal in all den Jahren – im Sekretariat bei Frau Herrling an und meldet sich krank. Danach fährt er zum Arzt, der ihm eine Spritze verpasst.

Zu Hause will er deren Wirkung abwarten. Stella erwartet ihn bereits an der Haustür: »Das glaubst du jetzt nicht! Dieser Dreckskerl! Jahrelang hast du da von früh bis spät, teilweise sogar bis nachts, gerödelt und dich krumm gemacht für diesen Typen! Nie warst du auch nur einen Tag krank! Und jetzt, wo du dich zum ersten Mal in all der Zeit krankmeldest, weil du tatsächlich krank bist, verlangt der am ersten Tag gleich eine Krankmeldung! Eure Sekretärin hat gerade angerufen, du sollst sie sofort vorbeibringen!« Stella kocht vor Wut.

»Tja, so ist er. Eigentlich muss der Arbeitgeber in den ersten drei Tagen keine Krankmeldung verlangen, aber er kann, zum Beispiel, wenn er Zweifel hat. Und du siehst: Das kleine Hänschen zweifelt.« Stein lässt sich auf das Sofa fallen.

»Du siehst ganz grau aus, Max. Du bleibst jetzt hier und ruhst dich aus. Ich fahre zum Arzt, lasse mir eine Krankmeldung geben und gebe sie dann bei der Sekretärin ab. Übermorgen kommen deine Eltern zu Besuch und dann hast du ja sowieso Urlaub. Die drei Tage lässt du dich jetzt krankschreiben. Dann kriegst du ein wenig Abstand von alldem. Du kannst doch morgen in deinem Zustand sowieso nicht arbeiten! Ist ja auch kein Wunder, dass man in deiner Situation was am Rücken bekommt!«

Stein sieht ihr dankbar nach, als sie das Haus verlässt.

Stella spricht kurz mit dem Arzt, der ihr anbietet, Stein gleich eine ganze Woche krankzuschreiben – das sei bei solchen Beschwerden absolut üblich.

»Danke, ist nicht nötig, er hat sowieso übermorgen Urlaub!«

Dann fährt sie auf den Parkplatz der Firma und betritt das Foyer. Ihr fällt auf, dass die Herrling sie ängstlich anschaut: »Frau Stein, guten Tag. Der Chef möchte Sie noch kurz sprechen …«

Das ist das Letzte, was Stella jetzt möchte, aber Frau Herrling hat den Hörer bereits in der Hand »Dr. Fetscher? Frau Stein wäre jetzt da …«

Entschuldigend blickt sie zur Seite, als sie den Hörer auflegt. Stella steht unschlüssig am Tresen. Eigentlich will sie dem Mann nicht begegnen, der für all das Leid der letzten Monate verantwortlich ist. Eigentlich will sie nur den Schein abgeben und diese Firma, in der ihr Mann so systematisch gequält wird, wieder so schnell wie möglich verlassen.

Sie überlegt kurz, ob sie einfach gehen soll. Da geht die Tür von Fetschers Zimmer auf.

Das letzte Mal hatte sie ihn gesehen, als er und seine Frau bei Steins zu Hause zum Essen eingeladen waren. Das letzte Mal hat sie sich mit Erfolg bemüht, beide von ihren Kochkünsten zu überzeugen. Es war ein netter Abend gewesen, an dem sie sich angeregt mit Margret und Hans Fetscher unterhalten hatte.

Jetzt kommt er aus seinem Zimmer geschossen, direkt auf sie zu.

Keine Hand streckt sich ihr zum Gruß entgegen, kein freundliches Lächeln begrüßt sie.

Barsch fährt er sie an: »Komm mit! Setz dich da hin!«

Stella ist so überrascht, dass sie sich widerspruchslos auf den ihr zugewiesenen Stuhl in seinem Zimmer setzt, während er die Tür schließt. Sie ist nun mit ihm allein in seinem Büro.

Dann tritt er hinter sie. Eine Spur zu nah. Sie spürt seinen keuchenden Atem in ihrem Nacken, während er sich zu ihr hinunterbeugt: »Na Stella, dein Mann ist also krank? Glaub ich nicht.«

Er ist jetzt ganz dicht an ihrem Ohr. Ein kalter Schauder kriecht ihr über den Rücken.

»Weißt du eigentlich, wem ihr beide hier alles zu verdanken habt?«, die Stimme kriecht in sie hinein. »Ihr solltet euch auch mal dafür erkenntlich zeigen, Stella …«

Ganz langsam mustert er sie von oben bis unten, lässt keinen Zweifel daran, was er dabei denkt.

»Was meinst du, wie du dich erkenntlich zeigen könntest für alles, was ich für euch getan habe … Stella …?«

Eine wilde Gier flackert in seinen Augen, während er sie erwartungsvoll anstarrt.

In ihr steigt ein nie zuvor empfundenes Ekelgefühl hoch. Verstohlen blickt sie sich um – bis zur Tür sind es vielleicht zwei Meter, das könnte sie schaffen. Soll sie um Hilfe rufen?

Nein, sie wird ihm entgegentreten. Sie gibt sich einen Ruck und blickt ihn verächtlich an: »Du meinst, ich soll mich dafür erkenntlich zeigen, was du in den letzten Monaten so für meinen Mann getan hast, Hans? Dann sag mir doch mal, was ich dafür tun soll …«

Er zuckt zusammen, das Flackern verschwindet, weicht für einen Moment einer Spur Unsicherheit. Diesen Widerstand hatte er nicht erwartet.

»Okay Stella, wie du willst.« Sein Ton wird wieder kühl. »Ich glaube nicht, dass dein Mann krank ist. Ich glaube, dass der nur so tut.«

»Du willst also das ärztliche Attest anzweifeln?«

»Genau, Stella. Das will ich.« Und dann hebt er zu einem seiner unendlichen wirren Monologe an. Wie undankbar Stein sei und dass er sich gefälligst benehmen müsse bei alldem, was Hans für ihn getan habe.

»Wer so viel Kohle verdient, hat nicht krank zu sein! Darf nicht krank sein! Krankheit ist bei diesem Einkommen nicht vorgesehen!«

Als Intermezzo lästert er dann über Kollegen und Mitarbeiter, bevor er sich wieder Stein zuwendet. Er glaube auch nicht, dass dieser auf dem Kongress war. Als Beweis führt er den angeblichen Anruf eines Kollegen an, der auf dem Kongress gewesen sei und der an eben diesem Tag bei ihm angerufen habe und Stein sprechen wollte. Das beweise doch, dass der gar nicht dort gewesen sei, sonst hätte der Kollege ihn ja sehen müssen. Das beweise eindeutig, dass Stein ihn hintergehe und er angelogen werde!

Dann lästert er wieder über Kollegen, vor allem aber über »den Idioten« Bollmann.

Dann wird er plötzlich liebenswürdig, schmeichlerisch.

Er zieht alle Register, ist vertraulich, charmant, witzig, eloquent – und doch kommt Stella das alles seltsam hohl vor. Das Verhalten von Hans steigert ihren Abscheu von Minute zu Minute.

Denn auch sie hat jetzt einen Blick hinter die Maske von Fetscher geworfen. Einen Blick in das Nichts, was dieser dahinter sorgsam verbirgt.

Als Fetscher bemerkt, dass es ihm nicht gelingt, die tiefe Verachtung in den Augen von Stella zu zerreden, beginnt er wieder, zu drohen: »Ich weiß, dass Max nur simuliert und das wird er büßen. Sag ihm das. Und jetzt ist das Gespräch beendet. Da ist die Tür!«

Mit seinem Kinn weist er ihr die Tür, mechanisch steht sie auf und verlässt grußlos den Raum.

Die Herrling schaut zu Boden. Während Stella die Firma verlässt, bemerkt sie aus den Augenwinkeln ein Wippen. Wipp, wipp, wipp, ich mach euch fertig, wipp, wipp, wipp …

»Und, wie war's? Hast du ihn etwa getroffen?«, Stein sieht ihr an, dass etwas nicht stimmt.

Sie setzt sich stumm an den Tisch, gießt sich langsam ein Glas Wasser ein und leert es mit tiefen Zügen.

»Max, du musst jetzt über den Horizont hinausdenken.«

Dann kommt sie zu ihm und schmiegt sich an ihn: »Halt mich fest Max, halt mich ganz fest …«

»Dieses Schwein! Jetzt ist er endgültig zu weit gegangen. Wenn er jetzt hier wäre, würde ich ihn zusammenschlagen!«

Nachdem sie ihm alles erzählt hat, fühlt Stein eine unbändige Wut in sich aufsteigen.

Hans hatte jetzt die allerletzte, die entscheidende rote Linie überschritten. Hans hatte es tatsächlich gewagt, sich an seiner Familie, an seiner Frau zu vergreifen!

Er war offensichtlich auch noch der Meinung, dass dies sein gutes Recht sei – nach allem, was er schließlich für sie getan habe. Hans betrachtete Stein und auch seine Frau offenbar als eine Art Leibeigene, von denen er im Zweifel alles fordern durfte.

Es gab jetzt kein Zurück mehr. Hans wollte den Kampf, nun sollte er ihn bekommen. Klar und deutlich steht es Max vor Augen: Es würde, nein es musste nun Krieg geben. Der Rubikon war überschritten und diesen Kampf würde nur einer von ihnen überstehen.

»In deinem Zustand ist es besser, dass er jetzt nicht da ist! Du kannst dich ja kaum aufrichten …«, Stella lacht schon wieder ein wenig. Aber auch ihr ist nun klar, dass etwas geschehen muss.

»Du hast recht, leider. Ist doch gut, dass ich jetzt erst mal Urlaub habe. Und auch, dass meine Eltern kommen. Ich muss das auch mal mit meinem Vater besprechen – du weißt ja, wie viel mir sein Rat wert ist. Eins ist klar: Gegen den anzutreten, ist wie ein Kampf gegen Goliath. Der hat als Chef nicht nur mehr Macht als ich, er hat auch die Stadt hinter sich, weil er trotz der vielen Feinde, die er hat, immer noch die ›Cashcow‹ und damit unangreifbar ist. Er ist gut in der Politik vernetzt, ist persönlich bekannt mit dem OB. Und: er ist verdammt gerissen und sehr versiert darin, derartige Kämpfe zu führen und auch zu gewinnen – mit allen Mitteln. Und wir? Was haben wir?«

»Wir haben uns«, Stella blickt ihm fest in die Augen. »Und das eine sage ich dir, Max Stein: Ich halte zu dir, egal was da kommt. Der bringt uns nicht auseinander. Wir halten zusammen und wenn wir am Ende weggehen und irgendwo anders wieder neu anfangen müssen, dann ist das eben so. Er mag mehr Macht und Verschlagenheit besitzen – aber wir haben uns und unsere Liebe. Und diese ist stärker als alles Böse, was er uns antun kann.«

Stein spürt einen Kloß im Hals. Ja, gemeinsam würden sie alles meistern, egal was da kommen würde.

Und egal, wie es ausging: Er würde dafür sorgen, dass ihn Hans niemals vergessen würde – das schwört er sich an diesem Tag.

Am nächsten Morgen ist die unbändige Wut noch immer präsent. In der Nacht haben ihn wieder sämtliche Teufel der letzten Monate heimgesucht, haben den Schlaf kurz und die Sorgen groß gemacht. Aber in einem hatte sich die letzte Nacht von all den anderen unterschieden: Er hatte sich nicht mehr darum bemüht, seine Wut auf Hans zu unterdrücken.

Mit dem gestrigen Tag hatte Hans das Terrain verlassen, auf dem man sich vielleicht noch irgendwie hätte versöhnen oder doch zumindest arrangieren können – alle Zeichen stehen seit gestern auf Sturm.

Stein liegt im Bett, sein rechtes Bein fühlt sich taub an. Er liegt im Bett und bemerkt, dass er fast froh darüber ist, jetzt endlich zu wissen, was zu tun ist. Dieses monatelange passive Abwarten und Ertragen von unerträglichen Demütigungen würde endlich ein Ende haben. Jetzt würde er handeln, würde sich befreien. Er würde dem Kampf, den Hans ihm aufzwang, nicht mehr ausweichen. Nicht, weil er es nicht konnte, sondern weil er es jetzt auch nicht mehr wollte. Ab jetzt rasten zwei Züge aufeinander zu.

Aber er weiß, dass er äußerst geschickt und vorsichtig vorgehen muss, wenn er es mit Hans aufnehmen will. Er muss lernen, zu denken wie er, muss sich in ihn hineinversetzen und muss seine nächsten Schritte erahnen. Er darf niemanden einweihen und er muss perfekt vorbereitet sein. Das kostet Zeit und solange muss er die Rolle, die Hans ihm zugewiesen hat, weiterspielen.

Gut, dass er jetzt erst mal Urlaub hat. In dieser Zeit wird er seinen Rücken auskurieren, Abstand gewinnen und eine Strategie entwickeln.

Als Erstes ruft er Hermann Grove an, den Kollegen, der Hans angeblich von dem Kongress aus angerufen hat, weil er Stein sprechen wollte.

Eigentlich hätte er sich den Anruf sparen können, aber er wollte Hans einmal mehr der Lüge überführen. Natürlich hatte Grove Hans weder angerufen, noch war er auf dem Kongress gewesen, noch hatte er Stein gesucht. Das war wieder eine dieser Lügengeschichten, die sich Hans ausgedacht hat, um andere zu manipulieren und unter Druck zu setzen. Dennoch macht es Stein immer wieder sprachlos, wie unverfroren Hans lügt.

Kommentarlos schickt er danach die Anwesenheitsbescheinigung des Kongresses per E-Mail an Hans.

Dann ruft er in der Anwaltskanzlei von Rechtsanwalt Ewerding an und lässt sich einen Termin geben.

Ein paar Tage später ist er unterwegs zu dem Anwalt, neben ihm im Auto sitzt sein Vater.

Die Kommunion von Emma, wegen der seine Eltern angereist waren, liegt schon wieder zwei Tage zurück. Wirklich genießen konnten die

Steins diesen Tag nicht, zu groß waren die Sorgen; aber es ist schön, dass seine Eltern da sind. Sie hatten sich in den letzten Jahren selten gesehen, da Stein beruflich stark eingespannt und die Entfernung sehr groß war.

Da sitzt er nun neben ihm, der alte Mann, und schaut ihn mit seinen klugen Augen an: »Na, Max, jetzt mal raus mit der Sprache, was ist los? Ich merke euch doch an, dass etwas nicht stimmt. Wir sitzen in den nächsten zwei Stunden hier in diesem Auto – genug Zeit, um zu reden.«

»War ja klar, dass du das merkst, ich wollte eh mit dir reden. Du sagst zwar immer, dass Ratschläge auch Schläge sind, aber ich glaube, ich brauche jetzt trotzdem mal deinen Rat. Oder besser: Ich hätte gerne gewusst, wie du darüber denkst …«

Während der nächsten Stunde erzählt Stein seinem Vater von den letzten Monaten in der Firma. Der hört aufmerksam zu, ohne eine Miene zu verziehen – bis zu der Stelle, an der Stein ihm von Hans' Wutausbruch erzählt – Stein gerät bei der Schilderung dieses Tages mehrmals ins Stocken, zu groß ist noch immer seine Fassungslosigkeit. Danach macht er eine Pause, um die Reaktion seines Vaters abzuwarten.

Was würde der dazu sagen? Würde er beschwichtigen, zum Guten reden und ihn an seine Verantwortung gegenüber seiner Familie erinnern? Er hört ihn schon sagen »Junge, schluck's runter, du hast drei Kinder zu ernähren! Da muss man sich ein dickes Fell zulegen! Was kümmert es die Eiche, wenn ein Schwein sich daran reibt?!«

Aber sein Vater blickt ihn nur schweigend an.

Dann sagt er ganz langsam:

»Junge, wenn du dich noch einmal so behandeln lässt, dann kenne ich dich nicht mehr.«

Rechtsanwalt Ewerding ist ein sehniger Mittfünfziger, Typ Marathonläufer. Mit professioneller Freundlichkeit bietet er Stein einen Stuhl an und erläutert zunächst die Rahmenbedingungen. Abgerechnet wird jenseits der üblichen Honorarvereinbarungen auf Stundenbasis. Dass das kein billiger Spaß wird, war Stein klar. Aber er akzeptiert, es hilft nichts, er braucht jetzt einen guten Anwalt.

Grundsätzlich, hebt er an, gehe es um die Frage, ob er im Falle eines Falles über den Arztsitz verfügen könne oder ob dieser Eigentum der Firma sei.

Ewerding gibt zurück, er brauche, um das beurteilen zu können, alle relevanten Informationen zur Firma, zu der geplanten Dependance und dem aktuellen und dem geplanten Konstrukt.

So setzt ihn Stein über die organisatorischen und zwischenmenschlichen Vorgänge in der Firma ins Bild, betont dabei aber immer mal wieder, dass es ihm lediglich um die Frage des Arztsitzes ginge.

Ewerding hört aufmerksam zu. Als Stein geendet hat, holt er tief Luft: »Sie wissen schon, dass Sie mir da gerade ein paar Dinge erzählt haben, die illegal wären, falls sie tatsächlich zutreffen sollten?«

Stein stutzt: »Nein, das wusste ich nicht. Ich glaube aber auch nicht, dass das jetzt vor dem Hintergrund der Ereignisse relevant ist. Es geht mir hier wirklich nur um die Arztsitzfrage.« Stein ist der Meinung, dass es sich bei den vermeintlich illegalen Vorgängen entweder um eine Übertreibung des Anwalts oder um eine Fehleinschätzung aufgrund eines Missverständnisses handeln müsse – schließlich ist die Firma ja auch anwaltlich beraten. Da kann es doch gar keine illegalen Dinge geben!

»Das ist sogar sehr relevant«, beharrt der Anwalt. »Was nützt Ihnen der Arztsitz, wenn Sie Ihre ärztliche Zulassung verlieren?«

Stein glaubt, nicht richtig zu hören: »Wieso, ich …?! Ich habe doch gar nichts gemacht!!«

»Na ja, so wie ich das sehe, fungieren Sie mit Ihrer Pseudo-Praxis als Strohmann für Ihre Firma – und das ist verboten. Eine Arztpraxis darf nämlich nicht von einem Strohmann geführt werden, das muss ein freiberuflich tätiger, unabhängiger Arzt sein. Das sind Sie ja wohl nach Lage der Dinge nicht, oder? Und wenn das rauskommt, dann sind Sie als Strohmann dran, auch wenn Ihnen die Rechtslage nicht bekannt war. Unwissenheit schützt bekanntlich nicht vor Strafe. Ich schlage jetzt daher Folgendes vor: Sie schreiben mir einmal genau auf, wie das bei Ihnen organisiert ist und was da im Einzelnen läuft. Und dann mache ich Ihnen ein Gutachten und schreibe Ihnen auf, was Ihnen droht und was für

Optionen Sie haben. Aber nehmen Sie das nicht auf die leichte Schulter, die Aufsichtsbehörden sind bei so was extrem streng und ich kenne selbst einige Fälle, bei denen sehr hart durchgegriffen wurde, als das rauskam.«

Stein braucht ein wenig, um das auf sich wirken zu lassen. Sein Vater sitzt draußen vor der Kanzlei auf einer Bank in der Sonne und wartet auf ihn. »Und, wie ist es gelaufen?« will er wissen.

»Das glaubst du jetzt nicht! Scheinbar geht es hier beileibe nicht nur um Mobbing und einen Arztsitz – ich bin offenbar in irgendetwas verwickelt worden, das verboten ist und für das ich auch bestraft werden kann. Hart bestraft. Ich glaube, dass ich die ganze Zeit über viel zu naiv war. Ich habe Hans Fetscher all die Jahre vertraut und habe loyal alles gemacht, was er von mir verlangt hat. Und wenn ich Pech habe, dann hat er mich in irgendein Rennen geschickt, das gezinkt war und für das ich hafte. Ich habe so das Gefühl, dass die ganze Sache nun eine ganz andere Wendung nimmt – jetzt wird's echt gefährlich, denn wenn ich meine Zulassung verliere, dann kommt das einem Berufsverbot gleich. Dann bin ich erledigt. Ich muss das jetzt erst mal akribisch recherchieren und dem Anwalt genau darlegen, wie die Sache läuft. Ich kann nicht glauben, was sich da abzeichnet! Ich möchte gerne darauf bauen, dass der Anwalt sich irrt oder dass Hans auch nicht wusste, was er da macht. Sollte er wirklich so skrupellos sein, jemand anderen ohne dessen Wissen ins Messer laufen zu lassen?«

Sein Vater sieht ihn nur an – die Antwort liegt nach alldem, was sein Sohn ihm während der Hinfahrt erzählt hatte, auf der Hand.

»Ich mochte den Adorno ja nie sonderlich«, sagt er nachdenklich. »Aber auf deine Situation trifft wohl jetzt einer seiner berühmtesten Sätze zu: ›Es gibt kein richtiges Leben im falschen.‹ Du musst jetzt einen kühlen Kopf bewahren und tun, was getan werden muss, um das falsche Leben zu beenden und das richtige zu leben.«

Zu Hause verbringt Stein die nächsten Tage hinter Bergen von Papier, er studiert die Korrespondenzen bezüglich der Dependance und steht mit seinem Vater stundenlang im Copyshop, um für den Anwalt alles abzulichten.

Und er trifft sich konspirativ mit Frau Herrling. Sie macht die Abrechnung für die Firma, hat aber von Hans auch den Auftrag bekommen, die paar Patienten abzurechnen, die mittwochs in Steins' »Praxis« auftauchen.

Anne Herrling ist wenig begeistert, als Stein ihr ein Treffen vorschlägt, aber er kann sie dazu überreden. Sie treffen sich an einem anderen Ort, damit die Gefahr, gesehen zu werden, möglichst gering ist.

»Schön, dass Sie gekommen sind, Frau Herrling. Ich weiß, dass ich Sie mit diesem Treffen in Bedrängnis bringe, umso höher rechne ich es Ihnen an, dass Sie gekommen sind.«

»Ich wollte eigentlich nicht, Sie können sich sicher vorstellen, warum. Ich habe seinen Wutausbruch Ihnen gegenüber ja miterlebt – ich war zu der Zeit noch an der Anmeldung und wollte gerade gehen. So etwas gräbt sich ein. Glauben Sie mir: Ich möchte so was auf keinen Fall selbst erleben!«

»Das sollen Sie auch nicht und ich möchte Sie keinesfalls mit hineinziehen. Ich will nicht, dass Sie Partei ergreifen und ich möchte Sie auch nicht volljammern. Und Sie können auch sicher sein, dass ich Ihren Namen nicht nennen werde. Es geht mir nur um Informationen. Sagen wir mal: Ich habe das Gefühl, dass ich nicht über alles informiert bin, was im Zusammenhang mit der ›Praxis Stein‹, also mit dem Ableger der Firma, den ich ja im Auftrag von Hans betreibe, geschieht. Gibt es irgendetwas, das ich nicht weiß, aber vielleicht besser wissen sollte? Ich bitte Sie, Sie müssen mir das sagen – ich muss wissen, wofür ich womöglich verantwortlich bin, ohne es zu wissen!«

Sie rührt eine Spur zu angestrengt in ihrer Kaffeetasse, überlegt, will etwas sagen, hebt an und verstummt, ohne etwas gesagt zu haben. Sie rührt weiter.

Schließlich gibt sie sich einen Ruck: »Dr. Stein, Sie müssen mir bei allem, was Ihnen heilig ist versprechen, dass Sie mich da raushalten, ja?« Sie schaut ihn flehend an. Er nickt.

»Also, Sie wissen ja selbst am besten, dass die Patientenzahlen in Ihrer

Dependance gelinde gesagt katastrophal niedrig sind.« Er lacht bitter: »Das ist noch euphemistisch ausgedrückt!«

»Genau. Das hat natürlich auch der Chef bemerkt. Vor ein paar Monaten, als Sie noch völlig mit Ihrer Flutgeschichte beschäftigt waren, kam er zu mir und hat gesagt, dass wir da was unternehmen müssten, da sonst ja keiner glaube, dass das ein vernünftiger Standort sei. Die Zahlen seien so schlecht, dass die Aufsichtsbehörde den Arztsitz wieder einziehen werde, wenn sie das bemerke. Das gelte es zu verhindern und so wies er mich an …«, sie stockt, »wies er mich an, auch Patienten auf Ihre Praxis abzurechnen, die weder in der Praxis noch von Ihnen selbst versorgt wurden. Das entscheidende Kriterium war lediglich, dass diese Patienten theoretisch aufgrund ihres Wohnsitzes in Ihrer Praxis hätten versorgt werden können. Tatsächlich waren sie aber in der Firma und sind von anderen Ärzten betreut worden.«

»Und ich«, ergänzt Stein »habe dann am Quartalsende jeweils den Zettel unterschrieben, auf dem ich versichere, dass korrekt abgerechnet worden ist – das bedeutet, dass ich dafür hafte, wenn dies eben nicht der Fall war. Wie bei einer Steuererklärung …«

Sie blickt zu Boden »Das ist wohl so, ja.«

Stein holt tief Luft. »Okay, dann verfüge ich als vor dem Gesetz für diese Praxis Verantwortlicher, dass das sofort gestoppt wird. Von nun an wird definitiv nur noch das abgerechnet, was ich vor Ort und persönlich erbracht habe!«

Sie wird bleich: »Aber ich kann das unmöglich machen, ohne es dem Chef zu sagen. Er wird es sowieso bemerken und dann wird er denken, dass ich ihn hintergehe. Bitte …«, sie sieht ihn wieder flehentlich an, »bitte, ich muss es ihm wenigstens sagen dürfen!«

Stein überlegt: »Es ist für mich selbstverständlich, dass ich Sie da nicht zwischen die Fronten drängen will. Wäre vielleicht folgende Lösung für Sie praktikabel? Bis zur Abrechnung am Quartalsende haben wir ja noch einen Monat Zeit – bis dahin habe ich vielleicht einen Plan, wie ich das lösen kann. Wäre es für Sie denn möglich, solange zu warten, da ja in der Zwischenzeit nichts abgerechnet oder von mir unterschrieben werden muss?«

Sie nickt langsam: »Also gut, aber spätestens am Quartalsende muss ich es ihm sagen. Ich kann ihn unmöglich hintergehen, Dr. Stein, ich habe Angst.«

Zum Abschied gibt er ihr die Hand, sie nickt ihm schnell zu und verschwindet dann im Gewimmel der Einkaufszone.

Stein bleibt alleine zurück und starrt auf den Boden seiner leeren Kaffeetasse. Wenn ihm doch der Kaffeesatz verraten könnte, wie es weitergehen soll.

Ein paar Tage später hat er das Gutachten von Ewerding auf dem Schreibtisch liegen. Auf über dreißig Seiten wird zunächst die aktuelle Situation zusammengefasst, wobei Ewerding neben der organisatorischen auch auf die zwischenmenschliche Seite eingeht – ein wenig zu nüchtern, findet Stein, aber ihm ist klar, dass Ewerding die Sache emotionslos-professionell beurteilen muss.

Zusammenfassend stellt er schließlich fest, dass im Zusammenhang mit der Praxisgründung und -führung als verdecktes Tochterunternehmen der Firma verschiedene rechtliche Probleme aufgetaucht sind, für die primär Stein haftet und die zum Teil auch Straftaten darstellen.

Im wichtigsten Teil skizziert Ewerding sehr präzise die drohenden rechtlichen Konsequenzen:

»1. Für Dr. Stein:
- Zurückforderung des in der Praxis erwirtschafteten Honorars
- Strafrechtliche Verfolgung wegen Abrechnungsbetrugs
- Disziplinarverfahren wegen gröblicher Verletzung vertragsärztlicher Pflichten
- Entzug der Zulassung (des Arztsitzes)
- Widerruf der Approbation – damit Verlust der Möglichkeit, als Arzt zu arbeiten

2. Für die Firma bzw. Dr. Fetscher und Geschäftsführer Bollmann
- Strafrechtliche Verfolgung wegen Beihilfe/Anstiftung/Mittäterschaft zu den oben genannten Straftaten
- Entzug der Zulassung der Firma«

Das ist recht starker Tobak und Stein kann sich nicht entscheiden, ob das vorherrschende Gefühl in ihm eher Verzweiflung oder Wut genannt werden müsste.

Er war von Hans letztlich gegen seinen Willen in diese elende Praxis-Rolle gedrängt worden, da er von Anfang an der Meinung gewesen war, dass sich der Standort nicht lohne. Hans hatte das schließlich »mit der Brechstange«, wie er sagen würde, durchgesetzt und hatte gleichzeitig dafür gesorgt, dass sowohl die Unzulässigkeit des ganzen Konstrukts als auch die viel zu niedrigen Zahlen vertuscht worden waren – und zwar so, dass nicht er, sondern Stein dafür haften würde, falls es auffliegen sollte.

Und jetzt sitzt Stein vor diesem verdammten Gutachten und seine Augen brennen, während er auf den Text starrt und Buchstaben und Worte in seinem Hirn Polka tanzen. Worte wie »Straftat«, »Disziplinarverfahren« oder »Approbationsentzug«.

Konnte es nicht sein, dass auch Hans nur ein Opfer seiner eigenen Naivität war? Aber gab es Anzeichen dafür, dass Hans naiv war?! Nicht wirklich, im Gegenteil. Hans hatte bislang alles, was er tat, genauestens durchdacht und akribisch geplant. Das konnte man nicht gerade als naiv bezeichnen.

Und wo war eigentlich Rechtsanwalt Pößlinger gewesen, der doch eigentlich genau deshalb angeheuert worden sein müsste, um so etwas zu verhindern? Welche Rolle spielt er eigentlich in diesem Schauspiel, das zunehmend zu einem Drama wird?

Aber hatte Hans wirklich bewusst nicht nur Steins, sondern offenbar letztlich auch die Zukunft der Firma riskiert?

Stein traut Hans mittlerweile sehr viel zu – aber dieses Ausmaß an krimineller Energie und Skrupellosigkeit?

Stein muss unwillkürlich an seine psychopathologischen Recherchen denken – ja, zu einem Psychopathen allerdings würde so etwas passen ...

»Eigentlich«, so sagt er sich schließlich, »spielt das im Moment keine Rolle. Entscheidend ist, dass ich aus diesem Desaster wieder heil herauskomme.«

Der Rechtsanwalt hatte es klar umrissen: Haupttäter war Doktor Unwissenheit-schützt-vor-Strafe-nicht Stein. Pontius Pilatus würde seine Hände in Unschuld waschen (»Herr Staatsanwalt, ich glaube, meine Unterschrift finden Sie nicht auf der Quartalsabrechnung, oder?!«) und sich im Zweifel hinter Bollmann verstecken. Der würde ihn decken, um nicht selbst in die Schusslinie zu geraten.

Er, Max Stein, würde das Bauernopfer sein. Oder er würde weiter schweigen und hoffen, nicht erwischt zu werden. Dabei weiß er nun jedoch, dass er von jemandem abhängig ist, der ihn nicht nur in diese Situation gebracht hat, sondern ihn damit auch noch erpressen kann – und es auch tun würde.

Langsam sickert die Erkenntnis wie klebriger Schleim in seinen Verstand, legt sich wie Mehltau über seine Gedanken: Hans Fetscher hatte ihn nicht nur seit Monaten nach allen Regeln der Kunst erniedrigt, hatte versucht, ihn zu manipulieren, zu verunsichern und lächerlich zu machen, hatte ihn beleidigt und angebrüllt und war schließlich noch nicht einmal davor zurückgeschreckt, seine Frau zu bedrohen und zu belästigen. Nein, der »gute Junge« hatte ihn sozusagen als Bonus oder Hauptgewinn zu einem Straftäter gemacht und setzt damit seine berufliche Existenz aufs Spiel.

Nur mit großer Mühe gelingt es Stein, ruhig zu bleiben und kühl zu überlegen – die Wut und der unbändige Hass, die er nun in sich aufsteigen spürt, sind kontraproduktiv, das weiß er. Er muss cool bleiben, muss seine Gedanken ordnen, die Optionen prüfen. Und er muss sich immer wieder fragen, was Hans tun würde, um diesem immer einen Schritt voraus zu sein.

Es geht nun längst nicht mehr ums mentale Überleben oder um irgendwelche theoretischen Was-wäre-wenn-Gedankenspielchen. Es geht jetzt tatsächlich um sein nacktes Überleben. Es geht jetzt um alles.

»Das wird ein Kampf werden!«, denkt er noch. Dann fällt er, zum ersten Mal in all diesen Monaten, in einen tiefen, traumlosen Schlaf.

Am nächsten Tag ist der Urlaub zu Ende.

Montag. Morgenkonferenz. Heute und in dieser Woche wird Raum 101 eine Pause machen. Stein ist heute trotz Schmerzen und bohrender Fragen, die seit gestern die Zukunft weiter verdüstern, relativ beschwingt zur Arbeit gefahren – er weiß, dass Hans in dieser Woche im Urlaub ist. Obwohl er unter grotesken Verrenkungen in den Konferenzraum humpelt, ist er guter Dinge. Heute und in den nächsten Tagen würde es friedlich zugehen. Er würde seinen Job machen und sich zusammen mit allen Mitarbeitern um die Patienten kümmern. Und er würde darauf achten, dass kein böses Wort fiel, solange er das Kommando hatte. Knörzer und Kniep würde er distanziert-professionell beggenen und sich ganz sicher nicht dazu herabwürdigen, im Hinblick auf diese armseligen Gestalten an das Niveau von Hans anzuknüpfen.

Aber er ist noch aus einem anderen Grund erleichtert: Er hat noch eine Woche Zeit, um sich darüber klar zu werden, wie er Hans in Zukunft entgegentreten wird. Nur eins ist ihm bereits jetzt klar: Es wird, es muss anders werden als bisher.

Verstohlen beobachten die anderen, wie er hinkend den Raum betritt. Er macht einen belanglosen Witz darüber, um mitleidigen Nachfragen zuvorzukommen.

Zu seinem größten Erstaunen legt ihm Stefan Zung, der Dienstälteste unter den Assistenten, einen Stapel Akten der letzten Woche zum Abzeichnen vor.

»Jungs, was ist denn das? Soll ich jetzt etwa überprüfen, ob der große Meister alles richtig gemacht hat?!«

Betretenes Schweigen, Stein schaut Zung fragend an. »Na ja«, hebt dieser schließlich an. »Genau genommen waren wir in der letzten Woche seit Mittwoch alleine und, äh, haben uns so durchgewurschtelt. Und es wäre super, wenn du jetzt mal überprüfen könntest, ob wir alles richtig gemacht haben. Aber keine Sorge, es gab keine Probleme!« Man kann ihm die Erleichterung förmlich anhören. Stein braucht einen Moment, um das Gehörte zu verarbeiten: »Du meinst, Hans ist seit Dienstag nicht mehr da? Ist er krank oder was?! Warum habt ihr mich denn nicht angerufen – ihr wisst doch genau, dass immer ein ausgebildeter Facharzt in der Firma sein muss, wenn hier Patienten behandelt werden! Das ist doch sozusagen die gesetzlich vorgeschriebene Minimalvoraussetzung! Mann, wenn das rauskommt, dann kommen wir alle in Teufels Küche! Ich kann nicht glauben, dass ihr nicht versucht habt, mich zu kontaktieren!« Stein ist stocksauer. Es war aus gutem Grund streng vorgeschrieben, dass während der Behandlung der Krebspatienten immer ein Facharzt zugegen sein musste. Sie alle konnten heilfroh sein, dass nichts passiert war!

Zung läuft rot an: »Also, Max, äh … genau genommen war Hans nicht wirklich krank …« »Wie meinst du das?«, gibt Stein zurück.

»Du weißt doch, dass er gerade im Urlaub ist. Na ja, und seine Buchung hat sich drei Tage mit deinem Urlaub überschnitten. Zu uns hat er gesagt, er hätte seinen Urlaub eher gebucht als du und du hättest ihn dann überredet, dass du trotzdem so frei haben kannst. Er hat gesagt, dass er dir damit einen Gefallen tun wolle und dafür sogar in Kauf nehme, dass die Firma drei Tage lang verwaist sei.«

Stein ist sprachlos.

Er beißt sich auf die Lippen, aber er kann, nein er will es sich nicht verkneifen: »Der geht mir so was von auf den Sack!«

Im Laufe der Woche zieht er Erkundigungen ein. Er ruft bei der Ärztekammer an und informiert sich bei den Aufsichtsgremien über die Details der Ausbildung von Assistenzärzten und über die diesbezüglichen Informationen über die Firma, die von Hans an diese Gremien übermittelt worden sind.

»Also, Dr. Stein«, flötet die Dame am anderen Ende der Leitung »Vorschrift ist, dass ein Facharzt maximal einen Assistenten ausbilden darf. Das ist aber komisch – auf Ihren Namen sind ja mehrere eingetragen. Vielleicht ein Versehen? Genau genommen geht das gar nicht, überprüfen Sie das vielleicht noch mal in Ihrer Firma. Das Ganze hat ja auch einen Sinn – es leidet ja sonst die Ausbildung und außerdem muss der Facharzt ja auch überprüfen können, was der Assistent so macht. Sonst geht schließlich alles drunter und drüber!«

Stein wiegelt ab, hört sich Sachen sagen, wie »Ja, also das muss wohl ein Versehen sein!« Wütend legt er auf – also auch hier: Lug und Trug, und auch hier ist er ohne sein Wissen von Hans auf die Planke geschickt worden.

Er ruft Ewerding an: »Joo, wenn das rauskommt, dann sind Sie Ihre Weiterbildungslizenz womöglich los, was man verschmerzen kann. Aber die Assistenten werden die bereits absolvierten Weiterbildungszeiten nicht anerkannt bekommen. Mit anderen Worten: Gehe zurück auf Los, hähähä. Haben Sie weitere Neuigkeiten? Vielleicht sollten wir uns mal wieder treffen?«

Sie verabreden noch für diese Woche ein Treffen. Stein hat es eilig, er muss seine Optionen kennen, bevor Hans wieder da ist.

Ewerding blickt listig über den Rand seiner Halbbrille »Naaa, Sie sehen ja heute ziemlich zerknittert aus. Ist ja auch kein Wunder!«

»Na ja«, gibt Stein zurück. »Mein Rücken hat mich auch schon mal weniger geärgert. Außerdem schlafe ich seit Januar schlecht und seitdem ich bei Ihnen war, noch schlechter. Ich sach ma so: Ich hätte ein paar ziemlich dicke Schlappen am Ofen, wenn ich mit meinen Augenringen Motorrad fahren könnte. Ist aber jetzt nicht wirklich wichtig. Wichtig ist vor allem eins: dass ich aus dieser Nummer unbeschadet rauskomme. Sie können sich vielleicht ansatzweise vorstellen, dass ich nicht sehr glücklich über das war, was Sie da in Ihr Gutachten geschrieben haben …«

Ewerding grinst »Ja, das glaube ich wohl. Aber die gute Nachricht zuerst. Wir sind der Meinung, dass Sie vollen Zugriff auf Ihren Arztsitz haben. Wenn Sie weggehen wollen oder müssen, dann können Sie den unserer Ansicht nach mitnehmen und sich woanders eine neue Existenz aufbauen, ohne dass Ihnen jemand an den Karren fahren kann. Zumindest wenn zuvor gewisse Stellschrauben gedreht werden …«

Stein entspannt sich etwas: »Na, das ist doch mal ein Wort. Aber das Thema Straftat und Entzug der Approbation macht mich trotzdem nach wie vor nicht wirklich glücklich. Jetzt mal im Ernst: Es hat sich doch nur um ein paar Monate und um wenig Patienten, das heißt auch um wenig Geld, gehandelt. Das kann doch nicht so hart bestraft werden wie die jahrelangen und millionenschweren Betrügereien, um die es wohl sonst so geht?!«

Ewerding lehnt sich in seinem Sessel zurück: »Hmmm, wenn Sie jemanden umbringen, dann bringen Sie den nicht ein bisschen um oder ein bisschen sehr. Tot ist tot. Es zählt also nicht die Größe der Tat, sondern der Sachverhalt an sich. Straftat ist Straftat.«

Stein macht ein verzweifeltes Gesicht. »Aber in einem kann ich Sie schon ein wenig beruhigen, Dr. Stein: Es ist natürlich im Hinblick auf das Strafmaß entscheidend, um wie viel Geld es dabei geht und wie sich die äußeren Umstände gestalteten. Sie haben mir ja glaubhaft dargelegt, dass Sie nichts davon wussten. Außerdem sprechen Ihre privaten Probleme mit der Überschwemmung sicher zu Ihren Gunsten. Diese ereignete sich ja gerade zu dem Zeitpunkt, als das Projekt Praxis gestartet wurde. Da wird jeder verstehen, dass Sie vielleicht etwas unaufmerksam waren. Aber eins ist klar: Die Sache muss unverzüglich wieder in die Legalität zurückgeführt werden und das heißt: keine falschen Abrechnungen mehr, das Geld Ihrer Praxis darf nicht auf das Konto der Firma fließen, Praxis und Firma müssen unverzüglich und sauber voneinander getrennt werden und … wir müssen eine Selbstanzeige erstatten.«

»Was?!«, Stein fährt von seinem Stuhl hoch. »Warum das denn, um Himmels willen?!«

»Ganz einfach«, Ewerding trommelt emotionslos auf die Tischplatte. »Wenn es hart auf hart kommt, dann sind Sie jetzt erpressbar. Sie haben doch alles unterschrieben und so wie Sie Ihren Chef schildern, traue ich dem zu, dass dieser Sie damit erpressen würde, wenn es ihm nützt. Zum Beispiel, um an den Arztsitz heranzukommen. Diesen Wind müssen wir ihm aus den Segeln nehmen.«

Ein Anflug von Verzweiflung huscht über Steins Gesicht »Aber Sie haben doch selbst geschrieben, was passieren kann, wenn das rauskommt! Mann, ich wusste das doch alles gar nicht!«

»Keine Panik, Dr. Stein. Indem wir in die Offensive gehen, können wir erstens entscheiden, was genau wir den Behörden melden, und zweitens stehen Sie sicher besser da, als wenn die Anzeige durch jemand anderen erfolgt.«

Stein überlegt, entspannt sich wieder etwas. »Okay, dann sollten wir jetzt mal generell über meine Optionen sprechen.«

»Richtig. Als Sie das letzte Mal bei uns waren, da sagten Sie, dass Sie Ihre Probleme möglichst so lösen wollten, dass Sie Ihren Job nicht verlieren. Ist das immer noch so? Können Sie sich vorstellen, weiterhin mit Dr. Fetscher zusammenzuarbeiten?«

Das war nun die Frage, deren Beantwortung Stein seit Monaten und mit steigender Intensität auf der Seele lag. Je klarer ihm wurde, dass er diese Frage beantworten musste, umso mehr versuchte er, ihr auszuweichen. Sicher, er hatte eine Stinkwut auf Hans und sicher, das Vertrauen war total zerstört.

Aber was sollte werden, wenn er die einzige Antwort ausspricht, die es nach Lage der Dinge auf diese Frage gibt? Diese eine Antwort, die von allen Antworten, die vielleicht einmal möglich gewesen wären, jetzt nurmehr übrig bleibt? Diese eine Antwort, die nur eines bedeuten kann: einen Sprung ins Dunkle, ins Ungewisse. Einen Sprung ohne Netz und doppelten Boden. Einen Sprung von einem Dreihundertfünfzigtausend-Euro-Job ins Nichts.

In all den zurückliegenden Nächten hatte er mit sich gekämpft und gerungen, hatte verzweifelt nach einem Ausweg gesucht. Bis ihm bewusst geworden war, dass es nur eine Antwort auf diese Frage und auf das Verhalten von Hans geben konnte.

Er spürt seinen Rücken, als er versucht, sich aufzurichten. »Ich habe lange darum gekämpft, das nicht sagen zu müssen. Aber nach alldem, was passiert ist und was jetzt noch rauskam, ist mir klar geworden, dass ich mit diesem Menschen weder weiter zusammenarbeiten kann noch will. Der hat mich ohne mein Wissen in Straftaten verwickelt!! Und er hat meine Frau belästigt!! Nein, ich könnte ihm nicht mehr vertrauen und ich wüsste immer, dass er auf der Lauer liegt, um mich zu vernichten. Seit er das mit meiner Frau gemacht hat, ist für mich der Ofen aus. Niemand vergreift sich an meiner Familie! Es gibt im Leben Wichtigeres, als viel Geld zu verdienen.«

»Gut, dann hätten wir das ja geklärt«, entgegnet Ewerding geschäftig. »Hätte mich auch gewundert. Von einer weiteren Zusammenarbeit hätte ich, ehrlich gesagt, auch abgeraten.«

In den nächsten zwei Stunden entwickelt er einen Plan. Er erklärt Stein, dass nun zunächst hinter den Kulissen gearbeitet werden müsse – die Selbstanzeige solle nun unauffällig anlaufen und er müsse zunächst auch die Stilllegung des Arztsitzes beantragen. Wenn man den Sitz vorübergehend pausieren lasse, hätte Fetscher absolut keine Möglichkeit mehr, ihn Stein zu entziehen.

Denn wenn Fetscher den Braten zu früh rieche, dann könne er zum Beispiel die Praxistätigkeit in der Filiale einstellen lassen und dies den Aufsichtsbehörden melden. Diese müssten den Sitz in diesem Fall einziehen oder in die Firma, das heißt zu Fetscher, verlagern und dann sei er für Stein verloren. Erst nach einer Stilllegung sei das nicht mehr möglich.

Hier gebe es allerdings Fristen, daher gehe das erst Ende September, also in knapp drei Monaten. So lange müsse Stein noch durchhalten. Erst nach der Stilllegung solle er sich dann Bollmann offenbaren, der sicher auch aus allen Wolken fallen werde – wenn er nicht selbst darin verwickelt sei.

Die technischen Dinge werde er regeln, Stein müsse seinen Job vor Ort machen und solle vorerst absolutes Stillschweigen über das eben Besprochene bewahren.

Noch im Auto wählt Stein die Nummer von Jutta Soehler: »Hallo Jutta, es ist so weit – ich brauch wohl in absehbarer Zeit einen neuen Job. Könntest du mal anfangen, dich unauffällig umzuhören? Aber bitte meinen Namen unter keinen Umständen erwähnen!«

Am anderen Ende zunächst überraschtes Schweigen. Dann sagt Jutta: »Max, mach dir keine Sorgen. Wir finden was für dich, das versprech ich dir …!«

❖

Montag. Morgenkonferenz. Hans ist wieder da. Kommt grinsend in den Raum. Stein ist es, als wippe die Tolle heute besonders stark. Der Urlaub muss gut gewesen sein.

In bester Laune eröffnet er die Konferenz, die ersten Fälle werden besprochen. Plötzlich bleibt er an einem Fall hängen, den Wolfgang Knörzer bearbeitet hat, und findet einen Fehler. Knörzer, von dem jeder weiß, dass er nur mitdenkt, wenn es unbedingt sein muss, hat wieder einmal vergessen, irgendeinen Eintrag vorzunehmen. Eigentlich eine Lappalie. Dumm nur für Stein, dass er den Fall letzte Woche mit Knörzer besprochen hat, und so hat Hans seinen Aufhänger, um die übliche Nummer mit Stein abzuziehen. Der Konferenzraum wird wieder zu Raum 101.

»Also Max, du bist mein Stellvertreter und du bist dafür verantwortlich, dass Wolfgang auch alles in die Akte einträgt. Das ist ja wieder eine Sauerei. Also wenn ich jetzt noch nicht mal mehr Urlaub machen kann, weil du einfach nicht in der Lage bist, mich hier adäquat zu vertreten …«

Weiter kommt er nicht.

Stein schaut ihn verächtlich an und schneidet ihm scharf das Wort ab »Und du, mein lieber Hans, mobbst mich jetzt hier und vor allen Leuten seit einem halben Jahr. Und das eine sage ich dir: Hier und heute und jetzt ist Schluss damit! Verstehst du: Schluss! Du wirst mich ab jetzt so behandeln, wie es unter zivilisierten Menschen üblich ist, hast du verstanden?!«

Totenstille. Man könnte eine Stecknadel auf den Boden fallen hören. Herausfordernd schaut Stein in die Runde, die anderen starren ihn an. Er blickt zu Hans. Dessen Gesicht hat plötzlich etwas Maskenhaftes, Starres. Mit Händen kann man greifen, wie sehr sich Hans darum bemüht, nicht die Fassung zu verlieren. Steins Blick fällt auf Hans' Hände: Sie zittern.

»Wie du willst, Max«, stößt er schließlich drohend hervor. »Damit wird jetzt und in Zukunft tatsächlich Schluss sein …«

Hatte er ursprünglich irgendetwas geplant und war Stein ihm zuvorgekommen?

Dieser bleibt kühl: »Hans, das diskutieren wir nachher weiter aus. Nach der Morgenbesprechung.«

Mechanisch wird das Programm durchgezogen, am Ende verlassen alle anderen schleunigst den Raum. Max bleibt sitzen »So Hans, jetzt lass uns doch mal Tacheles reden.« Hans, der sich schon erhoben hatte, schließt die Tür und setzt sich wieder.

Stein beginnt, fasst zunächst die ersten erfolgreichen Jahre zusammen und betont auch die damals gute Zusammenarbeit zwischen ihnen beiden. Erwartungsgemäß wiegt Hans ein paar Mal mit bedenklicher Miene seinen Kopf hin und her, aber Stein lässt sich durch die üblichen Psychotricks nicht beeindrucken.

»Dann kam die Sache mit der Flut und der Bürgerinitiative. Da gings eigentlich schon ein bisschen los mit dem Mobbing.« Hans fährt hoch: »Ja, was erwartest du denn?! Du bringst hier die Stadt gegen uns auf! Die Stadt, von der wir abhängig sind!«

Stein bleibt ruhig: »Du weißt genau, wie das damals war und dass ich überhaupt niemanden aufgebracht habe. Ich kann nicht wissen, dass der OB derart verlogen und intrigant ist und sich bei mir zehnmal bedankt, während er mich hintenrum killt, weil er vor der Wahl Grabesruhe in der Stadt haben will! Der ist doch auf mich zugekommen und war ganz geil drauf, mit uns zu sprechen, weil er nämlich gehofft hat, sein eigenes Versagen so kaschieren zu können! Nein Hans, das mag ein Grund gewesen sein, aber es gibt noch eine ganze Reihe anderer Gründe für dein Verhalten, das weißt du genauso gut wie ich. Aber das ist jetzt auch egal.

Fakt ist, dass ich dich mehrmals gebeten habe, das sein zu lassen. Ich habe dir xmal Gesprächsangebote gemacht, dir goldene Brücken gebaut und habe monatelang stillschweigend ertragen, was Du mit mir gemacht hast. Weil ich gehofft habe, dass du irgendwann damit aufhörst und weil ich, wie wir beide wissen, zu Hause eine Frau und drei kleine Kinder habe.«

Hans grinst herablassend: »Und Max, was willst du mir denn jetzt so Wichtiges sagen? Was willst du denn jetzt dagegen machen?«

Stein versetzt entschlossen: »Hans, kommen wir doch mal zu einem Beispiel – sag mir doch mal, wie der Arzt hieß, der mich angeblich von dem Kongress aus telefonisch erreichen wollte und durch dessen Anruf du ›bemerkt‹ hast, dass ich angeblich gar nicht dort war. Oder kannst du dich vielleicht gar nicht mehr daran erinnern, rein zufälligerweise?«

Hans gerät ins Stottern: »Ja also, das hat doch die Herrling ... äh, ich glaube das war ..., äh. Das war der Kollege Grove!«

»Nein, Hans, der Kollege Grove hat mir persönlich versichert, dass er weder dort war, noch dass er dich an diesem Tag überhaupt angerufen hat. Das war eine glatte Lüge. Eine Lüge, um meine Frau und mich einzuschüchtern. Einer deiner miesen Psychotricks.«

Hans gibt sich keine Blöße, steckt den Treffer mit links weg: »Und, kleiner Max, was willst du denn jetzt dagegen machen? Was, Max, was?! Ich sag dir, was: gar nichts! Du wirst gar nichts dagegen tun, weil du nichts machen kannst. Ich hab's dir ja gesagt: Ich mach dich fertig! Und das werde ich auch tun!«

»Und dann hast du«, fährt Stein unbeirrt fort, »als ich mich kurz vor den Ferien krankgemeldet habe, meine Frau in dein Zimmer zitiert.« Seine Stimme wird drohend, er beugt sich zu Hans über den Tisch und sieht ihm direkt in die Augen »Und du hast sie, als sie mit dir alleine in deinem Zimmer war ... belästigt.«

Er hatte die Taktik von Hans angewendet – eine langsame Steigerung und dann plötzlich, wenn der Delinquent gar nicht mehr damit rechnet und schon glaubt, alles wäre vorbei, der Hammerschlag.

Stein sieht, wie dieser Treffer bei seinem Gegenüber seine volle Wirkung entfaltet. In seinem Blick spiegelt sich zunächst Erstaunen, dann Ungläubigkeit, schließlich die Erkenntnis der Ausweglosigkeit – Stein kann die Angst förmlich riechen, die sich nun in Hans ausbreitet, als dieser erkennt, dass er in der Falle sitzt.

Er hatte Steins Frau belästigt, nachdem er dafür gesorgt hatte, dass er mit Stella alleine war. Er hatte sich so sicher gefühlt. Stein, dessen war er sich sicher gewesen, hätte nicht den Mumm, ihn dafür zur Rechenschaft zu ziehen. Und schließlich hatten ihm die Steins ja auch alles zu verdanken, oder?! War es da nicht sein gutes Recht, etwas dafür zu verlangen?!

Jetzt wird ihm schlagartig bewusst, dass es äußerst unangenehm – und das war noch milde ausgedrückt – für ihn werden würde, wenn die Sache herauskäme.

Was würde wohl mit einem Chefarzt passieren, der sich öffentlich für so etwas verantworten müsste?

»Was … willst … du… damit … sagen?«, stößt Hans im Zustand äußerster Anspannung hervor.

Nachladen, zielen, feuern.

»Ich will damit sagen, dass du es gewagt hast, meine Frau, als sie mit dir ganz alleine hinter verschlossenen Türen in deinem Zimmer war, weil du sie dort hineingenötigt hattest, belästigt hast. Du hast meine Frau belästigt, Hans! Meine! Frau! BELÄSTIGT!«

Tonlos wiederholt er: »Was … willst … du … damit … sagen?«

Stein lehnt sich verächtlich zurück und genießt diesen Augenblick: »Was du da mit ihr gemacht hast, Hans, das weißt du selbst doch am besten. Oder?!

Und jetzt sage ich dir mal, wie es weitergeht: Du magst doch so gerne Spiele, Hans. Leider spielst du ja immer nur, wenn du auch weißt, dass du gewinnst. Und leider spielst du ja auch immer nach Regeln, die du selbst aufstellst und nach Gusto veränderst. Wir beide spielen daher jetzt mal ein Spiel nach meinen Regeln. Du wirst ab sofort deine Attacken gegen mich einstellen. Und du wirst morgen den anderen verkünden, dass ich von nun an wieder so behandelt werde, wie es deinem Stellvertreter zukommt. Deine verdammten Psychospielchen und deine miesen Tricks und Intrigen wirst du ab sofort gefälligst unterlassen, hast du verstanden?!«

Die Blicke der beiden Männer treffen sich, Hass liegt in der Luft. Aber Stein meint auch, ungläubiges Entsetzen in den Augen von Hans zu erkennen.

Dieser schnappt nach Luft, will etwas sagen.

»Das Gespräch ist beendet, Hans. Wir sehen uns morgen.«

»Damit«, so denkt er im Hinausgehen, »habe ich wohl mein Todesurteil unterschrieben. Aber wenn es jemals etwas in der Welt gegeben haben sollte, das man ›Inneren Reichsparteitag‹ nennt, dann habe ich es gerade erlebt.«

Zum ersten Mal seit Monaten ist er stolz auf sich. Den schmerzenden Rücken bemerkt er nicht.

Dienstag, 7:55 Uhr. Spannung liegt in der Luft, als Hans den Raum betritt. Die anderen wissen zwar nicht, was Stein und ihr Chef gestern unter vier Augen besprochen haben, aber sie spüren, dass etwas Gravierendes vorgefallen sein muss.

Mit einem aalglatten Grinsen begrüßt der Chef sein Team, simuliert Entspanntheit und beste Laune. Nur die Ringe unter seinen Augen verraten, dass er schlecht geschlafen haben muss.

»Also Leute, der Max und ich wir hatten ja gestern eine kleine Aussprache. Da hat er, sagen wir mal, mit einem gewissen Nachdruck darauf hingewiesen, dass er Facharzt ist und gerne auch so behandelt werden möchte. Da ich einerseits natürlich dafür verantwortlich bin, dass in dieser Institution das erforderliche fachliche Niveau gehalten wird«, Kunstpause, er blickt Stein einen Moment zu lange an, »andererseits aber natürlich immer bestrebt bin, den Wünschen meiner Angestellten entgegenzukommen, habe ich lange überlegt, wie ich das lösen könnte. Da Max Facharzt ist, kann er ja für seine ärztliche Kunst selbst geradestehen. Also, wenn er das unbedingt möchte, dann soll er das jetzt auch tun dürfen: In Zukunft wird Max für sämtliche seiner Patienten und Therapien selbst unterschreiben. Jeder von uns anderen, der es mit einem Patienten von Max zu tun hat, wird diesen nicht wie sonst üblich mitbetreuen, sondern wird Max rufen, damit er dann übernimmt. Ich ordne hiermit an, dass sich niemand um die Patienten von Max kümmern darf – diese sollen zu einhundert Prozent von ihm selbst betreut werden. Max' Patienten haben also ab jetzt einen Sonderstatus. Ist das klar?« Jeder nickt eifrig. »Zufrieden, Max?« Er blickt ihn herausfordernd an.

»Das nennt man wohl ein ›vergiftetes Angebot‹«, denkt Stein. Ihm ist sofort klar, was Hans damit bezweckt: Einerseits tut er so, als komme er Stein entgegen und erfülle dessen Forderung nach Normalität. Andererseits macht er Stein aber durch diese Anordnung erst recht zum Paria, suggeriert er damit doch, dass dessen fachliche Fähigkeiten derart schlecht sind, dass alle einen großen Bogen um ihn machen müssen, um nicht in den Strudel seiner Inkompetenz gezogen zu werden.

Stein wird durch diesen tückischen Trick aus dem Räderwerk der Firma ausgegliedert. Dort, wo sich normalerweise alle im Team um die Patienten kümmern und vertrauensvoll zusammenarbeiten, hat er nichts mehr zu suchen; er wird ausgesondert, ausgegrenzt. Ein Aussätziger.

Jeder im Raum versteht die eigentliche Botschaft: »Wenn er unbedingt will, dass ich mich nicht mehr schützend vor ihn stelle, dann soll er alleine untergehen.«

Das passte zu Hans, er hatte ja offenbar die ganze Nacht darüber nachgedacht, wie er die Sache so hindrehen kann, dass er Stein scheinbar entgegenkommt, ihn aber de facto erneut demütigen und lächerlich machen kann.

Nun ruht also dieser Was-willst-du-ich-habe-doch-getan-was-du-verlangt-hast-Blick auf Stein und sagt ihm, dass der sich schon etwas wärmer anziehen müsste, wenn er es tatsächlich mit ihm, Hans, dem GröCaZ, dem größten Chefarzt aller Zeiten, aufnehmen möchte.

Aber was sollte er tun? Ewerding hatte ihm ja den Zeithorizont genannt. Viel zu retten gab es in ihrem Verhältnis zueinander zwar nicht mehr, aber wenn er es jetzt weiter eskalieren ließe, würde er lediglich riskieren, dass er die Karten vor der Zeit auf den Tisch legen musste.

Er hatte seinen Standpunkt gestern unmissverständlich klargemacht. Wenn Hans seine primitiven Spielchen unbedingt weiterspielen wollte, sollte er es doch tun. Er wusste jetzt zumindest, dass er vorsichtiger vorgehen musste, da Stein begonnen hatte, sich zu wehren.

Stein wird sich jetzt keine Blöße geben, er grinst ihn an: »Wenn du meinst, dass das der richtige Weg ist.«

»Unbedingt!«, gibt Hans zurück. »Unter den gegebenen Bedingungen …«, er lächelt maliziös, »der einzig gangbare …«

Es dauert nicht lange, bis sich Hans' Anordnung in die medizinischen Abläufe der Firma eingeschliffen hat. Ständig wird Stein von irgendjemanden angerufen »Können Sie mal schnell kommen, es geht um Ihren Patienten XY …?!« »Bitte mal sofort die Akte von Patient Z unterschreiben …!« »Hier legen wir Ihnen noch die Akten von Ihren fünf Patienten auf den Tisch. Bitte mal freigeben …!«

Waren die Therapien der Patienten vorher in bestimmte Abläufe eingebunden, an denen alle Mitarbeiter der Firma beteiligt waren, ziehen sich nun die anderen aus Steins Wirkungskreis völlig zurück; er wurde jetzt quasi auch offiziell aus dem Team ausgesondert und die anderen achten genauestens darauf, nicht mit Steins Patienten in Verbindung gebracht werden zu können. Eigentlich aber ist es natürlich Hans, der darauf achtet, dass seine ausgeklügelte neue Foltermethode – die absolute Ausgrenzung von Stein – akribisch umgesetzt wird.

Er hat mit seiner Anordnung sozusagen – »sozagen« – eine Art Outsourcing der Herabsetzungen Steins vorgenommen: Seine vorherigen Angriffe in der Morgenbesprechung haben sich jetzt in viele kleine und über den Tag verteilte Demütigungen verwandelt, die ihm nun das gesamte Team auf Hans' Befehl zufügen muss.

Das passt zu Hans und Stein ist sich darüber im Klaren, dass sich dieser über diesen kindischen und kleinkarierten Schachzug, auf den er sicher mächtig stolz ist, insgeheim täglich ins Fäustchen lacht.

Aber Stein hatte auch nicht wirklich erwartet, dass jemand wie Hans, der Intrigen für sein Ego so notwendig braucht wie ein Fisch das Wasser, klein beigeben würde.

Er beschließt, sich mit der Situation zunächst zu arrangieren und sich auch gegenüber den anderen Mitarbeitern keine Blöße mehr zu geben – hatte er doch bereits erfahren, was es bedeutet, in der Firma den falschen Leuten zu vertrauen.

»Und wenigstens«, so spricht er sich Mut zu, »haben Hans' grauenhafte Angriffe in der Morgenbesprechung jetzt weitgehend aufgehört.«

Sicher, Hans' Lippen umspielt ein säuerliches Lächeln, sobald von Steins Patienten die Rede ist, und er wird auch nicht müde, herauszustreichen, wie froh er ist, dass er für Steins Verordnungen nicht die Verantwortung übernehmen muss. Aber er geht ihn – zumindest in der ersten Zeit – wenigstens nicht mehr direkt an.

Und das ist das, was im Moment zählt, denn Stein muss solange auf Zeit spielen, bis Ewerding die Weichen gestellt hat. Was dann geschieht, ist abzuwarten.

Eines ist jedoch bereits sicher: Es wird interessant werden.

Ein paar Tage später sitzt Stein beim Kollegen Illert im Zimmer. Jochen Illert ist ein netter Kerl, tritt immer ruhig und zuvorkommend auf und besitzt einen sehr hintergründigen Humor. Die beiden kennen sich auch privat, da sie im gleichen Stadtteil wohnen.

Illert wurde damals von der Geschäftsführung im Zuge der Sache mit dem Chirurgen, bei dem Stein als Anwalt getarnt auf Geheiß von Hans den Preis für dessen Arztsitz hochtreiben und so die Pläne der Klinik durchkreuzen musste, auf den bereits vorhandenen Arztsitz gesetzt und kurzerhand der Firma zugeschlagen. Hans hatte das seinerzeit der Geschäftsführung als großen Gefallen verkauft, obwohl er in Wirklichkeit genau dies hatte erreichen wollen.

Illert arbeitet seitdem auch in der Firma, betreut aber einen anderen Bereich, sodass er wenig mit Hans und Co. zu tun hat. Daher hat er auch die atmosphärischen Störungen nicht miterlebt.

Stein und Illert sprechen über die nächste Zertifizierung, die im Frühherbst droht. Sie haben von der Geschäftsführung den Auftrag bekommen, den Karren, den Hans mit Heil und Morscher in den Dreck gefahren hat, wieder herauszuziehen, haben aber im Moment noch keinen blassen Schimmer, wie ihnen das gelingen kann. Nun versuchen sie, eine Strategie dafür auszuarbeiten.

»Sag mal, Max«, fragt Illert unvermittelt, »da stimmt doch was nicht bei euch. Man munkelt, dass es ziemlich schwere Differenzen zwischen dir und Hans Fetscher gibt?!«

Stein blickt ihn überrascht an: »Was nicht so alles gemunkelt wird!«

»Na ja, es geht mich ja nichts an«, gibt Illert zurück, »aber ich kenne

Hans schon seit der Schulzeit. Ich weiß, dass er, sagen wir mal, ein sehr schwieriger Charakter ist. Er hat neben der sehr verbindlichen auch eine andere, sehr extreme Seite. Der ist das, was man zweigesichtig nennt. Ich kenne Leute, die wegen ihm sehr gelitten haben.« Stein gibt sich Mühe, nur mäßiges Interesse an Illerts Worten zu simulieren. »Ach ja?«

»Ja, es gab da in der Firma mal einen Oberarzt, als Hans noch ein kleiner Assistent dort war. Der ist nachher in die Klappsmühle gewandert – und ich bin ziemlich sicher, dass Hans ihn da hineingebracht hat.«

Ungläubiges Staunen auf der anderen Seite. »Ja Max, und nicht nur ich – diese Geschichte kennen hier alle, die das damals miterlebt haben. Es wird nur nicht darüber geredet. Es gibt auch noch andere Geschichten über Hans, aber darüber will ich lieber nicht sprechen. Ich will auch nicht in dich dringen, aber wenn du mit Hans Probleme hast, dann sei extrem vorsichtig. Der ist zu allem fähig …«

Da Illert so offenherzig ist, hat Stein trotz seiner Erfahrungen mit Knörzer das Gefühl, dass er Illert zumindest ein Stück weit vertrauen sollte, und so lässt er sich dazu hinreißen, diesem ein wenig von den letzten Monaten zu erzählen. Nicht viel, nur das Nötigste, damit er die Lage beurteilen kann. Der hört mit sorgenvoller Miene zu. Als Stein geendet hat, sitzt er lange da und sagt nichts. Dann stößt er hervor: »Hab ich's doch gewusst! Dieser Dreckskerl, dem müsste man doch mal das Handwerk legen! Kannst du nicht zu Bollmann gehen?«

»Ach der, der wird doch von Hans nach Belieben manipuliert! Der frisst ihm aus der Hand und denkt dabei noch, dass er selbst es ist, der Hans füttert! Nee, der würde es sofort an Hans weiterreichen und am Ende hätte ich beide gegen mich. Ich bin gerade dabei, darüber nachzudenken, was ich machen kann. Aber ganz ehrlich: Ich bin echt ratlos. Mittlerweile kann ich nachvollziehen, dass man wegen dem in die Psychiatrie geht …«

»Na ja, wenn du meinst. Aber wenn ich dir irgendwie helfen kann, dann lass es mich wissen, ja?«

»Okay Jochen, gut zu wissen, danke.«

Ob es sich dabei um ein ehrliches Angebot handelte, würde die Zukunft zeigen. Vorsichtshalber hatte Stein Ewerding nicht erwähnt.

Auf die zergrübelten Nächte hat die aktuelle Entwicklung bislang keinen Einfluss – an eine größere Mütze voll Schlaf ist auch weiterhin nicht zu denken.

Eines Nachts fällt Stein die Vollmacht ein, die er Rechtsanwalt Pößlinger im Zusammenhang mit der Sache mit dem Zulassungsausschuss gegeben hatte. Pößlinger hatte damals gemeint, dass dies eine reine Formalie sei, aber dass er eine Vollmacht von Stein benötige, um ihn in diesen Belangen gegenüber dem Zulassungsausschuss vertreten zu können.

Stein hatte sich ja bereits seit Längerem gefragt, warum Hans alles daran setzt, ihn aus der Firma zu vertreiben, wo er doch wissen müsste, dass das Filial-Projekt seit der Entscheidung des Zulassungsausschusses von dem Arztsitz Steins abhängig ist.

Und laut Ewerding gehört dieser Stein – solange Hans nichts unternimmt, um das zu ändern.

Was würde geschehen, wenn Hans Pößlinger dazu anhielte, mithilfe der Vollmacht Steins dessen Arztsitz auf die Firma umzuschreiben?

Dieser Gedanke lässt Stein nicht los. Am nächsten Tag ruft er bei Ewerding an. Der beruhigt ihn etwas, sagt, dass das so einfach nun auch wieder nicht gehe.

Da eine Restunsicherheit bleibt und Pößlinger ganz offensichtlich zur anderen Seite gehört, beschließt Stein, ihm die Vollmacht zu entziehen, und schreibt ihm daraufhin einen Brief.

Natürlich ist ihm klar, dass Hans davon Wind bekommen wird. Aber das ist ihm jetzt einerlei – sicher ist sicher und außerdem ist es ein weiterer Warnschuss vor den Bug von Hans, der mit zunehmendem zeitlichen Abstand zu der morgendlichen Auseinandersetzung mit Stein wieder verstärkt aufdreht.

Als er den Brief einwirft, ist er sich im Klaren darüber, dass er soeben die nächste Runde eingeläutet hat.

Stella und Stein hatten zwischenzeitlich wieder ein Gespräch mit der Lehrerin von Emma. Als sie von der familiären Belastung durch die nun schon ein paar Monate zurückliegenden Sanierungsarbeiten des überschwemmten Hauses und den schweren Unfall der Oma kurz danach erfährt, zeigt sie Verständnis und Betroffenheit.

Sie hatten sich vorher darauf verständigt, die berufliche Situation von Stein, deren familiäre Auswirkungen der eigentliche Grund für die aktuellen Probleme Emmas in der Schule sind, nicht zu erwähnen – zu groß sind die Bedenken, dass dies Gerüchte auslösen könnte, die nur Wasser auf die Mühlen von Hans wären.

Seitdem Stein erfahren hat, dass Hans und der Bürgermeister sich persönlich ganz gut kennen, ist er noch vorsichtiger geworden.

Auf der Rückfahrt von der Schule reden sie zum x-ten Mal darüber, wie es weitergehen soll. In letzter Zeit hat sich in die bleierne Resignation, die diese Gespräche seit Monaten prägt, die Erkenntnis geschlichen, dass sie sich mit einem Neuanfang ganz woanders wohl oder übel anfreunden müssten.

»Max, ich muss dir was sagen«, beginnt Stella. »Ich war vor ein paar Tagen morgens bei Heidrun.« Heidrun und Martin Zwickl sind Nachbarn, mit denen sich die Steins eigentlich ganz gut verstehen. Martin Zwickl war damals ebenfalls in der Bürgerinitiative gewesen und hatte auch beim Bürgermeister mit am Tisch gesessen. In den vergangenen Monaten hatten sich Stella und Max wegen der zunehmenden seelischen Belastungen durch den Druck von Hans allerdings immer mehr in einer Mischung aus Apathie und Frust von ihren sozialen Kontakten zurückgezogen – zu groß waren auch die Bedenken, dass Hans über Dritte Munition gegen Stein bekommen könnte.

»Sie hatte mich zum Kaffee eingeladen und ich musste endlich mal wieder raus und mit jemandem über ganz normale Dinge sprechen!«

»Ja, ist doch okay, wir können uns ja nicht ewig so eingraben«, gibt er zurück.

»Hab ich mir auch gedacht. Sie hat mich natürlich dann gefragt, was denn los ist. Ich wollte eigentlich nichts sagen, aber dann brach es doch so aus mir heraus. Ich musste das endlich mal loswerden!«

»Hast du ihr alles erzählt?«

»Nein, nicht alles, natürlich nicht. Aber dass er dich so mies behandelt seit Monaten, dich quält und mobbt und wie sehr uns das zusetzt. Ich hab ziemlich geheult, glaube ich …« Stein legt einen Arm um seine Frau: »Ist schon okay, sie wird schon nichts herumtratschen.«

»Das nicht«, Stella macht ein verzweifeltes Gesicht. »Aber ich hab ihr zum Schluss gesagt, dass wir hier vielleicht wegziehen müssen, wenn du dir einen neuen Job suchen musst.«

»Ja und? Stimmt doch auch – schöner Scheiß!«

Sie gibt sich einen Ruck, schürzt verächtlich die Lippen: »Am nächsten Tag klingelte es an unserer Haustür, es war Heidrun, sie hat sich bei mir zum Kaffee eingeladen. Erst hab ich mich gefreut, dachte, sie wollte sich jetzt vielleicht ein bisschen um mich kümmern. Wir redeten so über dies und das. Und dann hat sie mich ganz unvermittelt gefragt: ›Du Stella, wenn ihr wegzieht, können wir dann euer Haus kaufen?‹«

Sie schluchzt leise, Stein sagt nichts. »Verstehst du, Max, sie hat einfach nur gefragt, ob sie unser Haus haben können, wenn wir hier wegmüssen!«

»Tja«, sagt Stein leise. »Wer solche Freunde hat, braucht wohl keine Feinde mehr.«

Ein paar Tage danach trifft Stein einen anderen Nachbarn, den er flüchtig kennt. Der spricht ihn an: »Hallo Max, hab gehört, was bei euch los ist. Geht mich ja nichts an, aber ich wollte dir nur sagen: Ich war mit Hans Fetscher in der Schule – der hat schon damals keinen neben sich geduldet. Hat immer alle weggebissen, die an ihn herangereicht haben. Tust mir leid, Mann …!«

»Passt schon«, antwortet Stein mit rauer Stimme und lässt ihn stehen.

Er denkt an Stella. Sie ist schmal geworden in den letzten Wochen. Sie ist so tapfer, aber er merkt, wie sie alles in sich hineinfrisst. Manchmal hat er Angst, dass sie krank wird.

Er wird Stella nichts von dem Gespräch erzählen.

Morgenkonferenz. Zwei Tage nach Einwurf des Briefes an Pößlinger.

Hans betritt wie üblich als Letzter den Raum. Er sieht grau aus, hat sehr schlechte Laune. Geduckt sitzen die Assistenten auf ihren Plätzen.

Hans kommt ohne Umschweife noch vor den Fallbesprechungen zur Sache: »Max, Pößlinger hat uns darüber informiert, dass du die Vollmacht widerrufen hast. Ich würde gerne den Grund dafür wissen.«

Stein bleibt cool: »Hans, du hast mir doch verboten, mit Pößlinger zu kommunizieren – du erinnerst dich vielleicht an das ›Gespräch‹, dass du Anfang Mai mit mir führtest. Und einem Anwalt, mit dem ich nicht kommunizieren darf, kann ich ja wohl schlecht eine Vollmacht geben, mit der er mich in allen Belangen vor irgendwelchen Ausschüssen vertreten soll, oder?«

Hans beißt sich auf die Lippen: »Max, ich will dir jetzt mal was sagen. Der Bollmann ist wegen der Sache mit der Filialpraxis sowieso schon extrem nervös. Der soll in wenigen Wochen die Millionen durch den Stadtrat schieben, die wir dafür brauchen. Der hat Angst vor unangenehmen Fragen, Mann! Der weiß von allem sowieso nur das Nötigste, aber selbst das macht ihm schon eine Heidenangst! Es ist absolut kontraindiziert, den in der jetzigen Phase noch zu beunruhigen! Der Pößlinger ist ein Idiot, das wissen wir doch beide. Aber das ist gut für uns; der soll sich auch die Verträge, die wir wegen der Filiale gemacht haben und noch machen werden, nicht so genau durchlesen. Es reicht, wenn er das kraft seines Amtes absegnet. Mann, Max, wir sind doch eine Familie. Da streitet man sich mal und dann versöhnt man sich eben wieder! Wichtig ist wie immer, dass nichts nach außen dringt! Wir sind eine Familie und die Familie löst ihre Probleme intern, ist das klar?! Ich bin Sportsmann und bleibe immer fair – und so etwas wie Neid ist mir Gott sei Dank völlig fremd! Denk doch mal an all die Kohle, die wir hier noch verdienen wollen! Wenn wir zusammenhalten, kann uns keiner aufhalten! Und eins kann ich dir garantieren und in die Hand versprechen: Du kriegst auch in Zukunft einen Super-Super-Vertrag! Im Juli wird das Ding durch den Stadtrat geschoben, dann geht Bollmann in den Urlaub und dann sind irgendwann Sommerferien – danach ist das Ganze nicht mehr zu stoppen! Bis dahin muss von unserer Seite absolute Ruhe herrschen, okay? Der Anruf von Pößlinger hat den blöden Bollmann total aus dem Konzept gebracht. Max, du musst den Widerruf der Vollmacht zurücknehmen! Bitte, kann ich Bollmann sagen, dass das ein Missverständnis war?«

Jaja, große Zeiten kamen auf Max Stein zu, er musste nur Vertrauen zu Hans Fetscher haben!

»Das ist wieder einer von Hans' verkaufspsychologischen Monologen, mit denen er seine übliche Bauernfängerei betreibt«, denkt Stein bitter.

Hans starrt ihn erwartungsvoll an.

Im Grunde ist es ja egal, was Stein jetzt sagt, solange er es nicht schriftlich fixieren muss. Also nickt er langsam. Er muss Zeit gewinnen

Am Vormittag klopft es leise an seiner Tür: Die Herrling huscht hinein. Sie sieht sehr unglücklich aus. »Dr. Stein, das Quartalsende naht und wir hatten doch, äh, so eine Absprache. Sie wissen, dass ich dem Chef in den nächsten Tagen die Abrechnungszahlen für die Filiale vorlegen muss. Ich habe große Angst davor und wollte Sie deshalb fragen, ob ich ihm jetzt erzählen kann, dass Sie nur noch die tatsächlich dort von Ihnen behandelten Patienten abgerechnet haben wollen. Verstehen Sie mich nicht falsch, ich möchte Sie keinesfalls in noch größere Probleme stürzen – ich weiß ja, dass Sie es sehr schwer hier haben in letzter Zeit. Aber die Zahlen sind jetzt wegen dieser neuen Abrechnung so viel schlechter als in den letzten Quartalen … Das wird ihm auf jeden Fall auffallen und er wird natürlich Fragen stellen. Und ich kann doch nichts dafür …«

Stein überlegt – wenn sie damit zu Hans geht, weiß dieser, dass er die Manipulationen bemerkt hat. Es erscheint ihm völlig unkalkulierbar, wie Hans darauf reagieren wird.

Aber er hat der Herrling sein Wort gegeben. Sie tut ihm leid, denn sie ist ohne eigenes Verschulden da hineingeraten. Er darf nicht zulassen, dass sie weiter hineingezogen wird. »Ich habe Ihnen das doch versprochen, Frau Herrling. Danke, dass Sie mich vorab informieren, da kann ich mir schon mal den Stahlhelm aufsetzen«, er grinst sie etwas schief an. Sie lächelt dankbar und verschwindet in Richtung von Hans' Büro.

Dann wartet Stein. Er wartet auf das, was jetzt geschehen wird.
Und tatsächlich: Die Reaktion lässt nicht lange auf sich warten.

Wieder klopft es leise an der Tür, wieder ist es die Herrling.
Sie ist ganz aufgelöst und erzählt ihm, dass Hans sie aufs Schärfste zusammengestaucht habe, nachdem sie ihm von der Sache erzählt habe.
Er habe anschließend bei Androhung einer Abmahnung allen verboten, weitere Anordnungen von Stein entgegenzunehmen.
Da lacht er ihm wieder entgegen, der faire Sportsgeist!
Sie berichtet, dass sogar so etwas wie das Ausstellen von Rezepten darunterfällt. Stein fragt sich laut, wie er so noch arbeiten solle. Die Herrling macht einen Vorschlag: »Wir denken, wenn Sie uns Ihre Anordnungen oder Verordnungen in Form von Vorschlägen auf Zettel schreiben, dann sind das ja keine Anordnungen im eigentlichen Sinne, sondern Vorschläge. Und wir nehmen dann Ihre Vorschläge nach eingehender Prüfung an. So könnte es gehen, ohne dass wir in die Bredouille kommen.«
»Das ist so lächerlich! Eigentlich ist mir das wirklich zu blöd, aber ich will Sie nicht in Bedrängnis bringen. Also dann machen wir's eben so. Hat er denn wenigstens eingesehen, dass Sie nichts dafür können?«
Sie nickt stumm: »Ich glaube ja. Aber ich fürchte, dass es jetzt für Sie nicht gerade leichter werden wird.«
»Das ist mir klar. Aber Sie wissen, dass das, was Dr. Fetscher da von Ihnen verlangt hat, illegal war. Und ich habe unterschrieben, ohne dass ich davon wusste. Das heißt, dass ich rechtlich belangt werde, wenn das rauskommt – nicht er …, sondern ich! Und wir beide können uns denken, dass die Behörden beim Thema Abrechnungsbetrug nicht zimperlich sind. Es blieb mir also kein anderer Weg. Die Konsequenzen muss ich jetzt eben tragen.«

Gleicher Tag – nachmittags. Das Telefon klingelt. Eine sanfte Stimme sagt: »Max, kannst Du bitte mal kurz zu mir kommen?«
In äußerster Anspannung öffnet Stein die Tür zu Hans' Büro. Der sitzt

hinter seinem Schreibtisch und brütet vor sich hin. Er blickt kaum auf, als Stein das Büro betritt.

»Setz dich, Max«, sagt er müde. Es dauert eine ganze Weile, bis er den Kopf hebt. Stein bemerkt ein unruhiges Flackern in Hans' Augen, als dieser beginnt: »Max, das was ich heute Morgen gesagt habe, meine ich ernst. Wenn wir zusammenhalten, können wir alles erreichen! Wir müssen unseren Korpsgeist am Leben erhalten und Probleme unbedingt intern lösen. Auch wenn es jetzt vielleicht komisch klingt: Denk doch auch mal an dein Einkommen. Du verdienst hier dreihundertfünfzigtausend Euro und bist damit wohl der bestbezahlte Angestellte der Stadt. Ich bin ja Gott sei Dank frei von Neid, aber es gibt hier viele Neider, die dir auf der Spur sind. Was meinst du, wie viel Kraft es mich hinter den Kulissen immer wieder kostet, die von deiner Fährte abzubringen?! Dabei reicht ein Federstrich, Max«, der Ton wird drohend, »und du zahlst dreihunderttausend Euro zurück. Ein Federstrich, Max! Was meinst du eigentlich, was hier so alles im Hintergrund läuft?! Hier wird gelogen und betrogen, dass es kracht. Ich habe so einige Dinge hier am Laufen, die nichts als Lug und Trug sind. Das gilt besonders für das Projekt mit der Filiale, bei dem alles Mögliche erstunken und erlogen ist. Ich betrüge da zum Beispiel das Finanzamt und die KV. Bollmann weiß nur das Nötigste und es ist ein Segen, dass der Pößlinger so konfus ist. Ich kann den beiden und auch so einigen anderen Akteuren und Entscheidungsträgern so einiges unterschieben, bei dem die dann das Gefühl haben, dass sie selbst drauf gekommen sind. Ich persönlich sehe stets zu, dass ich möglichst im Hintergrund bleibe und nur die Fäden ziehe. Wenn auf irgendwelchen windigen Verträgen unterschrieben werden muss, dann achte ich immer darauf, dass andere die Unterschriften leisten, denn dann müssen die auch haften. Wenn ich irgendwo unterschreiben muss, dann immer möglichst klein und irgendwo unter ferner liefen. Das gilt eben auch wieder besonders für das Filialprojekt. Der wirre Pößlinger soll die Verträge möglichst oberflächlich prüfen und dann absegnen – ist doch ein Segen, dass der so schlecht ist! Und eins, Max, solltest du nie vergessen: Wir beide sitzen in einem Boot, ob du willst oder nicht. Wenn das auffliegt, dann gehen wir zehn Jahre in den Knast, dann ist Ende im Gelände. Bollmann und Pößlinger werden uns nicht helfen, die werden dann sagen, dass sie von nichts gewusst hätten. Nee, Max. Dann sind wir alleine und keiner hilft uns mehr. Denk also immer daran, dass es besser ist, wenn wir jetzt hier schön ruhig alles durchziehen, wie ich es geplant habe. Du kannst sicher sein, dass ich für dich schon einen äußerst lukrativen Anschlussvertrag in der Tasche habe – also Augen zu und durch. Und wenn wir diesbezüglich irgendwie kommunizieren, dann nie schriftlich oder unter Zeugen – das muss immer unter vier Augen besprochen werden. Verstanden? Haben wir uns verstanden, Max?!«

Stein starrt ihn an. Mechanisch steht er auf und verlässt grußlos den Raum. Hatte er bisher noch gehofft, dass vieles von dem, was Ewerding da ausgegraben hatte, vielleicht aus einer Verkettung unglücklicher Umstände gepaart mit Unwissenheit, entstanden war, so hatte ihm Hans gerade den Beweis geliefert, dass es nicht nur nicht so war – es war noch viel schlimmer. Hans hatte ihn nicht nur vorsätzlich in strafbare Handlungen verwickelt, er hatte vielmehr ein ganzes Lügengebäude konstruiert! Ein Lügengebäude, in dem jeder Akteur unbewusst die Rolle zu spielen hatte, die Hans ihm zuwies. Ein Gebäude, in dem Hans die Risiken des Spiels auf die anderen abwälzte, ohne dass diese das überhaupt mitbekamen.

Hans, darüber ist Stein sich nun gänzlich im Klaren, ist sich über die Tragweite seiner Handlungen voll und ganz bewusst.

Wie kann es jetzt weitergehen?

»Du musst ihm einen Schritt voraus sein, du musst dich in ihn hineinversetzen, wenn du gegen ihn bestehen willst …!«

Wie denkt Hans? Was will Hans?

Hans hat bemerkt, dass Stein sich nun wehrt, er hat bemerkt, dass Stein ihn bei einigen krummen Dingen ertappt hat und er ist sich unsicher, ob Stein dieses Wissen gegen ihn verwenden wird. Er will, nein er muss nun aber unbedingt sein Spiel weiterspielen. Es ist gerade jetzt in einer Phase angelangt, die sehr heikel ist, geht es doch um Millionen, die nun bewilligt werden müssen, geht es doch gerade jetzt darum, die Täuschung aufrechtzuerhalten. Hans weiß, dass er nicht mehr zurückkann. Der Einsatz dafür ist bereits viel zu hoch. Er kann es sich nicht leisten, dass seine wichtigste Spielfigur in diesem Moment von Bord geht.

Daher versucht er, ihn mit einer Mischung aus Zuckerbrot und Peitsche bei der Stange zu halten. Er fährt also ein ganzes Arsenal aus anbiedernder – und falscher – Kumpelhaftigkeit, Verlockungen und Drohungen auf. Sicher, die Nummer mit den zehn Jahren Knast war viel zu dick aufgetragen. Ziel sollte wohl sein, Stein einzuschüchtern. Dennoch hatte er diesem damit vermittelt, dass er von Hans schon zu tief in seine Machenschaften verwickelt worden ist, um gefahrlos auszusteigen oder ihn gar anzuschwärzen. Die Botschaft war klar: Dir winken Reichtümer, wenn du mir folgst. Wenn du das Angebot jedoch ausschlägst, dann tut sich ein Abgrund unter dir auf, der dich verschlingen wird.

Die Frage aber blieb, warum es Hans durch sein Verhalten riskiert hatte, dass Stein überhaupt daran dachte, das Schiff zu verlassen, und ihm so auf die Schliche gekommen war. So sehr er sich auch bemüht, er kann dafür keine rationale Erklärung finden.

Vielleicht, so kommt es ihm schließlich in den Sinn, ist es eben tatsächlich so, dass sich auch dies mit Hans' Zweigesichtigkeit erklären lässt. Einerseits der kühle Rechner, der alles bis ins Kleinste kalkuliert. Andererseits jemand, der hinter der Fassade mit dunklen Leidenschaften kämpft, die er nicht gänzlich beherrschen kann. Und neben Habgier, Hochmut, Rachsucht und Maßlosigkeit heißt die dunkelste dieser Leidenschaften in diesem Falle: Neid.

»Und außerdem«, schließt Stein nüchtern, »hat er mich einfach falsch eingeschätzt. Er hat eben gedacht, dass ich so wie die anderen bin. Er hat angenommen, dass ich mich von ihm zum Sklaven machen lasse.«

Als Konsequenz aus diesem Gespräch legt sich Stein ein paar Tage danach ein kleines Aufnahmegerät zu – er hat beschlossen, derartige Gespräche in Zukunft aufzuzeichnen, damit er im Ernstfall das nachweisen kann, was in einem solchen sicher abgestritten werden wird. Bei zukünftigen Auseinandersetzungen wird dieses Gerät immer mit von der Partie sein. Sicher ist sicher.

Die ganze Sache entwickelt sich nun immer mehr zu einem taktischen Schlagabtausch, bei dem sich die Spieler hochkonzentriert gegenübersitzen und der eine – Hans – versucht, den anderen – Stein – niederzuringen, während dieser andere den Schlägen ausweicht, indem er sich bemüht, sie im Voraus zu erahnen, und dabei parallel eine Strategie aufbaut, um möglichst effektiv zurückschlagen zu können, wenn es an der Zeit ist.

Stein ist sich sicher, dass mittlerweile auch Hans nachts grübelnd wach liegt, um die nächsten Schritte zu planen. Denn Hans hat nun erkannt, worum es geht.

Morgenkonferenz. Nach der, relativ lustlos, absolvierten Besprechung der Fälle bittet Hans das nichtärztliche Personal, den Raum zu verlassen. Dann beginnt er in Anwesenheit aller Ärzte, darüber zu klagen, dass durch eine unbedachte E-Mail von Bollmann an verschiedene Adressaten in der Klinik nun die Runde mache, wie viel Geld Stein verdiene. Die Assistenten schauen sich vielsagend an.

Er, Hans, sei nun im Dauereinsatz, um die Wogen zu glätten und den »Deckel runterzupressen«, da es bei dem, was Stein verdiene, zu Aufständen unter den Chefärzten und überhaupt in der Stadt kommen könne.

Pummer sekundiert, dass dies dann wohl auch der Grund sei, warum man in der Kantine jetzt öfter auf die Traumgehälter in der Firma angesprochen werde.

Pause.

Alle blicken zu Stein; der schaut Hans an, als wolle er sagen »Na, jetzt sag's doch endlich, wie viel es ist …«, aber so weit muss Hans gar nicht gehen.

Er sagt nur: »Na ja, ich bin ja völlig frei von Neid, aber für hiesige Verhältnisse verdient der Max viel, viel zu viel Geld. Der verdient so viel, davon kann auch ich nur träumen. Aber Gott sei Dank ist mir Neid vollkommen fremd!«

Pause.

Laut Arbeitsvertrag ist es untersagt, konkret über die Gehälter der Mitarbeiter zu sprechen. Sinn dieses Verbotes ist es, Neid zu vermeiden.

Hans, der Meister des Vernebelns, unterlässt es daher tunlichst, konkrete Angaben zu machen. Aber das muss er auch gar nicht. Er hat auch auf diese subtile Weise allen klargemacht, dass der undankbare Stein aufgrund seines Spitzeneinkommens gefälligst besser kooperieren sollte. Und er hat damit erfolgreich auf den Neidfaktor der anderen gesetzt und so die Kluft zwischen Stein und den anderen vergrößert.

Hans grinst ihn an, als wolle er sagen »Entweder mit mir oder gegen mich, Max. Mit mir oder gegen mich, überleg's dir!«

Nach der Besprechung klingelt Steins Telefon. Eine sanfte Stimme meldet sich: »Max, magst du mal kurz zu mir kommen …?!«

»Max«, Hans blickt ihn müde an, er hat wohl auch nicht viel geschlafen. »Ich bin gerade total frustriert. Die Stadt will unbedingt an unsere Konten und du weißt ja, wie viel Geld die Firma in den letzten Jahren erwirtschaftet hat. Die versuchen jetzt alles, um ihren maroden Haushalt mit unserem Geld zu sanieren.

Ich hab mal mit ein paar Leuten geredet und die gefragt, ob uns die Stadt irgendwie unter Druck setzen könnte. Na ja und das, was mir da gesagt wurde, hat mich doch ziemlich beunruhigt: Wir müssen wirklich aufpassen, dass die nicht unsere ganzen Gewinne sozialisieren. Du hast ja eine Gewinnbeteiligung, Du weißt somit, was das heißt.

Außerdem gibt es noch diesen Siegbert Wüst, den ewigen Stadtrat. Ich warte seit Jahren drauf, dass der endlich aufhört, damit ich den beerben kann – ich werde immer wieder gefragt, ob ich mitmachen will, aber solange der da ist, hab ich keine Chance. Die wissen schließlich alle, wie wir beide uns mögen! Sei's drum: Du weißt ja, dass der hier immer mitregieren will, der Depp. Keine Ahnung von der Materie, aber kraft seines Amtes immer den großen Max markieren! Tschuldigung, hähähä, den großen Zampano! Wenn du wüsstest, wie der zu seinem Haus gekommen ist!

Es ist unfassbar, wie viel Ahnungslosigkeit in so einem Stadtrat versammelt ist! Es könnte sein, dass der Probleme wegen der ärztlichen Besetzung der Filiale macht. Und eigentlich wollte ich dir ja einen Supervertrag als Filialleiter geben, damit du aus dem Schussfeld kommst. Tja, das wird wohl alles gar nicht so einfach werden …«

Er schaut Stein prüfend an.

»Wenn wir das alles ungehindert durchziehen wollen, dann muss das schnell geschehen, bevor uns irgendwer in die Quere kommen kann. Es ist Eile geboten. Kann ich auf dich zählen, Max?«

Stein schaut aus dem Fenster, als er kühl zurückgibt: »Hans, ich glaube nicht, dass ich dir in all den Jahren Anlass gegeben habe, an meiner Loyalität zu zweifeln. Allerdings ist Loyalität keine Einbahnstraße. Das habe ich dir schon mal gesagt.«

Damit verlässt er grußlos den Raum.

Stein macht sich keine Illusionen darüber, wie ehrlich die periodischen Schallmeienklänge von Hans sind: Ungeachtet aller Feindschaft braucht dieser ihn noch für das Filialprojekt. Aber ihm ist auch klar, dass Hans ihn fallen lassen wird, sobald dieses realisiert ist.

Morgenkonferenz, Raum 101.

Der darauffolgende Tag beginnt mit einer Ansprache von Hans, einem seiner schier unendlichen Monologe. Er beginnt mit dem, was er Stein gestern unter vier Augen erzählt hat, jammert über die Stadt und im Speziellen über den Stadtrat. Insbesondere auf Stadtrat Wüst hat er es jetzt wieder abgesehen und er erzählt einige Anekdoten, die, sollten sie wahr sein, sicher nicht für fremde Ohren bestimmt sind.

Dann kommt er – wie zu erwarten war – auf Stein und dessen Engagement in der Bürgerinitiative nach der Flut zu sprechen. Da sei die Stadt ja zum ersten Mal negativ auf die Firma aufmerksam geworden. Es habe ihn damals größte Mühen gekostet, die Wogen zu glätten. Das, was man nun erlebe, sei sozusagen die »Flutopfergeschichte 2.0«, die Rache der Stadt an der Firma.

»Übrigens«, fährt er nach einer kleinen Pause und plötzlich gut gelaunt fort »habe ich eine Bewerbung bekommen.« Er wirft sie theatralisch auf den Tisch. »Ein Kollege bewirbt sich hier bei uns um eine Stelle. Momentan haben wir ja leider nichts frei, obwohl der Kollege ein wirklich guter Mann sein muss. Aber das kann sich natürlich jederzeit ändern, nicht wahr, Max? Sag mal, Max, ich möchte jetzt mal gerne – hier und jetzt – eine Antwort von dir auf folgende Frage: Stehst du eigentlich noch hinter der Firma und der Filiale?«

Frontalangriff, alle schauen auf Stein. Der lässt sich Zeit mit einer Antwort, legt nun seinerseits eine Kunstpause ein, um alle ein wenig auf die Folter zu spannen. Dann sagt er bedächtig: »Nach heutigem Stand: ja.«

Diese Antwort kann Hans nicht wirklich zufriedenstellen, aber er lässt sich nichts anmerken und schwenkt nun wieder zum nächsten Thema um: Mehrmals schon hat er in der Morgenkonferenz behauptet, es gäbe sehr lukrative, aber verbotene Schiebereien zwischen dem Krankenhaus und dem Teil der Firma, für den Jochen Illert verantwortlich ist. Stein hat diesen Worten eigentlich nie Glauben geschenkt, zumal er Illert ja auch privat gut kennt und ihn für sehr integer hält.

Erneut kommt nun Hans darauf zu sprechen: »Ich habe übrigens beschlossen, den Firmenteil vom Illert wieder loszuwerden. Der soll wieder in das Krankenhaus eingegliedert werden, ich habe schon mit Bollmann darüber gesprochen. Was da an Betrügereien abläuft, stellt sogar die Mafia in Sizilien in den Schatten, die sind dagegen Waisenknaben, und ich lehne es ab, in so etwas verwickelt zu werden. Mir ist das zu heiß – ich würde bei einem Betrug niemals mitmachen. Niemals. Mit illegalen Sachen möchte ich nicht in Verbindung gebracht werden …!« Er blickt zu Stein: »Nicht wahr, Max, das geht gar nicht, oder?! Und was dich betrifft: Ich würde es begrüßen, wenn du bei uns an Bord bleibst!«

Nach einer relativ zu nennenden Ruhephase hat sich Steins Rücken in den letzten Wochen zunehmend zurückgemeldet. Erstaunlicherweise kann er noch auf seinem Fahrrad zur Firma fahren, aber ansonsten fällt es ihm immer schwerer, eine erträgliche Körperhaltung zu finden. Besonders schlimm ist es morgens nach dem Aufwachen: aufstehen, duschen, anziehen, das alles geht nur mit zusammengebissenen Zähnen und im Schneckentempo vonstatten. Die Strümpfe sind nach wie vor seine größten Gegner und er muss, sehr zum Vergnügen der Kinder, die ihn schon nach dem Aufstehen erwartungsvoll anschauen, allmorgendlich eine Hardcore-Version vom Schwanensee aufführen, bis sein rechter Fuß bestrumpft ist.

Stella redet auf ihn ein, er solle sich doch krankschreiben lassen, aber er schnaubt nur verächtlich: »Damit dieser Bastard dich wieder einbestellt?! Und überhaupt: Diesen Triumph gönne ich dem nicht. Jetzt krank sein, sendet doch nur das Signal aus: ›Jetzt knickt er ein‹. Was meinst du, wie der sich dann ins Fäustchen lacht?! Nee, jetzt würde ich da sogar noch hingehen, wenn ich tot wäre!« Trotzig hält er sich an ihr fest, während er mühsam aufs Fahrrad steigt.

Leider gleicht sein Gangbild mittlerweile dem des Glöckners von Notre-Dame, sodass er zunehmend neugierige Blicke in der Firma auf sich zieht. Eines Morgens, als er sich, krumm wie ein uraltes Männlein, mühsam den Gang zu seinem Zimmer entlangschleppt, biegt Hans mit federnden Schritten um eine Ecke. Beim Anblick von Stein bricht er in schallendes Gelächter aus und geht grinsend – wipp, wipp, wipp – an ihm vorbei. Stein beißt die Zähne ein wenig fester zusammen »Lach du nur über mich«, denkt er. »Es wird schon bald die Zeit kommen, wo dir das Lachen vergehen wird …«

Nachdem diverse medizinische Selbstversuche bezüglich der Schmerzen keine Wirkung gezeigt haben und mittlerweile auch sein rechter Fuß taub ist, lässt Stein ein Kernspintomogramm durchführen, um der Sache auf den Grund zu gehen. Erwartungsgemäß zeigt sich ein massiver Bandscheibenvorfall in der Lendenwirbelsäule als Verursacher seiner Pein.

Schließlich muss er sich eingestehen, dass er mit Bordmitteln nichts mehr erreichen kann, und so sucht er einen Orthopäden auf, der ihm eine Infusion verabreicht, welche ihn zwar vorübergehend ins Nirvana beamt, aber dafür wenigstens für ein paar Stunden die Schmerzen etwas erträglicher macht. Außerdem schickt der Kollege ihn mit den wärmsten Empfehlungen zu Elfriede Bayer, »der besten Physiotherapeutin in der Stadt«. Frau Bayer ist eine äußerst resolute Dame, die ihn mit einem nicht zu bremsenden Wortschwall empfängt und ihn mit dem Begrüßungs-Händedruck gleichzeitig auf die Behandlungsliege wirft.

Wenn er möglicherweise eine entspannte Dreiviertelstunde erwartet hatte, in der er sich ein wenig massieren lassen könnte, wurde er sogleich eines Besseren belehrt: Während sie ihn fröhlich über ihre Familienverhältnisse, die neusten Entwicklungen in der Regenbogenpresse und hochaktuelle Themen wie ihren letzten Friseurbesuch informiert, steht das, was sie währenddessen mit ihm veranstaltet, in einem radikalen Kontrast dazu – mit unerbittlicher Härte graben sich ihre Hände stählern genau in die Stellen von Steins Körper ein, wo es am meisten schmerzt. Hatte er bisher gedacht, dass seine Schmerzen unangenehm seien, so zeigt ihm Frau Bayer nun, was dieses kleine Wörtchen tatsächlich bedeutet. Während der ersten Minuten muss Stein sich mehrmals beherrschen, um nicht laut loszuschreien, dann gewährt sie ihm ein kleines Päuschen, um danach, als er sich schon in Sicherheit wähnt, umso entschlossener hinzulangen. Als die Tortur endlich vorbei ist, ist Stein schweißgebadet. Nachdem er sich etwas erholt hat, ringt er sich ein Lächeln ab und bedankt sich artig bei ihr: »Wissen Sie, eigentlich bin ich als Arzt es ja gewöhnt, dass ich Menschen piesacke, die sich dann hinterher dafür auch noch bei mir bedanken müssen. Offenbar gibt es da noch andere Berufszweige, bei denen das ebenfalls so ist. Die Folter bei einem Hexenprozess kann auch nicht schlimmer gewesen sein!« Frau Bayer lacht schallend und meint, er solle sich mal nicht so haben. Hauptsache sei doch, dass es helfe, oder?!

Dem lässt sich nichts hinzuzufügen und so findet sich Stein in den nächsten Wochen regelmäßig bei Frau Bayer ein, um demütig seine Abreibungen zu empfangen. Wer heilt, hat recht, sagt man und so hofft Stein das Beste. Vorerst jedoch wird er noch einige Zeit auch im wörtlichen Sinn ein Bild des Jammers abgeben. Sehr zur Freude von Hans.

Seine Rückengeschichte hat zur Folge, dass Stein sein Zimmer noch seltener verlässt. Er möchte ungern zum Gespött von Hans und seinen Zuträgern werden.

Als er eines Tages zu einer Tumorkonferenz humpelt, trifft er Jochen Illert.

Mitleidig blickt Illert Stein an, als dieser ihm entgegenhinkt: »Mensch, Max, das sieht aber gar nicht gut aus! Wie geht's dir denn, um Himmels willen?« »Passt schon, danke der Nachfrage«, Stein macht eine wegwerfende Handbewegung. »Aber es ist gut, dass ich dich hier treffe. Ich muss dich mal was fragen, lass uns doch mal in dein Zimmer gehen …«

Sie schließen die Tür hinter sich und sind allein. In den nächsten Minuten erzählt Stein Illert von den Behauptungen von Hans, das Krankenhaus und der von Illert gesteuerte Firmenteil seien in massive Betrügereien verwickelt. »Ich weiß ja nicht, ob da was dran ist, aber du solltest zumindest wissen, dass Hans solche Dinge erzählt – und zwar vor versammelter Mannschaft.

Illert schaut ihn verdutzt an, er wirkt ehrlich betroffen, ja sprachlos. »Nee, Max. Also das höre ich jetzt zum ersten Mal und da kann ich sicher sagen, dass das Quatsch ist. Ich weiß gar nicht, wie der darauf kommt! Also, das ist ja …!«

»Na, dann bin ich ja beruhigt«, unterbricht ihn Max. »Der redet ja scheinbar ein bisschen viel, wenn der Tag lang ist. Gut, dass das nicht stimmt, denn es täte mir für dich sehr leid, wenn du Ärger bekommen würdest.«

Wenig später humpelt er aus Illerts Zimmer und lässt einen betroffen wirkenden Kollegen zurück.

Am Wochenende hat sich hoher Besuch bei den Steins angekündigt: Max' alter Kumpel Geronimo kommt auf eine Stippvisite vorbei. Max und er kennen sich seit Studientagen und haben schon so manches Bierchen miteinander getrunken und so einige Abenteuer zusammen erlebt.

Abend sitzen sie im Garten am Feuer, Geronimo macht ein sorgenvolles Gesicht. Er war bei seiner Ankunft sichtlich entsetzt, als er seinen alten Kumpel sah, und auch das, was der ihm dann erzählte, stimmte ihn nicht frohgemuter. Stein hatte ihm schließlich auch seine Aufzeichnungen aus den letzten Monaten gegeben und nach der Lektüre hatte sich die Miene des Freundes endgültig verfinstert.

»Mann Max«, durchbricht er schließlich das Schweigen »da biste ja in eine schöne Scheiße reingeraten. Ich brauche dir ja wohl nicht zu sagen, dass dein Bandscheibenvorfall ziemlich sicher auch was damit zu tun hat. Max, du musst an deine Gesundheit denken. An deine Gesundheit und an deine Familie. Wenn man das alles so hört und liest, dann nimmt der nicht nur in Kauf, dass deine Ehe und deine Familie daran zerbrechen – der legt es darauf an! Der weiß doch ganz genau, was er da tut und dass er vor allem auch mit der Geschichte, wie er Stella belästigt und bedroht hat, massiv euren Zusammenhalt gefährdet. Offensichtlich war es sein Ziel, dass sie danach nach Hause fährt und dir Vorwürfe macht. Sie sollte dir für die Angst, die er ihr gemacht hat, die Schuld geben. An so etwas sind sicher schon Ehen gescheitert und es liegt ja auf der Hand, dass Paare, die sich vielleicht sowieso nicht so gut verstehen wie ihr, dann ziemliche Probleme bekommen können. Kannst von Glück sagen, dass du so eine tolle Frau hast!

Dieses Schwein!

Der Typ ist ja wohl offensichtlich ziemlich gestört und dabei auch ziemlich clever und skrupellos. Wenn du mich fragst, dann scheiß auf die Kohle und sieh zu, dass du Land gewinnst, sonst macht der dich, nein euch, kaputt. Und wenn du dann am Ende noch wegen dem und seinen krummen Machenschaften deine Zulassung verlierst …!«

Stein schaut in die Flammen. »Es ist doch eigenartig«, denkt er. »Immer wenn Menschen um ein Feuer sitzen, starren irgendwann alle hinein und es entsteht diese eigentümliche, melancholische Stimmung.«

»Geronimo, das weiß ich doch selbst. Wir arbeiten ja bereits daran, aus diesem Wahnsinn irgendwie heil herauszukommen.« Der andere blickt ihn fragend an. »Okay, fast heil. Das mit der Bandscheibe wird schon wieder. Ich bin da in gnadenlos guten Händen – wobei das eine das andere bedingt. Wir haben uns doch längst damit abgefunden, dass der alles zerstört hat, was wir hier aufgebaut haben. Und zwar sowohl privat als auch beruflich. Was meinst du, wie es in der Firma ausgesehen hat, als ich dort anfing?! Manchmal habe ich das Gefühl, dass der mich richtig ausgesaugt hat; und jetzt braucht er mich nicht mehr und beißt mich weg – ›der Mohr hat seine Schuldigkeit getan.‹«

»… ›der Mohr kann gehen.‹ Schiller«, fügt der Freund trocken hinzu. »Ein wenig Bildung kann an so einem Abend auch nicht schaden, oder? Komm, ich mach dir noch'n Bier auf und dann trinken wir auf uralte Nächte und auf das, was wirklich zählt! Freundschaft, Männerstolz vor Königsthronen, Liebe und sich selbst treu zu bleiben und vor allem: mit geradem Rücken durchs Leben zu gehen – alles Dinge, die so ein Schwachmat sowieso nicht versteht. Leider ist es so, dass solche Typen immer zu viel zu sagen haben. Ist halt eine Negativauslese, die in den oberen Rängen vollzogen wird. Schätze mal, dass es deshalb auch so schlecht um diese Welt steht. Aber es nützt nichts, Max. Du und ich, wir sind anders und wir müssen unseren Weg gehen. Wegducken wäre feige und das geht in deinem Falle mittlerweile sowieso nicht mehr. Du musst dich jetzt durchkämpfen. Aber du hast einen Plan und du hast eine tolle Frau und fantastische Kinder. Und ein paar gute Freunde hast du auch. Was willst du mehr?« Er grinst bis über beide Ohren.

»Ja, was will ich eigentlich mehr?! Manchmal ist es gut, wenn einen ein Freund mal wieder daran erinnert, was wirklich zählt. Und Hans mit seinen armseligen Intrigen und die buckelnden Speichellecker wie Knörzer oder Brunner waren es sicher nicht.«

Es wurde eine denkwürdige, eine uralte Nacht, in der noch viel Holz verbrannt und Bier getrunken wurde.

Wieder vergehen ein paar Tage, die Sommerferien stehen vor der Tür und mit ihnen die lang ersehnte Pause von Hans' Attacken.

Das Telefon klingelt. Eine sanfte Stimme bittet Stein, kurz das Büro ihres Besitzers aufzusuchen.

»Max, schön, dass du kurz kommen kannst«, beginnt Hans seinen neuen Spielzug. »Wir haben ja jetzt schon öfter wieder über die Filiale gesprochen. Du weißt, dass die derzeitige, sagen wir mal, Konstruktion nicht unbedingt das ist, was wir ursprünglich angestrebt haben und was sich noch im Rahmen des Erlaubten bewegt.« Kunstpause. Stein nickt und wartet darauf, Hans' neuen Plan präsentiert zu bekommen.

Der fackelt auch nicht lange: »Unser Rechtsanwalt Pößlinger hat sich daher in letzter Zeit noch mal intensiv mit dem Thema beschäftigt und gemeint, dass es vielleicht doch noch eine Möglichkeit gebe, die Sache so zu gestalten, wie wir es eigentlich geplant hatten. Das hätte den charmanten Effekt, dass die Stadt keine Gelder für eine Praxis Dr. Stein, sondern für eine echte Filiale unserer Firma lockermachen muss.« Er lächelt süßlich, in seinen Augen aber erkennt Stein wieder dieses tückische Flackern. »Er hat gemeint, die Chancen stünden 60:40. Also, ich verstehe ja nichts von diesem rechtlichen Kram, aber ich würde dich bitten, einfach mitzumachen und die neuesten Ideen dieses konfusen Pößlinger über dich ergehen zu lassen. Wahrscheinlich kommt eh nichts dabei raus, aber dann haben wir Bollmann und der Stadt gegenüber wenigstens guten Willen gezeigt.« Erneute Kunstpause, Hans schaut Stein lauernd an. »Du müsstest dafür ein paar Formulare ausfüllen und sie am besten zeitnah an Pößlinger weiterleiten.« Während er das sagt, zieht er eine Schublade seines Schreibtisches auf und übergibt Stein einen Stapel Papier. Auf der ersten Seite steht in großen Buchstaben »Übertragung eines Arztsitzes«.

»Wenn Sie das unterschreiben«, Ewerdings Stimme nimmt einen warnenden Unterton an, »dann sind Sie Ihren Arztsitz ein für allemal los und werden auch so schnell keinen mehr bekommen. Sie wissen ja, dass es momentan keine Arztsitze gibt.«

Stein atmet schwer: »Dann ist das also jetzt der Versuch, mir mit einem billigen Trick den Arztsitz abzunehmen und mich danach in die Wüste zu schicken?«

»So könnte man das interpretieren«, antwortet Ewerding ungerührt. »Wenn Sie das unterschreiben, geben Sie alle Rechte an dem Sitz ab und es ist ziemlich sicher, dass die Gegenseite das weiß. Noch mal: Ich rate Ihnen dringend davon ab, wenn Ihnen etwas an dem Sitz liegt. Und ohne den Sitz, das haben Sie ja selbst gesagt, sinken Ihre Chancen, eine neue Stelle zu finden, nachdem Sie sich von Ihrer Firma getrennt haben, rapide. Sie müssen also unbedingt versuchen, das abzublocken.«

»Leichter gesagt, als getan«, gibt Stein zurück. »Fetscher ist sehr penetrant, wenn er etwas will, und ich bin mir sicher, dass er das noch vor den Ferien eintüten möchte.«

»Dann überlegen Sie sich etwas …«

Um eine Krankmeldung zu vermeiden, nimmt Stein immer höher dosierte Schmerzmittel ein und besucht regelmäßig die Folterkammer von Elfriede Bayer. Da ihr Terminkalender relativ voll ist, muss er sich hin und wieder in der Mittagspause durchkneten lassen, manchmal auch morgens. Hans ist darüber informiert und hat das eigentlich auch akzeptiert.

Eines Morgens jedoch, als Stein wegen der Physiotherapie noch nicht in der Arbeit ist, sieht er rot. Obwohl er den Grund für Steins Abwesenheit kennt, lässt er vom Sekretariat aus bei diesem zu Hause anrufen und nachfragen, wo Stein denn sei – er fehle unentschuldigt. Wie die Herrling Stein später schockiert berichtet, hat Hans sie und Frau Hertl während Steins Abwesenheit offenbar in einer Art Übersprungshandlung in sein Büro zitiert und ihnen nochmals unter Zuhilfenahme sehr drastischer Drohungen verboten, Anweisungen von Stein entgegenzunehmen. Auch hier fiel wieder das Wort Abmahnung.

Stein grinst sie an: »Na Frau Herrling, wir haben doch schon unseren Modus, wie wir die seltsamen Auflagen unseres Chefs erfüllen können. Formal betrachtet ist es allerdings fraglich, wie ich ihn unter diesen Bedingungen in den Ferien vertreten soll. Als Stellvertreter des Chefs scheidet doch jemand, von dem die Mitarbeiter keine Anweisungen entgegennehmen dürfen, eigentlich aus.«

Die Herrling sieht ihn besorgt an und bittet ihn dann noch, Hans nicht darauf anzusprechen, da er ihnen verboten habe, darüber zu reden.

Als sie das Zimmer verlassen hat, ruft Stein bei Hans an, um ihm klarzumachen, dass er wie besprochen bei der Physiotherapie war. Hans ist äußerst freundlich zu Stein und beeilt sich, diesem zu sagen, dass das doch alles kein Problem sei. Es sei ja besser, als wenn Stein krank sei, und er solle das nur weiterhin so handhaben. Ob er denn schon die Formulare ausgefüllt und vor allem unterschrieben habe?

Es wird immer deutlicher, wie mühsam Hans seinen Hass auf Stein unterdrücken muss. Stein ist sich sicher, dass Hans sein wahres Gesicht sofort nach der ersehnten Unterschrift zeigen würde.

Dazu darf es nicht kommen.

Je näher die Ferien rücken, umso drängender werden die Nachfragen von Hans nach der Abtretungsvereinbarung. In den letzten Tagen entwickelt sich daraus ein Spiel im Spiel mit folgenden Komponenten: Stein will nicht unterschreiben, darf das aber natürlich nicht deutlich machen. Er muss Hans so hinhalten, dass es nicht danach aussieht, als tue er genau dies.

Mal schützt er seinen Rücken vor, mal die Medikamente. Dann wieder war keine Zeit oder es fehlten noch Unterlagen, die mit dem Antrag zusammen eingereicht werden müssen. Auch ist es ganz erstaunlich, wie vergesslich man wird, wenn man einen Bandscheibenvorfall hat.

Hans wiederum will den Sack noch vor seinem Urlaub zumachen, um dann beruhigt in Ferien gehen und Stein danach rasieren zu können. Allerdings darf es nicht so aussehen, als läge ihm persönlich viel daran; das würde Stein misstrauisch machen. Also muss er möglichst beiläufig und freundlich fragen und darf die Frequenz der Nachfragerei auch nicht zu hoch werden lassen. Am schwersten fällt ihm die Freundlichkeit und Stein sieht ihm an, wie sehr er sich trotz seines abgebrühten Charakters dazu zwingen muss. Fast täglich kommt ein »Ach, eh ich's vergesse …« oder ein »Da fällt mir ein …« und es entspinnen sich absurde Dialoge wie folgender: »Ciao Max, wir sehen uns morgen! Ach ja: Ähm, wie sieht's denn so mit dem Formular aus? Weißt schon, ich muss dem Bürgermeister das ja irgendwann vorlegen, am besten noch vor der Sommerpause …«

»Ach verdammich, jetzt habe ich schon wieder vergessen, die Unterlagen aus dem Safe zu holen. Ich versuche, morgen daran zu denken, nach der Physio zur Bank zur fahren …«

Schließlich stehen die Sommerferien vor der Tür und das Spielerglück neigt sich Max zu. Am letzten Arbeitstag von Hans kommt er in Steins Büro, muss sich die finale Abfuhr abholen und dazu noch gute Miene machen. »Okay Max, aber wenn ich wiederkomme, wäre es schön, wenn das unterschrieben bei mir auf dem Schreibtisch läge …« »Klar, Hans, ich gebe alles! Schönen Urlaub!«

Zwei Wochen lang würde Hans nun mit seiner Familie verreist sein. Zwei Wochen ohne diesen massiven Druck, den er auf Stein mittlerweile ausübt! Zwei Wochen ohne Terror in der Morgenbesprechung!

Wie sehr hatte Stein diesen Moment herbeigesehnt! Die nächsten zwei Wochen würden wieder so werden, wie es früher war. Er ahnt, dass er nicht der Einzige in der Firma ist, der sich darüber freut.

Am Abend dieses Tages wartet Elfriede Bayer auf ihn, von unterwegs ruft er noch kurz bei Stella an. Mitten im Telefonat verstummt sie, dann sagt sie langsam: »Du, da unten am Gartentor steht eine blonde Frau und klingelt bei uns. Die sieht von hier aus wie Margret Fetscher … Ich geh mal hin und schau nach …«

Stein fällt vor Überraschung fast vom Fahrrad; Margret? Fetscher? Klingelt? Bei? Den? Steins?!

Nein, das ist ausgeschlossen! Es wird sich um eine Verwechslung handeln, vielleicht hat irgendwer aus der Nachbarschaft ein Päckchen entgegengenommen und bringt es jetzt. Oder jemand sucht seinen Hund und fragt bei uns nach. Nach einigen Minuten ist er sich sicher, dass sich seine Frau geirrt haben muss. Er ertappt sich jedoch mehrmals dabei, in den Pausen, die Elfriede Bayer bei ihren Knetereien ab und zu einlegt, darüber nachzudenken, was es mit der seltsamen Besucherin wohl auf sich hatte.

Als er nach Hause kommt, erwartet ihn Stella bereits an der Tür. »Vielleicht solltest du dich erst mal setzen, Max.«

Es war tatsächlich Margret Fetscher, die dort an der Gartentür geklingelt hatte!

»Sie sah sehr aufgelöst aus, als hätte sie gerade ziemlich geweint. Sie war total neben der Spur. Ich habe sie lieber nicht reingelassen, weil ich mir zunächst nicht sicher war, ob Hans sie vielleicht geschickt hat. Mittlerweile bin ich aber davon überzeugt, dass das nicht der Fall war.«

»Um Himmels willen«, er blickt sie entsetzt an. »Was zum Teufel wollte sie denn?!«

»Sie hat nach dir gefragt und war ziemlich enttäuscht, als ich ihr sagte, dass du nicht da bist. Ich war sehr reserviert, deshalb hat sie dann wohl gesagt, dass sie weiß, was Hans mit dir macht. Er würde ihr alles erzählen, seit Monaten. Sie sagte, es mache ihm Spaß, dich zu quälen. Sie habe mehrmals versucht, Partei für dich zu ergreifen, und ihn daran erinnert, was er dir zu verdanken hat. Aber er werde dann immer wütend, werde laut und schreie dann, Stein verdanke er gar nichts, der verdanke im Gegenteil alles ihm.

Dann hat sie gefragt, ob an einem bestimmten Tag in der vergangenen Woche tatsächlich ein Arbeitsessen der Firma stattgefunden habe und ob du dabei gewesen seist. Hans habe das behauptet.«

Stein fährt empört auf: »Wir hatten noch nie ein Arbeitsessen! Auch nicht letzte Woche! Oh Mann, ich glaube, ich weiß, was jetzt kommt!«

»Genau. Ich habe ihr dann gesagt, ich könne dich gerne fragen, aber du seist nicht auf so einem Essen gewesen. Daraufhin hat sie angefangen, zu heulen, und dann brach es förmlich aus ihr heraus: Hans liebe sowieso nur sich und sonst niemanden. Seit zwölf Jahren betrüge er sie immer wieder. Sie glaube ihm mittlerweile gar nichts mehr und ihre Ehe sei völlig zerrüttet. Auch das Verhältnis zu seinen Kindern sei wegen seines Verhaltens total kaputt.«

»Aber die fahren doch jetzt in den Familienurlaub und er tut doch immer so, als sei alles eitel Sonnenschein!«

»Hab ich auch gesagt, aber sie hat gemeint, er setze alle so dermaßen unter Druck, dass sich am Ende niemand traue, den Urlaub abzulehnen, obwohl niemand mehr Lust habe, mit ihm wegzufahren. Sie hat schließlich unter Tränen gemeint, sie sei sich sicher, dass ihr Mann sie jetzt wieder einmal betrüge, und zwar mit einer neuen Mitarbeiterin.«

»Also darüber weiß ich nichts und mit so etwas will ich auch nichts zu tun haben!«

»Das habe ich ihr auch ungefähr mit diesen Worten gesagt. Zwischendrin hat ihr Telefon geklingelt, da hat wohl scheinbar eins der Kinder angerufen. Sie hat immer wieder versichert, dass es ihr gut gehe. Da muss es wohl vorher zu einem ziemlich massiven Auftritt zu Hause gekommen sein. Na ja, das Ganze war so gespenstisch, und, ja auch das: erschütternd. Schließlich habe ich sie gefragt, warum sie denn dann noch mit ihm zusammen sei, wenn das alles so schrecklich sei. Wegen der Kinder, hat sie gesagt. Nur wegen der Kinder. Sie hat mir dann ihre Handynummer dagelassen, wenn dir noch was einfalle mit dem Arbeitsessen und so.«

Den ganzen Abend sprechen Stella und Stein über den Gartentor-Vorfall.
Beide kommen zu dem Schluss, dass es keinen Grund gibt, anzunehmen, dass Hans diese Sache fingiert hat. Also sieht es scheinbar hinter der heilen Fassade, die Hans in der Firma vor sich herträgt, ziemlich düster aus. Das ist für die beiden allerdings mittlerweile wenig überraschend.
Stein ist insbesondere dieser Wortwechsel aufgefallen, in dem es darum ging, wer wem was zu verdanken hat. Denn in seinem Schreianfall Anfang Mai hatte Hans genau diese Worte benutzt, was Stein damals schon seltsam vorgekommen war, da er und Hans sich noch nie darüber unterhalten oder gar gestritten hatten.
»Vielleicht«, so sagt er nachdenklich »Bin ich einfach nur das Opfer einer Ehekrise. Er mobbt mich und erzählt es ihr. Sie ergreift meine Partei, weil sie weiß, dass ihn das trifft. Und er lässt seine Wut darüber dann an mir aus. Abgefahren!«
Stella schaut ihn sanft an: »Kann schon sein, das wäre irgendwie tragisch, aber jetzt nicht mehr zu ändern. Das wird vielleicht ein Auslöser sein, aber das wäre auch ohne Ehestreit so gekommen. Der erträgt es einfach nicht, dass du das bist und hast, was er gerne wäre und hätte. Außerdem sieht man ja jetzt wohl auch an seinem Privatleben, dass der alles um sich herum kaputtmacht.«

Da Hans nun weg ist, führt Stein wieder die Geschäfte in der Firma und alle legen stillschweigend die absurden Abmahnanordnungen des Chefs ad acta.

Stein hat weiterhin alle Hände voll damit zu tun, seinen schmerzenden Rücken in den Griff zu bekommen. Er weiß, dass er jetzt erst recht nicht fehlen darf – es ist ja kein anderer Facharzt vor Ort.

Die Medikamente und die Künste von Frau Bayer greifen bislang nur vorübergehend, sodass es immer wieder äußerst schmerzhafte Episoden gibt, an denen Stein nichts anderes übrig bleibt, als den einen oder anderen Kollegen zu bitten, ihm während der Arbeit eine Infusion anzulegen, deren Inhalt ihn vorübergehend von seinen Schmerzen befreit. So schlägt er sich einigermaßen durch die Tage.

Eines Morgens beschwert sich Frau Menzler in der Besprechung darüber, dass durch die auf Hans' Geheiß vorgenommenen, immer häufigeren nachträglichen Änderungen der elektronischen Akten zunehmend auch Patienten gefährdet würden.

Auf Nachfrage Steins berichtet sie, dass immer mehr Verordnungen, die bereits freigegeben worden seien, von den Ärzten im Nachhinein geändert würden. Das falle dann aber unter Umständen nicht mehr auf und so werde dann die ursprüngliche Verordnung umgesetzt, obwohl sie gar nicht mehr gelte. Am Ende wisse niemand mehr genau, was denn jetzt eigentlich gemacht worden sei.

Das Problem sei, dass die alte Verordnung nicht mehr durchgestrichen, sondern einfach gelöscht werde. So könne man gar nicht sehen, dass da vorher etwas anderes gestanden habe.

Nach ihren Ausführungen liegt ein eisiges Schweigen im Raum. Stein beißt sich wütend auf die Lippen. Offenbar führen einige Kollegen völlig bedenkenlos Hans' Anweisungen zum Frisieren der Patientenakten aus.

Grimmig sagt er schließlich: »Also Leute, damit das mal klar ist. Die elektronische Akte ist eine Urkunde, die nachträglich – und das heißt auch nach der Freigabe einzelner Einträge – nicht mehr verändert werden darf. Das ist Urkundenfälschung und das wiederum ist eine Straftat. Und das bleibt es, auch wenn Hans solche Anordnungen warum auch immer trifft und dann gleich noch die Handlungsanweisung dafür mitliefert, wie man die Sicherheitstools im System umgehen kann. Das sollte sich jeder von euch gut überlegen. Und wenn dadurch auch noch potenziell Patienten gefährdet werden, dann hört der Spaß erst recht auf! Solange ich hier als Stellvertreter das Sagen habe, ordne ich hiermit an, dass das unterbleibt. Für alle noch mal zum Mitschreiben: Das ist Urkundenfälschung und gefährdet Patienten und ich verlange, dass das sofort aufhört!«

Betretenes Schweigen. Jedem dürfte klar sein, dass Stein recht hat. Dennoch hatte Hans das schließlich angeordnet und jedem im Raum ist mittlerweile klar, dass es sehr ungesund ist, sich solchen Anordnungen zu widersetzen.

Also redet man lieber gar nicht darüber und verlässt schweigend den Raum.

Nachdem sein Ärger etwas abgeflaut ist, fragt sich Stein, wie er Frau Menzler wohl einordnen soll. Er hatte sie bislang immer dem Zuträgersystem von Hans zugerechnet. Allerdings hatte sie nun die erstbeste Gelegenheit genutzt, um coram publico eine Maßnahme anzuprangern, die dieser zu verantworten hat.

In jedem Falle war es mehr als wahrscheinlich, dass Hans von diesem Vorfall erfuhr und er auch über die genaue Wortwahl Steins in Kenntnis gesetzt werden würde.

Aber das war Stein mittlerweile egal.

Später klopft es leise an Steins Tür und Frau Ertl vom Sekretariat huscht herein. Sie druckst zunächst ein wenig herum, um ihn dann prüfend anzublicken: »Sagen Sie mal, Dr. Stein, was ist hier eigentlich los?! Ich meine, ich arbeite jetzt schon so lange hier, aber eine derart schlechte Stimmung gab's hier noch nie. Vielleicht kriege ich durch meine Arbeit im Sekretariat ja nicht alles mit. Aber die Spatzen pfeifen es bereits von den Dächern, dass Sie und Dr. Fetscher … na ja, aber mittlerweile höre ich auch von anderen Mitarbeitern so einiges. Zum Beispiel über elektronische Akten und so weiter. Jetzt ist er ja nicht da und da wollte ich Sie mal fragen …« Sie bricht ab und schaut ihn erwartungsvoll an.

Stein ist gerade in Fahrt – die Sache in der Morgenbesprechung hat ihn in Rage gebracht. »Sollen sie's ihm doch melden«, denkt er, »jetzt ist es eh langsam wurscht.«

Und so bricht es aus ihm heraus und er erzählt ihr, was Hans in den letzten Monaten mit ihm und seiner Familie gemacht hat. Er erzählt ihr von den Demütigungen, den Bedrohungen und der Belästigung seiner Frau, den Verleumdungen und auch von den illegalen Dingen, die Hans ohne sein Wissen getan hat.

Es tut gut, das alles mal jemandem hier zu erzählen, und so brechen alle Dämme; bis auf einen: Ewerding lässt er aus dem Spiel.

Während er berichtet, sieht er, wie die Gesichtszüge seines Gegenübers langsam entgleisen. Als er beendet hat, starrt Frau Ertl ihn fassungslos an. Er sieht ihr an, dass sie um Fassung ringt. Schließlich sagt sie empört: »Also so schlimm ist es jetzt schon wieder! Der ist ja wirklich nicht ganz sauber!«

Stein wird hellhörig: »Wieso ›schon wieder‹?«

»Ach, Sie glauben ja gar nicht, was wir mit dem hier schon erlebt haben! Hier gab's zum Beispiel mal einen Oberarzt, den wollte er unbedingt beerben. Er hat ihn so lange bearbeitet, bis er wegen Depressionen nicht mehr arbeiten konnte. Und danach hat er das Gleiche mit unserem früheren Chef gemacht. Das war so ein netter Mensch!« Sie wischt sich eine Träne aus dem Auge. »Den hat er zwar psychisch nicht fertigmachen können, aber kaltgestellt haben sie ihn, er und der saubere Bollmann. Und so hat er schließlich doch bekommen, was er wollte. Und jetzt sind scheinbar Sie dran … Dem muss doch mal einer das Handwerk legen …!«

Da sitzt sie, die Frau Ertl, und redet und redet. Stein hat plötzlich das Gefühl, nicht mehr so einsam zu sein, als er hört, wie der angestaute Frust über ihren Chef aus ihr ebenso herausbricht wie zuvor aus ihm selbst. Wie dankbar er dafür ist! Da ist noch jemand, der ihn versteht und der es auch wagt, ihm das zu sagen!

»Haben Sie denn keine Angst davor, dass er erfahren könnte, was Sie gerade gesagt haben? So wie die anderen, deshalb reden sie ja auch fast nicht mehr mit mir.«

»Pfft«, sie stößt einen verächtlichen Pfiff aus. »Angst! Der braucht mich, der kann nicht auf mich verzichten. Aber was ist denn mit Ihren Kollegen, hält denn da keiner zu Ihnen?!«

»Wie ich schon sagte, die haben alle Angst.«

Sie macht ein verächtliches Gesicht: »Memmen!«

Stein setzt ein grimmiges Gesicht auf: »Eins sage ich Ihnen, Frau Ertl: Ich habe ja lange gebraucht und auch lange versucht, das zu vermeiden. Aber jetzt ist der Punkt erreicht: Wenn man mich dazu zwingt, dann kämpfe ich. Der hat versucht, mich zu brechen. Das wird ihm nicht gelingen. Er hat meine Familie mit reingezogen, hat meine Frau belästigt und er hat es auch darauf angelegt, dass meine Ehe daran zerbricht. Aber jetzt, Frau Ertl, wird er etwas erleben, was er noch nie erlebt hat. Denn wenn ich kämpfe, dann wird das ein Kampf bis aufs Messer sein. Und dann wird es ihm sehr bald sehr leidtun, dass er das mit meiner Familie und mir gemacht hat …«

Frau Ertl zuckt zusammen, als ihre Augen sich treffen und sie Steins Blick sieht. Sie drückt ihm stumm die Hand und verlässt sein Büro.

»Zum Teufel mit der ganzen Taktiererei!«, denkt er, als sich die Tür hinter ihr schließt. »Wenn wir uns nach den Ferien wiedersehen, wird's eh ein heißer Tanz. Dann muss ich noch drei Wochen durchhalten, bevor wir die Bombe zünden …«

Ein paar Tage später, als Stein gerade mal wieder an einer Infusion hängt und dabei etwas eingedämmert ist, ruft Jochen Illert bei ihm an. Er erklärt ihm, dass die Zertifizierungskommission bald wiederkomme und dass man sich nun bemühen müsse, die Zertifizierung zu retten. Es gehe da, wie Stein wisse, um sehr viel Geld.

Es läge ja insbesondere zwischen den Chefärzten Fetscher und Morscher ziemlich viel im Argen. Das hätten auch die Zertifizierer beim letzten Mal gemerkt und daher darauf bestanden, dass andere Leute das nun übernehmen. Chefarzt Morscher habe schon seinen Nachfolger benannt und was die Firma betreffe, bliebe ja wohl nur Stein übrig, wenn Fetscher es nicht mehr machen dürfe.

Es gehe nun um alles und daher müsse man sich anstrengen. Wann man denn mit den Vorarbeiten beginnen könne?

Stein ist von der Infusion noch immer leicht benebelt, als Illert ihm später erklärt, worum es konkret geht, kann diesem aber einigermaßen folgen und nimmt aus diesem Gespräch mit, dass er nun – sprichwörtlich gesprochen – den Karren aus dem Dreck ziehen soll, den Fetscher und Morscher dort hineingefahren haben.

Bei einer ersten Sichtung der Unterlagen fällt ihm auf, dass die Datenlage extrem dürftig ist. Offenbar hat jemand mit Absicht dafür gesorgt, dass man aus den erhobenen Daten nicht schlau werden kann – wichtige Daten fehlen ganz, andere wiederum sind kryptisch verschlüsselt, wieder andere können so nicht stimmen. Das Ganze sieht sehr nach einer methodisch durchgeführten Verschleierungstaktik mit dem Ziel aus, die ganze Sache zu sabotieren. Wer dafür verantwortlich ist, liegt auf der Hand.

Somit ein weiteres Wespennest von Hans, das er nun erbt!

Wenn Hans zurückkommt, wird er ziemlich sauer darüber sein, dass man ihm das aus der Hand genommen hat, und es ist klar, an wem er seine Wut auslassen wird.

Außerdem wird er möglicherweise versuchen, Stein ein Bein zu stellen. Sollte Stein das Chaos nicht ordnen können, am Ende scheitern und die Kassen dann den Zuschuss für das Krankenhaus streichen, wird Hans alles daran setzen, ihm die Schuld in die Schuhe zu schieben.

»Und das ausgerechnet jetzt in der heißen Phase der Auseinandersetzung mit Hans!«, fährt es Stein durch den Kopf. »Das war ja klar: Wenn's schon stressig werden soll, dann aber richtig.«

Während er über das nächste Desaster nachdenkt, das Hans ihm eingebrockt hat, packt ihn die Wut und er ruft Illert an: »Du Jochen, also mal ganz ehrlich: Die Datenlage ist ein einziger Schrott, damit kann man überhaupt nichts anfangen. Das ist offenbar ganz bewusst so gemacht worden, und ich habe weder Zeit noch Lust, diesen Augiasstall auszumisten! Das müssen dann schon die machen, die's verbockt haben! Außerdem tritt der mir doch sowieso nur ins Kreuz, sobald er eine Chance dazu erhält ...«

Illert unterbricht ihn und meint, dass er ihn gut verstehen könne, aber das Ganze sei extrem wichtig für das Krankenhaus und Fetscher dürfe das nun mal nicht mehr machen. Er bietet ihm an, ihm jemanden zu schicken, der ihm hilft, den Knoten zu entwirren.

Wenig später sitzt Frau Mierke bei ihm im Büro. Maria Mierke ist eine kleine drahtige Frau Mitte fünfzig mit feuerrot gefärbten Haaren und vielen Ringen in den Ohren. Sie ist Sekretärin irgendwo im Krankenhaus und nun eigens für diese Aufgabe von ihren sonstigen Aufgaben freigestellt.

Flink schaut sie den großen Aktenstapel durch und bespricht danach mit Stein die Strategie: »Bis wann ist Dr. Fetscher im Urlaub, sagten Sie? Noch zwei Wochen? Das müsste ich schaffen, wenn ich alles stehen und liegen lasse!«

»Warum haben Sie's denn so eilig?«, fragt Stein scherzhaft.

Daraufhin richtet sie sich kerzengerade auf, mustert Stein kurz und sagt dann: »Das will ich Ihnen sagen: Ich möchte mit dem nichts, aber auch gar nichts zu tun haben. Ich bin einmal mit dem aneinandergeraten, das war dermaßen unter der Gürtellinie, das hat mir gereicht. Nee, wir kriegen das schon hin, ich schalte den Turbo ein und dann bin ich raus, bevor der wieder da ist.«

Gesagt, getan. Sie schnappt sich die Akten und kommt in den nächsten Tagen immer mal wieder vorbei, um sich Anweisungen abzuholen und das Prozedere zu besprechen.

Am Tag der Zertifizierung wird für Stein alles perfekt vorbereitet sein.

Langsam rückt auch Steins Urlaub näher. Die Urlaubsplanung sieht eigentlich vor, dass er bis Freitag arbeitet und Hans am darauffolgenden Montag wieder da ist. Das hätte aktuell auch den Vorteil, dass Stein Hans vor seinem Urlaub nicht mehr über den Weg läuft.

Von Brunner hat er jedoch beiläufig erfahren, dass Hans plane, bereits am letzten Arbeitstag von ihm wieder in der Firma zu sein – der Grund liegt auf der Hand: Er will Stein wegen der Unterschrift noch abfangen, bevor dieser dann wochenlang weg ist.

Da Stein wenig Lust hat, sich vor seinem Urlaub von Hans unter Druck setzen zu lassen, und er ja sowieso nicht vorhat, zu unterschreiben, trägt er sich für diesen Tag Urlaub ein und teilt den Kollegen mit, dass er seinen Rücken behandeln lassen müsse, dafür aber Urlaub nehme, statt sich krankschreiben zu lassen. Rechtlich ist das kein Problem, weil er ja inoffiziell weiß, dass Hans da sein wird.

So verabschiedet er sich am Donnerstagabend in den Urlaub und denkt feixend an das dumme Gesicht, das Hans am nächsten Morgen machen wird.

Womit er nicht gerechnet hat, ist die Massivität, mit der Hans an diesem Freitag versucht, seiner doch noch habhaft zu werden.

Während Stein mit seiner Familie auf der Autobahn Richtung Meer unterwegs ist, klingelt alle paar Minuten sein Handy. Beim ersten Mal hätte er den Anruf beinahe entgegengenommen, hätte er nicht in letzter Sekunde gesehen, welche Nummer auf dem Display steht: die der Firma. Danach klingelt es fast im Minutentakt, sodass Stein das Telefon schließlich ausschaltet.

Nachdem sie am Abend ihren Ferienort erreicht haben, überwindet sich Stein und hört die Mailbox ab.

Zunächst sind mehrere Nachrichten von einer immer verzweifelter klingenden Frau Herrling zu hören: Stein möge doch bitte dringend, sehr dringend, äußerst dringend zurückrufen. Sie habe den dringenden Auftrag von Dr. Fetscher, mit Stein Kontakt aufzunehmen. Es gehe »um die Unterschrift für das Dokument«.

Später folgen ebenfalls mehrere Anrufe von Hans persönlich. Auch hier ist eine gewisse Steigerung der Dringlichkeit auszumachen: Während zunächst ein süßlicher Hans »nur eine kurze Frage wegen Patient XY« hat, wird es beim nächsten Versuch schon ungemütlicher: Stein habe unerlaubt die Firma verlassen. Er wisse ja, was das für Konsequenzen haben könne. Wenn Stein sich nicht umgehend bei ihm melde, dann sähe er sich gezwungen, den Vorgang bei der Geschäftsführung zu melden. Stein entnimmt dem Tonfall, dass Hans sich nur noch mühsam beherrschen kann. Schließlich droht ihm Hans offen mit Abmahnung wegen unentschuldigten Fehlens und Nichterreichbarkeit. Seine Stimme überschlägt sich, bevor er auflegt und eine Frauenstimme meldet, dass keine weiteren Nachrichten auf der Mailbox vorliegen.

Stella und Stein liegen im Sand, die Kinder schlafen schon. Neben ihnen liegt eine leere Flasche Wein. Über ihnen prangt ein grandioser Sternenhimmel und nachdem eine Zeit lang nur das Meeresrauschen zu hören war, bricht Stein schließlich das Schweigen: »Na, das war doch mal ein guter Einstand in den Urlaub – das Beste am heutigen Tag war die Vorstellung, wie es Hans wohl gegangen ist. Ist schon komisch: Da hofft er nun monatelang, mich vor Wut und Frust platzen zu sehen, und nun platzt er selbst. Was meinst du, wie dem wegen der blöden Unterschrift jetzt der Arsch auf Grundeis geht – der muss das ja irgendwie Bollmann und dem Bürgermeister verkaufen!«

»Ja Max«, gibt Stella zurück. »Das gönne ich diesem miesen Typen von ganzem Herzen. Das war ja heute schon fast Stalking. Mir tut die arme Frau Herrling leid, an der hat er das ja scheinbar auch ausgelassen. Überhaupt: Wir müssen aufpassen, dass wir uns nicht auf sein Niveau begeben. Du hast ja mal gesagt, dass wir so denken müssen wie er, damit wir ihm immer einen Schritt voraus sind. Aber wir dürfen nicht so werden wie er. Auf keinen Fall!«

»Niemals Stella, das verspreche ich dir. Dennoch kann man gegen jemanden wie den, der so mächtig und so verschlagen ist, nicht antreten, wenn man nicht lernt, so zu denken wie er. Man muss jedoch die Distanz wahren und sich immer daran erinnern, dass man das nur macht, weil man es muss, um zu überleben. Aber deshalb kann man sich ja wohl trotzdem mal darüber freuen, wenn man dem auch mal in den Arsch getreten hat. Außerdem – wirst schon sehen – wird der sich dafür bitter rächen, wenn ich wieder da bin. Also lassen wir das Handy einfach aus und genießen unseren Urlaub. Die heiße Phase wird unmittelbar danach beginnen …«

Und so verbringen sie einen wunderbaren Urlaub am Meer.

Die Probleme sind weit weg und bis sie ihnen nachgereist sein werden – und das tun Probleme ja immer irgendwie –, wird der Urlaub schon fast wieder vorbei sein.

Ein azurblauer Sommertag löst den nächsten ab, die Kinder bekommen von Salz und Sonne hellblonde Haare und niemandem macht es etwas aus, dass der feine Sand vom Strand schließlich in jeden Winkel der Ferienwohnung dringt.

Sie fühlen sich frei, so frei wie schon lange nicht mehr und Stein fragt sich, ob man das Glück in Zeiten drohenden Unheils vielleicht noch intensiver empfindet.

Während langer Spaziergänge am Strand brauchen sie nicht viele Worte, um einander zu verstehen, und während ihre Fußabdrücke, zwei größere und zwei kleinere nebeneinander, von den ans Ufer brandenden Wellen verwischt werden, wird ihnen klar, wie sehr ihre Liebe zueinander in den letzten Monaten gewachsen ist.

Stein sieht seinen Vater vor sich »Es ist nichts so schlecht, als dass es nicht auch sein Gutes hätte«, würde der jetzt sagen.

Erst nach einiger Zeit wird Stein bewusst, dass sein Rücken jetzt kaum noch schmerzt. Widerstrebend muss er sich eingestehen, dass diese Krankengeschichte wohl tatsächlich sehr viel mit seinen Problemen mit Hans zu tun hat.

Ein Grund mehr, die Reißleine zu ziehen.

Irgendwann und viel zu bald sitzen sie zum letzten Mal am Strand und begleiten die Sonne dabei, wie sie zunächst den Horizont und schließlich den ganzen Himmel in ein purpurnes Meer verwandelt. Ein einzelnes Schiff segelt dort dem Sonnenuntergang entgegen.

»Das war's, das war die Ruhe vor dem Sturm. Ich wünschte, die nächsten Wochen wären schon vorüber.«

»Ach was, wir sind gut erholt und bestens vorbereitet. Und Hans ahnt nichts, kann nichts ahnen. Und wir halten zusammen …«

Kurz bevor der Urlaub zu Ende geht, telefoniert Stein noch mit Ewerding, um die nächsten Schritte mit ihm abzustimmen. Ewerding schärft ihm nochmals ein, dass man während der drei Wochen bis zur Sitzung des Zulassungsausschusses, die über das Ruhen des Arztsitzes entscheiden wird, auf jeden Fall noch warten und zumindest einigermaßen gute Miene machen müsse. »Sie wollen doch nicht, dass Ihr Chef Ihnen kurz vor der Zielmarke noch in die Parade grätscht, oder? Sie wissen ja: Erst wenn Ihr Arztsitz stillgelegt ist, kann er nicht mehr intervenieren und dafür sorgen, dass dieser Ihnen abhanden kommt.«

»Ist mir klar«, gibt Stein zurück. »Aber diese drei Wochen werden verdammt hart werden. Es ist damit zu rechnen, dass er sich nun für die Sache mit dem Urlaub rächt. Außerdem sitzen ihm ja Bollmann und die Stadt im Nacken – er muss jetzt die Herausgabe des Arztsitzes erzwingen, ansonsten ist das Filialprojekt gefährdet. Und das können ein paar Leute in den oberen Etagen nicht riskieren, denn dafür haben die sich schon zu weit aus dem Fenster gelehnt. Es wird sehr ungemütlich werden.«

»Das ist richtig, Dr. Stein, aber da müssen Sie jetzt durch, das kann ich Ihnen nicht abnehmen. Zur Not melden Sie sich krank.«

»Das«, erwidert Stein trotzig, »ist keine Option. Diesen Triumph gönne ich dem nicht. Nee, das wird jetzt durchgefochten.«

Montagmorgen. Ein schöner Spätsommertag beginnt.

Besonders viel hat Stein in der letzten Nacht nicht geschlafen. »Willkommen zurück im Schützengraben!«, denkt er, als er beim Zähneputzen sein müdes Spiegelbild erblickt.

Als er Raum 101 betritt, ist die Müdigkeit verflogen. Die Kollegen grüßen eine Spur zu flüchtig, dann betritt Hans den Raum. Er würdigt Stein keines Blickes und beginnt sofort mit der Besprechung. Danach hebt er die Veranstaltung ohne die erwarteten Anwürfe auf – er verfolgt offenbar einen anderen Plan.

Stein überlegt, dass es zu Hans' üblichen taktischen Spielchen passen würde, sich jetzt noch ein wenig Zeit zu lassen. Die Katze lässt die Maus noch ein wenig zappeln, sie kann ja nicht fliehen.

Und richtig: Er lässt Stein bis zum Abend zappeln, damit ihm genügend Zeit bleibt, sich auszumalen, wie er ihn bestrafen wird, dann klopft es an seiner Tür. Mit einem etwas zu verbindlichen Lächeln lässt Hans sich auf einem Stuhl nieder und fragt beiläufig, wie der Urlaub denn gewesen sei. Nachdem ein paar belanglose Sätze auf diese Weise gewechselt wurden, entsteht eine Pause, in der sich Hans zum Angriff sammelt.

Dann geht es los: »Hmmm, fangen wir mal so an: Du hast unentschuldigt gefehlt und die Firma einfach ohne Facharzt alleine gelassen. Du weißt, dass das ein schweres Vergehen ist, was ich eigentlich melden muss. Dafür kassierst du mindestens eine Abmahnung, wenn Bollmann das mitbekommt.« Lauernd blickt er Stein an. Der lehnt sich betont gelassen zurück. »Diesen Streich pariere ich«, denkt er.

»Weißt du Hans, ich wusste ja, dass du eher zurückkommen würdest. Ich finde, dass du dich lieber bei mir bedanken solltest.« Hans zieht die Augenbrauen hoch: »Wieso das denn?!«, entfährt es ihm. »Na ja, du weißt ja, wie es meinem Rücken so ging. Und ich finde, dass du schon anerkennen solltest, dass ich dir deinen Urlaub ermöglicht habe, indem ich mich eben nicht krankgemeldet, sondern hier mithilfe von Infusionen die Stellung gehalten habe. Im Übrigen«, fährt er süffisant fort »verstehe ich gar nicht, warum du dich so aufregst. Schließlich hast du die Firma im Frühjahr ja sogar drei Tage alleine gelassen, um schön Urlaub machen zu können.« Hans schnappt nach Luft, unterdrückt mühsam seine Wut. »Okay, Max, wenn das so ist, dann kommen wir mal zu deinen fachlichen Qualitäten. Als du jetzt weg warst, hat der Fall deiner Patientin Rebenstock für erhebliche Unruhe gesorgt. Weißt du, Max, da hast du so einen dermaßen riesigen Bockmist gebaut, dass sogar der jüngste Assistent, der Manfred Pummer, zu mir gekommen ist und sich geweigert hat, dein Behandlungskonzept umzusetzen. Verstehst du, Max, sogar der unerfahrenste Kollege weigert sich, deine Konzepte umzusetzen, weil sie einfach scheiße sind, weil du es einfach nicht kannst, Max!« Hans ist wieder sehr laut geworden und beugt sich drohend über den Schreibtisch zu Stein hinüber.

Der bleibt weiter kühl, wird aber, für Hans ungewohnt, nun ebenfalls laut: »Nein Hans, diesen Fall habe ich sogar besonders genau bearbeitet und ich sage dir: Da ist alles völlig korrekt gelaufen. Und überhaupt mutet es nach wie vor recht seltsam an, wenn jemand, der bei mir erst gelernt hat, wie es geht, nun so tut, als besäße er die Kompetenz, mich zu kritisieren.«

Diese Bemerkung hat gesessen und Stein darf nun den Moment erleben, in dem es Hans vielleicht zum ersten Mal in dieser ganzen Geschichte die Sprache verschlägt.

Unterdessen erinnert er sich daran, dass Pummer der einzige Arzt in der Firma ist, der noch im Urlaub weilt. Hat Hans ihn deshalb als »Zeugen« erwählt, weil Stein ihn nicht zur Rede stellen kann? Er nimmt sich vor, diesen nach dessem Urlaub zu befragen.

Zwei Wochen sollte die Vermutung zur Gewissheit werden. Pummers Antwort auf Steins Frage nach dem Vorgang wird lauten: »Max, ich habe den Namen dieser Patientin noch nie gehört.«

Vorerst jedoch bleibt es bei der Vermutung, als Hans mit mühsam unterdrücktem Zorn auf das eigentliche Thema zu sprechen kommt: »Okay, Max, wie du willst. Wie du willst, Max. Wie du willst. Vielleicht denkst du mal darüber nach, wem du deine dreihundertfünfzigtausend Euro im Jahr zu verdanken hast. Ich bin ja frei von Neid, obwohl ich wegen dieser beschissenen Deckelung nie so viel verdienen werde. Aber du solltest dich daran erinnern, dass man auch was dafür tun muss. Wer war es denn«, er wird wieder laut, »der die Stadt gegen uns aufgebracht hat?! Du hast echt was gutzumachen, Max. Du wirst jetzt endlich diesen Scheißwisch unterschreiben, den ich dir schon vor Wochen gegeben habe! Was meinst du eigentlich, wie lange ich die noch hinhalten kann, den dummen Bollmann, den OB und die Idioten vom Stadtrat?! Du bist mir was schuldig, Max! Der Bollmann hat wegen der Unterschrift schon maximal durchgeladen, dem geht der Arsch auf Grundeis. Ich kann den nicht länger hinhalten, der ist schließlich so ähnlich strukturiert wie du.«

»Ach ja? Und wie wäre das?«

»Na ja, der reagiert maximal impulsiv. Da weiß man nie, was als Nächstes kommt!«

»Soso, maximal impulsiv«, Stein denkt unwillkürlich an die Schreierei vor ein paar Monaten. »Weißt du was, Hans, ich schlage vor, dass ich Bollmann darüber informiere, dass es wegen der Unterschrift ein paar Dissonanzen zwischen uns gibt. Die kann er dann ja schlichten. Das wäre doch eigentlich auch der gebotene Weg – schließlich ist er unser Geschäftsführer!«

Hans hebt abwehrend die Hände. Fast beschwörend sagt er: »Auf keinen Fall, Max. Die Verträge wegen der Filiale müssen durchgewunken werden, bevor der Aufsichtsrat das nächste Mal wieder tagt. Das ist für uns alle extrem clever, glaub mir. Bis dahin bloß kein Aufsehen. Mann Max, du bist hier sooo eine kleine Nummer! Misch dich da nicht ein! Was meinst du, was im Krankenhaus los ist?! Da ist bei einer Betriebsrevision aufgefallen, dass es angegebene Gelder zum Teil gar nicht gibt! Da sitzen fünf Mann auf dem Deckel und versuchen, eine Explosion zu verhindern! Was meinst du, wie groß der Druck auf das Klinikum und damit auch auf die Firma ist?! Die Hasenfüße da oben versuchen alle nur verzweifelt, ihre Köpfe aus der Schlinge zu ziehen! Und du markierst hier ne große Nummer! Soll doch der Schwachkopf Pößlinger irgendein schwachsinniges Konstrukt basteln, was wieder nicht klappt! Dann sind die ganzen Hasenfüße wenigstens beruhigt und bis klar ist, dass der wieder Mist gemacht hat, haben wir die Filiale im Sack! Ich sage hier mittlerweile offiziell das Gegenteil von dem, was ich zu 100 % glaube, nur um die Filiale endlich zu ermöglichen – so absurd agiere ich mittlerweile. Ich muss die Stadt, den Aufsichtsrat und den Bollmann beruhigen. Dem geht der Arsch auf Grundeis!

Noch mal: Du verdienst hier ein Schweinegeld und du hast mit deinem Flutfeldzug gegen die Stadt sowieso schon genug Schaden angerichtet. Das kannst du jetzt ausbügeln und dann sind alle glücklich. Und im Übrigen, Max: Erinnere dich mal daran, was du hier so alles unterschrieben hast …!«

Stein ist entschlossen, keinen Meter preiszugeben: »Nee, Hans. So läuft das nicht. Das mit der Flut lasse ich mir nicht anhängen – da verwechselt ihr wohl alle Täter und Opfer. Und wenn es stimmt, was du über den OB sagst, dann ist der zwar eine linke Ratte, aber das gibt ihm noch lange nicht das Recht, mich an der Ausübung meiner demokratisch verbrieften Bürgerrechte zu hindern! Und komm mir nicht mehr mit dem Scheißgeld – ihr wolltet das doch damals so haben und ich habe dir ja sogar angeboten, das zu ändern! Erinner dich mal: Du wolltest das nicht! DU selbst! Und weißt du was: Wer gibt mir denn die Garantie, dass ihr mich nicht absägt, wenn ich euch das unterschreibe?! Nach den Ereignissen der vergangenen Monate kannst du es mir wohl nicht verdenken, dass ich da etwas misstrauisch geworden bin!«

Ein Schatten huscht über Hans' Gesicht, nur den Bruchteil einer Sekunde, und doch verrät er Stein, dass er mit dieser Vermutung ins Schwarze getroffen hat. Er spürt, wie sehr sich Hans inzwischen geärgert haben muss, weil er es versäumt hat, sich den Arztsitz zu sichern, bevor er seine Raum-101-Kampagne gegen Stein startete. Den Arztsitz, den ersehnten Schlüssel zu der Filiale. Die Filiale, die ihm noch mehr Macht und Ansehen und vielleicht sogar die ersehnte Sprengung seines Gehaltsdeckels bringen würde – und die er schon alleine deshalb nicht so einfach begraben konnte, weil er das nach all den planerischen und wohl auch finanziellen Vorleistungen der Stadt und der Firma weder Bollmann noch dem Stadtrat verkaufen konnte, ohne selbst schwer in Bedrängnis zu geraten.

Im Bruchteil dieser einen Sekunde erkennt Stein, wie Hans seine Zukunft geplant hat: Es wird in der Firma keine für ihn geben.

Aber Hans, dem verbissenen Strategen, dem nun ausgerechnet dieser schwere Fehler unterlaufen ist, gelingt es schnell, sich wieder in den Griff zu bekommen. Plötzlich ändert sich sein Mienenspiel und sein Ton wird werbend: »Aber Max, das kannst du doch nicht wirklich fürchten. Sieh doch mal, was wir hier zusammen aufgezogen haben! Okay, so ein bisschen Streit, das gibt's doch in jeder Familie mal. Aber wir müssen doch an das große Ganze denken. Unser Ziel ist doch der Erfolg und wenn wir das jetzt schaffen, dann wird es auch nicht zu deinem Schaden sein! Du wirst hier noch viel mehr Kohle machen und ich werde dabei zusehen und mich für dich freuen. Wir dürfen jetzt nur keinen Fehler begehen!

Max, wenn ich jetzt hier aus deinem Zimmer gehe, dann habe ich all das vergessen, was es in letzter Zeit an Misstönen zwischen uns gab. Dann fangen wir einfach noch mal von vorne an, ja?! Ich kann das, ich kann das einfach vergessen! Ich bin nie nachtragend und versuche immer ergebnisorientiert zu handeln. Immer ergebnisorientiert, okay Max?! Max, bring morgen das unterschriebene Dokument mit und wir fahren wieder zusammen auf der Überholspur! Und im Übrigen: Das alles bleibt hier in diesem Raum! Kein Wort nach außen! Deckel drauf, okay? Morgen bringst du die Unterschrift mit, okay, Max? Ja, Max?«

Trotz allem fällt es Stein zu seinem eigenen Entsetzen sogar jetzt noch schwer, sich dem süßlichen Drängen von Hans, diesem genialen Verkäufer hohler Phrasen, zu entziehen. Vielleicht auch deshalb, weil er ihm so gerne glauben würde. Er denkt an die Magnetzaubertafel, die er als Kind hatte: Man konnte auf ihr jedes Bild löschen, indem man die Folie an der Seite rauszog. Wenn einem ein Bild nicht gefiel: rausziehen und einfach ein neues malen!

Wie gerne würde er das jetzt auch mit den vergangenen Monaten machen. Und Hans, der alte Hütchenspieler, wusste das. Vielleicht ging es ihm selbst sogar mittlerweile ebenso.

Aber er hatte die Büchse der Pandora geöffnet und ihnen beiden war klar, dass hier ein Spiel gespielt wurde, in dem jeder Fehler schwer bestraft werden würde. Beide wussten, dass dieses Spiel keine Zaubertafel war.

Stein befreit sich aus Hans' Umklammerung; er weiß, dass er trotz allem noch auf Zeit spielen muss, deshalb schlägt auch er einen versöhnlicheren Ton an: »Hans, ich schau mal, wir sind ja gerade erst aus dem Urlaub wiedergekommen.«

Hans entspannt sich, er ist es gewohnt, dass die Menschen seinen werbenden Worten schließlich erliegen. In seinen Augen hat Stein die Einladung zu seinem Spiel angenommen – dem Hütchenspiel, bei dem immer nur einer gewinnt: er.

Beim Verlassen des Zimmers dreht sich Hans noch einmal zu Stein um und zwinkert ihm zu: »Also morgen dann, Max. Ich verlass mich auf dich …!«

Aus taktischer Sicht ist das für Stein ein Pyrrhussieg – eine Schlacht war geschlagen, aber die Zeit, die dabei gewonnen wurde, ist äußerst kurz bemessen.

Schon morgen würde der Druck weiter steigen.

Dienstagmorgen. Raum 101.

Stein verneint eingangs die Frage von Hans nach der Unterschrift und fügt ziemlich lau hinzu, dass er noch etwas Zeit brauche.

Nachdem die Patienten besprochen sind und Hans sein übliches Du-kannst-nichts-Ritual, das seinen gestrigen werbenden Worten hohnspricht, abgespult hat – was dieser nun demonstrativ an sich abperlen lässt –, beginnt er wieder mit seinen ermüdenden Monologen. Nach diversen Allgemeinplätzen kommt er zum Punkt.

»Ja, die Filiale … hmmm, wenn das jetzt doch noch scheitert, haben wir hier definitiv zu viele Mitarbeiter. Dann sind Arbeitsplätze gefährdet.« Pause. Er lässt seinen Blick über die Runde schweifen. Während die Kollegen sich ducken, ruht der Blick schließlich lange auf Stein. »Das ist schon eine große Verantwortung. Arbeitsplätze, Familien, Zukunft – wenn das alles so an einem hängt. Nicht wahr, Max? Wenn die Filiale allerdings käme, dann hätten wir hier alle ein gutes Leben, weil dann auch die Arbeitszeiten bei uns reduziert würden.« »Klar, die Filiale wird ja auch nur auf Kosten der Firma funktionieren«, geht es Stein durch den Kopf.

»Ich kann nur noch mal dringend raten, jetzt zügig zu unterschreiben, Max, denn hier im Hause liegen die Nerven blank. Der Aufsichtsrat stellt zunehmend Fragen und Bollmann hat vielleicht die einen oder anderen Dinge unerwähnt gelassen, als er das Projekt auf meine Veranlassung hin angeschoben hat. Dem Bollmann geht es nur darum, nach außen hin als glänzender Geschäftsführer dazustehen und sich dann irgendwann hochdekoriert in den Ruhestand zu verabschieden. Es liegt bei dir Max, ob es hier richtig Ärger gibt und ob hier einige Leute bei uns um ihren Arbeitsplatz fürchten müssen …«

Da ist sie also schon, die nächste Attacke von Hans; diesmal mit der Moralkeule und natürlich coram publico, damit die solcherart mit Arbeitsplatzverlust Bedrohten auch gleich wissen, wer für diese Ängste, die sie vor dem heutigen Morgen noch gar nicht hatten und eigentlich auch nicht haben müssen, verantwortlich zeichnet. Mit diesem Schachzug versucht Hans, die anderen auch emotional auf seine Seite zu bringen und den Druck auf Stein nochmals zu verstärken. Ein Blick in die Runde zeigt Stein, dass diese Rechnung aufgegangen ist – alle starren ihn an. Und es sind keine freundlichen Blicke.

Dabei müsste allen klar sein, dass Hans wieder einmal blufft. Niemand würde entlassen werden, wenn die Filiale tatsächlich nicht käme. Hans hatte ja selbst immer wieder betont, wie bombig die Firma wirtschaftlich dastand, und alle Mitarbeiter waren lange vor den Filialplänen eingestellt worden.

Aber Ängste sind nicht rational und Hans wusste immer, welche Knöpfe er drücken musste, um zu erreichen, was er wollte.

Stein beschließt daher, einer weiteren Diskussion aus dem Wege zu gehen, und schweigt.

Als Hans realisiert, dass er so nicht weiterkommt, hebt er die Sitzung auf.

Für heute hat er sein Pulver verschossen.

Mittwochmorgen. Raum 101.

Dass heute ein Sturmangriff droht, wird Stein sofort klar, als Hans den Raum betritt.

Ohne Umschweife kommt dieser auch sofort zur Sache, wobei das, was jetzt kommt, vor allen anwesenden Mitarbeitern ausgetragen wird: »Na, Max, ich nehme an, du hast immer noch nicht unterschrieben. Ich will dir jetzt mal was sagen: Du bist hier für fast alle Fehler verantwortlich, die passieren, und ich habe jetzt auch keine Lust mehr, das zu decken. Du bist überall, wo du gearbeitet hast, gescheitert. Gescheitert, Max, gescheitert! Und jetzt bist du hier und machst Probleme! Nur Probleme!« Hasserfüllt funkelt er Stein an, während er ihn anschreit. Aber Stein wehrt sich und giftet zurück: »Ach Hans, geh nach Hause mit dieser alten Leier. Damit lockst du doch keinen hinterm Ofen hervor! Du weißt genau, dass das nicht stimmt! Wer hat denn hier die Therapien erst modernisiert, weils bei euch noch lief wie anno dunnemals?!«

Hans bremst sich etwas ein: »Max, die Aufsichtsbehörden dürfen den Vorgang, den wir hier abziehen, gar nicht mitbekommen – du bist ein Strohmann!«

»Ja genau«, jetzt wird Stein emotional. »Ich bin ein Strohmann und damit bin ich es auch, der von dir auf die Planke geschickt worden ist! Und zwar, ohne dass du mich vorher gefragt hast, ob ich das will! Ich habe euch vertraut und darauf gebaut, dass Pößlinger schon weiß, was er tut! Und jetzt kommst du mir mit deinen Scheiß-Drohungen! Niemand hier kann mir verdenken, dass ich dir nach alldem, was du mit mir seit Anfang des Jahres gemacht hast, nicht mehr vertraue. Und deshalb werde ich hier auch gar nichts mehr unterschreiben, ohne dass ich nicht eine Arbeitsplatzgarantie bekomme. Meinst du, ich lasse mich noch mal von dir verarschen?!«

Hans schreit ihn wieder an: »Dass du paranoid bist, wissen wir ja spätestens, seitdem du dein Passwort geändert hast. Aber denk doch einmal nicht nur an dich, denk doch mal an all deine Kollegen, die hier sitzen und deren Arbeitsplätze du gefährdest! Wenn du jetzt nicht endlich unterschreibst, dann streichen wir das Projekt mit der Filiale innerhalb einer Woche ersatzlos – dann werden hier Köpfe rollen! Für dich wird das dann sowieso schärfste Konsequenzen haben: Du hast dann die ganze Stadt gegen dich, das verspreche ich dir! Aber es wird auch hier in der Firma zu Entlassungen kommen, an denen du schuld bist!

Ich bin ja hier lediglich ausführendes Organ und sitze zwischen allen Stühlen – ich muss permanent vermitteln – Bollmann, OB, Aufsichtsrat, Stein, Behörden –, aber weißt du was: Wenn die Filiale wegen dir nicht kommt, dann weiß ich von gar nichts, dann kenne ich die ganzen Vorgänge noch nicht einmal und dann kannst du das alleine ausbaden!«

»Ja genau«, tiefer Hass brandet jetzt auch in Stein hoch. »Unterschrieben hab ja auch nur ich, ich Depp! Und warum? Weil ich dir vertraut habe!

Das war mein schwerster Fehler: dir zu vertrauen! Jetzt stehe ich da und bin verantwortlich, weil ich auf dein Drängen hin ein paar Unterschriften an den falschen Stellen geleistet habe und mir nicht aufgefallen ist, dass du nicht auch unterschrieben hast! Ich bin ein Strohmann, ja?! Du wusstest ganz genau, was du getan hast!«

Hans' Gesicht ist wutverzerrt: »Wenn die Filiale nicht kommt, dann bist du tot!«

Unversöhnlich und voller Hass stehen sie sich gegenüber, die anderen im Raum nehmen sie gar nicht wahr, bis sich eine zaghafte Stimme zu Wort meldet: »Äh, vielleicht könntet ihr das in Ruhe ausdiskutieren, so bringt das doch nichts.« Es ist Brunner, der da versucht, die Wogen etwas zu glätten. Aber er dringt nicht durch.

Hans brüllt weiter auf Stein ein: »Der Druck ist losgegangen mit dieser Drecksflut. Das war ein kapitaler Fehler, gesteh dir den endlich ein. Seitdem bin ich terrorisiert worden, war x-mal bei der Stadt, habe auf Knien gefleht, dass hier alle die Ruhe bewahren, weil jemand hier jeden Abend bei einem Glas Rotwein dem OB noch eine zündet, während er sich vollkaskoversichert an den Folgen der Flut gesundstößt.«

»Ich fasse es nicht, Hans! Du weißt genau, wie es eigentlich war und wie wir gelitten haben. Als du mir im Januar den Krieg erklärt hast, habe ich dich angefleht, uns in Ruhe zu lassen, weil wir einfach nicht mehr konnten! Aber für dich war das eine Einladung, erst recht draufzuhauen! Und was den OB betrifft, habe ich dir schon tausendmal gesagt: Es fiel nie ein böses Wort. Es war immer alles konstruktiv. Der OB hat sich mehrmals auch öffentlich bei mir bedankt! Das ist alles Quatsch, was du erzählst!«

»Nee, Max, das ist es nicht!«, Hans grinst ihn höhnisch an. »Die Merkel ist die Merkel und der OB ist der OB. Es gibt kein lautes Wort und neben ihm stirbt jeder Mann. Und das hat er sehr gut gemacht: ›Herr Fetscher, können Sie das Problem Stein lösen?‹«

»Ja, und das hast du dann ja auch gemacht, oder? Ich habe ja auch sofort bei der Bürgerinitiative aufgehört, obwohl ich mir keiner Schuld bewusst war!«

»Ja Max, man wendet sich ja auch nicht gegen seinen eigenen Arbeitgeber! Meinst du, ich würde mich jemals gegen Bollmann wenden?! Nein, würde ich nicht, egal wie viel Scheiße der mir aufbürdet! Und im Übrigen bin ich dein Vorgesetzter und wenn ich dir sage, dass du die Patienten im Handstand behandeln sollst, dann behandelst du sie im Handstand, verstanden?!«

»Ja klar, Hans, und wenn du den Mitarbeitern unter Androhung von Abmahnungen verbietest, Anordnungen von mir entgegenzunehmen, dann ist auch das Gesetz, oder?!«

»Wer hat das denn behauptet? Das habe ich nie gesagt! Aber wie gesagt: Wir wissen ja, wie paranoid du bist! Das ist alles völliger Blödsinn, den du dir ausgedacht hast! Und jetzt gefährdest du uns alle! Niemand durchschaut, was hier passiert, ich selbst nicht, der Bollmann nicht und du gleich gar nicht und die Aufsichtsbehörden sowieso nicht! Wir müssen den Ball extrem flach halten; diese Filial-Konstruktion ist ein solcher Schotter, aber sie ist eben nun mal da!«

»Ja, sie ist nun mal da! Sie ist da, weil ich das alles gutgläubig unterschrieben habe – weil ich dir vertraut habe. Und jetzt sitze ich drin in dieser ganzen Scheiße! Weil ich dir vertraut habe! Ich habe dir nicht zu wenig, sondern viel zu viel vertraut!«

Hans brüllt nun noch lauter: »Bei deinem Gehalt musst du diesen Druck eben aushalten. Der Angsthase soll sich ein Bier einschenken. Du musst den Druck aushalten; das ist eben der Unterschied!«

Nun versucht Zung, die beiden zu beruhigen – umsonst.

Hans brüllt weiter: »Ich riskier hier was und damit du weißt, wie's eigentlich läuft: Wir leben in Deutschland und dort gibt es kein richtiges Gesetz. Da geht alles durcheinander und das muss man eben einkalkulieren!«

Wieder versucht Zung, deeskalierend auf sie einzuwirken.

Stein wird ruhiger: »Gut Hans, dann gehen wir jetzt zu Bollmann und klären das mit ihm. Gib mir das Telefon, ich rufe ihn an! Und dann werde ich ihm auch sagen, dass ich nach Lage der Dinge eine Arbeitsplatzgarantie haben möchte, bevor ich das Dokument unterschreibe.«

»Der Bollmann«, gibt Hans, jetzt auch etwas gemäßigter, zurück, »hat

Angst um seinen Kopf! Wenn der mich fragt, ob es wegen der Filiale Probleme gibt, dann sage ich ihm immer: ›Nein, Herr Bollmann, keine Probleme. Wir haben alles im Griff.‹ Das ist es, was der hören will. Wir hier in der Firma haben keine Probleme, verstanden?! Der Bollmann, der OB und einige andere sind dran, wenn die Filiale scheitert. Das ist alles ein riesiger Sumpf, durch den wir jetzt souverän durchsteuern müssen.«

Stein denkt unwillkürlich an die Planungskosten, die von der Stadt wahrscheinlich bereits in dieses sinnlose Projekt investiert worden sind.

Hans hat sich jetzt wieder im Griff und blickt in die Runde der schockierten Mitarbeiter: »Wir haben keine Probleme, verstanden? Aus diesem Raum dringt nichts nach außen, ist das klar?!«

Als die Tür aufgeht, ist Stein sich sicher, dass er nicht der Einzige ist, der den Raum mit zittrigen Knien verlässt.

Nachmittags ruft er Ewerding an und berichtet ihm von den Vorfällen der letzten Tage. Fetscher habe jetzt wie erwartet ganz offensichtlich die Brechstange ausgepackt und das sei nicht besonders angenehm.

Der Anwalt überlegt kurz und macht schließlich den Vorschlag, Fetscher ein Fax zu schicken, in dem er sich als Steins Anwalt zu erkennen gibt und eine schriftliche Arbeitsplatzgarantie fordert. Er gehe davon aus, dass Fetscher deutlich ruhiger werde, wenn er erfahre, dass Stein sich anwaltlich beraten lasse. Man müsse bis zur Sitzung des Zulassungsausschusses weiter Zeit gewinnen.

Sie einigen sich darauf, dass das Fax erst gegen Abend gesendet wird, sodass Fetscher die Gelegenheit gegeben wird, in der folgenden Nacht darüber nachzudenken.

Auch Stein schläft wieder einmal kaum in der Nacht – wird Hans den Druck nun verringern?

Donnerstagmorgen. Raum 101.

Täuscht es oder sieht Hans heute etwas grauer aus als in den letzten

Tagen? Stein scheint es, als ob die Siegesgewissheit etwas aus seinen Zügen gewichen ist. Er wirkt fast ein wenig müde. Im Raum liegt eine fast greifbare Spannung und es ist niemand hier, der sich jetzt nicht an einen anderen Ort wünschte. Schweigen. Alles wartet gespannt darauf, wie Hans seinen nächsten Angriff auf Stein beginnen wird.

Erneut kommt er schnell zur Sache und mahnt wiederum die Unterschrift an. In seinen Worten liegt heute eher etwas Beschwörendes, allerdings auch jetzt wieder von dem üblichen aggressiven Unterton begleitet.

Stein ist gespannt, ob er das Fax erwähnen wird. Er tut es.

»Und nun hat also Max«, er macht eine Kunstpause, um die Spannung in der Runde zu steigern, und mustert die anwesenden Mitarbeiter eindringlich dabei, »einen Anwalt eingeschaltet. Er geht mit einem Anwalt gegen unsere Firma und damit seinen Arbeitgeber vor. Max, Max, Max … eins dürfte klar sein: Jetzt, wo du mit einem Anwalt gegen uns alle hier einschreitest, wird dein Einkommen in Zukunft nicht mehr so exorbitant hoch sein können wie bisher. Du bist ja sozusagen einsamer Spitzenverdiener hier mit deinen dreihundertfünfzigtausend Euro«, Pause, ein leises Raunen geht durch den Raum. Stein denkt wieder an die Vertragsklausel, die es untersagt, über die Höhe der Gehälter mit anderen zu sprechen. »Aber das geht nach einem solchen Schritt sicherlich nicht mehr.«

Stein bleibt ruhig, er wird Hans heute keine Gelegenheit geben, wieder in den Schreimodus zu schalten: »Weißt du, Hans, spätestens nach dem gestrigen Auftritt dürfte klar sein, dass wir so nicht weiterkommen. Ich habe, glaube ich, deutlich genug gemacht, worum es mir geht, aber ich sage es gerne noch einmal: Nach alldem, was du mit mir in den vergangenen Monaten gemacht hast, ist es, denke ich, kein Wunder, dass ich eine schriftliche Arbeitsplatzgarantie haben möchte, bevor ich dir den Arztsitz übergebe. Denn ich habe die begründete Sorge, dass ich ansonsten ziemlich bald danach entsorgt werde. Ich schlage also vor, dass wir die ganze Sache nun den Profis übergeben – sollen doch sie jetzt ihre Arbeit machen, ich bin sicher, dass wir dann besser als so wie gestern vorankommen werden.«

Hans schnauft verächtlich und versucht es erneut, diesmal mit etwas mehr Dezibel: »Max, das Einschalten eines Anwalts wird für dich ganz sicher vertragliche Nachteile haben!!«

»Dann ist das eben so, das nehme ich in Kauf. Lassen wir die Profis ihre Arbeit machen«, wiederholt Stein ruhig.

Hans wird noch lauter, worauf Stein androht, den Raum zu verlassen. Eine Wiederholung des gestrigen Auftritts werde er keinesfalls hinnehmen, zuvor werde er werde aufstehen und gehen, wenn Hans nun wieder derartig primitiv werde wie am Vortag. Er macht Anstalten aufzustehen.

Hans macht ein verzweifeltes Gesicht, bremst sich hinsichtlich der Lautstärke aber etwas ein, als er Stein drohend entgegnet: »Max, du hast dich durch das Hinzuziehen eines Anwalts extrem in Gefahr gebracht …!« Und an die Runde gewandt: »Max geht nun also anwaltlich gegen uns vor. Ich frage mich daher, ob wir ihn überhaupt noch in unsere Interna einweihen können.«

»Dann bitte ich um sofortige Entbindung von der Pflicht, an der Morgenbesprechung teilnehmen zu müssen«, gibt Stein ruhig zurück und denkt dabei, dass ihm gar nichts Besseres passieren könne.

In Hans' Züge spiegelt sich sich immer größere Verzweiflung. Er erkennt, dass er so nicht weiterkommt, überlegt kurz und wechselt dann blitzschnell die Strategie: »Nein Max, du wirst auch weiterhin an unserer Morgenkonferenz teilnehmen. Jetzt pass mal auf. Ich verspreche dir hier vor allen Leuten, dass du auch in Zukunft wieder einen Super-Vertrag bekommen wirst. Vor allen Leuten, Max! Wir sollten den Bollmann nicht über das Fax informieren, das stiftet nur Unruhe, du weißt ja, wie er ist. Wir sollten das, sagen wir mal, intern bearbeiten. Wir werden uns schon einigen, da gebe ich dir hier vor allen Leuten mein Ehrenwort. Und du weißt ja, dass ich immer das mache, was ich sage!«

»Ja, vor allem, wenn es um Intrigen geht«, denkt Stein noch, bevor er erwidert: »Also ich habe überhaupt kein Problem damit, Bollmann zu informieren. Schließlich ist er ja unser Geschäftsführer und da ist es meiner Meinung nach sogar unsere Pflicht, ihn in diese Vorgänge einzuweihen. Aber wenn du es explizit wünschst, dass er nicht informiert werden soll, und der Meinung bist, wir könnten das auch jetzt noch intern lösen: bitte. Dann machen wir das eben so.«

»Gut Max«, erklärt Hans erleichtert, »dann erzähle ich dem Bollmann, alles ist super wie immer und du lässt deinen Anwalt kurz über deinen aktuellen Vertrag schauen. Damit wäre der Fall dann erledigt. Und wie immer: Alles bleibt hier in diesem Raum, kein Sterbenswörtchen zu anderen! Ich habe das Fax offiziell nicht gesehen!«

Das war jetzt allerdings nicht wirklich das, was Ewerding in seinem Fax gefordert hatte: eine Arbeitsplatzgarantie; nein, das war eher wieder so ein Hütchenspiel von Hans, diesmal aber eher in der abgespeckten und sehr durchschaubaren Variante.

Aber Hans wollte um jeden Preis verhindern, dass Bollmann von den Problemen in der Firma erfuhr, und deshalb durfte er ihn nicht informieren.

Hans ist sich offenbar der Dürftigkeit dieser neuen Strategie bewusst, deshalb nimmt er Stein nach der Morgenkonferenz zur Seite: »Also Max, du schickst jetzt einfach deinen aktuellen Vertrag deinem Anwalt zu, damit der ihn pro forma prüfen kann. Und wir regeln hier ansonsten alles intern. Dann sind alle glücklich, das verspreche ich dir in die Hand. Mann, Max, Juristen machen doch nur zusätzlichen Ärger, die wollen bloß Geld verdienen und leben doch vom Streit und von Prozessen. Ich mach das schon, Max. Dem Bollmann erzähle ich irgendwas, damit der mir weiter aus der Hand frisst. Ich hab doch immer unsere Zahlen so hingerechnet, dass da ein Super-Ergebnis rausgekommen ist – vor allem für dich, Max. Schau doch mal auf dein Konto – davon können wir anderen alle nur träumen. Vor allem ich mit meinem Gehaltsdeckel. Also abgemacht, wir machen das so, okay?«

Stein schaut in skeptisch an: »Ich red mal mit meinem Anwalt.«

Dann geht er langsam in sein Büro.

Nachmittags berichtet er Ewerding vom Fortgang der Ereignisse. Ewerding spürt seine Skepsis in Bezug auf die Möglichkeit, die nächsten zwei

Wochen bis zu der Sitzung überbrücken zu können. Er spürt, wie enorm der Druck auf seinem Mandanten lastet.

Daher schlägt er vor, Hans Fetscher Anfang der nächsten Woche telefonisch zu kontaktieren. Er meint, er sei sehr sicher, dass dieser danach etwas ruhiger werde.

Stein, dem mittlerweile jedes Mittel recht ist, um sich Hans ein wenig vom Leibe zu halten, stimmt zu.

Das Wochenende beginnt. Stein ist todmüde, die Schlaflosigkeit hat inzwischen wieder Dimensionen erreicht, die an der Substanz zehren. Auch Stella sieht man den kürzlich verbrachten Urlaub nicht mehr an. Schweigend sitzen sie sich am Samstagabend am Esstisch gegenüber, die Kinder liegen schon in ihren Betten.

Stein gibt sich Mühe, Zuversicht auszustrahlen: »Ein bisschen müssen wir noch durchhalten, Stella. Aber ein Ende ist in Sicht …!«

»Und dann?«, sie schaut ihn müde an. »Was ist dann, Max?«

Leise sagt er: »Ich habe Ewerding gefragt, was er glaube, wie das ausgehe. Da hat er gesagt: ›Na ja, eigentlich müssen die sich von Ihnen beiden trennen. Fetscher ist als Chef der Filiale nicht mehr tragbar und Sie … Sie sind die Überbringer der schlechten Nachrichten. Und Sie wissen ja, was man in allen Zeiten mit so jemandem gemacht hat …‹.«

»Gut, das war uns ja eigentlich auch die ganze Zeit klar. Deshalb ist es ja auch so wichtig, den Arztsitz zu behalten – für eine Zukunft, weit weg von diesem Kaputtmacher. Es ist nur etwas beunruhigend, dass sich Jutta Soehler noch gar nicht gemeldet hat. Das wird ein Sprung ins Ungewisse«, sagt sie ungewohnt kleinmütig. Dann richtet sie sich abrupt auf: »Aber wir haben ja immer gesagt, dass wir in unserer Situation, in die uns dieser grässliche Kerl nur deshalb gebracht hat, weil es ihm Spaß macht und er abgrundtief neidisch auf dein Leben ist, bereit sein müssen, alles zu riskieren. Alles ist besser als das, was er mit dir macht. Das hält auf die Dauer niemand aus, da geht jeder dran kaputt.«

»Ich habe ihn auch gefragt«, fährt Stein fort, »ob er glaube, dass die Sache mit dem OB und der Flutgeschichte stimmt, die Hans immer wieder als Grund für sein Verhalten anführt. Wir wissen ja beide, dass das höchstens ein Auslöser unter einigen anderen war, aber Hans hat sich richtig darauf eingeschossen. Sonst müsste er ja zugeben, dass der eigentliche Grund sein unstillbarerer Neid ist. Ewerding hat gemeint, dass er das durchaus für realistisch halte. Ich habe dann erwidert, dass es doch für einen Politiker ein Wahnsinn sei, so etwas wegen einer derart banalen Sache zu tun. Ich bin dem doch mit der Flutinitiative niemals irgendwie gefährlich geworden; im Gegenteil! Der war ja richtig dankbar, dass er einen Ansprechpartner hatte! Wenn rauskäme, dass der einen unbescholtenen Bürger, noch dazu ein Opfer einer Naturkatastrophe, an der Ausübung seiner demokratischen Bürgerrechte hindert, indem er an dessen Arbeitsplatz Druck ausüben lässt, dann müsste der doch seinen Hut nehmen! Und wenn ich jetzt tatsächlich wegen dieser Sache meinen Job verliere und das an die große Glocke hänge! Da hat er nur gelacht und gesagt, dass man daran eben sehen könne, wie sicher die sich in solchen Positionen oft fühlen. Er hat gesagt, dass es Politiker nun mal nicht mögen, wenn die Bürger anfangen, sich um ihre eigenen Belange zu kümmern. Sie, die Politiker, wollten das schließlich tun. Das entspreche ja ihrem Selbstbild.«

»Das ist also deutsche Demokratie 2.0 im neuen Jahrtausend! Ganz schön ernüchternd!«

»Ja, Stella, das ist echt krass. Aber es nützt nichts, wir haben jetzt andere Probleme. Mach dir wegen Jutta keine Sorgen. Die hat uns versprochen, dass sie etwas für uns tun wird, und das wird sie auch. Wir müssen jetzt erst mal die nächste Zeit überstehen und dann sehen wir weiter. Weißt du, es ist auf jeden Fall ein gutes Gefühl, nicht mehr passiv alles ertragen zu müssen, was der mit einem macht. Jetzt habe ich endlich auch mal zurückgeschlagen und er ist auf jeden Fall beeindruckt. Das kennt er nicht, dass sich jemand wehrt. Er vergreift sich ja sonst nur an Schwächeren, Dümmeren oder Arglosen, sodass er immer alle bereits plattgemacht hat, bevor sie sich überhaupt wehren können. Die rechnen eben nicht damit, dass jemand derart bösartig und verschlagen ist. Jetzt spürt er vielleicht zum ersten Mal in seinem Leben, was erbitterter Widerstand bedeutet.

Das verunsichert ihn, das spüre ich. Du und ich, wir machen das schon, wir werden das meistern, okay?!«

»Ja, Max, natürlich werden wir das. Und am Ende werden wir noch stärker daraus hervorgehen …«

Montagmorgen. Raum 101.

Alles wartet schweigend auf Hans. Er erscheint nicht, sodass Stein schließlich die Patienten mit den anderen bespricht.

Hans hat vor der Morgenbesprechung einen Anruf erhalten, über den er nachdenken muss.

Später am Tag informiert Ewerding seinen Mandanten über den Verlauf dieses Telefonats.

Er berichtet Stein, dass Hans zunächst recht überrascht geklungen, sich aber relativ schnell gefangen habe. Hans habe dann sehr viel und teilweise auch etwas wirr geredet. Stein kennt das bereits, es hat bei Hans sogar einen Namen: Er nennt diese Taktik »schwindelig reden« und wendet sie immer dann an, wenn er seinem Gegenüber argumentativ unterlegen ist und diesem keine Gelegenheit geben will, diese Überlegenheit auszuspielen. Er schwallt die Leute zu, die dann zumeist wegen der schieren verbalen Massivität nachgeben – nach dem Motto: Wer so viel dazu zu sagen hat, wird schon recht haben. Dabei hat Stein oft beobachtet, dass die Quantität von Hans' Redefluss antiproportional zu der Qualität dessen ist, was er sagt. Je weniger er zu sagen hat, desto mehr »redet er die Leute schwindelig«.

Bei dem ausgebufften Ewerding, der als Anwalt sämtliche rhetorische Tricks beherrscht, erreicht er allerdings das Gegenteil: Er redet sich um Kopf und Kragen.

Von Ewerding auf den Druck angesprochen, den Hans mit allen Mitteln auf Stein ausübt, verweist dieser ohne Umschweife darauf, dass der Druck ja erst durch die Reaktion der Stadt und des OBs auf Steins angeblich aggressives Verhalten nach der Flutkatastrophe entstanden sei.

Listig fragt Ewerding, ob er denn mal beim OB anrufen solle, um die Wogen zu glätten.

Stein sieht förmlich das erschrockene Gesicht von Hans, der dann auch sofort abwehrt: Nein, dann könne er Stein ja gar nicht mehr schützen und das würde Stein sowieso nicht nervlich durchstehen. Außerdem, so fügt er schnell hinzu, um dem Gespräch eine andere Richtung zu geben, verdiene Stein bei ihm ja extrem viel; sein exorbitantes und viel zu hohes Gehalt sei ein Geschenk von ihm an Stein, das er diesem aus alter Freundschaft gemacht habe.

Gegen Ende des Gesprächs gibt der Anwalt Hans folgenden Rat mit auf den Weg: Stein werde jetzt nur noch das tun, was er, Ewerding, diesem raten werde. Man werde sich in zwei Wochen abschließend beraten und sein Rat hänge natürlich auch von Hans' weiterem Verhalten Stein gegenüber ab. Er könne diesem daher nur empfehlen, sich in den nächsten zwei Wochen einzubremsen und seinen Mandanten nicht weiter dermaßen unter Druck zu setzen.

Dass dieser Punkt an Ewerding geht, zeigt sich unmittelbar: Hans beeilt sich umgehend, unter intensiven verbalen Kratzfüßen, die bereits besser werdende Stimmung zwischen ihm und Stein herauszustreichen (was glatt gelogen ist) – man habe ja in der Morgenkonferenz schon wieder gescherzt, hahaha.

Ewerding gibt sich wenig Mühe, zu verhehlen, dass ihn das Gespräch mit Hans ziemlich angewidert hat, bevor er schließlich ein nüchternes Fazit zieht: »Der hat sich in dem Gespräch um Kopf und Kragen geredet. Ich habe mir sicherheitshalber mal ein paar Gesprächsnotizen gemacht – vor allem auch zu der Sache mit der Flutgeschichte und der Stadt. Der glaubt tatsächlich, dass er mich mit seinem Geschwafel eingewickelt hat – eins ist klar: Dieser Mann hat überhaupt kein Gespür für Gefahr.«

Und tatsächlich: Hans wirkt seitdem wie ausgewechselt. Er verhält sich Stein gegenüber zwar nicht gerade freundlich, sieht aber von weiteren Attacken auf diesen ab. Offenbar hofft er, Ewerding als heimlichen Komplizen gewonnen zu haben, der Stein schon in seinem Sinne beraten werde, wenn er in den kommenden zwei Wochen von diesem ablasse.

Stein kann es nicht fassen: Hans scheint tatsächlich zu glauben, den

Anwalt von Stein auf seine Seite gezogen zu haben – ist das grenzenlose Naivität, hat Stein Hans einfach nur überschätzt oder ist dieser vielleicht schon so verzweifelt, dass er sich an diese letzte Hoffnung klammert?

»Wie dem auch sei«, denkt Stein voller Grimm. »Bald, sehr bald wird dir Hören und Sehen vergehen und spätestens dann wirst du dir wünschen, dass du dich nie mit mir angelegt hättest …«

Vorerst jedoch wird die Firma von einem anderen Ereignis abgelenkt:

Die Fachaufsicht hat sich für Mitte der Woche angekündigt – das Gremium, welches die fachlich-medizinischen Vorgänge in der Firma turnusgemäß überprüfen soll und nicht zu verwechseln ist mit der Zertifizierungskommission, die einen Monat später die Firma kontrollieren wird. Nicht umsonst unterliegt die Krebstherapie strengen Kontrollen durch verschiedene Institutionen.

Hans hatte ja bereits Monate vorher die Weichen für eine gute Benotung der Fachaufsicht gestellt: Er hatte berechnet, dass das Gremium mit größter Wahrscheinlichkeit die Akten des Monats Juni überprüfen würde und hatte bereits gewisse Vorkehrungen getroffen, damit die Firma diese Prüfung problemlos passieren würde. Kern dieser Vorkehrungen war die Umstellung der Therapiekonzepte auf, wie er es formulierte, »veraltete Schemata« sowie das Frisieren der elektronischen Patientenakten im Monat Juni. Nun ist also der Tag gekommen, an dem sich zeigen würde, ob diese Maßnahmen erfolgreich gewesen waren.

Eine Klippe hatte Hans allerdings noch überwinden müssen, als ihm die Fachaufsicht kurz vor dem Termin mitteilte, sie wolle den Monat Juli prüfen.

Feixend erklärte er in der Morgenkonferenz, er werde den Herren einfach erzählen, dass er sich im Monat geirrt habe und nun so kurzfristig die Akten vom Juli nicht ausdrucken könne; sie sollten halt einfach den bereits vorbereiteten Juni kontrollieren, das sei doch letztlich egal. Gesagt, getan: Natürlich kam Hans auch mit dieser Nummer durch und die

Herren kontrollieren nun brav den von Hans und seinen Mitarbeitern präparierten Monat.

Den ganzen Tag dienert Hans eilfertig um die drei Herren des Gremiums herum und sorgt dafür, dass niemand von ihnen auf dumme Gedanken kommt. Nur einmal ergibt sich eine kritische Situation, als einer der Prüfer sich eine an der Anmeldung liegende aktuelle Akte schnappt und diese kontrollieren will. Hans wird später stolz erzählen, wie er diesen Prüfer »schwindelig geredet« hat, um ihm dabei diese Akte abzuluchsen und eine andere, präparierte, unterzuschieben.

Stein beobachtet den Fortgang dieser Prüfung mit einer gewissen Verzweiflung und ist mehr als einmal nahe dran, sich einem der Prüfer zu offenbaren, pfeift sich aber immer wieder im letzten Moment zurück. Er weiß, dass er sich zurückhalten muss, wenn er seinen Plan nicht in Gefahr bringen will.

Am Ende dieses Tages verabschiedet – mit untertänigstem Dank und diabolischem Grinsen – ein äußerst zufriedener Hans den letzten Prüfer; seine Rechnung ist voll aufgegangen.

So geht für Hans die zweite Woche mit einem Erfolg zu Ende und der lässt ihn offenbar seine Probleme mit Stein für einen Moment vergessen. Jedenfalls lässt er ihn weiterhin weitgehend in Ruhe.

In der dritten Septemberwoche findet endlich die Sitzung des Ausschusses statt, der über die vorübergehende Stilllegung des Arztsitzes entscheidet. Ewerding hatte alles bestens eingesteuert; wenn der Ausschuss dem Antrag zustimmen würde, so hätte Hans keinen Zugriff mehr auf den Arztsitz und die Zeit des Wartens, Ertragens und Taktierens wäre endlich vorbei.

Am entscheidenden Tag ist es Stein, als kröchen die Minuten so langsam dahin wie zähes Wachs, das an der Kerze erkaltet, während es an ihr hinunterläuft.

Endlich, gegen Abend, kommt der erlösende Anruf: Der Antrag ging ohne Probleme durch, der Sitz ist in Sicherheit.

Ewerding erläutert danach seinen Plan: Er will Bollmann zunächst darüber informieren, dass in der Firma etwas nicht stimmt und im Anschluss einen Ortstermin zu einem klärenden Gespräch vereinbaren.

Während Stein noch über das Telefonat mit Ewerding nachdenkt, klingelt erneut das Telefon.

Am anderen Ende meldet sich eine Frauenstimme: »Hallo Max, hier ist Margret.«

Stein ist sofort hellwach. Margret Fetscher ruft ihn an! Nun ist äußerste Vorsicht geboten. Nach ein paar höflichen Begrüßungsflosskeln kommt Margret zur Sache: »Sicher wunderst du dich darüber, dass ich dich anrufe, oder?«

»Nun ja«, gibt Max zurück. »Sagen wir mal: Ich habe deinen Anruf nicht wirklich erwartet.«

»Ich wollte dir nur sagen, dass ich weiß, was er mit dir macht. Ich möchte, dass du weißt, dass ich versucht habe, ihn davon abzubringen. Ich fürchte, dass ich nicht sonderlich erfolgreich damit gewesen bin … Der duldet in seiner Nähe doch nur rückgratlose Sklaven, die alles tun, was er will. Das, was er mit dir macht, hat er auch schon mit anderen getan. Wer ihm nicht passt, den räumt er aus dem Weg, und er hat damit immer Erfolg gehabt. Weißt du, Max«, sagt sie müde, »der betrügt mich schon jahrelang, das Leben mit ihm ist für mich eine einzige Hölle. Das ist ein Mensch, der niemanden liebt außer sich selbst. Und ich werde mich jetzt von ihm trennen, weil ich es einfach nicht mehr aushalte. Ich habe ihm schon mehrmals gesagt, dass er ausziehen soll, aber er will nicht. Ich werde mir jetzt wohl einen Anwalt nehmen müssen, um das endlich zu beenden. Aber ich habe dich vor allem angerufen, weil ich möchte, dass du weißt, dass ihr beide, du und Stella, mir sehr leidtut.«

Stein spürt, dass sie es ehrlich meint: »Stella hat mir von deinem Besuch an unserem Gartentor im Sommer erzählt. Bis dahin dachten wir ja noch, dass bei euch alles okay ist, auch wenn wir uns nicht vorstellen konnten, wie man mit einem solchen Menschen so lange zusammenleben kann.«

Sie lacht bitter.

»Wenn du mich fragst, dann kannst du gar nichts Besseres tun, als dich von dem zu trennen. Dann hast du vielleicht noch mal die Chance darauf, mit jemand anderem wirklich glücklich zu werden. Wenn du mit dem zusammenbleibst, dann wird der auch dich über kurz oder lang kaputtmachen. Irgendwann, wenn er eine Jüngere hat, wird er dich wegwerfen und dann kannst du für den Rest deines Lebens deine seelischen Verletzungen kurieren. Frag dich doch mal, ob du das verdient hast!«

»Max, was meinst du, was ich in all den letzten Jahren getan habe. Der hat doch auch jetzt schon wieder eine Neue, davon bin ich überzeugt!«

»Davon weiß ich nichts und da mische ich mich auch nicht ein. Das müsst ihr zwischen euch ausmachen.«

»Tun wir ja auch, Max. Im Grunde genommen sind wir doch nur noch wegen der Kinder zusammen. Wenn die nicht wären, dann wäre ich schon seit Langem weg.«

»Ja, und wenn du wartest, bis die aus dem Haus sind, und er dich dann wegwirft, dann wirst du dein Leben als frustriertes und verbittertes Tantchen verbringen. Nein, ich habe mich irgendwann in diesem desaströsen Spielchen, das ihm ja scheinbar so viel Spaß macht, dafür entschieden, das Heft des Handelns in die Hand zu nehmen. Das solltest du auch tun. Alles andere führt in den Untergang. Eins sage ich dir: Dein Mann wird sehr bald wieder bei dir angekrochen kommen. Er wird dich sehr bald wieder brauchen. Und dann ist es an dir, zu entscheiden, ob du ihm noch mal eine Chance geben willst – bis er dich dann das nächste Mal verletzt.«

Stein glaubt nicht, dass Margret die Bedeutung seiner letzten Worte erahnt. Aber er ist sich sicher, dass Hans sie in der kommenden Auseinandersetzung bitter brauchen wird. Und er ist sich auch sicher, dass sie wieder umfallen wird, wenn er ihr vorgaukelt, dass es wieder so werden würde, wie es einmal war. Sie wird wieder umfallen, wie sie es in all den Jahren getan hat, wenn er es wollte. Sie wird sich nie von Hans trennen, weil er weiß, wie er sie zurückzwingen kann, wenn er wieder eine Grenze überschritten hat. Weil er weiß, dass sie letztlich von ihm abhängig ist.

Noch lange nach diesem letzten Gespräch mit Margret denkt er mit einem gewissen Bedauern an sie: Sie war einst eine schöne Frau, das sieht man ihr immer noch an. Vor allem aber sieht man mittlerweile, wie (ver-)zehrend die Beziehung zu Hans für sie ist.

Niemals hätte sich eine Frau wie Margret dazu hergegeben, den Mann anzurufen, von dem auch sie inzwischen wissen muss, dass er der Todfeind ihres Ehemannes ist, wenn sie nicht selbst zutiefst verzweifelt wäre.

Von jetzt an wird Hans ein Getriebener sein. Er wird versuchen, sich vor dem Orkan, den er entfesselte, in Sicherheit zu bringen.

Stella und Stein sitzen schweigend vor einem prasselnden Feuer im Garten. Es herrscht eine eigentümliche Stimmung. Jeder hängt seinen Gedanken nach. Beide wissen, dass der große Knall nun unmittelbar bevorsteht.

Während die Flammen am Holz lecken, denkt Stein darüber nach, wie seltsam es ist, dass dort im Feuer in ein paar Minuten etwas vernichtet und zu Asche wird, was einst jahrzehntelang wuchs.

Ein paar Tage zuvor hat Ewerding angerufen. Er hat Bollmann telefonisch darüber informiert, dass es einige Missstände in der Firma gibt und ihn um ein Aufklärungsgespräch gebeten. Um dem Gesagten ein wenig Nachdruck zu verleihen, hat er Bollmann einige Brocken hingeworfen. Worte wie »Abrechnungsbetrug« und »Urkundenfälschung« hatten ihre Wirkung ebenso wenig verfehlt wie die Tatsache, dass sich aus heiterem Himmel ein unbekannter Anwalt mit massiven Anschuldigungen bei ihm gemeldet hatte.

Bollmann sei aufs Äußerste alarmiert gewesen und habe unter strenger Geheimhaltung einen Termin für ein Aufklärungsgespräch vereinbart, an dem neben Stein und Ewerding auch zwei von ihm hinzugezogene Anwälte teilnehmen sollten. Insbesondere Hans sollte keinesfalls von diesem Gesprächstermin erfahren.

Morgen nun wird es so weit sein.

»Wenn mir jemand Anfang letzten Jahres gesagt hätte, was mir nun bevorsteht … ich hätte ihn für verrückt erklärt«, bricht Stein das Schweigen. »Damals habe ich noch gesagt, dass ich angekommen sei und die beste Stelle hätte, die ich jemals gehabt habe. Unser Leben war so klar, so ideal. Dann kam die Flut und seitdem ist nichts mehr, wie es einmal war.«

Stella schaut ihn an: »Doch. Wir sind immer noch die Gleichen und unsere Liebe ist eher stärker geworden. Wir haben uns bis hierher durchgekämpft und wir werden das jetzt auch meistern. Du wirst das meistern. Und ich werde an deiner Seite sein. Gemeinsam sind wir unbesiegbar und das wirst du denen morgen zeigen. Du hast dir nichts vorzuwerfen und das ist das Wichtigste. Du hast nichts Unrechtes getan. Und wenn die dich dann am Ende tatsächlich opfern, damit alles schön ›unter dem Deckel bleibt‹, wie diese Arschnase immer sagt, dann ist es eben so. Dann haben wir den Arztsitz und fangen irgendwo weit weg von diesem Gesocks wieder von vorne an.«

»Ja«, erwidert Stein nachdenklich, »es würde dann sicher ein paar Jahre dauern, bis wir wieder da sind, wo wir mal waren. Aber das ist alles besser, als jemanden wie Hans über sich zu haben. Du hast recht: Er hat es zwar darauf angelegt, aber er hat es nicht geschafft, uns zu entzweien. Wir halten zusammen und jetzt … jetzt greifen wir an!«

Zum ersten Mal in all den Monaten gibt es in dieser Nacht keine schlaflosen Stunden. Als der Wecker die Nacht beendet, springt Stein aus dem Bett: »Greifen wir an …!«

Stein hat in den letzten Wochen nächtelang über dem Konzept gesessen, das er heute umsetzen will. Er hat seitenlange Gesprächsprotokolle aus den Morgenkonferenzen und den Auseinandersetzungen mit Hans vorbereitet. Vor allem aber hat er ein Redekonzept entworfen, in dem er den Weg der Firma und sein Verhältnis zu Hans in den letzten Jahren nachzeichnen wollte. Alles sollte auf den Tisch kommen, angefangen bei dem Vertragsangebot, das ihm Bollmann anfangs gemacht und das sich letztlich als so fatal erwiesen hatte, über die guten Zeiten, in denen Hans und er die Firma stark gemacht hatten, bis hin zu Hans' Entscheidung, seine Macht ihm gegenüber so zu missbrauchen, wie er es letztendlich getan hatte. Gerade auch all die Monate seit der verhängnisvollen Kriegserklärung an Stein wollte er detailliert und wahrheitsgetreu schildern.

Ein weiterer Schwerpunkt sollte auf den fragwürdigen bis illegalen Aktivitäten liegen, die Hans mit zunehmender Intensität in den letzten Jahren entfaltet hatte. Was Hans von Bollmann hielt und wie er ihn planmäßig und vorsätzlich hinterging, war ja den Gesprächsprotokollen zu entnehmen, die Stein zum Schluss verlesen würde. Aber Stein wollte auch keinen Zweifel daran lassen, dass Hans auch nicht vor nicht legalen, ja strafbaren Handlungen zurückschreckte, um seine Ziele zu erreichen. Um dies zu unterstreichen, wollte er auch Teile des Gutachtens verlesen, das Ewerding im Sommer angefertigt hatte – insbesondere auch die von Ewerding aufgeführten möglichen Konsequenzen für Stein und Fetscher, aber auch für die Firma und Bollmann selbst.

Schließlich wollte er auch deutlich machen, dass Hans mit dem Filialprojekt die Entscheider in Geschäftsführung und Stadtrat systematisch hinters Licht geführt hatte.

Bis zum letzten Tag hat er daran gefeilt und sich immer wieder mit Ewerding abgestimmt.

Jetzt istr es so weit.

Es regnet. Leicht durchnässt wartet Stein in der Eingangshalle des Krankenhauses auf Ewerding. Er erinnert sich an all die Prüfungen, die er im Studium und auch danach durchgestanden hatte. Es war immer das Gleiche gewesen – Tage vorher war er regelmäßig unruhig gewesen, um dann am Tag der Prüfung völlig angstfrei zu sein.

So ist es auch jetzt: Er lehnt an einer Säule in dieser nach Spuren von Desinfektionsmittel riechenden Halle und fragt sich, warum er nicht aufgeregt ist. »Es ist immer dasselbe«, sagt er sich. »Du kannst jetzt sowieso nichts mehr machen. Du bist so gut vorbereitet wie möglich und mehr kannst du jetzt sowieso nicht mehr tun.«

Ein Anflug von Trauer überkommt ihn, hatte er hier doch auch so viele gute Momente erlebt. Er wischt ihn weg: keine Sentimentalitäten. Zumindest heute nicht.

Die automatische Tür öffnet sich, Ewerding tropft herein, schüttelt seinen Schirm aus und geht grinsend auf Stein zu: »Na, gut geschlafen?«, feixt er.

Dann nehmen die beiden den Fahrstuhl zum Trakt der Geschäftsführung.

Verhaltene Begrüßung durch Bollmanns Sekretärin, die anderen Herren seien schon da, man würde sie gleich hereinbitten.

Endlich erscheint Bollmann in der Tür. Er wirkt ein wenig schmal, setzt ein professionelles Lächeln auf und bittet sie in sein Büro.

An dem schweren Eichentisch, dessen Rund ein Drittel des Büros ausfüllt, sitzen bereits zwei Herren. In einem erkennt Stein zu seiner Überraschung Rechtsanwalt Pößlinger, der andere stellt sich als Fachanwalt für Arbeitsrecht Braxler vor.

Während er noch überlegt, was es für den Ausgang der Sache bedeuten könnte, dass Pößlinger vor ihm sitzt – schließlich kann Pößlinger insbesondere bei der Filialsache ein gewisses Eigeninteresse daran nicht verleugnen, dass die Geschichte nicht zu groß aufgehängt wird –, nimmt Bollmann zwischen den beiden Platz.

Stein kann sich des Eindrucks nicht erwehren, einer Art Tribunal gegenüberzusitzen, lässt sich aber nicht anmerken, dass ihn nun doch eine gewisse Unruhe erfasst hat.

Nach den üblichen Floskeln beginnt Bollmann: »Nun, Dr. Stein. Ihr Rechtsanwalt hat mich vor einigen Tagen kontaktiert und einige, sagen wir mal, ziemlich schwere Vorwürfe gegen Dr. Fetscher und die Firma erhoben. Selbstverständlich nehmen wir uns nun mit der offenbar gebotenen anwaltlichen Unterstützung die Zeit, um Ihre Vorwürfe konkret anzuhören. Ich möchte eingangs nur anmerken, dass ich es schade finde, dass Sie nicht vorher einmal zu mir gekommen sind.«

»Ja genau«, denkt Stein, »damit du dann zu Hans rennst, dich von dem einwickeln lässt und ihr dann beide gemeinsam überlegt, wie ihr mich fertigmachen könnt. Ich habe x-mal darüber nachgedacht, aber alles, was ich in der Firma gesehen habe, hat mir gezeigt, dass das nach hinten losgegangen wäre.«

Noch halb in diese Gedanken vertieft, entgegnet er: »Herr Bollmann, vielleicht lassen Sie mich zunächst berichten. Möglicherweise verstehen Sie es dann. Es richtete sich auf keinen Fall gegen Sie.«

»Nun gut, Dr. Stein. Wir haben uns eine Stunde Zeit genommen, danach müssen die Herren anderweitige Termine wahrnehmen und ich habe dann auch noch anderes zu tun. Legen Sie mal los.«

Stein atmet tief durch. Dann sagt er: »Herr Bollmann, ich fürchte, eine Stunde wird nicht ganz reichen …«

Aus der von Bollmann eingeplanten Stunde werden zweieinhalb. Anfangs unterbrechen die drei Herren ab und zu mit Nachfragen den Vortrag Steins, was dann aber verebbt. Aus den Augenwinkeln beobachtet Stein, wie sich Gesichtszüge und Körperhaltung Bollmanns im Laufe seines Vortrags verändern. Lag zunächst eine gewisse genervte Aggressivität in seinem Auftreten, so weicht diese einem blanken Entsetzen, das Bollmann kaum verhehlen kann. Am Ende sitzt er wie versteinert da und sagt keinen Ton. Auch die beiden Anwälte sagen nichts. Alle drei starren abwechselnd Stein und Ewerding an.

Schließlich bricht er das Schweigen und sagt mit tonloser Stimme: »Das … sind sehr schwere Vorwürfe, die Sie da erheben, Dr. Stein …«

Stein empfindet Mitleid für den Mann, der ihm da gegenübersitzt. Auch er war ja schließlich in gewisser Weise ein Opfer von Fetscher, hatte sich von diesem manipulieren lassen und ihm vertraut. Und er war, was ihm jetzt nach und nach bewusst wird, unwissentlich von Fetscher mit in die Verantwortung für dessen Taten gezogen worden – als Geschäftsführer der Firma war er kraft seines Amtes mitverantwortlich für das, was dort geschah.

Auch Pößlinger sieht unglücklich aus. Er weiß, dass er das nicht legale Filialkonstrukt mit zu verantworten hat.

»Das … das geht ja auch gegen mich …«, fährt Bollmann fort.

Stein hebt abwehrend die Hände: »Nein, das geht gar nicht gegen Sie. Sie sind da nur genauso wie ich von Fetscher mit hineingezogen worden. Sie und ich, wir beide können doch gar nichts dafür.«

»Doch«, fährt Bollmann unbeirrt fort. »Das geht auch gegen mich. Ich bin schließlich der Geschäftsführer!« Er denkt kurz nach. »Dr. Stein, es ist gut, dass Sie sich nun offenbart haben, damit wir den Vorwürfen nachgehen können. Aber ich verstehe nicht, warum Sie nicht schon viel eher zu mir gekommen sind. Warum so spät und warum dann gleich mit einem Anwalt?«

Stein macht ein verzweifeltes Gesicht – soll er ihm sagen, warum er sich davon nicht nur nichts versprochen hatte, sondern wusste, dass das die Sache nur schlimmer gemacht hätte? Bollmann würde das natürlich abstreiten. Und doch hatte Stein jahrelang erlebt, wie Hans diesen nach Belieben manipulieren konnte. Das letzte Mal, als jemand ohne dessen Wissen mit Bollmann sprach, hatte es dieser sofort danach an Hans weitergegeben, der dann »geeignete Schritte« unternahm, damit das nicht mehr vorkam. Dabei war das Anliegen von Grotzke damals völlig harmlos gewesen. »Blutig« hatte Hans sich damals an Grotzke gerächt – auch zur Abschreckung für andere.

Nein, er hatte auch Bollmann nicht vertrauen können und so musste er sich und den Arztsitz zunächst absichern, um dann gegen Hans vorgehen zu können. Und jetzt war er letztlich da – mit oder ohne Anwalt: Bollmann konnte auch jetzt noch zeigen, dass er die Sache fair behandelte.

»Das hätte nichts, gar nichts gebracht – das hätte für mich alles nur noch schlimmer gemacht.«

Bollmann überlegt: »Wir müssen nun den Vorwürfen nachgehen, wissen aber nicht, wie Dr. Fetscher reagiert. Wir müssen dabei aber den Betrieb der Firma weiterhin gewährleisten. Wären Sie bereit, die Firma kommissarisch zu führen, falls das nötig sein sollte? Wenn Fetscher ausfallen sollte, sind Sie ja der Einzige, der übrig bleibt und das auch kann.«

Stein erwidert: »Mir geht es nicht darum, Dr. Fetscher aus dem Amt zu drängen, um ihn zu beerben …«

»Sie müssen ihn nicht drängen. Ich bezweifle, dass Fetscher noch lange im Amt sein wird!«, unterbricht ihn Bollmann wütend.

»… aber ich werde selbstverständlich weiter meine Pflicht erfüllen. Dafür werde ich schließlich bezahlt. Außerdem ist die Firma ja auch mein Baby.«

Während Pößlinger weiterhin schweigt, bittet Bollmann Stein und Ewerding, kurz im Vorraum Platz zu nehmen; man müsse sich zunächst besprechen, wie es weitergehen solle.

Als die beiden wieder hereingerufen werden, verkündet Bollmann, dass man nun zunächst die Aussagen Steins im Detail bewerten müsse. Dazu lassen sich die Herren die Unterlagen aushändigen, die Stein vorbereitet hat.

Anschließend wolle man auf Fetscher zugehen, um ihm Gelegenheit zur Stellungnahme zu geben. Bis dahin solle Stein seiner Arbeit nachgehen und unter keinen Umständen mit Fetscher über den heutigen Vorgang sprechen.

Rechtsanwalt Braxler bietet Stein an, ihn bis zur Klärung freizustellen, wenn die psychische Belastung zu groß sei, um weiterarbeiten zu können.

Stein lehnt diesen Vorschlag brüsk ab: »Wissen Sie, jetzt habe ich es bis zu diesem Punkt ausgehalten. Das schaffe ich jetzt auch noch.«

»Wie Sie wollen«, erwidert Bollmann knapp. »Aber nochmals: kein Wort zu Dr. Fetscher. Keines! Er darf keinesfalls zu früh erfahren, was genau hier heute besprochen worden ist, damit er sich nicht präparieren kann!«

Ein paar Tage später klopft es leise an Steins Tür.

Hans war in den letzten Tagen erstaunlich zahm gewesen. Zahm und wortkarg. Er sah, wie Stein sich zu seiner größten Überraschung eingestehen musste, irgendwie zerbrechlich aus. Oder bildete er sich das nur ein?

Stein hatte versucht, an Hans' Gesicht den Zeitpunkt, an dem Bollmann ihn informiert haben musste, dass Stein bei ihm gewesen war, abzulesen. Nach seinem Mienenspiel zu urteilen, hatte Bollmann nicht viel Federlesens gemacht – er hatte Fetscher offensichtlich noch am gleichen Tag angerufen.

Hans weiß jetzt, dass es plötzlich um seinen Kopf geht. Und er sieht nicht glücklich aus.

Als es nochmals leise klopft, ohne dass der Klopfende auf Steins »Herein!« reagiert, geht dieser zur Tür seines Büros und schaut nach.

Vor der Tür steht jemand, der so gar nichts mehr mit dem Wipp-wipp-wipp-Hans zu tun hat, den Stein in den letzten Monaten kennenlernen durfte.

Da draußen steht jemand, dessen Anblick bei Stein Mitleid auslösen würde, wüsste er nicht, wie verschlagen und erbarmungslos dieser Mensch sein kann.

Da draußen steht jemand, der es gewohnt ist, anderen heimtückisch den Dolch in den Rücken zu rammen, und der weiß, dass er nun zum ersten Mal in seinem Leben einen Kampf von Angesicht zu Angesicht führen muss.

Das Gesicht ist leicht aufgedunsen, die blutunterlaufenen Augen verheult, die ganze Körperspannung weg – der Anblick eines verängstigten, ja gebrochenen Menschen.

»Max«, sagt eine brüchige Stimme, während Hans Tränen in den Augen hat. »Max, wir waren doch mal so ein tolles Team. Ich bitte, nein ich beschwöre ich: Hör auf! Zieh deine Anschuldigungen zurück, sag dem Bollmann, dass du dich geirrt hättest, dass wir das untereinander regeln, dass alles wieder so wird, wie es mal war! Max, du und ich, wir waren doch mal Freunde und haben uns vertraut! Du kannst alles von mir haben – hier …« Er zeigt auf die Flasche Wein, die er in der Hand hält. »Diese teure Flasche Wein hat mir ein Vertreter geschenkt, weil ich heute Geburtstag habe. Mein traurigster Geburtstag, den ich je hatte, weil ich nicht weiß, ob ich demnächst noch hier arbeiten werde. Max, ich schenke dir die Flasche zum Zeichen der Versöhnung. Sieh auf das Etikett, es ist eine wertvolle Flasche Wein. Max, denk doch mal an deine Familie, an deine Kinder. Bitte Max …«

Ist das jetzt der Tag der Rache, an dem sein Gegner im Staub vor ihm kriecht und winselnd um Gnade fleht? Eine Gnade, die Hans nie gewährt hat und niemals gewähren würde?

Nein. Stein empfindet keine Freude bei diesem Anblick. Eher ein gewisses Bedauern, dass es so weit kommen musste. Und einen Ekel davor, was er sieht und hört. Angewidert blickt er in das verheulte Gesicht und entgegnet: »Das, mein Freund, wird jetzt ausdiskutiert – bis zum bitteren Ende.«

Dann schließt er die Tür.

Als er später sein Zimmer verlässt, steht die Flasche wie eine stumme Bitte vor seiner Tür.

Bollmann muss sich extrem an Hans abreagiert haben, denn in den nächsten Tagen verfällt Hans immer mehr. Er kommt irgendwann nicht mehr zur Morgenbesprechung, sondern sitzt nurmehr dumpf in seinem Zimmer und brütet vor sich hin. Immer mal wieder macht er einen Vorstoß bei Stein, um diesen doch noch dazu zu überreden, von ihm abzulassen.

Es gelingt ihm am Ende, dass sich Stein für ihn schämt.

Aus seinen Andeutungen schließt Stein jedoch, dass Bollmann ihn im Unklaren darüber gelassen hat, worum es konkret geht – einerseits möchte dieser wohl so verhindern, dass Hans sich allzu sehr vorbereiten (Beweise frisieren und Zeugen beeinflussen) kann, andererseits ist das ganz sicher auch seine ganz persönliche Rache an Hans, der ihn in diese Situation gebracht hat.

Bei seinen immer unterwürfigeren Versuchen, Stein umzustimmen, kommt Hans auch immer wieder auf das Thema der Leistungsabrechnungen zu sprechen, die Stein um Himmels willen nicht bei Bollmann zum Thema machen solle. Allerdings meint er nicht, wie von Stein zunächst angenommen, die manipulierten Abrechnungen der Filiale, sondern die Abrechnungen der Firma selbst. Dieser Bereich war immer Chefsache gewesen und Stein hatte dort nie Einblick nehmen können. Allerdings beschleicht ihn durch Hans' wiederholte und drängende Nachfragen, ob es etwa auch um diesen Punkt gehe, der Verdacht, dass in der Firma noch sehr viel mehr im Argen liegt. Sollte Hans auf einem Eisberg sitzen?

Schließlich kommt der Tag, an dem nun Hans vor dem Tribunal aussagen muss. Man hatte ihm geraten, dort mit einem Anwalt zu erscheinen.

Über den Verlauf dieser Anhörung dringt nichts nach außen, auch Stein erfährt nichts. Er wird allerdings später von Bollmann darüber informiert, dass es nun eine Gegenüberstellung geben solle. Stein und Hans sollten dann jeweils mit ihren Anwälten vor dem Tribunal erscheinen, um die Angelegenheit zu klären. Die Gegenüberstellung werde auf Hans' Bitte hin in drei Wochen stattfinden.

Hans sind offenbar zumindest Teile der Dokumente ausgehändigt worden, die Stein Bollmann übergeben hatte, damit sich dieser auf den Termin vorbereiten kann.

Stein hingegen weiß nicht, wie die Strategie von Hans aussehen wird, denn er hat keine Dokumente bekommen. Zu Recht weist er darauf hin, dass dadurch bei der Gegenüberstellung eine gewisse Unwucht zugunsten von Hans entstehen wird, die man nur als unfair bezeichnen kann.

Nach mehreren Anfragen bekommt Ewerding einen Stapel Unterlagen. Viele Zeitungsausschnitte sind darunter, mit denen Hans offenbar die Richtigkeit seiner Aussagen untermauern will. Schriftstücke mit dreisten Lügen wie zum Beispiel der, dass es sich bei den Aktenmanipulationen ja um einen »Versuch auf Bitten der Mitarbeiter« gehandelt habe. Auch habe Hans Stein immer wieder gebeten, Bollmann zu informieren – Stein habe das aber abgelehnt. Abrechnungsbetrug? Mitnichten! Er, Hans, habe doch peinlichst darauf geachtet, dass alles völlig gesetzestreu ablaufe! Er selbst habe immer wieder darauf hingewiesen, dass mit ihm keine Dinge zu machen seien, die nicht regelkonform sind. Wenn es Unregelmäßigkeiten gegeben habe, dann müsse wohl Stein ... und so weiter und so fort.

In anderen Stellungnahmen wiederum beschreibt Hans seinen Mitarbeiter, den er ja eigentlich gerade mit zärtlichsten Schallmeienklängen anbettelt, die Sache abzublasen, als ein Spiegelbild seiner selbst: als jähzornigen Tyrann, vor dem die anderen Mitarbeiter Angst haben. Stein versuche nun, mit erfundenen Lügen, den Ruf von Hans zu schädigen. Auch bewundere er, Hans, die Leistungen von Herrn Geschäftsführer Bollmann und des Herrn Oberbürgermeisters Müller zutiefst und er musste diese beiden Herren immer wieder gegen Schmähungen vonseiten Steins in Schutz nehmen.

Leider ist dem Anwalt der Gegenseite bei der Übermittlung der Unterlagen an Ewerding ein Fehler unterlaufen: In dem Stapel findet sich der Ausdruck eine E-Mail-Konversation zwischen ihm und Hans, die dort wohl versehentlich hineingerutscht ist und ein etwas anderes Licht auf die Ausführungen von Stein wirft.

Mit einem süffisanten Kommentar leitet Ewerding das Dokument an Stein weiter. Darin schreibt Hans an seinen Anwalt: »Es ist mir sehr wichtig, vorab Demut und Reue zu zeigen. Ich habe diesen abgebrochenen Nebensatz mit dem Wort ›Reue‹ von Rechtsanwalt Braxler (also Bollmann??) gehört, deshalb würde ich unsere Stellungnahme nach Prüfung durch Sie gerne mit dem Text in angehängter Datei ›Reue‹ beginnen.«

Weiter heißt es dort: »Ebenfalls wichtig ist mir der Punkt des Worthaltens gegenüber Herrn Bollmann und die Darlegung der großen Unterstützung der Firma durch den OB. Am Ende des Tages entscheiden die beiden aus der Tagesform heraus über mein weiteres Schicksal.«

Hans ist sich also trotz der Anwürfe, die er gegenüber Stein in den übermittelten Dokumenten erhebt, weiterhin unsicher, ob man ihm Glauben schenken wird. Er weiß, dass er für das, was er getan hat, um seinen Kopf fürchten muss. Daher soll »Reue« gezeigt werden – aber nicht, weil man tatsächlich reuig ist, sondern weil man vermutet, dass es bei den Entscheidungsträgern gut ankommt. Hans weiß, dass er im (Vor-)Täuschen von Tatsachen ein unübertroffenes Talent besitzt.

Während Stein nun daran geht, sich auf die Gegenüberstellung vorzubereiten, und Stück für Stück die abenteuerlichen Versuche von Hans, ihn zu diskreditieren, entkräftet, fällt ihm nicht nur auf, dass sich Hans in den übermittelten Dokumenten in Stein verwandelt, während er diesem seine eigene Rolle zuschreibt (angesichts der Machtverhältnisse an sich bereits völlig absurd).

Er bemerkt auch irgendwann, dass er das angekündigte Gesprächsprotokoll seiner eigenen Einlassung, welches Rechtsanwalt Pößlinger erstellen sollte, noch gar nicht bekommen hat.

Auch dies wird mehrfach von Ewerding angefordert, bevor es, kurz vor der Gegenüberstellung, von Pößlinger herausgegeben wird.

Bei der Durchsicht dieses Protokolls, das Stein zur Genehmigung vorgelegt wird, zeigt sich, dass es in Teilen nicht mit dem übereinstimmt, was Stein tatsächlich vorgebracht hat.

Es fehlt zum Beispiel die Passage, in der Stein darauf hingewiesen hat, dass sein Vertrag (und damit sein hohes Gehalt) auf einen nicht verhandelbaren Vorschlag von Bollmann zurückging. Gänzlich entschärft wurden von Pößlinger die Vorgänge um die Filiale, die im Gutachten Ewerdings als strafbare Handlungen gewertet wurden. Interessanterweise sind das genau die Vorgänge, von denen Stein ursprünglich annahm, sie seien unter Federführung Pößlingers entwickelt worden und somit legal.

Bei mehrmaligem Durchlesen fällt Stein auf, dass vor allem die inkriminierten Vorgänge von Pößlinger entschärft wurden, sodass sich die ganze Angelegenheit immer ausschließlicher auf Mobbing bzw. Bossing reduziert.

Als Rechtsanwalt muss Pößlinger wissen, dass damit die Wahrscheinlichkeit steigt, dass Hans die Sache überlebt, was dann auch – als kleiner Nebeneffekt – für Bollmann und ihn selbst gelten dürfte.

Stein diskutiert nach Erhalt des Protokolls hitzig mit Ewerding darüber, was das zu bedeuten habe. Der rät ihm, ein »Gegenprotokoll« zu schreiben, sodass Stein nun auf zwei Hochzeiten tanzt.

Eigentlich sind es aber vier, denn Hans verbarrikadiert sich bis zur Gegenüberstellung in seinem Büro und nimmt an den Arbeitsabläufen der Firma nicht mehr teil, sodass Stein die Leitung übernehmen muss, wenn der Betrieb nicht völlig lahmgelegt werden soll.

Voller Verachtung denkt er währenddessen daran, wie »wichtig« Hans seine Patienten offenbar sein müssen.

Zu allem Überfluss ist genau jetzt die Re-Zertifizierung angekündigt, bei der Stein ja gebeten wurde, den Karren, den Hans mit seinen Intrigen und Manipulationen in den Dreck gefahren hat, wieder herauszuziehen und dem Krankenhaus dadurch die hohen Bonuszahlungen der Krankenkassen zu sichern.

In den letzten Tagen vor dem Eintreffen der Zertifizierer arbeitet Stein intensiv mit Illert und Frau Mierke an den Akten, die diese, nun perfekt und mit den richtigen Daten versehen, vorbereitet hat.

Als es so weit ist, begrüßt Stein eine etwas skeptisch blickende Gruppe von drei Herren in schwarzen Anzügen: »Sie wissen ja, Dr. Stein, dass die letzte Prüfung, sagen wir mal, etwas holprig war. Das lag gar nicht so sehr an fachlichen Dingen, sondern eher an, äh, zwischenmenschlichen. Wir haben uns schließlich von Ihrem Geschäftsführer dazu überreden lassen, Ihnen noch einmal eine Chance zu geben, und hoffen, dass wir jetzt, wo die Akteure offensichtlich ausgetauscht worden sind, zu einem besseren Ergebnis kommen und die Zertifizierung erteilen können.«

Den ganzen Tag verbringt Stein damit, den Herren Rede und Antwort zu stehen. Nach deren anfänglicher Zurückhaltung entwickelt sich ein angeregter fachlicher Diskurs und nach der abschließenden Prüfung der Akten erteilen die Herren der Firma und damit der Klinik freudestrahlend und völlig problemlos das Zertifikat.

Von Hans, dem Leiter der Firma, hat man den ganzen Tag nichts gesehen.

Abends klopft Illert Stein auf die Schulter: »Damit hast du der Klinik eine halbe Million gesichert!«

Stein schaut etwas skeptisch – er ist sich nicht sicher, ob das für sein Schicksal jetzt noch eine Rolle spielt.

Zäh schleppen sich die Tage dahin. Während Hans sich weiter in seinem Zimmer einschließt und sich nicht mehr um die Firma kümmert, hält Stein das Rad am Laufen. Jeder Mitarbeiter spürt, dass nun pechschwarze Wolken am Himmel aufgezogen sind, aber nur Grotzke fragt nach, was das denn eigentlich alles zu bedeuten habe. Hans benehme sich ja in letzter Zeit äußerst seltsam und man habe das Gefühl, dass es unter der Oberfläche ganz gewaltig rumore. Stein ist einerseits dankbar, dass Grotzke so ehrlich ist und ihn darauf anspricht, kann andererseits natürlich nichts dazu sagen und fertigt ihn daher mit Allgemeinplätzen ab.

Schließlich bricht der Tag der Gegenüberstellung an.

Stein und Ewerding treffen sich wieder in der Eingangshalle, diesmal scheint die Sonne. Auf dem Gang vor Bollmanns Büro begegnen die beiden Hans, der sich bemüht, das Pokerface aufzusetzen, auf das er so stolz ist. Es gelingt ihm nur unzureichend.

Hans hat seinen Anwalt im Schlepptau, der sich als Rechtsanwalt Splendus vorstellt und mit einem süßlichen Lächeln eine aufwendig gestaltete Visitenkarte überreicht.

Man wartet in verschiedenen Abschnitten des Gangs, ohne ein weiteres Wort zu wechseln.

Schließlich ist es so weit und Bollmann bittet zu Tisch.

Stein fällt auf, dass es nun langsam an dem Tisch in Bollmanns Büro eng wird; immerhin sitzen nun – Pößlinger und Braxler sind auch wieder anwesend – vier Anwälte nebst den drei anderen Personen um ihn herum. Die Sitzanordnung erinnert erneut an ein Tribunal: Bollmann sitzt mit seinen Anwälten dem Rest gegenüber.

Nach den üblichen Begrüßungsformeln übernimmt sofort der Anwalt von Hans das Wort und greift Stein ohne Umschweife an.

»Sie werfen meinem Mandanten vor, dass er das medizinische Fachgremium bewusst getäuscht habe, als dieses die Firma kontrollieren wollte. Nun, ich kann an dem, was mein Mandant getan hat, wirklich nichts Anstößiges finden. Es ist doch zum Beispiel auch in einem Restaurant ein ganz normaler Vorgang, dass man seinen Laden auf Vordermann bringt, wenn das Ordnungsamt zur Kontrolle kommt.«

Alle schauen Stein erwartungsvoll an. Den erinnert das Auftreten von Splendus an die amerikanischen Gerichtsfilme. Den Anwälten in diesen Filmen geht es nie um das Recht, es geht ihnen nur um den Effekt, mit dem sie die Jury beeindrucken und zu ihren Gunsten manipulieren können. Wenn das so ist, dann muss er Splendus' Attacke mit gleicher Münze parieren: »Aber Herr Splendus, sie wollen doch ein Restaurant nicht wirklich mit einer Institution vergleichen, in der Menschen, die schwer krank sind, behandelt werden! Ich finde, dass hier schon andere Maßstäbe angelegt werden müssen. Außerdem ging das, was Dr.

Fetscher getan hat, ja wohl deutlich über ein Auf-Vordermann-Bringen hinaus …!«

Da schaltet sich unvermittelt Bollmann ein: »Sie spielen sicher auf die angeblichen Manipulationen der elektronischen Akte an …?« Er vermeidet das Wort »Fälschungen«. Stein nickt. »Nun ja«, fährt er fort. »Hierfür müssen wir zunächst einmal die Herstellerfirma der Software kontaktieren, um zu klären, ob das überhaupt eine Akte im eigentlichen Sinne ist. Wenn nicht, dann wären Veränderungen daran nicht unbedingt verboten.« Er schaut Stein verschlagen an, während er das sagt.

In Sekundenbruchteilen erfasst Stein, wohin die Reise heute gehen soll. Jedem im Raum ist natürlich klar, dass es sich selbstverständlich um eine Patientenakte und damit um ein Dokument handelt, das nach der Freigabe nicht mehr nachträglich verändert werden darf. Alle wissen, dass Ewerding mit seiner Bewertung, dies sei Urkundenfälschung und damit eine Straftat, recht hat. Wenn Bollmann sich jetzt mit einem derartig schiefen Winkelzug indirekt zu einem Fürsprecher von Hans machte, dann konnte das für Stein nichts Gutes bedeuten.

Stein schaut zu Ewerding hinüber, der sich nichts anmerken lässt. Splendus macht ein zufriedenes Gesicht.

In der nächsten halben Stunde versucht der Anwalt immer wieder, Stein vorzuführen, und wird dabei immer aggressiver. Dieser gerät mehr und mehr in die Rolle des Angeklagten, bis es Braxler zu bunt wird: »Ich hätte jetzt auch einmal ein paar Fragen an Dr. Fetscher, der sich heute noch gar nicht geäußert hat.«

»Wir haben vereinbart, dass ich für Dr. Fetscher spreche und er sich am besten gar nicht äußern soll«, beeilt sich Splendus zu sagen.

Braxler besteht jedoch darauf, dass sich auch Hans erklären müsse, und stellt ihm ein paar Fragen. Hans gelingt es, seine Aufregung einigermaßen unter Kontrolle zu halten, versucht, sich mit Allgemeinplätzen herauszureden und betont immer wieder, dass er und Stein gemeinsam die wichtigsten Entscheidungen getroffen hätten. Insgesamt bemüht er sich, vor Bollmann möglichst gefällig und demütig zu erscheinen.

So vergehen die Minuten und Stein wartet ungeduldig darauf, dass die anderen Punkte – vor allem die Filiale – zur Sprache kommen. Zu seiner größten Überraschung verkündet Bollmann plötzlich, dass nun die Positionen ausgetauscht seien und man sich nun zur Beratung zurückziehen wolle. Bevor er empört intervenieren kann, legt Ewerding im die Hand auf seine Schulter und bedeutet ihm, nichts zu sagen.

Nach endlosen zwanzig Minuten werden zunächst Stein und sein Anwalt erneut in Bollmanns Büro gebeten.

Bollmann beginnt, indem er nochmals seiner großen Enttäuschung darüber Ausdruck verleiht, dass Stein ihn nicht viel früher ins Vertrauen gezogen habe. Im Großen und Ganzen glaube man Stein, was die Quälereien von Hans betreffe. Hinsichtlich der vorgebrachten Gesetzesverstöße bewerte man allerdings vieles anders, sodass die Vorwürfe sicher nicht ausreichen, um Dr. Fetscher zu entlassen. Diese Bemerkung verleitet Ewerding zu dem Kommentar, dass man ja auch offenbar keine Aufklärung dieser rechtlich relevanten Vorwürfe anstrebe, sodass dann der solchermaßen reduzierte Sachverhalt natürlich nicht dazu ausreiche. Wie jeder wisse, gebe es keinen Straftatbestand »Mobbing«.

Bollmann übergeht diesen Einwand, indem er auf den Arztsitz zu sprechen kommt, den Stein in der Filiale hält. Stein wolle ihn, Bollmann, damit ja offenbar erpressen und das sei ja auch nicht gerade die feine englische Art. Nun ja, aber man wolle ja auf jeden Fall eine Einigung, die für alle Parteien akzeptabel sei und daher schlage man eine Mediation zwischen Stein und Fetscher vor.

Das war's, abtreten!

Während Splendus und Hans nun zu Bollmann gerufen werden, blickt Stein ungläubig in das Gesicht von Ewerding: »Das war alles?! Die haben uns kalt lächelnd auflaufen lassen! Die haben einfach die Vorwürfe nur bis dahin gelten lassen, wo es für sie gefährlich werden könnte! Ab dieser roten Linie haben sie einfach gesagt: Wir bewerten das anders und Schluss! So sind sie fein heraus. Es gibt keinen Skandal durch einen Chefarzt-Rausschmiss und Bollmann und Pößlinger werden keine dummen Fragen gestellt. Man beachtet einfach einen Teil, den wichtigsten Teil, der Vorwürfe gar nicht und sagt, man bewerte das anders. Fertig. Die Sonne scheint, aber wir bewerten es anders: Es regnet. Das kann doch nicht sein! Herr Ewerding, das darf doch nicht sein!«

Ewerding wiegt sein Haupt mit krauser Stirn: »Na ja, die wollen halt nicht aufklären. Ich denke, da spielt jetzt auch eine ganze Menge Politik mit hinein. Wir könnten das jetzt natürlich verlangen …«

Stein unterbricht ihn verzweifelt: »Na ja, ich habe ja so einiges an Beweisen, aber bei vielen Dingen ist es natürlich wichtig, dass die Zeugen, die dabei waren und alles mitbekommen haben, auch aussagen. Und die werden im Falle eines Verfahrens natürlich eingeschüchtert werden!«

Ewerding beruhigt ihn: »Och, da würde ich mir keine Sorgen machen: Sie glauben gar nicht, was den Leuten plötzlich alles wieder einfällt, wenn sie unter Eid stehen. Aber Sie müssen jetzt an sich denken. Sie haben den Sitz und Sie sehen nun, dass die Gegenseite nicht aufklären will. Die Frage sollte daher lauten: Können Sie sich eine Mediation und damit eine weitere Zusammenarbeit mit Dr. Fetscher vorstellen oder nicht? Oder können Sie ein Gerichtsverfahren mit Ihrer Familie durchstehen, in dem Sie die ganze Stadt gegen sich haben werden? Bedenken Sie dabei auch, dass Sie selbst einiges unterschrieben haben … Oder nehmen Sie einfach Ihren Arztsitz, lassen sich mal gerne haben und fangen irgendwo wieder von vorne an?«

»Darüber muss ich natürlich noch mal schlafen, aber in einer Mediation wird es so ablaufen: Fetscher wird den guten und unschuldigen Jungen spielen, der mir bereitwillig die Hand zur Versöhnung reicht. Ich bekomme den bösen Part zugewiesen, wenn ich sie nicht annehme. Wenn ich mich darauf einlasse, macht er mich gemeinsam mit Bollmann fertig, sobald ich denen den Arztsitz gegeben habe. Denn das ist doch der einzige Grund, weshalb Bollmann überhaupt so tut, als wollte er mir entgegenkommen: der Arztsitz. Wenn er den hat, werden er und Fetscher sich gemeinsam dafür rächen, dass ich es gewagt habe, den Deckel auf diesem Topf anzuheben.«

Ewerding nickt – er sieht es genauso.

Wütend und frustriert kommt Stein an diesem Tag nach Hause. Wieder einmal diskutieren er und Stella den ganzen Abend über diese Sache.

Beiden ist klar, dass dieses »Aufklärungsgespräch« die Fronten geklärt hat: Bollmann hatte sich auf die Seite von Hans geschlagen. Das hatte er sicher nicht ohne politischen Rückhalt getan. Es war klar: Der hatte seine Order von der Stadt bekommen. Das bedeutete, dass Stein die Firma verlassen würde.

»Auf keinen Fall werde ich weiter mit Hans zusammenarbeiten, schon gar nicht mit ihm als Chefarzt!«

Stella streicht ihm übers Haar: »Natürlich wirst du das nicht, aber wir haben ja auch die Weichen für diesen Fall bereits gestellt. Die wollen das doch auch gar nicht. Die wollen nur noch den Arztsitz. Und an den kommen sie nicht ran, dafür haben wir gesorgt.«

»Aber ich weiß, dass Bollmann mir glaubt. Er weiß auch, dass Hans ein tückischer Bastard ist, und ich bin mir sicher, dass er ihn lieber heute als morgen versenken würde. Das Problem für ihn ist eben nur, dass er dann vielleicht mit untergeht. Und daher muss er jemandem, den er nach allem, was er nun weiß, abgrundtief hassen und verachten muss, helfen und diesen retten. Und das kann eben nur auf meine Kosten gehen. Wenn Bollmann einen Funken Selbstachtung besitzt, muss er sich vor sich selbst ekeln.«

Die nächsten Tage in der Firma erscheinen Stein seltsam unecht: Hans sitzt jetzt wieder in der Morgenbesprechung und nimmt seine Funktion als Chef wahr, als wäre nichts gewesen. Stein beachtet er nicht und die anderen tun so, als wäre Hans in den letzten Wochen nicht einfach von der Bildfläche verschwunden gewesen.

Zwei Tage nach der Gegenüberstellung ruft Ewerding an. Von Braxler habe er erfahren, dass Splendus damit gedroht habe, Stein wegen übler Nachrede zu verklagen. Davon sei er allerdings von Bollmann und dessen Anwälten recht schnell abgebracht worden. Stein gibt zurück, dass er sich schon vorstellen könne, warum es den Herren nicht passen könne, wenn die Sache doch noch vor Gericht lande – von ihm aus hätte Splendus ruhig an diesem Vorhaben festhalten können. Das wäre mit ziemlicher Sicherheit ein Reinfall geworden.

Außerdem, fährt Ewerding fort, habe Fetscher wegen der ganzen Angelegenheit eine mündliche Abmahnung erhalten.

Auf die zweifelnde Nachfrage Steins, ob denn eine mündliche Abmahnung vielleicht auch deshalb nur mündlich ausgesprochen werde, damit man sie hinterher gleich wieder vergessen könne, antwortet Ewerding, dass eine mündliche mit einer schriftlichen Abmahnung gleichzusetzen sei. Das sei ja auch unter Zeugen geschehen.

»Immerhin geben sie damit zu, dass sich Hans falsch verhalten hat«, denkt Stein. Aber natürlich fällt ihm auf, dass Hans damit viel zu glimpflich davonkomme. »Wir beide wissen, dass er für das, was er getan hat, seinen Job verlieren und bestraft werden müsste und dass ihn dieses Schicksal nur deshalb nicht ereilt, weil er von anderen geschützt wird.«

In der Woche darauf hat Stein Urlaub. Er verbringt eine Woche mit seiner Familie in Italien – eine Woche, in der er versucht, wieder ein wenig zu sich zu kommen und seiner Familie endlich auch wieder ein paar unbeschwerte Stunden zu ermöglichen. Die Kinder können sich kaum noch an die Zeit erinnern, als die Familie noch glücklich gewesen ist. Und tatsächlich – es ist, als ob eine große Last von Stein gefallen ist. Denn so oder so gäbe es nun kein Zurück mehr. Es war gesagt, was gesagt werden musste, es war getan, was getan werden musste. Was jetzt käme, würde man sehen.

Nachdem diese eine überraschend schöne Woche verflogen ist, wird Stein jedoch wieder von der Realität eingeholt.

Montagmorgen. Raum 101.

Heute gibt es keine Mobbing-Attacken von Hans. Stein erscheint in der Besprechung und stößt auf eine Mauer des Schweigens. Hans beachtet ihn gar nicht und stellt demonstrativ beste Laune zur Schau. Die anderen weichen seinem Blick aus, niemand wechselt im Anschluss an die Besprechung ein Wort mit ihm. Als Stein am Vormittag sein Büro verlässt, erblickt er Manfred Pummer auf dem Gang. Als dieser ihn erblickt, wendet er schnell den Blick ab und eilt in sein Zimmer und wirft die Tür hinter sich zu. Andere Mitarbeiter verhalten sich ähnlich.

»Soso«, denkt Stein, »da hat Hans ja offenbar ganze Arbeit geleistet, als ich weg war.«

Am Nachmittag bittet ihn Bollmann zu einem Vieraugengespräch.

Bollmann bemüht sich um einen freundlichen Ton, erklärt aber sofort, dass es ein Fehler von Stein gewesen sei, die Sache gleich strafrechtlich aufzuziehen. Er habe mit der Software-Herstellerfirma telefoniert, die ihm versichert habe, dass es unmöglich sei, freigegebene Einträge in der elektronischen Akte zu manipulieren.

Als Stein antwortet, dass er beweisen könne, dass dies durchaus gehe, reagiert er nicht. Vielmehr kommt er auf den Arztsitz zu sprechen und betont, dass er bereits eine halbe Million in die Planung der Filiale investiert habe. Drohend fügt er hinzu, dass er sich dieses Geld von Stein zurückhole, falls das Filialprojekt scheitere.

Stein erwidert, dass dieses Projekt ohnehin Quatsch sei und er es daher befürworte, die Planungen einzustellen. Dezidiert führt er nochmals alle Argumente an, die für diese Vorgehensweise sprechen, aber Bollmann geht nicht darauf ein.

Sein Ton wird werbend: Er und Fetscher seien doch so ein gutes Team gewesen und das könne man doch sicher wieder hinbekommen. Er gibt sich überzeugt, dass die Haupttriebfeder von Fetschers Verhalten Neid gewesen sei.

Im Übrigen stimme es nicht, dass die Mitarbeiter Angst vor Fetscher hätten – er habe sie befragt. Insbesondere Dr. Knörzer habe sich sehr positiv über Fetscher geäußert.

Stein lacht grimmig. »Ja genau, dir werden sie auf die Nase binden, was sie über Hans denken!«, und er unterstreicht, dass gerade Knörzer sehr unter Fetscher gelitten habe und ihm, Stein, eine etwas andere Sicht auf seinen Chef offenbart habe.

Während Bollmann auch dazu keine Stellung nimmt, spricht er das Thema Flut und die Bürgerinitiative an: »Das stimmt ja auch nicht, was Sie mir da über den Oberbürgermeister erzählt haben.«

Stein ist überrascht: »Also erstens habe ich nur das wiedergegeben, was Dr. Fetscher wiederholt geäußert hat, und zweitens überrascht mich das jetzt schon. Wie kommen Sie darauf?«

Bollmann lehnt sich zurück, um seinen Triumph auszukosten: »Ich habe den OB selbst befragt! Es ist nicht richtig, dass Ihre Bürgerinitiative ihn nicht geärgert habe – im Gegenteil, sie hat ihn sehr wohl sehr aufgebracht. Deshalb musste er handeln.«

Stein fasst es nicht: Bollmann hat mit diesem Satz gleichsam die Behauptungen von Hans bestätigt. Also hatte der Oberbürgermeister Hans tatsächlich unter Druck gesetzt, um Stein mundtot zu machen! Und er war auch noch dermaßen von der Rechtmäßigkeit seines Tuns überzeugt, dass er es noch nicht einmal abstritt! Für ihn, den Oberbürgermeister der Stadt, war es also offenbar ganz normal, dass man einen Bürger, der etwas (völlig Rechtmäßiges) tat, was ihm missfiel, mit der Androhung des Arbeitsplatzverlustes und damit der sozialen Vernichtung zum Schweigen brachte! Das war nichts anderes als selbstherrliche Politik nach Gutsherrenart.

Noch ehe Stein sich von seiner Betroffenheit über das eben Gehörte erholt hat, setzt Bollmann zum nächsten Hieb an: er habe sich nun den Rückhalt »aus der Politik« für sein weiteres Vorgehen geholt und selbstverständlich habe er den OB nun auch von dem astronomischen Einkommen Steins in Kenntnis müssen. Dieser habe sofort angeordnet, dass Stein nun erheblich weniger verdienen müsse. Das, so setzt er grinsend hinzu, hätte man alles vermeiden können, wenn Stein früher zu ihm gekommen wäre.

Schließlich platzt Stein der Kragen: Warum er nicht früher zu Bollmann gekommen sei, könne man doch jetzt gut an den Konsequenzen sehen. Fetscher sei nach außen unbeschadet in Amt und Würden und der Einzige, der abgestraft würde, sei er, Stein. Und natürlich habe er jetzt erst recht kein Vertrauen mehr darin, dass er nicht schnellstmöglich entsorgt werden würde, nachdem er der Firma seinen Arztsitz überschrieben habe. Er könne sich des Eindrucks nicht erwehren, dass Bollmann überhaupt nur wegen dieses Sitzes noch mit ihm rede.

Bollmann bemerkt, dass er sich zu weit vorgewagt hat, und wird wieder verbindlich: »Da machen Sie sich mal keine Sorgen. Den Fetscher nehme ich jetzt an die Kandare, ich werde die Firma nun wesentlich stärker kontrollieren. Außerdem ...«, er macht ein vielsagendes Gesicht, »wird Dr. Fetscher jetzt aus gegebenem Anlass eine Anti-Korruptionsvereinbarung unterschreiben müssen.«

Als Stein erklärt, dass er es nicht fassen könne, dass Bollmann alles auf die persönliche Ebene zwischen Fetscher und Stein reduziere, weil es schließlich auch um ganz erhebliche Straftaten gehe, gibt dieser zurück, dass man das eben anders bewerte und sowieso den Eindruck habe, dass sich Stein in einen persönlichen Rachefeldzug verstrickt habe.

Als Stein dann jedoch die Selbstanzeige erwähnt, starrt ihn Bollmann entgeistert an – anscheinend beginnt er allmählich zu verstehen, dass sich die Sache vielleicht doch nicht so einfach unter den Tisch kehren ließe. Schnell wechselt er das Thema und spricht die vorgeschlagene Mediation an. Stein erklärt seine ablehnende Haltung damit, dass man mit einem Wolf keine Psychotherapie machen könne, die zum Ziel habe, dass dieser Vegetarier werden soll. Abschließend stellt er die Frage, ob man Fetscher halten werde und ob dieser Chefarzt bleibe.

Bollmann bejaht beide Fragen, schlägt aber ein duales Chefarztsystem vor, in der beide, Stein und Fetscher, gleichberechtigt nebeneinanderstehen könnten.

Stein fragt sich unwillkürlich, ob Bollmann das wirklich ernst meinen könne, und verweist darauf, dass er sich zunächst mit seinem Anwalt besprechen müsse. Bereits morgen Mittag habe er bei diesem einen Termin und sei danach zu einem weiteren Gespräch bereit.

Drei Tage später treffen sich die beiden erneut in Bollmanns Büro.

Eingangs übergibt Stein ihm Dokumente, die belegen, dass die Akteneinträge gefälscht werden können; kommentarlos verschwinden sie in einer Schreibtischschublade, während Bollmann nun wissen will, ob Stein vorhabe, in der Firma zu bleiben.

Stein antwortet ausweichend, dass er für die Entscheidung noch Zeit benötige. Bollmann wird ungehalten und unterstellt Stein, dass er diese Zeit nutze, um sich etwas Neues zu suchen und den Arztsitz mitzunehmen.

Lauernd erklärt er, dass er mal nachgeforscht habe, ob Stein sich für seinen Anwaltstermin vorgestern Urlaub eingetragen habe, und dabei habe feststellen müssen, dass dies nicht der Fall gewesen sei: Also habe er unerlaubt gefehlt und dies könne er mit einer Abmahnung ahnden.

Sein überlegenes Lächeln erstirbt, als Stein zurückgibt, dass es sich um seinen freien Nachmittag gehandelt habe, der jedem Arzt in der Firma pro Woche zustehe. »Freier Nachmittag?!«, poltert dieser, »Warum weiß ich davon nichts?! Sie genehmigen sich alle einen freien Nachmittag pro Woche, ohne dass Ihr Geschäftsführer das weiß, äh: erlaubt hat?!«

Man sieht ihm an, dass der freie Nachmittag von nun an wohl Geschichte sein würde, und Stein ertappt sich bei einem Grinsen, als er an die Emotionen denkt, die das wohl bei seinen Kollegen hervorrufen wird. Hans wird ihm sicher die Schuld dafür geben, aber das war jetzt egal – sie hatten sich Stein gegenüber alles andere als fair verhalten. Sollten sie doch denken, was sie wollten!

Bollmann kommt nun auf die Selbstanzeige zu sprechen und meint, dass diese »in der Politik für erheblichen Wirbel gesorgt habe«. Ob das denn nötig gewesen sei; Pößlinger bewerte diese Sache übrigens anders. Überhaupt habe er, Bollmann, ein Gutachten, das ihm bescheinige, mit all diesen Vorgängen in der Firma nichts zu tun zu haben.

Stein erwidert, dass ihm sein Anwalt zu diesem Schritt geraten habe, um einer Strafverfolgung wegen der Taten zu entgehen, die Hans zwar verübt habe, für die er, Stein, aber haften müsse. Und vor allem: um einer möglichen Erpressung durch Hans zuvozukommen. Außerdem mute es schon seltsam an, was in der Politik dieser Stadt so alles für »Wirbel« sorge. Er habe nach der Flut seine Bürgerrechte wahrgenommen und die Interessen der Flutopfer vertreten. Es stimme ja wohl offenbar tatsächlich, dass der OB ihn durch seinen Chef mundtot machen ließ. Auch deshalb sitze er nun hier und das werde er sicher nicht vergessen – das könne er dem Bürgermeister gerne ausrichten.

Bollmann macht ein gequältes Gesicht – ob man das mit der Selbstanzeige nicht auch hätte anders regeln können?!

Stein entgegnet, dass, wenn man Steuern hinterzöge und sie irgendwann wieder zahle, man trotzdem bestraft werde, wenn das rauskäme.

Wenn Rechtsanwalt Pößlinger recht habe und die Sache von der KV ebenso bewertet werde, dann sei es ja in Ordnung. Wobei es etwas eigenartig sei, dass ein Anwalt, der in diese Sache verwickelt ist, jetzt als neutraler Gutachter fungiere.

Bollmann erwidert, dass es ihm persönlich letztendlich egal sein könne, wenn es zu einem Rechtsstreit komme, denn er habe ja das Gutachten, das besage, dass er sich völlig richtig verhalten habe.

Es entsteht eine Pause, in der beide realisieren, dass man so nicht weiterkommt.

Bollmann will schließlich nochmals wissen, wie sich Stein entscheiden wird: »Bleiben Sie oder gehen Sie? Aber falls Sie gehen und den Sitz mitnehmen, hole ich mir das Geld von Ihnen zurück!«

Stein spielt weiter auf Zeit – es wird vereinbart, dass er Bollmann bis Ende des Monats mitteilen wird, wie es weitergehen soll.

Auf dem Weg nach Hause denkt Stein über seine Situation nach und macht eine Bestandsaufnahme.

An einen Verbleib in der Firma ist unter diesen Umständen nicht mehr zu denken. Der Arztsitz ist gesichert, aber Bollmann würde alles versuchen, um ihn zu bekommen. Eine neue Stelle war immer noch nicht in Sicht. Die Ersparnisse würden für eine Überbrückung reichen, aber es war wichtig, dass er die noch ausstehenden Tantiemen ausgezahlt bekäme, damit er ein wenig mehr Zeit hätte, um eine neue Arbeitsmöglichkeit zu suchen. Es war ihm klar, dass Bollmann sicher versuchen würde, diese Tantiemen als Druckmittel einzusetzen, um an den Arztsitz heranzukommen.

Ewerding hatte ihm angeraten, nicht von sich aus zu kündigen, da er in diesem Fall keine Abfindung bekäme. Stein hatte ein verzweifeltes Gesicht aufgesetzt, worauf Ewerding nur meinte, dass er eben noch ein wenig durchhalten müsse. Lange würde es sicher nicht mehr dauern, bis man ihn an die Luft setzen werde; bis dahin könne er sich ja auch krankschreiben lassen.

Stein hatte an all die vorigen Monate gedacht, durch die er sich ohne dieses Hilfsmittel gebissen hatte, und dieses daher abgelehnt. Nein, auch jetzt würde er Hans diesen Triumph nicht gönnen. Er würde bis zum Schluss kämpfen.

Und so geht Stein täglich in die Firma, ein Paria, der – jetzt erst recht – von allen gemieden wird. Jeder weiß, dass Steins Zeit hier zu Ende ist, und niemand möchte in den Sog seines Untergangs gezogen werden.

»Mit Lepra oder der Pest würde ich wahrscheinlich nicht anders leben«, denkt Stein manchmal. Aber das muss er akzeptieren. Er hat gekämpft und es war ein guter Kampf. Und das ist das Einzige, was zählt. Dieses Ende hatte er erwartet und Stella und er hatten sich lange genug darauf vorbereitet. Sicher hatte er vor einigen Wochen vorübergehend gehofft, dass Hans seine gerechte Strafe ereilen würde. Aber selbst für diesen Fall hatte ihm Ewerding geraten, zu gehen, da zu erwarten war, dass er ansonsten Probleme mit dem Eisberg bekäme, den man nach Hans' Abgang entdecken würde.

So vergehen wieder einige Tage, bis Bollmann ihn erneut in sein Büro bittet.

Der Ton ist erheblich unfreundlicher als in den letzten Tagen. Man habe jetzt »Maßnahmen« ergriffen, um die Selbstanzeige Steins zu neutralisieren. Auch drohe Stein eine Schadensersatzklage, wenn dieser seinen Arztsitz nun einfach verkaufen sollte. Er habe Informationen, die besagten, dass Stein bereits versuche, den Sitz an den Mann zu bringen. (Diesem ist sofort klar, von wem diese »Informationen« stammen.)

Man habe auch bereits in der Klinik, in der die Filiale sei, erwirkt, dass Stein dort nicht mehr praktizieren dürfe, sodass dieser jetzt Probleme bekomme, den Sitz zu halten, da er nicht auf demselben arbeiten könne.

Stein zieht im Geiste seinen Hut vor der Gedankenschärfe Ewerdings, der genau deshalb den Sitz hatte stilllegen lassen, lässt sich jedoch nach außen hin nichts anmerken.

Müde entgegnet er Bollmann, dass er mitnichten versuche, den Arztsitz zu verkaufen, dass er auch noch keine neue Stelle habe, dass er sich nie etwas habe zuschulden kommen lassen und dass er sich im Übrigen an die Vereinbarung halten werde, bis Ende des Monats eine Entscheidung zu treffen – wobei aus Bollmanns Verhalten unschwer herauszulesen ist, dass dieser seine Entscheidung bereits getroffen hat.

Bollmann wird daraufhin zugänglicher und Stein fragt sich einmal mehr, wie es sich wohl anfühlen mochte, sich selbst derart zu erniedrigen, wie Bollmann es gerade tat, indem er sich trotz alldem, was er nun wusste, vor so jemanden wie Hans stellte und ihn schützte.

»So ganz exkulpiert wurde Dr. Fetscher ja von Ihnen aber offenbar auch nicht – schließlich hat er eine Abmahnung bekommen …!«, klopft Stein auf den Busch.

Bollmann zuckt entsetzt zusammen: »Ja, aber das darf niemand wissen!«

Dann hat er sich wieder im Griff und lenkt das Gespräch erneut auf die Firma. Er erwähnt abschließend, dass man eine vielversprechende Bewerbung für eine Arztstelle vorliegen habe und daher dann spätestens Ende des Monats auch wissen müsse, wie es weitergehe.

Stein jedoch weiß jetzt, dass man die Abmahnung intern sicher benutzt, um Hans unter Druck zu setzen und zu disziplinieren, diesen aber offenbar keinesfalls öffentlich beschädigen will. Der Deckel, um mit Hans zu sprechen, soll unbedingt draufbleiben.

Außerdem steht scheinbar bereits jemand in den Startlöchern, um Stein abzulösen. Wenn da nur nicht der dumme Arztsitz wäre!

Offenbar wird das auch an Hans in dieser Form kommuniziert, denn in den nächsten Tagen beginnt dieser von Neuem mit voller Härte, Stein anzugreifen. Er muss sich wieder extrem sicher fühlen und weiß offenbar, dass ihm nichts weiter passieren wird – ein weiteres Indiz für Stein, dass es sich bei Bollmanns Angeboten um ein abgekartetes Spiel handelt.

Keine Spur mehr von dem kleinen Häufchen Elend, in das sich Hans vorübergehend verwandelt hatte; es ist alles wieder genau so wie nach den Sommerferien: Stein wird insbesondere in Raum 101 vor versammelter Mannschaft massiv angegriffen, indem ihm schwere Fehler unterstellt werden. Dabei scheut Hans sich wiederum nicht, immer wieder unter die Gürtellinie zu schlagen. Erneut kommt es zu heftigen Wortgefechten, da Stein entschlossen ist, keinen Meter preiszugeben, und sich ebenso lautstark, aber im Gegensatz zu Hans sachlich verteidigt.

Eines Morgens präsentiert Knörzer einen Fall, den er bearbeitet hat. Das Therapiekonzept ist so unsinnig, dass selbst Knörzer es hätte bemerken müssen. Hans wiegt bedenklich sein weises Haupt, um dann den oberen Teil der Seite aufzurufen. Dort steht unübersehbar fett gedruckt: »Mit Dr. Stein besprochen«.

Stein hat diesen Fall noch nie gesehen, doch ehe ihm bewusst wird, was man hier spielt, fällt Hans über ihn her. Stein blickt zu Knörzer, der es nicht wagt, ihn anzusehen, und schüttelt angewidert den Kopf.

Als Stein nach dieser »Besprechung« in sein Zimmer kommt, liegt ein großer Stapel Akten auf seinem Tisch. Auf Nachfrage erklärt ihm die Sekretärin, dass dies Patienten vom Chef seien, deren Therapie nun beendet sei, und dieser habe verfügt, dass Stein die entsprechenden Arztberichte schreiben solle.

Das sieht Hans ähnlich. Er will Stein nun demütigen, wo es geht, und ist sich dabei nach altbewährter Art für keine Niederträchtigkeit zu schade.

Stein hingegen hat nichts mehr zu verlieren. Er wird den Nacken vor Hans nicht beugen. Freundlich, aber bestimmt übergibt er der Sekretärin die Akten mit dem Hinweis, dass es üblich sei, dass jeder Arzt die Berichte seiner Patienten selbst verfasse.

Sie steht etwas ratlos vor ihm, denn sie hat Angst vor Hans' Reaktion. Zu Recht, wie sich wenig später zeigt, als sie in Tränen aufgelöst erneut vor Stein steht, die Akten an sich geklammert. Sie will etwas sagen, aber ihr Schluchzen erstickt ihre Stimme. Stein ahnt auch ohne Worte, was sie in Hans' Büro erlebt hat.

Da klingelt bereits das Telefon. Die Stimme von Hans überschlägt sich, als er wutentbrannt Unverständliches ins Telefon brüllt.

Stein reagiert schneidend: »Ich würde mich da etwas zurückhalten, wenn ich gerade erst eine Abmahnung bekommen hätte. Die zweite liegt schneller auf dem Tisch, als man manchmal denkt!«

Doch Hans ist nicht zu stoppen. Er werde Bollmann informieren, dass Stein die Arbeit verweigere, brüllt er noch, bevor er mitten im nächsten Satz auflegt.

Während die Sekretärin mit dem Stapel Akten von dannen zieht, ruft Bollmann wenig später an und bittet Stein in sein Büro.

Es kommt zu einem klärenden Gespräch mit einem verständnisvoll scheinenden Bollmann, das damit endet, dass dieser anordnet, dass jeder Arzt seine Berichte selbst verfassen solle.

Als Stein den Vorgang abends erzählt, meint Stella lapidar: »Jedes Mal, wenn man denkt, dass Hans jetzt am schlammigen Grund seiner tückischen Seele angekommen ist, schafft er es tatsächlich, sein bereits unterirdisches Niveau noch weiter zu unterbieten. Das ist so lächerlich, dass man sich totlachen müsste, wenn es nicht so ernst wäre!«

Stein steht nun zum letzten Mal vor der Tür von Bollmanns Büro.

Als er sich an dem ihm mittlerweile bestens bekannten Tisch niederlässt, sitzt ihm ein sehr unterkühlter Geschäftsführer gegenüber, der sofort zur Sache kommt.

Wie Stein sich denn nun entschieden habe, fragt er in einem Ton, der keinen Zweifel daran aufkommen lässt, dass dies bereits keine Rolle mehr spiele. Hans hatte gute Arbeit geleistet – Stein ist sich sicher, dass Bollmann höchstens noch versuchen würde, sich die Abfindung zu ersparen.

Stein beginnt, indem er die letzten Wochen zusammenfasst und betont, dass er trotz der Belastungen bis jetzt seine Pflicht erfüllt hat. Nicht unerwähnt lässt er dabei auch die Sache mit der Zertifizierung.

Dennoch sei es Bollmann nicht wie von diesem versprochen gelungen, ihn, Stein, vor Hans' Attacken zu schützen, sodass gerade die letzten Wochen wieder die Hölle gewesen seien. Teilweise habe er das ja auch selbst mitbekommen.

Daher könne er jetzt noch keine Entscheidung treffen und bräuchte noch etwas mehr Zeit.

Bollmann schaut ihn wütend an, dann fällt der entscheidende – und erlösende – Satz: »Nun, wenn Sie keine Entscheidung treffen können, dann muss ich es eben tun.«

Er habe die vergangenen Tage dazu genutzt, um auch mit den Mitarbeitern zu sprechen. Das habe Stein ihm ja von Anfang an geraten, wobei da aber nun ganz erstaunliche Dinge zutage getreten seien. Zunächst sei festzuhalten, dass die Belegschaft unter der Situation extrem leide: »Die leiden wie die Hunde!«

Stein entfährt darauf ein empörtes »Wenn die wie die Hunde leiden, dann gibt es für das Leid, was Dr. Fetscher meiner Familie angetan hat, keinen Ausdruck!«

Unbeirrt fährt Bollmann fort, indem er nun die »Vergehen« ausbreitet, derer sich Stein den Angaben der Mitarbeiter zufolge in letzter Zeit schuldig gemacht habe: Stein verbarrikadiere sich in seinem Zimmer, er komme häufig mehrere Minuten zu spät zur Morgenkonferenz, er werde in der Morgenkonferenz häufig vom Chef korrigiert, was darauf schließen lasse, dass er viel falsch mache, er verweigere den Assistenten die Weiterbildungszeit und er nenne sich Leitender Oberarzt, obwohl er nur Oberarzt sei. Das Fass zum Überlaufen habe aber gebracht, dass nun ein Arztsitz auf dem Markt sei, der ja wohl nur der von Stein sein könne. Somit hintergehe Stein ihn, Bollmann, und daher müsse er daraus nun die entsprechenden Konsequenzen ziehen. Man habe deshalb beschlossen, sich von Stein zu trennen; aus betrieblichen Gründen, um den Betriebsfrieden wieder herzustellen.

Stein blickt ihn ruhig an, in seinem Gesicht spiegelt sich tiefste Verachtung. Er kann sich bildhaft vorstellen, wie Bollmann die Mitarbeiter zum Rapport bestellt und ihnen jede auch noch so kleine und wie auch immer an den Haaren herbeigezogene Unwucht im Verhalten von Stein in den Mund gelegt und aus der Nase gezogen hat.

Gefasst und ruhig antwortet er auf die fadenscheinigen Vorwürfe. Sagt, dass er sein Zimmer kaum noch verlasse, weil es nicht sehr schön sei, von Menschen, mit denen man bislang vertrauensvoll zusammengearbeitet habe und mit denen kein persönliches Zerwürfnis bestehe, gemieden zu werden.

Dass er deshalb immer ein wenig später in die Konferenz gehe, um sich und den anderen die peinlichen Schweigeminuten bis zu deren Beginn zu ersparen – es rede ja schließlich niemand mehr mit ihm.

Dass es nach alldem, was auch Bollmann nun wisse, lächerlich sei, zu glauben, öffentliche fachliche Zurechtweisungen durch Dr. Fetscher seien ein Beweis für tatsächliches fachliches Unvermögen.

Dass er den Assistenten lediglich erklärt habe, dass er nicht wisse, ob die Ärztekammer die Weiterbildungszeit anerkenne, weil es pro Facharzt einfach mehr von Hans gemeldete Auszubildende gäbe, als erlaubt.

Und dass er, Bollmann, ihn selbst zum Leitenden Oberarzt gemacht habe, und zwar, um damit vor der Zertifizierungskommission zu punkten.

Im Übrigen habe er den Sitz natürlich nicht zum Verkauf angeboten und sei sich deshalb auch sicher, dass die angebliche Information – von wem die stamme, sei ja wohl klar – nicht der Wahrheit entspreche.

Insgesamt seien alle Vorwürfe völlig an den Haaren herbeigezogen und sollten wohl endlich den verzweifelt gesuchten Vorwand liefern, jemanden rauszuschmeißen, der absolut nichts Unrechtes getan hat, um auf diese Weise jemanden zu decken, der so viel Dreck am Stecken hat, dass es einen Skandal gäbe, wenn das herauskäme.

»Aber eigentlich wusste ich bereits im Januar, dass ich hier keine Zukunft mehr habe. Ich wusste ja, was es bedeutet, wenn einem Fetscher den Krieg erklärt.«

»Dann wären Sie halt eher zu mir gekommen!«, raunzt ihn Bollmann an.

»Man sieht ja an Ihrem Verhalten in der aktuellen Situation, was das gebracht hätte! Das hätte, wie wir beide wissen, nichts, aber auch gar nichts geändert!«

Bollmann läuft rot an: »Am Ende, Dr. Stein, werden Sie und nur Sie der Verlierer sein!«

»Wenn Sie das so sehen, Herr Bollmann. Aber ich möchte zum Schluss noch mal eines ganz klar herausstreichen: Ich habe in all den Monaten dieses schrecklichen Jahres hier meine Pflicht erfüllt und alle Kollegen sowie alle Patienten korrekt behandelt. Ich habe mir nichts, aber auch gar nichts zuschulden kommen lassen. Außer vielleicht, dass ich mich irgendwann **gegen** jemanden gewehrt habe, der meine Familie und mich zerstören und mich zu seinem Sklaven machen wollte. Und das, Herr Bollmann, war genau der richtige Weg. Wenn Sie meinen, dass Sie mich dafür kündigen müssen, dann müssen Sie das mit Ihrem Gewissen ausmachen. Aber das interessiert mich dann auch nicht mehr.«

Abschließend fragt er Bollmann, wie es denn jetzt weitergehen soll, und will wissen, ob sein Arbeitsverhältnis sofort als beendet anzusehen sei oder ob er vorerst noch weiterarbeiten solle. Er lässt keinen Zweifel daran, dass er seinen Vertrag bis zur letzten Minute erfüllen wird.

Bollmann denkt kurz nach, weist Stein aber dann an, wieder an seine Arbeit zu gehen. »Wir werden sie im Laufe der nächsten Woche zunächst freistellen und dann sehen wir weiter.«

Der Abschied fällt etwas steif aus.

Als Stein auf den Gang hinausgeht, spürt er, wie eine tiefe Erleichterung sich mit einer ebenso großen Erschütterung paart.

War er nun – mit fast fünfzig Jahren – am Tiefpunkt seiner Karriere angelangt?

Zurück in der Firma reißt er sich von dem eben geführten Gespräch und seinen trüben Gedanken los und geht wieder an die Arbeit.

Als er dem Patienten, der vor ihm sitzt, den nächsten Termin geben will, stürzt der Computer ab – beide sitzen vor einem schwarzen Bildschirm. Die Versuche Steins, den PC wieder hochzufahren, sind sämtlich vergeblich, sodass er sich an die Sekretärin wendet und sie bittet, der Sache mal auf den Grund zu gehen.

Wenig später – der Patient ist mittlerweile gegangen – kommt sie in sein Büro. Stein kann sehen, dass sie Tränen in den Augen hat.

Sie berichtet fassungslos, dass sie gerade von Hans die Weisung bekommen habe, alle Termine Steins für die kommende Woche zu streichen. Außerdem habe man soeben sämtliche Zugänge Steins zu den Systemen gesperrt. Daher sei das System plötzlich heruntergefahren.

Sie blickt ihn mit einer Mischung aus Fassungslosigkeit, hilfloser Wut und Mitleid an, während er ihr von dem Gespräch mit Bollmann erzählt.

»Das können die doch nicht machen! Jeder hier hat doch gesehen, von wem das alles ausging! Man kennt ihn doch, den sauberen Fetscher! Das gibt's doch alles gar nicht! Was sagen denn Ihre Kollegen dazu, die anderen Ärzte?!«

»Tja, die sehen zu, dass sie selbst nicht in die Schusslinie geraten. Als Fetscher sich immer mehr in seinem Zimmer eingeigelt hat, war Zung mal bei mir und wollte die Lage sondieren. Der dachte wohl, dass sich die Waage zu meinen Gunsten neigt und wollte schon mal für gutes Wetter sorgen. Die anderen haben abgewartet und jetzt, nachdem die Stadt sich für diese Lösung entschieden hat, ducken sie sich weg. Scheinbar haben mich auch einige bei Bollmann angeschwärzt. Das ist menschlich, was will man da machen?!«

Sie zieht ein verächtliches Gesicht: »Feiglinge! Aber solche sind ja hier besonders erwünscht. Ich möchte, dass Sie wissen, dass es hier auch Leute gibt, die auf Ihrer Seite sind. Aber jetzt traut sich natürlich von den anderen auch keiner mehr!«

»Ich möchte auch nicht, dass jemand seine Existenz riskiert wegen einer Sache, die verloren ist. Ich ruf jetzt mal Bollmann an – schließlich hat der ja gesagt, ich soll weiterarbeiten …«

Die Konsequenz dieses Anrufs ist eine letzte kleine Niederlage für Hans – die Systeme von Stein werden wieder hochgefahren. Stein solle weitermachen.

Aber diese Episode hat Stein gezeigt, dass Hans schon im Vorfeld darüber informiert war, was geschehen würde. Somit wird einmal mehr klar, dass die scheinheilige Frage nach Steins Entscheidung, die Bollmann eingangs gestellt hatte, bestenfalls dazu dienen sollte, sich die Abfindung zu ersparen, wenn Stein von sich aus alles hingeworfen hätte.

Als der Arbeitstag zur Neige geht, packt Stein die letzten persönlichen Habseligkeiten zusammen, die sich noch in dem Zimmer befinden, von dem aus er die Firma in den letzten fünf Jahren groß gemacht hat, und schließt die Tür hinter sich. Keine Sentimentalitäten.

Er drückt im Vorbeigehen die Hand der Sekretärin. Ein trauriger Blick trifft ihn, sie hat Tränen in den Augen. Er nickt freundlich zurück. Er wird jetzt Haltung bewahren.

Dann verlässt er die Firma zum letzten Mal.

Nachdem alles geklärt ist, sieht er keine Veranlassung mehr, Bollmann und Fetscher die Entscheidung über den Tag zu überlassen, an dem er gehen muss.

Bis zum Eintreffen des Freistellungsbescheides meldet er sich krank.

Das war's. Game over.

Es war ein guter Kampf.

AER – Zeit der Lüfte

Eben noch hatte er vor Glück Pirouetten gedreht, jetzt war sein Lachen jählings erstorben. Taumelnd rast er auf die dunkel tosende Gischt zu, der Aufschlag jedoch ist seltsam unwirklich und so wenig schmerzhaft, dass er bei vollem Bewusstsein spürt, wie die kalte See über ihm zusammenschlägt. Er sinkt und wird sogleich von unsichtbaren Händen in die Tiefe gezogen. Wilde Strömungen haben sich an ihm festgesaugt und wirbeln ihn weiter nach unten.

»Komm, lass los, gib auf und ergib dich! Komm zu uns auf den Meeresgrund, da hast du Ruh ... Ruh ... Hier bei uns kannst du ausruhen, kannst du schlafen, so viel du willst. Niemand wird dir ein Leid tun ... komm ... komm ...«

Unwiderstehlich singen die Sirenen im seinem Kopf und er spürt, dass er ihrem Drängen so gerne nachgeben will; ja, er will ihnen folgen, will schlafen, will nichts mehr spüren.

Er breitet die Arme aus und fliegt. Ja, er fliegt, so wie eben, als er die Strahlen der Sonne berührte. Aber das Licht ist weg, es wird immer dunkler und er sieht sie nicht, welche ihn so lieblich betören. Wo sind sie? Wo fliegt er hin?

Nein, das ist nicht echt, fühlt sich falsch an. Das Dröhnen in seinem Kopf lässt nach. Kriegstrommeln.

»Ich will Ruhe, ich will schlafen, ich will ...«

»Was, was willst du?«, drängt es da in ihm. »WAS WILLST DU?!?«

Gedanken, zäh, bleiern und dumpf ist es in seinem Kopf, während er weiter in die Tiefe gezogen wird. Meter für Meter in die dunkle kalte Tiefe.

»Nein. Nein! Da unten ist niemand. Das ist alles falsch! Da ist niemand! Was ich will?! Was ...?«

Und dann reißt er die Augen auf, sieht sich, sein Leben, sieht Menschen, die er liebt; sie schauen ihn an, wollen ihn warnen vor der Tiefe unter ihm. Und da drängt es aus ihm heraus, schreit es mit jeder Faser seines zerschundenen Körpers: »LEBEN!«

Und er reißt sich empor und er kämpft gegen die unsichtbaren Hände, will sich losreißen. Meter für Meter nach oben mit Wachs in den Ohren.

Da hebt ihn etwas aus dem Wasser, ein riesiger schwarzer Vogel hat ihn gepackt. Er schreit, doch niemand kann ihn hören. Die Krallen des Vogels bohren sich schmerzhaft in sein Fleisch, während sie ihn eisern umklammern. Hoch, immer höher geht die wilde Fahrt durch die Nacht, immer stürmischer brausen die Winde, sie pfeifen und tosen ihr »Hu Hu Hu«. Es geht nach Heliopolis und sie grüßen den Herrn der Stadt.

Am Horizont ein fahles Licht, der Vogel fliegt schneller. Dann, als die Sonne aufgeht und der schwarze Vogel in einem Feuerball verglüht, stürzt er wieder in die Tiefe, glaubt, jetzt sei alles verloren. Doch da sieht er, dass er selbst ein schwarzer Vogel ist, jung, kraftvoll und mächtig. Erkennt, dass er nicht stürzt, sondern fliegt, höher als jemals zuvor. Und er brüllt sein barbarisches »Yawp!« über die Dächer dieser Welt …

Stein schreckte empor. Manchmal schlief er noch schlecht, aber das war kein Vergleich mit dem, was er in den Nächten des letzten Jahres hatte erleben müssen. Da war es normal gewesen, zwei oder drei Stunden zu schlafen und dann grübelnd den Morgen zu erwarten. Den Morgen eines Tages, von dem er nachts bereits wusste, dass er nicht gut werden würde.

Nur diese seltsamen Träume hatte er noch manchmal, doch er sagte sich, dass alles seine Zeit brauchte.

Stella lag ruhig atmend neben ihm. Er war sehr dankbar dafür, dass auch sie sich zunehmend von dem vergangenen Jahr erholte. Er sah sie an, der Anblick ihrer schönen Gesichtszüge machte ihn glücklich und ein Gefühl tiefer Liebe durchströmte ihn.

Die vergangenen Monate waren hart gewesen, sehr hart. Aber ihre Liebe war dadurch noch tiefer geworden, war gereift und hatte den Schmerz und die Sorgen schließlich überblüht.

»Ja«, dachte er, »mit diesem Menschen an meiner Seite werde ich immer der glücklichste Mann unter der Sonne sein. Alles andere ist unwichtig.«

Dann legte er sich auf den Rücken und verschränkte zufrieden seine Arme hinter dem Kopf.

Grinsend dachte er an Hans, Bollmann, Pößlinger und ihre Entourage.

Dachte an den Tag, an dem er die Firma endgültig verlassen hatte. »Sie werden der Verlierer sein!«, hatte Bollmann ihm hämisch hinterhergerufen, als er ihn wie einen Hund vom Hof gejagt hatte.

Bollmann Bauernschlau aus Deckeldraufhausen.

Die erste Amtshandlung Bollmanns nach Steins Rauswurf war die Reduzierung von Steins Vergütung auf das Niveau eines Assistenzarztes gewesen. Schließlich wäre der Rest ja eine Gewinnbeteiligung und er stellte sich auf den Standpunkt, dass es diese nun nicht mehr geben könne, nachdem der halsstarrige Arzt die Firma verlassen hatte. Hatte er ihm nicht prophezeit, dass er der Verlierer dieser Auseinandersetzung sein würde? Das, und Stein wusste, dass Bollmann bei diesem Gedanken grimmig lächeln würde, bekäme dieser Stein jetzt schneller zu spüren, als ihm lieb sein würde. Er würde Stein die paar Kröten noch ein paar Monate zahlen, in denen er freigestellt war und keine andere Arbeit aufnehmen durfte. Und dann wäre es irgendwann vorbei und der Kerl säße arbeitslos auf der Straße. Stein stellte sich vor, wie zufrieden und selbstgefällig Bollmann bei dem Gedanken daran wäre, dass Stein zu Hause saß, arbeits- und mittellos, und zutiefst bereute, was er getan hatte.

Dieser naive Tropf! Hatte sich mit ihm angelegt! Mit ihm und dem OB! So ein Idiot! Büßen würde er dafür! Büßen bis in alle Ewigkeit! Dieser verdammte Stein, der ihn, den Geschäftsführer der Firma, in diese Situation gebracht hatte!

Aber der hatte jetzt seine verdiente Strafe, den Absturz de luxe.

Und Hans? Den würde Bollmann nun an die Kandare nehmen, der würde seinen Verrat hundertfach bezahlen müssen! Stein war klar, wie wütend Bollmann bei dem Gedanken daran, wie er sich hatte manipulieren lassen, wie er von Hans hintergangen und verladen worden war, sein musste. Ausgerechnet von Hans, den er immer gefördert und dem er so vertraut hatte!

Dabei verdrängte er sicher geflissentlich, wie gerne er sich in der Öffentlichkeit bisher mit den fremden Federn der jährlichen Gewinnsteigerungen der Firma geschmückt hatte. Denn schließlich war er der Geschäftsführer und daher war es selbstredend sein Verdienst, dass die Firma so gut dastand. »Ich bin ein guter Kaufmann«, hatte er immer selbstgefällig geprahlt.

Insgeheim musste er jedoch wissen, dass Stein das Bauernopfer war, welches büßen musste, weil er an Hans nicht nur nicht rankam, sondern diesen auch noch schützen musste, damit er selbst nicht fiel. Und dieses Wissen musste seine Wut nochmals deutlich steigern.

Schließlich war er der Geschäftsführer!

Der Bürgermeister hatte ihn sicher mit einigen fragenden Blicken bedacht, als er ihm, um Rückendeckung zu bekommen, vor Angst schwitzend das Desaster geschildert hatte. Das konnte er gut, der Herr Bürgermeister: die Augenbrauen dezent hochziehen. Das genügte schon.

Gut, er hatte ihm aus gewissen Gründen vielleicht nicht absolut alles gebeichtet, aber das, was er hatte erzählen müssen, hatte schon ausgereicht, um die stumme Frage nach seiner Eignung als Geschäftsführer aufzuwerfen.

Seit diesem Gespräch mußte ihm klar gewesen sein, dass man ihn nur schützen würde, wenn er das Problem schnell und diskret aus dem Weg räumen würde. Und das konnte nach Lage der Dinge nur eins bedeuten: Man musste diesen Querulanten Stein so geräuschlos wie möglich loswerden.

Bollmann hatte Stein schlussendlich äußerst elegant und so geräuschlos wie befohlen vor die Tür gesetzt. Dieser arrogante Pinsel – was hatte der sich auch eingebildet?! Hier in seiner Firma hielt man die Schnauze und wenn es Probleme gab, dann wurden die ganz sicher nicht so ausgebreitet, wie Stein es getan hatte, sondern bestenfalls diskret »gelöst«. Gut, dass der OB in der Stadt genauso dachte und auch ähnlich handelte, wenn es mal Probleme gab. Und gut, dass der diesen Stein wegen dieser Flutsache auch schon im Visier gehabt hatte.

Das war eben Politik: Schnauze halten, Deckel drauf! Wer dagegen verstieß, musste die Folgen ertragen.

Diesem elenden Fetscher, der das verdammte Problem mit seinen sadistischen Neigungen und seinem Hang, über die Bande zu spielen, erst ausgelöst hatte, würde Bollmann jedoch, dessen war Stein sich sicher, in Zukunft zeigen, wer hier das Sagen hatte und wo die Grenzen waren. Schließlich hatte der jetzt schon mal eine Abmahnung, die Bollmann bei Gelegenheit als Druckmittel einsetzen konnte, wenn der Kerl wieder einmal über die Stränge schlug.

Wie es dem Stein jetzt wohl gehen musste – quasi arbeitslos mit drei Kindern und einer Frau, die zu Hause war?

»Stella, ich glaube, dass wir endlich mal eine Adventszeit haben werden, in der wir vor allem eins haben werden: Zeit miteinander! Denn ab sofort bin ich freigestellt, das heißt vor allem: nie wieder Morgenbesprechung, nie wieder Hans! Das sollten wir feiern!«

Stella sah ihn fragend an, in ihren Blick mischte sich neben Erleichterung auch Wut: »Da haben sie's endlich geschafft, oder?! Nach all den Quälereien und illegalen Aktivitäten, in die er dich verstrickt hat, nach alldem, was wir in den letzten Monaten unverschuldet durchgemacht haben – da haben sie das nun grandios gelöst, oder vielmehr: Sie haben das Opfer bestraft und damit den Täter belohnt!« Sie ballte die Fäuste und begann, vor Wut zu weinen. »Das ist so ungerecht!«

Stein machte ein hilfloses Gesicht, sein Zweckoptimismus bekam einen Riss: »Okay, du hast ja recht. Aber sieh doch auch, dass es nun endlich vorbei ist! Und: Wir haben uns nicht verbiegen lassen! Wir kommen schon wieder auf's Pferd und am Ende des Tages zählt nicht, ob wir tausend Euro mehr oder weniger verdient haben. Am Ende des Tages zählt, dass wir stolz auf uns sein können, weil wir uns nicht haben brechen lassen. Im Gegenteil: Wir haben dem und diesem ganzen Dreckspack gezeigt, dass wir uns so etwas nicht gefallen lassen. Und es war ein guter Kampf! Dass es am Ende so ausgehen würde, wussten wir doch von Anfang an. Vielleicht gab es mal eine Phase, in der man hätte glauben können, dass die Gerechtigkeit siegen könnte. Aber es kam eben doch so, wie der alte Ewerding prophezeit hat. Das ist hier eben so, hier in Deckeldraufhausen. Aber wir, Stella, das schwöre ich dir: Wir werden nicht untergehen! Wir werden ab sofort daran arbeiten, dass es noch besser wird, als es je zuvor war. Das muss das Ziel sein und auch wenn es ein paar Jahre dauern sollte: Wir werden es am Ende schaffen!«

Er nahm sie in den Arm; es tat gut, sie zu spüren.

Es war schon erstaunlich: Während Hans und Bollmann sich erleichtert und hämisch vorstellen mochten, wie verzweifelt Steins Familie jetzt sein musste, war die nun angebrochene Vorweihnachtszeit eine der besinnlichsten und schönsten, die die Steins jemals miteinander verbracht hatten.

In dem Maße, in dem die Anspannung von ihnen abfiel, entdeckten sie von Neuem, dass es in ihrer Welt so viele schöne Dinge gab, die es wert waren, dass man sich an ihnen erfreute. Sie brachten die Kinder morgens zur Schule, um danach stundenlang gemeinsam durch verschneite Wälder zu laufen. Später schlenderten sie über den Weihnachtsmarkt oder machten in einem Café halt. Sie redeten über Gott und die Welt und spürten, wie nah ihnen beide wieder waren. Und sie machten Pläne für ihre Zukunft. Ganz allmählich spürten sie wieder, wie schön das Leben eigentlich war, seitdem es Hans nicht mehr gab.

Einmal lief ihnen dabei Franz Kniep über den Weg, der Stein feindselig anfunkelte. Stein dachte daran, dass Kniep die Sache mit dem Passwort damals an Hans verraten hatte und grinste verächtlich zurück. So einer wie Kniep würde niemals wissen, worum es im Leben wirklich ging.

Stein hatte schon seit Längerem beschlossen, nach Antworten zu suchen. Er wusste, dass ein Schlüssel zum Verständnis dessen, was im nun langsam zu Ende gehenden Jahr geschehen war, bei Wilhelm Hader lag, dem alten Chefarzt der Firma, den Hans offenbar ebenfalls weggemobbt hatte.

Bislang hatte Stein aus taktischen Gründen nicht mit Dritten über die Vorgänge in der Firma sprechen können. Jetzt, wo die Katze aus dem Sack war, beschloss er, Hader um ein Treffen zu bitten.

Auf einem der langen winterlichen Spaziergänge sprach er mit Stella darüber: »Ich habe beschlossen, dass ich mich vielleicht mal mit jemandem unterhalten sollte, der Hans schon lange kennt und der sicher auch viel zu erzählen hat.« »Und? Ist dir da jemand eingefallen?«

»Ja. Ich glaube, ich sollte mich mal mit Hader treffen.« Stella blickte ihn erstaunt an: »Du meinst, den ehemaligen Chefarzt, den er beerbt und dann ›in dem kleinen Kabuff eingesperrt‹ hat? Aber den hast du doch auch immer gemieden!« Er nickte: »Das stimmt, aber das war ein Fehler. Eigentlich hatte ich gar nichts gegen ihn, ich kannte ihn ja gar nicht. Aber Hans hat mir doch gleich zu Anfang erzählt, dass der immer so schlecht über mich reden würde. Das hab ich ihm geglaubt und hatte dann natürlich keine Lust mehr dazu, mich mit dem zu befassen. Darum war es eben ›Guten Tag und Guten Weg‹. Bis er dann sang- und klanglos weg war, in seinem wohlverdienten Ruhestand. Den haben sie doch damals noch nicht mal würdig verabschiedet, weißt du noch?«

»Max, vielleicht ist das eine gute Idee.«

Wilhelm Hader war gerne bereit, sich mit Stein auf einen Kaffee zu treffen. »Ich habe mir schon gedacht, dass Sie mich irgendwann mal anrufen werden«, sagte er am Telefon zu Steins großem Erstaunen.

Wenig später saßen sie sich gegenüber und das verhutzelte Männlein schaute Stein aus klugen Augen prüfend an. »Tja äh, ich weiß nicht so recht, wie ich anfangen soll«, begann Stein das Gespräch.

»Ich glaube, ich weiß, warum Sie mich sprechen wollten«, gab der andere zurück. »Es geht um Hans Fetscher, nicht wahr?« Stein nickte langsam. »Das habe ich mir gedacht.« Pause.

»Wissen Sie, Herr Hader, wir haben ja leider nie miteinander gesprochen, solange Sie noch in der Firma waren. Das war falsch, aber Fetscher hatte mir gesagt, dass Sie schlecht von mir reden würden. Das hat mich wütend gemacht.«

»Das war natürlich gelogen, passt aber zu seiner bewährten Strategie, Misstrauen und Zwietracht zu säen. Mir«, antwortete das Männlein ruhig, »hat er gesagt, der Stein würde nur in der Firma anfangen, wenn ich vorher ginge.« Stein schnappte nach Luft: »Das hat er gesagt?! Das stimmt doch gar nicht! Ich kannte Sie doch gar nicht!«

»Sehen Sie, das ist exemplarisch für diesen Menschen. Das ist ein Mensch, hinter dessen Maske aus Freundlichkeit und scheinbarer Verbindlichkeit sich nichts als Verschlagenheit, Lug und Trug verbergen.«

Und dann erzählte er seine Geschichte. Es war eine Geschichte, bei der Stein mehrmals der Atem stockte:

Fetscher habe als Assistenzarzt bei ihm angefangen und zunächst die Ausbildungszeit bei ihm abgeleistet, die er selbst von der KV genehmigt bekommen hatte. Damit er seine Weiterbildung bis zum Facharzt gänzlich absolvieren konnte, habe ihm Hader dann eine Stelle bei seinem Bekannten Professor Opitz in der Uniklinik vermittelt. Dass dort etwas nicht stimme, habe er mitbekommen, als Opitz ihn eines Tages angerufen und sich über Fetschers Verhalten in der Abteilung beschwert habe.

Stein fragte nach: »Um was genau hat es sich denn dabei gehandelt?«

»Nun ja«, gab Hader zurück. »Es ist offenbar zu Handgreiflichkeiten zwischen Fetscher und einigen weiblichen Mitarbeitern gekommen. Es war Professor Opitz hörbar peinlich, das zu schildern, aber er hielt diese Vorfälle für derart inakzeptabel, dass er mich angerufen hat, weil er meinte, mich davon in Kenntnis setzen zu müssen.«

In diesem Zusammenhang erwähnte Hader auch, dass Fetscher offenbar immer wieder Probleme damit habe, sich zu beherrschen.

Er sei auch im Besitz eines Ordners mit Beschwerdebriefen von Patienten und Angehörigen, in welchen sich diese bei ihm über das Verhalten Fetschers beschwert hätten. Fetscher würde allem Anschein nach immer wieder Patienten angehen und diese unter Druck setzen. Wenn ihm jemand nicht passe, spiele er dem Vernehmen nach seine Macht als Arzt aus und drangsaliere die Leute. Es habe sich zum Beispiel einmal ein Kollege bei ihm beschwert, dessen Tochter Fetscher scharf angegangen habe. Im Zuge dieses Briefwechsels habe Fetscher dann in Abwesenheit von Hader einen Brief des Kollegen geöffnet, gelesen und Hader anschließend vorgeworfen, dass er Patienten dazu ermuntere, sich über ihn zu beschweren, um ihm, Fetscher, zu schaden – das sei ein Unding.

Er, Hader, habe einen Oberarzt, Dr. Prechtel, gehabt, mit dem er seit Jugendtagen bekannt gewesen sei. Dieser sei von der Grundstruktur her sehr sensibel gewesen, fachlich und menschlich sei aber absolut nichts an ihm auszusetzen gewesen.

Der habe sich dann, nachdem Fetscher in die Abteilung gekommen sei, zunehmend verändert. Hader sei vor allem aufgefallen, dass Prechtel sich insbesondere nach Einzelgesprächen mit Fetscher zunehmend anders verhalten habe. Fetscher habe oft unter vier Augen mit Prechtel gesprochen, dieser sei dann immer verschlossener geworden und hätte sich zunächst auch Hader nicht offenbart. Es sei aber wohl in diesen Gesprächen immer wieder darum gegangen, dass Fetscher dem Prechtel fachliche Schwächen vorgeworfen und diesen damit immer mehr verunsichert und unter Druck gesetzt habe. Haders Meinung nach waren die Vorwürfe haltlos und dienten nur dem Zweck, Prechtel, von dem auch Fetscher wusste, dass er sehr sensibel sei, fertigzumachen.

Prechtel sei schließlich immer depressiver geworden und habe sich am Ende in die Psychiatrie einweisen lassen – etwa sechs Monate vor seiner regulären Berentung. Hader habe ihn dort mehrmals besucht und er habe ihm dann gestanden, dass er den psychischen Druck, den Fetscher auf ihn ausgeübt habe, nicht mehr ausgehalten habe.

»Mann, das hört sich aber gar nicht gut an«, versetzte Stein. »Wie geht es ihm denn jetzt?«

Hader lächelte müde: »Es hat lange gedauert, aber jetzt geht es ihm eigentlich wieder ganz gut – solange er nicht in die Nähe der Firma kommt …«

»Was genau hat denn das Verhalten von Fetscher mit der psychischen

Erkrankung von Dr. Prechtel zu tun?«, Stein blickte Hader fragend an. »Glauben Sie, dass Fetscher ihn in die Depression getrieben hat?«

Hader erwiderte seinen Blick, seine Gesichtszüge verfinsterten sich: »Ja, das will ich damit sagen. Ich sehe in Hans Fetscher den vorsätzlichen Verursacher der psychischen Erkrankung, der Depression meines Oberarztes und Freundes Heinz Prechtel.«

Stein sah ihm an, wie ihn diese Geschichte immer noch aufwühlte.

»Aber warum hat er das getan?«, bohrte er nach.

Hader straffte den Rücken: »Weil Fetscher gnadenlos alle aus dem Weg räumt, die nicht in sein Konzept passen und ihm irgendwie im Weg sind – und zwar mit allen Mitteln.«

Dann berichtete er von einem weiteren Fall – einer weiblichen Mitarbeiterin –, die am Ende sogar verstorben sei.

Ungläubiges Nachfragen von Stein. Diese Mitarbeiterin, führte Hader weiter aus, habe sicher auch eine psychische Prädisposition gehabt und er behaupte deshalb auch nicht, dass Fetscher sie in den Tod getrieben habe. Aber Fetscher habe zumindest eine deutliche Teilschuld daran.

Sie sei so um die 50 Jahre alt gewesen. Es habe damals – wie auch heute – in der Firma eine Truppe gegeben, die zu Fetscher gehalten habe. Die Mitarbeiterin habe nicht unbedingt zu diesem inneren Kreis gehört, weshalb Fetscher sie immer wieder unter Druck gesetzt habe. Hader sei wiederholt aufgefallen, dass sie sehr verstört gewesen sei, wenn sie nach einem Gespräch mit Fetscher aus dessen Zimmer gekommen sei. Sie habe sich dann oft krank gemeldet und sei schließlich berufsunfähig gewesen. Ein anderer Mitarbeiter, der im gleichen Ort wie sie gewohnt habe, habe sie dann noch öfter auf der Straße getroffen und berichtet, wie sie zunehmend aufgedunsen und völlig wesensverändert gewesen sei, was dieser auf Alkohol oder Psychopharmaka zurückgeführt habe. Schließlich sei sie dann verstorben – und das sicher nicht an Altersschwäche.

Hader wiederholte: »Ich gebe Fetscher daran zwar nicht die alleinige Schuld, aber er hat sicher eine große Mitschuld daran, dass diese Frau vor der Zeit verstorben ist.«

Der Mitarbeiter habe ihm auch berichtet, dass Fetscher sich Haders

Unterlagen und die von ihm bearbeiteten Fälle heimlich kopiere, wenn er abwesend sei, und dass er offenbar einen Ordner angelegt habe, um Hader unter Druck setzen zu können. Er selbst habe sich zwar fachlich nichts vorzuwerfen, aber offenbar habe Fetscher aktiv nach Fehlern bei ihm gesucht. So habe ihm Fetscher vor allem auch in Gegenwart von Bollmann immer wieder fachliche Fehler vorgeworfen und auf diese Weise versucht, ihn erstens zu zermürben und zweitens vor der Geschäftsführung zu diskreditieren. Letzteres habe offenbar dann auch zunehmend Erfolg gezeigt. Fetscher habe immer wieder ihn, den Chefarzt Hader, besonders auch vor anderen Leuten gedemütigt und fachlich diskreditiert. Er habe Lügen über ihn verbreitet und immer wieder versucht, ihn aus der Position herauszudrängen. Dabei sei ihm jedes Mittel recht gewesen.

»Aber warum haben Sie sich denn nicht gewehrt? Sie waren doch sein Chef!«

Hader sah in müde an: »Ich stand damals kurz vor der Rente und so etwas ist nichts für mich. Was solche Intrigen betrifft, bin ich sicher kein versierter Kämpfer und das hat Fetscher wohl gewusst.«

Dennoch habe sich Fetscher die Zähne an ihm ausgebissen, weil er bis zum Schluss dageblieben sei. Aber es sei schwer gewesen und all das, was Stein ihm jetzt andeutungsweise erzähle, sei ihm absolut nicht neu.

Stein fragte, was Hader ihm denn rate.

Hader schüttelte den Kopf: »Dieser Mensch tritt mit dem Ziel an, den anderen sozial und persönlich zu vernichten, und er hört nicht eher auf, als bis er sein Ziel erreicht hat. Versuchen Sie, so glimpflich aus der Sache herauszukommen, wie es geht, ohne dass Sie oder Ihre Familie Schaden nehmen – andere haben da nicht so viel Glück gehabt, wie Sie ja nun gerade gehört haben.«

Es gebe da auch noch ein paar andere Menschen aus der Firma, die Fetscher mit Intrigen kaltgestellt und rausgeekelt habe. Er habe nur die beiden krassesten Fälle geschildert.

»Im Endeffekt«, meinte Hader abschließend, »geht es Fetscher nur um seine eigene Person, der hält extrem viel von sich und ist sehr ichbezogen. Jeder, der ihm nicht ausreichend huldigt und sich nicht genug duckt, gerät irgendwann einmal in sein Schussfeld und wird gnadenlos fertiggemacht. Mit allen Mitteln und bis zur letzten Konsequenz.«

Er sei nun froh, damit abgeschlossen zu haben. Es gehe ihm gut und er habe wieder Freude am Leben.

»Seien Sie froh, Herr Stein. Sie sind ja noch gesund und Ihrer Familie ist nichts passiert. Lassen Sie das hinter sich und fangen Sie ein neues Leben an!«

Er lächelte verbindlich, leerte die Kaffeetasse und verabschiedete sich. In der Tür drehte er sich noch einmal zu Stein um und winkte ihm aufmunternd zu.

Stein blieb noch eine ganze Weile sitzen und starrte aus dem Fenster. Die Kellnerin riss ihn zweimal aus seinen Gedanken, er bestellte jedes Mal irgendwas, um sie loszuwerden, und versank dann wieder in dem, was er gerade gehört hatte.

Unwillkürlich kam ihm der Satz von Jochen Illert in den Kopf: »Dem muss doch mal jemand das Handwerk legen!« Auch die Ertl hatte sich in dieser Richtung geäußert. Ihm wurde klar, dass es Leute gab, die noch sehr viel mehr über Hans wussten als er. Leute, die schwiegen, weil sie sich selbst nicht in Gefahr bringen wollten. Und weil sie wussten, dass es besser war, sich nicht mit Hans anzulegen.

Er dachte an die beiden Mitarbeiter, von denen Hader gerade erzählt hatte. Wenn er es nicht selbst am eigenen Leibe erfahren hätte, würde er solche Geschichten in das Reich der Erfindungen und der üblen Nachrede verbannen. Aber er hatte persönlich erfahren, was das, was Hans tat, mit einem machte, und er konnte sich vorstellen, dass es Menschen gab, die daran zerbrochen waren.

Hatte er nicht selbst psychisch und auch körperlich – bei dem Gedanken schmerzte es ihn wieder in der Lendenwirbelsäule – bereits ziemlich gelitten?

Was wusste Bollmann darüber? Was der Oberbürgermeister? War es tatsächlich möglich, einen solchen Menschen zu decken und weiterhin zu fördern? Oder anders ausgedrückt: Wenn das möglich war – und es war möglich –, dann hatte er tatsächlich verdammt viel Glück gehabt.

Und alle Schritte, die er seit dem Gespräch mit Jutta Soehler unternommen hatte, waren definitiv richtig gewesen.

Tief in Gedanken versunken, trat er zu Fuß den Heimweg an.
Unterwegs traf er Jochen Illert und seine Frau. Jochen war der einzige Kollege, dem er sich etwas mehr offenbart hatte. Jochen wusste also, was los war, und er hatte auch mitbekommen, dass Stein nun nicht mehr in der Firma arbeitete.
Stein grüßte freundlich und blieb stehen. Er spürte ein gewisses Unbehagen bei den beiden, als sie seinen Gruß erwiderten. Stein hatte nicht vor, sich länger über seine Situation auszulassen, aber natürlich erwartete er, dass Illert Fragen stellen würde. Er wollte darauf auch wahrheitsgemäß antworten, schließlich hatte er Illert bereits ins Vertrauen gezogen und der hatte daher in Steins Augen ein gewisses Recht darauf, zu erfahren, wie es weitergegangen war.
Umso erstaunter war Stein, als Illert, der insgesamt etwas peinlich berührt zu sein schien, ausgiebig über das Wetter philosophierte, ohne Anstalten zu machen, ihn nach seiner persönlichen Situation zu fragen. Hatte Illert ihn vorher bei jeder Gelegenheit gefragt, wie es denn stehe und wie es ihm gehe, so hielt er sich nun auffälligst zurück. Selbst als Stein einen Versuch unternahm, das Thema zumindest zu streifen, hielt Illert sich krampfhaft am Wetter fest. Dabei schaute er zur Seite, als Stein seinen Blick suchte.
Unwillkürlich spürte Stein, dass Illert nicht darüber reden wollte. Es genügte ihm das, was er von Bollmann oder Hans erfahren hatte. Der Rest war zu unbequem – und wohl auch zu gefährlich. Schließlich beendete Stein die peinliche Situation, indem er sich schnell verabschiedete, wobei er in diesem Moment die große Erleichterung, die sich in den Gesichtern von Illert und seiner Frau abzeichnete, wahrnehmen konnte.

Als er nach Hause kam, erzählte er Stella von seinen Erlebnissen.

Nach einer ganzen Weile sagte sie: »Tja, Jochen und seine Frau. Die winkt doch immer so euphorisch, wenn sie mich sieht. Wie eine dieser Porzellankatzen in den chinesischen Läden, die Kunden anlocken sollen. Wenn ich daran denke, wie die uns ausgefragt und sich über Hans ausgelassen haben!«

»Na ja, das ist halt menschlich«, erwiderte Stein. »Ich weiß ja, was Jochen von Hans hält. Aber der will eben seine Karriere nicht beschädigen, indem er zu mir steht. Kann man ihm jetzt, wo ich weg bin, vielleicht auch nicht verdenken.«

»Aber er hätte dich doch wenigstens mal fragen können, wie es dir und uns jetzt geht, nach alldem, was passiert ist! Das wäre eine mitfühlende und menschliche Reaktion gewesen! Bollmann und Hans waren doch weit weg! Noch so ein Feigling!«

»Ja, das stimmt, das war ziemlich schäbig von ihm. Aber er hat offenbar zu viel Angst. Eine Enttäuschung mehr macht jetzt auch nichts mehr aus. Jetzt wissen wir wenigstens, was wir von ihm zu halten und dass wir uns in ihm getäuscht haben. Heißt ja auch Ent-Täuschung. Was sagst du denn zu dem, was Hader erzählt hat?«

Sie setzte ein wütendes Gesicht auf: »Das bestätigt doch unsere Vermutungen eins zu eins. Wir wussten doch, dass er es auch bei dir darauf angelegt hat, dich aus dem Weg zu räumen, man kann ja schon fast sagen: tot oder lebendig. Weißt du noch, wie er ganz zu Anfang gedroht hat, dass er dich jetzt so behandeln würde wie alle anderen? Jetzt wissen wir ja, wen er mit diesen anderen gemeint hat! Ich glaube, dass wir verdammt froh darüber sein können, dass wir so da rausgekommen sind; da hat Hader ganz recht. Wenn ich daran denke, wen der schon alles fertiggemacht hat und zwar auf die übelste Tour …! Und das glaub mal: Das wissen hier so einige Leute – und keiner unternimmt was dagegen! Das macht mich so dermaßen wütend, das kann ich dir gar nicht sagen!«

»Ja, der geht scheinbar im wahrsten Sinne des Wortes über Leichen. Aber ich bin auch sehr froh, dass ich mit Hader jetzt darüber gesprochen habe, denn wer weiß: Die nächsten Monate werden sicher auch noch mal Tage bringen, an denen man sich fragt, ob es nicht doch auch anders gegangen wäre. Selbst der elende Knörzer hat ja mal gesagt, dass Hans es so weit treibt, dass man am Ende nicht mehr weiß, ob er oder man selbst verrückt ist. Und das heutige Gespräch hat darauf eine Antwort mehr geliefert. Hader hat jedenfalls genau das bestätigt, was auch wir mit Hans erlebt haben.«

Sie sah ihn nachdenklich an: »Wir sollten jetzt nach vorne schauen und das heißt: Wie geht es nun weiter? Du hast zwar deinen geparkten Arztsitz, aber du brauchst jetzt auch eine Möglichkeit, den wieder zu reaktivieren, zu arbeiten und … Geld zu verdienen. Ich finde, dass du Jutta Soehler jetzt so langsam mal wieder anrufen solltest.«

»Keine Sorge, Max«, Juttas Stimme hatte wie immer diesen mütterlichen Unterton, der so ungemein beruhigend wirkte. »Wir finden was für dich, das habe ich dir schließlich versprochen. Ich bin da an einer Sache dran, gar nicht so weit weg von euch. Das könnte was werden. Und bis das spruchreif ist, kann ich dir auf jeden Fall ein paar Vertretungsjobs organisieren. Eins verspreche ich dir: Auf der Straße werdet ihr nicht landen. Ich melde mich, sobald es konkreter wird …«

So verstrich die im wahrsten Wortsinn besinnliche Vorweihnachtszeit. Sorgen machten sie sich nicht, es würde schon alles gut werden. Das Wichtigste war, aus der Hölle der Firma heil herausgekommen zu sein. Stein wusste jedoch, dass die tiefen Wunden, die die letzten Monate bei ihm und seiner Familie geschlagen hatten, nicht in ein paar Tagen verheilt sein würden, und erst jetzt wurde ihm gänzlich bewusst, wie ausgelaugt er und Stella waren.

Er las ein paar Artikel über Burn-out im Internet, hörte aber rasch wieder damit auf, als er bemerkte, dass er die geschilderten Symptome allesamt an sich selbst beobachten konnte. Er wollte sich einfach nicht selbst in den Opfermodus schalten, denn was würde dies bringen? Es musste ja irgendwie weitergehen. Und da war es wenig hilfreich, sich selbst leidzutun. In seiner Situation konnte er sich so etwas nicht leisten und daher beschloss er, alles zu tun, um den endgültigen Absturz zu vermeiden. Er entschleunigte sein Leben radikal und versuchte, sich positiv zu bestärken. Immerhin: Sein Selbstvertrauen und sein Bewusstsein, fachlich ein Profi zu sein, waren erstaunlicherweise überhaupt nicht angekratzt. Das war schließlich das Problem bei so vielen Mobbing-Opfern, die irgendwann anfingen, die Lügen über sich, die man ihnen täglich eintrichterte, zu glauben. Und wenn man erst mal so weit war, selbst zu glauben, dass man ein Versager war, war es eben auch verdammt schwer, wieder auf die Beine zu kommen.

Glücklicherweise, sagte er sich, war er mit einer gewissen Sturheit ausgestattet, die ihn davor schützte, sich Derartiges einreden zu lassen. Außerdem hatte er Hans und seine Methoden zur Genüge entlarvt und war sich im Klaren darüber, was für ein teuflisches Spiel Hans mit ihm hatte spielen wollen.

Er sagte sich, dass ein gesundes Selbstvertrauen die beste Grundlage war, auf der er jetzt aufbauen musste. Und er war fest dazu entschlossen, genau das zu tun.

Nach Weihnachten kursierten Neuigkeiten über Hans und Margret in der Stadt. Margret, die offenbar zwischenzeitlich jedem, der nicht bei drei auf den Bäumen war, erzählt hatte, dass sie sich von ihrem Mann getrennt habe, sei nun wieder mit ihm zusammen. Er habe ihr einen Ring für achttausend Euro zu Weihnachten geschenkt und jetzt sei alles wieder gut.

Stein und Stella fragten sich, ob diese Gerüchte stimmten, und sprachen oft darüber, wie verzweifelt Margret gewesen war.

»Tja, genau, wie wir es vorausgesehen haben«, sagte Stein, »Ich nehme an, dass das auch nicht das erste Mal war. Der weiß schon, wie er sie manipulieren kann. Wenn sie ihm dumm kommt, dann macht er sie ein bisschen eifersüchtig und schon sind die Machtverhältnisse und Abhängigkeiten wieder klar. Die kommt nie von dem los und am Ende wird er sie wegwerfen und sich eine Jüngere nehmen. Und sie kann dann den Rest ihres Lebens zum Psychiater rennen.«

»Eifersucht ist eine Leidenschaft, die mit Eifer sucht, was Leiden schafft.

Sie tut mir leid, schließlich redet jetzt die halbe Stadt über sie und zerreißt sich das Maul.«

»Ach was, das läuft doch hundertprozentig nicht zum ersten Mal so. Außerdem hat sie doch damals versucht, uns aufzuhetzen, weil sie wahrscheinlich wollte, dass ich ihrem Mann mal eine reinbrate. Dann ist er wahrscheinlich heulend bei ihr angekommen, so wie er bei mir geheult hat, und sie hat ihm dann wieder vergeben, weil er ja ach so leidend war. Ich schätze mal, dass sie ihren Mann noch nie so erlebt hat. Somit haben wir ihn in ihren Augen auch dafür bestraft, was er mit ihr gemacht hat, und das hat ihr halt gereicht. So gesehen, wollte sie uns auch nur benutzen. Wenn sie es nicht schafft, sich von dem zu trennen, obwohl der sie ja ganz offensichtlich auch kaputtmacht oder schon kaputtgemacht hat, dann muss sie eben auch die Folgen tragen. Man hat immer eine Wahl. Guck uns doch an – einfach ist das nicht gewesen und einfach ist es auch jetzt nicht. Aber es ist der richtige Weg. Sie ist eben zu schwach oder zu feige, um auch zu gehen. Das mag man bedauern, ist aber nicht unser Problem. Wir sollten uns die Familie Fetscher in Zukunft so weit wie möglich vom Leibe halten. Die haben eine verdammt negative Aura. Und wenn die irgendwann erneut angeschissen kommen sollte, wenn es ihr mal wieder schlecht geht, dann sollten wir ihr freundlich, aber bestimmt sagen, dass sie bitte jemand anderen mit ihren Problemen belästigen soll.«

Stella nickte nachdenklich. Stein sah ihr an, dass ihr die Frau von Hans trotz allem leid tat und er gestand sich insgeheim ein, dass es ihm genauso ging.

Silvester hatten sie im Schnee bei den Schwiegereltern verbracht und sich um Mitternacht geschworen, dass das kommende Jahr besser werden würde.

Stein gab sich noch einen Monat zum Regenerieren, wollte dann aber ab Februar endlich wieder Geld verdienen.

Von Bollmann hatte man noch nichts weiter gehört und Stein stellte sich vor, wie man sich in der Chefetage einerseits daran ergötzte, ihn auf finanzielle Diät gesetzt und beruflich ruiniert zu haben, sich andererseits aber auch verzweifelt fragte, wie man an den Arztsitz kommen könne. Der war schließlich der Schlüssel zur Filiale und für die hatte man schließlich bereits eine halbe Million an Planungskosten versenkt. Geld, dass eigentlich der Stadt gehörte und dessen Verschwinden bei einer Streichung des Projekts Fragen aufwerfen würde. Fragen, deren Beantwortung dazu führen könnte, dass jemand seinen Stuhl räumen müsste.

Stein wusste, dass Bollmann am Zug war, und es ärgerte ihn, dass Woche um Woche verstrich, ohne dass sich dieser rührte. Bollmann, so viel zeichnete sich ab, hatte es nicht eilig. Und er hatte noch einen wichtigen Trumpf in der Tasche, den er sicher ausspielen würde: die Tantiemen, die Stein noch zustanden und die angesichts der Situation für Stein und seine Familie von größter Wichtigkeit waren.

Ewerding riet zunächst zum Abwarten, sodass Stein beschloss, sich erst mal um die Vertretungsjobs zu kümmern.

Im Februar und März tourte er durch verschiedene Orte der Republik, wohnte in Fremdenzimmern, Einliegerwohnungen und in Hotels und sah seine Familie nurmehr an den Wochenenden.

Stella schmiss den Laden zu Hause wie immer mit Bravour und er versuchte, die positiven Aspekte der Situation zu sehen. Schließlich lernte er einiges an Neuem und konnte auch sein berufliches Netzwerk weiter ausbauen.

Manchmal jedoch, wenn er wieder in einer anderen fremden Stadt war und abends in irgendeinem Hotelbett lag, musste er sich sehr anstrengen, um den Kloß im Hals herunterzuschlucken, und es gab Tage, an denen ihm das nur unzureichend gelang. An diesen Tagen wurde Stein bewusst, wie nah ihn die Ereignisse des vergangenen Jahres an eine Depression gebracht hatten.

Ende Februar meldete sich Jutta freudestrahlend und teilte ihm mit, dass sie jemanden gefunden habe, der an Stein sehr interessiert war. Eine

Woche später wurden die Verhandlungen aufgenommen, die sehr unkompliziert und in einer Atmosphäre der gegenseitigen Wertschätzung verliefen, was Stein schon gar nicht mehr für möglich gehalten hatte. Es schien ihm, als wendete sich das Blatt nun, und er war fest entschlossen, diese Chance zu nutzen.

Es gab allerdings noch das Problem, dass er zuvor aus seinem Arbeitsvertrag entlassen werden musste, da dieser ihm verbot, eine andere Beschäftigung aufzunehmen.

Sondierungen von Ewerding bei den Anwälten der Gegenseite hatten ergeben, dass man Stein noch bis Jahresende unter Fortzahlung des äußerst mageren Grundgehalts freistellen wollte. Man signalisierte auch sehr klar, dass man weiterhin nicht vorhatte, auf den Arztsitz zu verzichten.

Da das Zeitfenster für die Mitarbeit in der neuen Praxis bis dahin längst geschlossen sein würde, war es für Stein extrem wichtig, dass Ewerding Bollmann und seine Spießgesellen dazu brachte, diese Pläne aufzugeben und Stein früher freizugeben. Dass dies nicht unter Angabe der wirklichen Gründe geschehen konnte, verstand sich von selbst.

Es lag also nun an Ewerdings Verhandlungsgeschick, eine frühere Beendigung des Arbeitsvertrages zu erwirken.

Und Ewerding stellte tatsächlich erneut eine beachtliche Finesse unter Beweis: Er machte Bollmanns Anwälten klar, dass es, nach allem, was geschehen war, ziemlich unfair wäre, Stein nun auch noch die Chance auf einen beruflichen Neuanfang zu nehmen und ihn zwingen zu wollen, bis zum Jahresende untätig herumzusitzen. Eine solch lange Zwangspause führe bei einem derart hochkomplexen Fach wie der Krebsheilkunde unweigerlich zu Wissensdefiziten, die die Chancen auf einen beruflichen Wiedereinstieg deutlich schmälern könnten.

Er vergaß auch den Hinweis nicht, dass der bisherige Ablauf der Ereignisse gewissen Leuten ein unerwartet gutes Ergebnis beschert habe, und die, indem sie den Bogen jetzt nicht überspannten, ihrer Freude darüber Ausdruck verleihen könnten.

Die andere Seite reagierte zunächst zögerlich, aber offenbar war zumindest der Arbeitsrechtler Braxler diesen Argumenten gegenüber zugänglich und wirkte entsprechend auf Bollmann ein – Braxler konnte die arbeitsrechtliche Situation wohl auch am besten einschätzen.

Während Ewerding verhandelte, rückte der Tag immer näher, an dem Stein in der neuen Praxis beginnen sollte. Es war allerdings – ein weiterer Unsicherheitsfaktor – auch noch nicht ganz klar, ob die KV die räumliche Verlegung von Steins Arztsitz genehmigen würde. Diese Verlegung des Sitzes, der zwar momentan stillgelegt war, sich jedoch virtuell noch in der von Hans geplanten Filiale befand, in die zukünftige Praxis würde eine zwingende Voraussetzung dafür sein, dass Stein dort anfangen konnte. Und die Genehmigung der Verlegung war laut Ewerding zwar wahrscheinlich, aber keineswegs sicher. Im Falle eines negativen Bescheides müsste man sämtliche Pläne von Stein als gescheitert betrachten und der Sitz würde aller Wahrscheinlichkeit nach verfallen.

So hing denn das weitere berufliche Schicksal von Stein wieder am seidenen Faden und er wusste, dass die Zeit gegen ihn lief.

In dieser Situation zeigte Ewerding sein Können und erreichte es, dass zwei Wochen vor der Deadline ein Angebot von Bollmann auf dem Tisch lag.

Es war ein vergiftetes Angebot: Bollmann verlangte als Gegenleistung dafür, dass er Stein die diesem zustehenden Tantiemen auszahlen würde, nichts weniger als die Überschreibung des Arztsitzes.

Stein war außer sich, doch Ewerding erwiderte auf eine lange Schimpftirade zu dessen größtem Erstaunen lapidar: »Dr. Stein, ich weiß gar nicht, was Sie wollen. Das Angebot ist doch gar nicht schlecht.«

»Gar nicht schlecht?!«, fuhr Stein ihn an. »Diese verdammten Halsabschneider wollen mich doch erpressen! Sie bieten mir das, was mir sowieso zusteht, an, wenn ich ihnen den Arztsitz schenke! Dann ist alles, wofür wir gekämpft haben, erledigt! Das mache ich nicht! Dann geht's eben auf die harte Tour und ich klage das ein, was mir zusteht!«

Ewerding wartete, bis Stein sich etwas beruhigt hatte, und gab ruhig zurück: »Nein, Dr. Stein. Wir machen es anders. Wir nehmen das Angebot an.«

»Was?!? Sind Sie des Todes?!«, entfuhr es Stein.

»Wir nehmen es an und fügen lediglich noch einen Satz ein. Wir fügen ein, dass die Gegenseite den Sitz bekommen kann, wenn Sie ihn nicht für sich selbst brauchen …«

Stein überlegte. »Und Sie glauben, dass die darauf eingehen? Das ist doch Bauernfängerei!«

»Klar gehen die darauf ein. Die denken doch, dass Sie den Sitz verkaufen wollen, und das könnten Sie ja mit dieser Klausel nicht. Die ahnen doch gar nicht, dass Sie den Sitz für sich haben wollen.«

»Das können die sich doch dann aber an zwei Fingern abzählen!«

»Ja, aber ich werde ihnen schon klarmachen, dass es auch rechtlich keine weitergehenden Möglichkeiten gibt, Sie festzunageln. Ich sage Ihnen: Die werden darauf eingehen.«

Stein war skeptisch, aber er hatte gelernt, dem alten Fuchs Ewerding zu vertrauen; schließlich waren seine Prognosen immer erstaunlich präzise gewesen und er schien in solchen Verhandlungen ein schier unfassbares Geschick aufzuweisen.

Also gab er ihm für seinen Plan grünes Licht.

Erneut verstrichen ein paar Tage und der Termin des Praxiseintritts rückte bedrohlich nahe. Offenbar erhielt Ewerding von Braxler immer mal wieder Wasserstandsmeldungen bezüglich der internen Diskussionen bei Bollman und Co. Auf diese Weise erfuhr Stein, dass es im gegnerischen Lager hoch herging, weil man einerseits den Braten irgendwie roch, andererseits aber wusste, dass man keine andere Möglichkeit hatte, als den Wurstzipfel, den Ewerding hinhielt, zu schnappen und zu hoffen, dass man auf diese Weise die ganze Wurst bekam und den Sitz und das Filialprojekt retten konnte.

Während man sich in der Firma den Kopf darüber zerbrach, ob man das Angebot annehmen sollte, blickte Stein mit jedem Tag sorgenvoller auf den Kalender. Seine Anspannung steigerte sich noch mehr angesichts des bevorstehenden Termins, an dem bei der KV über die Verlegung des Arztsitzes entschieden werden sollte.

Schließlich fischte er ein Schreiben aus dem Briefkasten, das den offiziellen Stempel der Firma trug. Nervös riss er den Umschlag auf und konnte nicht fassen, was er las: Bollmann war tatsächlich auf das Angebot Ewerdings eingegangen – er hatte unterschrieben.

Einen Tag später erhielt er von der KV eine E-Mail: Der Verlegung seines Arztsitzes in die neue Praxis war stattgegeben worden.

Die Erleichterung, die ihn erfasste, war unbeschreiblich. Es war, als fielen ihm mehrere Mühlsteine von den Schultern. Bis zum letzten Moment war es spannend geblieben, aber am Ende war es eine Punktlandung gewesen: Er hatte wieder eine berufliche Zukunft.

In dem Schreiben der KV wurde ihm in einem Nebensatz mitgeteilt, dass man ihm auch auf postalischem Weg ein Exemplar der Sitzverlegungs-Erlaubnis zukommen lassen werde. Erst da fiel ihm auf, dass er sich bei der KV noch nicht abgemeldet hatte. Das Schreiben würde daher an die Firma geschickt werden. Er war sich sicher, dass Hans es öffnen und es nie bei seinem richtigen Adressaten ankommen würde. Und so kam es auch: Das Schreiben erreichte ihn nie.

Aber das machte nichts, denn es war zu spät, um zu intervenieren, die Würfel waren gefallen und keine Intrige der Welt konnte das mehr ändern.

Stein stellte sich später noch oft das entsetzte Gesicht von Hans beim Lesen des nicht für seine Augen bestimmten Briefes vor. Hätte dieser ihn nur ein paar Tage früher erhalten, hätte er die Unterschrift von Bollmann verhindern und damit die Pläne von Stein zunichtemachen können.

Doch es war zu spät. Zu spät.

Zu spät.

Einige Tage später gab Stein ein Paket auf. Es war an Hans adressiert. In dem Paket war eine »wertvolle Flasche Wein«. Eine Karte lag bei. Auf dieser standen sechs Worte:

Ex libero servus fieri non potest

Das war die Quintessenz des vergangenen Jahres, die Lehre, die Hans Fetscher aus dem ganzen Desaster zu ziehen hatte: Aus einem freien Mann kann man keinen Sklaven machen.

Die ersten Tage in der neuen Praxis ließen sich gut an. Stein genoss es, endlich wieder irgendwo angekommen zu sein, und obgleich er jetzt wieder von vorne anfangen musste, zweifelte er nie für eine Sekunde daran, dass er auf dem richtigen Weg war.

Für ihn würde es nie wieder einen Raum 101 geben, das wusste er, und das war alles, was zählte.

Die letzten Monate kamen ihm zunehmend unwirklich vor. War er das gewesen, der da von diesem schäbigen Menschen täglich vorgeführt und gequält worden war? Konnte es wahr sein, dass Bollmann und der Bürgermeister tatsächlich ihre schützenden Hände über jemanden gehalten hatten, von dem sie wussten, welch kriminelle Energie in ihm steckte?

Stein gestand sich ein, dass er die letzten Antworten noch nicht gefunden hatte. Antworten, die nach Lage der Dinge nicht bei Bollmann oder gar Hans zu finden waren, sondern eine Etage höher.

Da der Bürgermeister ihm sicher keine Audienz gewähren würde und er auch wenig Lust verspürte, sich noch einmal mit diesem falschen Fuffziger an einen Tisch zu setzen, beschloss er, sich an jemanden zu wenden, von dem er nach all den abfälligen Äußerungen von Hans vermutete, dass dieser vielleicht nicht unbedingt ein Freund seines ehemaligen Chefs sein würde.

Er bat um einen Termin bei Stadtrat Wüst.

Siegbert Wüst war bereits so lange Stadtrat, dass er den Politbetrieb mit einer gewissen Distanz sah. Er hatte bereits alles erlebt, was ein kleines Städtchen in der Provinz an Schiebereien und Intrigen in der Politik aufbieten konnte, und war folglich nicht leicht zu beeindrucken.

Er war offensichtlich bis zu einem gewissen Grad in die Vorgänge in der Firma eingeweiht, denn Stein musste sich am Telefon nicht lange erklären.

Offenbar wollte Wüst die Gelegenheit beim Schopfe packen, um sich selbst ein Bild davon zu machen, welcherart diese Turbulenzen waren, die sich bis in die Verwaltungsspitzen der Stadt hinein ausgewirkt hatten.

Sie trafen sich im Büro von Wüst, der offensichtlich ein kühler Ästhet war. Klare Linien, viel Chrom und Leder, die Bilder an den Wänden sparsam, aber eindrucksvoll: dort Neo Rauch, hier ein Richter – keine Originale natürlich, aber dennoch ein Statement.

Wüst wippte lässig in einem Eames-Stuhl, als Stein sein Reich betrat, und blickte ihn neugierig an. Ohne sich zu erheben, deutete er mit einer sparsamen Handbewegung auf den hölzernen Stuhl vor seinem Schreibtisch: »Bitte, Dr. Stein, nehmen Sie Platz!«

Stein nahm mehrere dicke Ordner aus der mitgebrachten Tasche und legte sie theatralisch auf den Tisch. Daraufhin blickte ihn Wüst fragend an. »Das«, erklärte Stein ruhig »sind meine gesammelten Werke über die Vorgänge in der Firma. Ich habe sie mitgebracht, weil ich keinen Zweifel darüber aufkommen lassen möchte, dass ich genügend Material habe, um einigen Leuten ziemliche Probleme bereiten zu können, falls jemand glauben sollte, meine Familie oder mich noch einmal durch den Dreck ziehen zu können. Und glauben Sie mir: Es fehlt nicht mehr viel, um das zu tun. Dann können wir das gerne in der Öffentlichkeit und vor Gericht ausdiskutieren.«

Bei diesen Sätzen sah er Wüst so grimmig an, dass dieser sich genötigt fühlte, etwas deeskalierend auf Stein einzuwirken: »Also, Dr. Stein, ich habe mit der ganzen Sache nichts zu tun. Ich habe lediglich so am Rande ein wenig mitbekommen …«

Stein betrachtete ihn. Dunkler Teint, Typ Tennislehrer, Bauchansatz, dazu eine Glatze, die es nicht nötig hatte, sich unter einem Toupet oder kunstvoll angegelten Haaren zu verbergen. Insgesamt eine eher vertrauenerweckende Erscheinung. Er beschloss, sein Gegenüber zu testen: »Okay, dann schalte ich mal einen Gang runter; ich denke, Sie können es nachvollziehen, dass ich insgesamt etwas aufgebracht bin. Jedenfalls freue ich mich, Sie endlich mal kennenzulernen. Ich habe ja schon viel von Ihnen gehört.« Wüst horchte auf: »Ach ja? Wie das?«

»Na ja, von Dr. Fetscher. Der spricht recht gerne von Ihnen, aber ich bin mir nicht sicher, ob Sie wirklich wissen wollen, was.«

Gespieltes Desinteresse auf der anderen Seite: »Mmmh, äh, tun Sie sich keinen Zwang an …«

Stein holte aus: »Na ja, Sie sind doch der Mann, der sich sein Haus bloß leisten konnte, weil er sich hie und da mal eine Erbschaft erschlichen hat und der mit Pattex an seinem Stadtrats-Stuhl festklebt, damit ihn keiner mehr daraus entfernen kann.«

Stein beobachtete das Mienenspiel von Wüst und musste anerkennend wahrnehmen, dass dieser keine Gefühlsregung erkennen ließ. Ihm wurde klar, dass er es wirklich mit einem Politprofi zu tun hatte.

»Soso, das erzählt man über mich. Hmm, weshalb wollten Sie mich denn sprechen, Dr. Stein?«

Stein besann sich einen Moment und ließ die Ereignisse der letzten Monate im Schnelldurchlauf Revue passieren. Dann gab er Gas und nahm Wüst mit auf den Ritt durch das letzte Jahr.

Er hielt sich dabei im Wesentlichen an das Redekonzept, welches er für den ersten Termin bei Bollmann entwickelt hatte. Auch dieses Mal verfehlte es nicht seine Wirkung und er konnte, während er redete, beobachten, wie sich Wüsts Gesichtszüge zunehmend verdüsterten.

Als er geendet hatte, schien der Raum von einer lauten Stille erfüllt, die ihnen beiden in den Ohren gellte. Nach einem unendlich langen Moment sagte Wüst erbost: »Ich wusste ja, dass der nicht mehr ganz sauber ist, aber dass es so extrem sein würde, hätte ich nicht gedacht …«

»Ja«, erwiderte Stein bitter, »und über so einen hält der Bürgermeister dieser Stadt im Verein mit dem besten Geschäftsführer aller Zeiten schützend die Hand! Pfui Teufel!«

Wüst schaute ihn nachdenklich an: »Ich war ja schon länger und bin jetzt erst recht der Meinung, dass Fetscher eine absolute Fehlbesetzung als Leiter der Firma ist. Und ich verstehe auch Ihre Wut darüber, wie das jetzt ausgegangen ist. Aber eins garantiere ich Ihnen: Solche Leute wie der stolpern irgendwann über sich selbst. Eine Abmahnung hat er ja jetzt und Sie werden sehen: Der wird am Ende fallen. Im Übrigen hat Bollmann damals im Oktober in kleiner Runde sein Leid geklagt und schließlich gemeint, er würde am liebsten beide, den Stein und den Fetscher, rausschmeißen. Der Appl, der da auch dabei war, hat ihn dann gefragt, was er denn gegen Fetscher in der Hand habe. ›Mobbing‹ hat er da geantwortet. Der Appl, der ja als langjähriger Geschäftsführer des Krankenhauses ein alter Fuchs ist, hat daraufhin nur mit den Schultern gezuckt und gesagt, dass das nicht reiche. Deshalb ist er eben noch da, der Fetscher.«

»Ja, bei mir hat dann ja wohl ausgereicht, ein Mobbing-Opfer zu sein, das sich gewehrt hat, oder?«, gab Stein bitter zurück. »Ich sage Ihnen jetzt mal was, Herr Wüst: Natürlich hätte Bollmann in dieser Runde auch ganz andere Dinge über Fetscher sagen können. Dann wäre die Empfehlung ganz sicher auch eine andere gewesen. Warum hat der ›saubere‹ Bollmann wohl nicht davon gesprochen? Ganz einfach: Weil er dann selbst dran gewesen wäre! Man hätte ihm dann nämlich zu Recht vorgeworfen, dass er seiner Aufsichts- und Kontrollpflicht als Geschäftsführer nicht nachgekommen sei. Der hat alles unter den Tisch fallen lassen, was eine Entlassung Fetschers erzwungen hätte, weil er sonst seinen eigenen Kopf riskiert hätte – so ist Fetscher gerettet worden! Mobbing, pah!«. Er schnaufte verächtlich.

»Noch mal, Dr. Stein: Ein Mensch wie Fetscher wird irgendwann über sich selbst stolpern. Da müssen Sie gar nichts mehr machen, das geht ganz von alleine.«

Stein sah Wüst durchdringend an – wusste der mehr, als er zugab? Hatte man ihm vielleicht eingeimpft, Stein davon abzuhalten, lautstark Gerechtigkeit einzufordern? Schließlich war der Mann ein … Politiker.

Sein Gegenüber schien seine Gedanken zu erraten: »Wissen Sie, eigentlich gehöre ich gar nicht in den Stadtrat. Ich bin da so reingeraten. Diese ganzen Intrigen ermüden mich zunehmend. Wenn Sie wüssten, was da so abgeht! Das mit dem Fetscher ist noch gar nichts gegen die Sauereien, die sonst so passieren! Nach all den Jahren muss ich leider ein ziemlich ernüchterndes Resümee ziehen. Der OB buckelt vor den Geldsäcken der Stadt, die alles dürfen, während anderen Leuten nur Steine in den Weg gelegt werden. Das ist hier ein tiefer Amigosumpf, der einen manchmal wirklich anwidert. Dreihunderfünfundsechzig Tage im Jahr ist der im Wahlkampf und, ehrlich gesagt, wundert mich die Geschichte mit Ihrer Flutopferinitiative überhaupt nicht. Sie sagen, der Fetscher hätte das behauptet und Sie könnten das immer noch nicht glauben. Ich sage Ihnen: Ich glaube das für Sie mit. Das, lieber Stein, genau das sieht unserem OB so was von ähnlich. Sie sind eben eine weitere von sehr vielen Leichen im Keller unseres allseits geliebten großen Bürgermeisters, der ja so ein großes Herz für die Bürger seiner Stadt hat! Soll ich Ihnen mal was sagen: Im Grunde ist der die ärmste Sau, die Sie kennen. Der hat nämlich nichts außer seinem beschissenen Amt. Der Rest ist Fassade. Privat ein einziges Desaster und hinter der Kulissen ist der mittlerweile bei der Stadtverwaltung fast so verhasst wie sein Wadlbeisser, der Pankow: der Mann fürs Grobe.«

»Ich hatte eigentlich gedacht, dass der Hauptgrund für Fetschers Kriegserklärung die Tatsache sei, dass ich mehr Geld verdient habe als der«, wandte Stein vorsichtig ein.

»Wissen Sie denn, wie viel Fetscher verdient?«

»Nein, ich schätze, so um die zweihundertfünfzigtausend.«

Wüst zog die Augenbrauen hoch: »Na, dann legen Sie da getrost noch mal ordentlich was drauf. So viel weniger als Sie verdient er nämlich gar nicht. Aber manche Leute kriegen den Hals eben nicht voll. Wenn ich daran denke, dass ich mich damals dafür stark gemacht habe, dass dieser Fetscher Chefarztnachfolger von Hader wird, könnte ich mich selbst ohrfeigen! Ich hätte es mir ja denken können! Der Hader, das war so ein netter und umgänglicher Mensch, zu dem hab ich auch persönlich eine gute Beziehung gehabt. Aber der Fetscher … Wissen Sie, ich war mal auf einer Veranstaltung der Firma, als der Hader eine Rede gehalten hat. Da war er noch Chef und Fetscher ein kleiner Angestellter. Können Sie sich das vorstellen: Während Hader geredet hat, pirscht sich doch dieser Typ an mich heran und raunt mir zu: ›Ich bin übrigens sein designierter Nachfolger …‹. Unterirdisch, sage ich Ihnen! Das war alles schon eine abgekartete Sache und ich hab mich dann leider vor diesen Karren spannen lassen.«

Stein dachte über den Bürgermeister nach: »Vielleicht sollte ich einfach noch mal das Gespräch mit dem Bürgermeister suchen und ihn zur Rede stellen. Ich frage ihn einfach, ob das stimmt, was Fetscher über ihn verbreitet.«

Der Stadtrat schaute ihn mitleidig an: »Da gehen Sie dann aber bitte nicht alleine hin. Vergessen Sie nicht: Der Mann ist Politiker.«

Stein wechselte das Thema: »Ich möchte jetzt noch mit Ihnen über die Filiale sprechen. Nach meinem Abgang ist es zwar schwerer, das Projekt in die Tat umzusetzen, aber ich könnte mir vorstellen, dass dem lieben Rechtsanwalt von Bollmann schon ein Dreh einfallen wird, wie er das doch noch hinbekommen kann. Der Druck scheint intern ziemlich hoch zu sein, weil bereits eine halbe Million für Planungskosten verballert ist. Ich bin aber davon überzeugt, dass dieses Unternehmen betriebswirtschaftlicher und strategischer Unsinn ist. Wenn die das bauen, werden Millionen versenkt, die den Bürgern dieser Stadt gehören.«

Wüst horchte auf und ließ sich von Stein in den folgenden zwanzig Minuten detailliert erklären, warum dieser das Projekt so kritisch sah. Stein schloss mit den Worten: »… und so bin ich überzeugt davon, dass dieses Projekt jetzt nur noch deshalb durchgezogen werden soll, weil schon zu viel Geld geflossen ist und man jetzt lieber gutes Geld dem schlechten hinterherwirft, hoffend, dass es schon nicht rauskommt, als zuzugeben, dass man sich geirrt hat. Ich weiß, dass man niemals einen externen Gutachter befragt hat, ob das Projekt überhaupt sinnvoll ist. Es wurde allein deshalb beschlossen, weil Fetscher es gewollt hat. Weil man gedacht hat ›der Fetscher, der ist unsere goldene Gans, unser Goldesel. Was der anfasst, wird zu Geld und deshalb machen wir das jetzt‹. Ich frage Sie: Wie kann man Millionen von öffentlichen Geldern in ein Projekt stecken, dessen Sinn nicht professionell und unabhängig überprüft worden ist?! Das Projekt wird nur auf Kosten der Firma laufen und Fetscher wird das zu vernebeln wissen, wie immer. Und da, wo man das erkennen könnte, wird eben der Deckel draufgepresst – auch wie immer. Ich sage Ihnen auch, dass die Gewinne der Firma ab jetzt stagnieren werden, weil Fetscher die Möglichkeiten, immer noch mehr Geld zu generieren, bereits jetzt bis über die legalen Grenzen hinaus ausgenützt hat. Vielleicht kommt es im nächsten Jahr noch einmal zu einer Steigerung, weil mein Gehaltsposten wegfallen wird. Danach ist Schluss. Dann wird eben das, was bis jetzt in der Firma erwirtschaftet wurde, unnötigerweise zwischen der Firma und der Millionengrab-Filiale aufgeteilt. Wobei sie an meinen Arztsitz nicht mehr herankommen, sodass das Projekt akut gefährdet ist. Das ist der Grund, warum sie so hinter dem Arztsitz her sind: damit nicht herauskommt, dass man bereits jetzt so viel Geld in ein derart halbseidenes Projekt gesteckt hat!«

Schweigend hatte Wüst sich diese Ausführungen angehört. Nachdenklich blickte er Stein an. »Kennen Sie einen unabhängigen Gutachter, Dr. Stein?«

Als Stein nickte, bat Wüst ihn, ihm dessen Adresse zu geben. Stein kritzelte etwas auf einen Zettel, der dann den Besitzer wechselte.

Dann machte Wüst Anstalten, Stein hinauszubegleiten.

Als Stein die Treppe hinunterging, rumorte es in ihm – würde Stadtrat Wüst tatsächlich den Vorgang um die Filiale einer externen Überprüfung unterziehen? Der Mann war ein Politiker; insofern, das hatte Stein lernen müssen, war ihm nicht zu trauen. Andererseits schien er ein ehrliches Interesse an den Vorgängen in der Firma zu haben. Und – das war ziemlich klar geworden – ein Freund von Hans war er tatsächlich nicht. Man würde sehen, ob das Interesse echt war. Man würde sehen, ob den Andeutungen Taten folgen würden.

Als Stein nach Hause kam, saß Stella vor dem Computer. Die Kinder waren schon im Bett. Sanft gab er ihr einen Kuss auf den Nacken, doch sie blickte nicht auf. Stattdessen zeigte sie stumm auf den Bildschirm. Sie hatte die Homepage der Firma aufgerufen. Dort, wo unter »Team« bislang nur Hans mit sämtlichen Titeln und einem äußerst intensiv frisiertem Lebenslauf aufgeführt war – er war offensichtlich der Meinung gewesen, der Leser sei ausreichend beeindruckt, wenn er allein das Team repräsentiere –, prangte nun ein zweiter Name. Neben dem »Ärztlichen Leiter Dr. Hans Fetscher« hatte Bollmann nun allem Anschein nach einen zweiten Ärztlichen Leiter installiert. Zum einen war dies sicherlich geschehen, um Hans zu demütigen und ihn unter Kontrolle zu bringen. Zum anderen aber war die Ernennung wohl auch eine Art Belohnung für den so zu Ehren Gekommenen. Eine Belohnung fürs Stillhalten.

Eine Belohnung für Jochen Illert.

Stella hatte Tränen der Enttäuschung in den Augen: »Jetzt wissen wir also, warum Jochen es noch nicht einmal geschafft hat, dich zu fragen, wie es dir geht. Dem war es im Nachhinein sicher äußerst unangenehm, dass er überhaupt mit dir gesprochen hat! Wenn ich darüber nachdenke, wie der mit seiner Frau bei uns war und nicht genug von dieser ganzen Scheißstory kriegen konnte! Weißt du noch, wie er zu uns gesagt hat, dass man Hans endlich mal das Handwerk legen müsste?! Das ist so ungerecht!«

Er sah sie resigniert an: »Tja und dann hat man ihm wohl ein Angebot gemacht, das er nicht abschlagen konnte, und seitdem ist er der zweite Ärztliche Leiter, der eigentlich eher ein ängstlicher Leiter ist, der liebe Jochen. Der Ängstliche Leiter und die Chinakatze …«, er musste grinsen. »Scheiß drauf, Stella. Du weißt doch: Hier sind wir in Deckeldraufhausen. Wo die Leute es gar nicht mögen, wenn man zu direkt ist, und dafür lieber so richtig schön hintenrum sind. Dort wo man sich artig grüßt, bevor man hinterrücks übereinander herfällt. Um sich dann wieder artig zu grüßen. Dort, wo der Bürgermeister regiert, wie weiland der Herzog, und alle das ganz supi finden und wo es völlig in Ordnung ist, wenn einer, der sich wehrt, dann eben mal hinten runtergestoßen wird. Dort, wo alle wissen, was Hans Fetscher für ein Schwein ist und ihm trotzdem in den Arsch kriechen. Dort eben, wo sie, wie Hans so schön sagte, alle zusammen auf dem Deckel sitzen, damit er immer schön auf dem Topf bleibt und man nach außen hin heile Welt spielen kann. Lass ihn doch, den kleinen Jochen. Wenn das für ihn okay ist, dann muss er damit klarkommen. Aber das wird er sicher auch können, wenn er so gestrickt ist. Da sollten wir kurz den Dreck von unseren Schultern abklopfen und weitergehen, ohne uns umzudrehen. Mit so einem Pack haben wir nichts gemein. Wir sind aus anderem Holz. Und was die Gerechtigkeit betrifft, so kommt es sicher zu einem Ausgleich. Die kriegen schon noch ihr Fett weg, diese Herrschaften. Denn eins ist klar: Das wird sich irgendwann rächen, wenn man so einen wie Hans immer wieder schützt. Der wird immer mehr aufdrehen und am Ende kommt es zur Katastrophe. Das hat der Wüst ja auch schon angedeutet – obwohl ich mir bei dem nicht sicher bin, ob er das nur getan hat, um mich von weiteren Schritten abzuhalten, nachdem er die Ordner gesehen hatte, die ich auf seinem Schreibtisch ausgebreitet habe.

Aber weißt du was: Ich seh gerade, dass da immer noch das Bild von mir auf der Homepage der Firma ist. Ich werde Ewerding morgen mal anmorsen, damit der dafür sorgt, dass die das runternehmen.«

Stein wollte nicht, dass die Firma weiterhin mit seinem Konterfei warb und so schrieb Ewerding in den nächsten Tagen ein paar diesbezügliche Zeilen an Bollmann.

Es war wieder Stella, der als Erstes auffiel, dass sein Bild gegen ein Foto von Steins Nachfolger ausgetauscht worden war. Aber seltsam: Es schien in fast identischer Pose aufgenommen worden zu sein. Auch war der Kopf des Neuen merkwürdig klein im Vergleich zum abgebildeten Rumpf. Sie betrachteten das Bild genauer. Plötzlich pfiff Stein durch die Zähne: »Donnerwetter! Das ist ja unglaublich! Guck mal, hier ist das Originalbild, ich habs auf unserem Computer gesichert. Jetzt stellen wir die mal nebeneinander: Fällt dir was auf?« Stella blickte ungläubig auf den Bildschirm: »Das gibt's doch nicht! Die haben dir den Kopf abgeschnitten und einfach einen anderen draufmontiert!«

»Genau«, Stein prustete vor Lachen. »Und dann haben diese Trottel ein richtiges Suchbild daraus gemacht. Schau mal, mein Name ist von dem Arztkittel wegretuschiert worden und das Armband meiner Uhr ist von schwarz zu orange mutiert. Seeeehr geschickt!!«

»Mannomann, die sind sich auch für nichts zu schade!«

»Ja Stella, jetzt hat Hans mich eben zur Strafe geköpft, er hat sozusagen seine Hassfantasien an meinem Bild ausgelebt. Dabei ist ihm sicher einer abgegangen! Was meinst du, ob ich das Recht an meinem Torso einklagen und verlangen kann, dass man den auch noch löscht? Schließlich bin ich jetzt ganz kopflos. Oder nein – ich habe ja einen Kopf, auch wenn ich zugeben muss, dass mir meiner besser gefällt. Vielleicht sollte sich Dr. Fetscher lieber in Dr. Frankenstein umbenennen? Ich finde, dass ich intervenieren sollte, bevor Fetschers Monster noch was anstellt, was meinst du?«

»Aber du kannst Ewerding nicht wirklich damit belästigen. Das ist so primitiv und kindisch, da wird er sich nicht dazu herablassen, etwas dagegen zu unternehmen.«

Stein überlegte kurz.

»Nein, Stella, du hast recht. Aber wir wollen Hans eine kleine Lektion erteilen. Komm, wir basteln jetzt mal was …«

Eine halbe Stunde später war das Vorher-nachher-finde-die-Fehler-Bild fertig.

Links das Original, rechts der Frankenstein. Darüber in bunten Lettern: »Es sind 5 Fehler im rechten Bild versteckt – kannst du sie finden?«

Stein grinste breit, als er das Bild per E-Mail an den Bürgermeister schickte: »Er hat doch so einen kurzen Draht zum Bürgermeister. Mal sehen, ob das auch umgekehrt gilt!«

Es galt – am nächsten Tag war das Bild von der Homepage verschwunden.

Wieder ging ein wenig Zeit ins Land. Der Frühling kam, Stella und Stein genossen die ruhigen Abende zu Hause. Die zermürbenden Diskussionen über Hans und die Zukunft ihrer Familie waren verebbt, im Vordergrund stand jetzt das Schmieden von Zukunftsplänen. Sie fühlten sich, als hätten sie Tonnen von Felsbrocken aus dem Weg geräumt. Nun lag er wieder vor ihnen, frei von Hindernissen, eine neue Zukunft verheißend.

Einmal saßen sie draußen im Garten am Feuer, leerten eine Flasche Wein und hielten nach Sternschnuppen Ausschau. Stein dachte daran, dass er in diesem Jahr fünfzig werden würde. Das war nicht mehr wirklich jung zu nennen. Als er sich dabei ertappte, wie er sich damit Mut zu machen begann, dass er sich ja noch gar nicht so fühle und dass man ja schließlich immer so alt sei, wie man sich selbst sah, riss er sich aus seinen Gedanken und beschloss, die Sache vom anderen Ende her zu denken – er würde die hochgezogenen Augenbrauen der jüngeren Bekannten damit kontern, dass er sich für fünfzig noch recht rüstig fühle. Im Übrigen, so sagte er sich, sei er jetzt eben ein spätberufener Jungunternehmer. »Was soll's! Ich hab's mir so nicht ausgesucht, aber wenn das mein Weg sein soll, dann will ich ihn gehen und mit aller Kraft daran arbeiten, dass es ein guter Weg wird. Und ein guter Weg ist ein Weg voller Abenteuer, an dessen Ende man sagen kann, dass es sich gelohnt hat.«

Er blickte zu Stella hinüber, die gedankenversunken ins Feuer starrte. Wie sehr er diese Frau liebte! Es war Liebe auf den ersten Blick gewesen, als er sie zehn Jahre zuvor kennengelernt hatte – zumindest bei ihm. Bei ihr war es etwas langsamer gegangen, er hatte sich ins Zeug legen müssen, um sie von sich zu überzeugen. Seitdem hatten sie turbulente Zeiten zusammen erlebt, drei Kinder bekommen, waren mehrmals umgezogen und hatten sich immer wieder an neue Rahmenbedingungen gewöhnen müssen. In all den Jahren waren er und Stella immer mehr zusammengewachsen, ihre Liebe zueinander und ihr gegenseitiger Respekt waren immer tiefer geworden. Hier in dieser Stadt hatte ihr Weg endlich sein Ziel finden sollen. Dieser Ort, so dachten sie damals, sollte die Heimat ihrer Kinder werden. Die vergangenen zwei Jahre hatten sie eines Besseren belehrt und sie beide altern lassen. Es waren die härtesten Jahre ihrer gemeinsamen Zeit gewesen. Während er ihr Gesicht betrachtete, fiel ihm erneut auf, dass ihre Schönheit keineswegs darunter gelitten hatte. Im Gegenteil! »Was bin ich für ein glücklicher Mann!«, sagte er sich.

Da blickte sie ihn an und sah ihm tief in die Augen. Ihr Blick verriet ihm, wie sehr sie seine Liebe erwiderte. Das war sein größtes Geschenk und er schwor sich einmal mehr, sich auch in Zukunft dieser Liebe als würdig zu erweisen.

Schließlich riss er sich aus seinen Gedanken, schenkte nach und rief aus: »Wir sollten einen Toast ausbringen. Auf die Zukunft! Auf unsere Zukunft! Warte mal, ich glaube jetzt passt der alte Tennyson:

Kommt, meine Freunde,
noch ist es nicht zu spät, eine neue Welt zu suchen,
denn ich will weiter segeln,
über den Sonnenuntergang hinaus,
und obwohl wir nicht mehr die Kraft besitzen,
die in alten Tagen Himmel und Erde bewegte,
sind wir dennoch, was wir sind;
noch immer sind wir Helden, deren Herzen
im Gleichklang schlagen,
zwar schwächt das Schicksal uns von Zeit zu Zeit,
doch stark ist unser Wille zu streben, zu suchen,
zu finden, und nicht zu verzagen.

Das fand ich schon mit fünfundzwanzig geil, aber mit fast fünfzig passt es irgendwie besser. Da läuft es einem kalt den Rücken runter, wenn es in so einer Nacht rezitiert wird, findest du nicht auch?«

Als sie daraufhin einfach nur seine Hand nahm, war er der glücklichste Mensch unter dem Sternenzelt.

Als der Frühling zu Ende ging, holte ihn noch einmal die Vergangenheit ein. Stein erfuhr aus sicherer Quelle, dass die Filiale der Firma nun doch gebaut werden sollte. Der Aufsichtsrat würde noch vor der Sommerpause einen entsprechenden Beschluss fassen – es sei alles nur noch reine Formsache.

So hatte der alte Pößlinger also doch noch irgendeinen Dreh gefunden, wie man das Ding auch ohne den Arztsitz von Stein durchziehen konnte. Unwillkürlich dachte er an Bollmann und seine halbe Million an Planungskosten. Der hatte sicher Himmel und Hölle in Bewegung gesetzt, damit das Projekt nicht platzte!

Stein überlegte. Einerseits konnte es ihm eigentlich egal sein, dann er war aus dieser Nummer raus und die Tatsache, dass man nun offensichtlich ohne den Sitz zum Ziel kommen konnte, verriet ihm, dass man es aufgegeben hatte, ihm weiterhin ein Bein stellen zu wollen.

Dennoch ärgerte ihn der Vorgang. Das Projekt war so ein offensichtlicher Quatsch, dass jedem, der sich damit näher befassen würde, sofort auffallen musste, dass hier vorsätzlich ein Millionengrab geschaufelt wurde. Außerdem konnte er es nicht fassen, dass ein solches Projekt von gewählten Politikern abgesegnet wurde, ohne dass es vorher einer qualifizierten und unabhängigen Prüfung unterzogen worden war. Hier ging es nicht im Kinkerlitzchen, sondern um Millionen. Millionen, die ganz sicher nicht denen gehörten, die jetzt im Begriff waren, sie in dieses Grab zu werfen. Bei dem Gedanken daran, dass dafür genau die Typen verantwortlich sein würden, die ihn wie einen räudigen Hund vom Acker gejagt hatten, packte ihn die Wut. Der saubere Herr Bürgermeister war sicher von Bollmann eingeweiht und würde seine Truppe im Aufsichtsrat fraglos auf Linie bringen. Deckel drauf!

Stein beschloss, die Jungs nicht so einfach damit davonkommen zu lassen. Ist der Ruf erst ruiniert, lebt es sich ganz ungeniert.

Wenn man angesichts der bereits geschaffenen finanziellen Tatsachen offenbar nicht gewillt war, einen externen Gutachter mit der Prüfung des Projekts zu betrauen, und wenn sich auch Stadtrat Wüst – aus welchen Gründen auch immer – nicht in der Lage sah, eine unabhängige Prüfung anzuregen, dann würde er das eben selbst in die Hand nehmen.

Gesagt, getan. Zunächst rief er Roland Grabowski an und erzählte ihm von dem Projekt.

Grabowski war ein mit allen Wassern gewaschener Wirtschaftsfachmann, den er seit Langem kannte und von dem er wusste, dass dieser schon viele medizinische Projekte als Berater begleitet hatte.

»Roland, was hältst du von dem Projekt?«, fragte er, nachdem er ihm den Vorgang ausführlich erläutert hatte.

»Das müsste man natürlich noch genauer prüfen, aber wenn man die Konkurrenzsituation, die Einwohnerdichte und die Einzugsgebiete zugrunde legt, dann kann man eigentlich schon jetzt sagen, dass sich das niemals rechnen wird. Ich fürchte, du hast recht – das Projekt ist Quatsch. Aber wer kommt denn auf die Idee, so etwas durchziehen zu wollen?!«

Stein ersparte ihm die Details und bat ihn, ihm ein paar Kennzahlen zu schicken, mit deren Hilfe er sich ein genaueres Bild machen wollte.

In den nächsten Tagen recherchierte er akribisch Einwohnerzahlen, Verkehrswege, rechtliche Rahmenbedingungen und betriebswirtschaftliche Details, bis er schließlich eine mehrdimensionale Karte entwickelt hatte, aus der sich ersehen ließ, wie sich die Patientenströme aktuell darstellten und wie sie sich aller Voraussicht nach entwickeln würden, sobald die Filiale in Betrieb gegangen sein würde. Obwohl er sich bemüht hatte, unvoreingenommen an die Sache heranzugehen, fiel das Ergebnis noch vernichtender aus, als er vermutet hatte: Die Filiale konnte nur wirtschaftlich arbeiten, wenn die Firma einen großen Teil ihrer Patienten dorthin verschob – und selbst dann nur in äußerst bescheidenem Umfang. Das bescheidene Plus an Patienten, was vielleicht noch hinzukommen würde, konnte die Investition in Millionenhöhe niemals wettmachen.

Erneut fragte er sich, wie Hans das wohl kaschieren wollte, um sich unmittelbar darauf selbst die Antwort zu geben: Erstens war Hans gewieft genug, um eine Nebelkerze nach der anderen zu werfen, zweitens verstand sowieso niemand im Aufsichtsrat, worum es eigentlich ging, und drittens würde man, wenn rauskäme, dass man sich wohl verkalkuliert hatte, eben einfach wieder auf dem Deckel sitzen, hier in Deckeldraufhausen, und aufpassen, dass nichts an die Öffentlichkeit drang. Hans hätte bis dahin vielleicht schon eine unumkehrbare Gehaltserhöhung – bei so viel Verantwortung als Chef von zwei Einrichtungen! – und würde, wenn es trotzdem eng werden würde, schon irgendeinen Schuldigen finden, dem er das anhängen konnte – im Zweifel dem armen Kollegen, der als Bauernopfer in spe in der Filiale saß. »So ist das wohl in der Politik«, dachte Stein. »Man schafft Tatsachen und wenn hinterher Probleme auftauchen, von denen man bereits am Anfang wusste, dass es sie irgendwann geben würde, dann sagt man einfach: »Uuups, das haben wir nicht gewusst; na ja, jetzt müssen wir halt irgendwie damit umgehen, denn nun sind sie da, die unvorhersehbaren Probleme.«

Aber so leicht, sagte er sich grimmig, würde er das den Herren auf dem Deckel nicht machen.

Er entwarf eine Powerpoint-Präsentation, mit deren Hilfe er auf zwölf Folien auch für Laien verständlich die Vorgänge rund um die Filiale erklärte. Er begann damit, dass die Filiale auch von ihm als Bollwerk gegen eventuelle Niederlassungen von Konkurrenten geplant war, dass diese Gefahr aber mit der Arztsitzsperre zwei Jahre zuvor weggefallen war. Dann folgten die akribisch durchgeführten Berechnungen, die letztlich nur eine Schlussfolgerung zuließen – nämlich die, dass das Projekt nicht wirtschaftlich betrieben werden konnte, ohne der Firma massiv zu schaden. Somit gab es keinen stichhaltigen Grund mehr für den Bau der Filiale und Stein schloss damit, dass er dazu aufforderte, das Projekt professionell überprüfen zu lassen, da dies noch gar nicht geschehen sei. Er strich heraus, dass eine solche Prüfung im Vorfeld bei einem derartigen Investitionsvolumen eigentlich eine Selbstverständlichkeit hätte sein müssen und dass man diese nachholen solle, bevor man öffentliche Gelder in diesem Ausmaß investiere. Abschließend erinnerte er daran, dass die Aufsichtsratsmitglieder, die mehrheitlich dem Stadtrat angehörten, von den Bürgern gewählt worden waren, um deren Belange verantwortungsvoll zu vertreten. Dazu gehöre auch und vor allem ein verantwortungsvoller Umgang mit den Geldern der Bürger.

Als er die Präsentation mit einem Anschreiben versehen und an sämtliche Aufsichtsratsmitglieder inklusive Bürgermeister gemailt hatte, spürte er ein flaues Gefühl in der Magengegend. »Spätestens jetzt«, so sagte er sich, »bin ich bei einigen Leuten in der Stadt der Staatsfeind Nummer eins«'

Es dauerte nicht lange, bis Ewerding bei ihm anrief: »Okay Herr Stein, heute Morgen rief ein ziemlich wütender Rechtsanwalt Braxler bei mir an. Sie wissen schon, der Arbeitsrechtler der Gegenseite. Ich wusste zuerst gar nicht, was los ist. Sie haben mich ja vorher nicht um Rat gefragt.« Ewerding war beleidigt.

»Na ja, Herr Anwalt«, erwiderte Stein. »Sie können sich doch sicher denken, warum.«

»Weil ich Ihnen davon abgeraten hätte?«
»Schlaues Kerlchen. Klar hätten Sie das, oder?«
»Ja, das hätte ich. Sie sollten die nicht zu sehr reizen. Sie haben Ihren Arztsitz und Ihre Tantiemen und Sie können jetzt ein neues Leben anfangen. Die haben ganz schön was einstecken müssen …«
»Ich auch!«, unterbrach ihn Stein scharf.
»Ja, aber wenn Sie den Bogen überspannen, dann müssen Sie mit Racheaktionen rechnen.«
»Na und?! Was kann ich denn noch verlieren?! Und einfach zusehen, wie die das nächste miese Spiel spielen?! Wissen Sie, Herr Anwalt, ich bin Ihnen echt dankbar für das, was Sie für mich getan haben. Aber glauben Sie mir, dass ich mit denen noch nicht fertig bin! Es ist eben Bollmanns Pech, dass ich von der Materie wohl mehr als die anderen Akteure verstehe – schließlich war ich vor Ort in der Filiale und kann daher die wirtschaftlichen Rahmenbedingungen ziemlich gut einschätzen. Außerdem habe ich mir professionelle Hilfe gesucht und damit das gemacht, was der Aufsichtsrat schon längst hätte tun müssen! Wissen Sie was: Das meiste, was die Politiker so machen, kann man ja nicht beurteilen. Aber wenn das auch im ganz Großen so abläuft wie das hier, dann ist es kein Wunder, dass wir chronisch pleite sind in diesem Land, obwohl die Wirtschaft brummt und die Steuereinnahmen sprudeln! Das ist schlichtweg eine Sauerei und verdammt noch mal, ja: Die haben mich in den Arsch getreten, unter anderem auch deshalb, weil ich meine Bürgerrechte wahrgenommen habe, und jetzt muss ich dabei zusehen, wie die das nächste krumme Ding drehen – das fällt mir echt schwer …«
Ewerding blieb ruhig: »Gut Herr Stein, ich sehe schon, dass Sie hier sehr emotional sind. Aber versprechen Sie mir eins: Belassen Sie es jetzt dabei. Sie haben Ihren Spaß gehabt, die sind ziemlich in Aufruhr. Jetzt lassen Sie es dabei bewenden, ja?«

Die Frau, die ihm gegenübersaß, hatte schon mal bessere Tage gesehen und bemühte sich auch gar nicht, das zu verbergen. Stein schätzte, dass sie »Jethro Tull« oder »Ton Steine Scherben« antworten dürfte, wenn er sie nach ihrem Musikgeschmack fragen würde. Sie war nicht geschminkt, hatte aber wie zum Ausgleich feuerrot gefärbte Haare, die in fettigen Strähnen in einer Art Prinz-Eisenherz-Frisur am Kopf klebten. Das Palituch hatte sie gegen einen Batikschal getauscht, der in allen Farben des Regenbogens schillerte. Natürlich trank sie grünen Tee und Stein überlegte, warum manche Menschen sich offenbar krampfhaft darum bemühten, möglichst passgenau einem Klischee zu entsprechen.

Bevor sie seine Gedanken erraten konnte, lächelte er sie etwas schief an. »Super, Frau Gruhl, dass Sie sich hier mit mir treffen. Ich will auch keine große Umschweife machen und Ihnen erklären, warum ich Sie um dieses Treffen gebeten habe.«

Sie nippte an ihrem Tee und spreizte dabei den kleinen Finger ab, was Stein etwas irritiert zur Kenntnis nahm: »Na ja, Sie haben es ja ganz schön spannend gemacht. Mit Ihrer E-Mail haben Sie im Stadtrat ganz schön viel Staub aufgewirbelt. Und jetzt wollen Sie mich unter vier Augen sprechen wegen der Firma! Sie wissen ja, dass wir hier in dieser Stadt nicht viel zu melden haben, aber immerhin sind wir die größte Oppositionspartei, auch wenn der Bürgermeister und seine Partei hier alle Strippen ziehen. Und klar: Ich sitze auch im Aufsichtsrat vom Krankenhaus und von der Firma. Natürlich interessiert es mich da, zu erfahren, was Sie mir so Wichtiges sagen wollen.«

Stein holte tief Luft; er hatte sich seine Worte im Vorfeld genau zurechtgelegt. Dann erzählte er Hildegard Gruhl von dem Filialprojekt und all seinen Facetten und je mehr er erzählte, desto mehr versteifte sich sein Gegenüber. Der Tee war bereits kalt, als er geendet hatte, und Frau Gruhl starrte ihn an. Sie überlegte lange, was sie von dem, was ihr dieser Stein da gerade erzählt hatte, halten sollte. Wollte sich da einer rächen und sie als Mittel zum Zweck benutzen? Wahrscheinlich. Aber vielleicht war ja trotzdem etwas an der Sache dran und man konnte den Bürgermeister damit endlich mal in Bedrängnis bringen. In jedem Fall musste sie vorsichtig sein, damit sie sich nicht vor einen Karren spannen ließ, der am Ende im Morast stecken blieb und sie ebenfalls beschädigte.

»Und was wollen Sie jetzt von mir?«, fragte sie zögernd.

»Sie sind doch die Opposition! Sie sollten der Sache auf den Grund gehen, oder?! Ich sage ja gar nicht: Stoppt das Projekt! Denn natürlich kann man mir vorwerfen, dass ich mich nur rächen will. Alles, was ich sage, ist: Holt das Versäumte endlich nach und lasst es – was eigentlich selbstverständlich wäre – von einem unabhängigen Gutachter überprüfen! Wenn der dann sagt: Das ist okay, dann bin ich der Letzte, der das nicht akzeptiert. Aber ich bin mir ziemlich sicher, dass dieser das nicht sagen wird. Deshalb hat man ja auch keinen gefragt. Der Fetscher wollte das nicht und Bollmann und der Aufsichtsrat haben, wenn Sie mich fragen, schlichtweg nicht daran gedacht. Außerdem hat jeder die Dollarzeichen in den Augen gehabt und gesagt: Wenn der Goldesel Fetscher das will, dann kann das nur gut sein. Und ich sage: Das kann es eben nicht – und ich kann das beurteilen. Stellen Sie im Aufsichtsrat einen Antrag auf eine solche Prüfung!«

Sie sah ihn treuherzig an und Stein fragte sich verzweifelt, warum er den Hund zum Jagen tragen musste. Politiker! Kein Wunder, dass die Opposition hier kein Bein an Deck bekam!

»Also Herr Dr. Stein, wir machen das jetzt so: Ich will mal nachforschen, was es da bislang für Wirtschaftlichkeitsberechnungen gibt und die lasse ich Ihnen dann zukommen. Dann sehen wir weiter. Guten Tag!«

Sie erhob sich umständlich, trank im Stehen den letzten Rest ihres Tees aus (der kleine Finger war dabei drohend auf Stein gerichtet) und wackelte danach zur Tür des Cafés hinaus, in dem sie sich getroffen hatten.

Ein paar Tage später traf eine trockene E-Mail bei ihm ein, in der der Bürgermeister in dürren Worten den Erhalt der Präsentation bestätigte und zusagte, das Thema in der nächsten Aufsichtsratssitzung behandeln zu wollen.

Stein antwortete, er stehe am Sitzungstag selbstverständlich auch persönlich sehr gerne Rede und Antwort und fragte, wann dieser denn angesetzt sei. Auf diese Mail erhielt er nie eine Antwort. Einige Zeit später erfuhr er von Frau Gruhl, dass die Sitzung vom OB für den letzten Tag vor den Sommerferien terminiert worden sei – »strategisch günstig, um unbequeme Entscheidungen durchzuschieben. Da sind die eh schon alle gefühlt in den Ferien und hören nicht mehr richtig zu …«

Der Bürgermeister war nun mal ein gewiefter Taktiker.

Das zeigte sich auch an dem, was Grabowski ihm ein paar Tage später berichtete: Er habe einen Anruf von Bollmann bekommen, der ihm erklärt habe, dass er als Kapazität ja bekannt sei und dass er ihn wahrscheinlich für ein Gutachten benötige. Auf Nachfrage, worum es denn gehe, habe Bollmann schließlich damit herausgerückt, dass er ein Wirtschaftlichkeitsgutachten zum Filialprojekt benötige und dass Dr. Fetscher diesbezüglich demnächst auf ihn zukommen werde. Auf die Frage Grabowskis, ob er denn das Gutachten ergebnisoffen schreiben könne, habe Bollmann geantwortet: »Wenn es in unserem Sinne ist ja. Wenn nicht, dann müssen wir noch mal reden.«

»Damit gibt er also zu, dass es tatsächlich kein Gutachten darüber gibt. Die haben das tatsächlich einfach angeschoben, ohne sich vorher darüber informiert zu haben, ob das überhaupt Sinn macht!«, entfuhr es Stein.

»Es wird noch besser«, erwiderte Grabowski. »Ein paar Tage später rief mich dieser Fetscher an. Da stellen sich ja schon meine Nackenhaare auf, wenn ich mit dem reden muss. Der hat mir dann unmissverständlich erklärt, dass man in der Firma ein Gutachten wünscht, das ›in unserem Sinne ist‹. Ich hab dann gesagt, dass ich ein seriöser Gutachter sei und schließlich auch einen Ruf zu verlieren habe. Schließlich muss ich außerdem ja auch für das haften, was ich da schreibe, und ich hab ihm dann ziemlich deutlich gesagt, dass ich das Projekt für unsinnig halte und sicher kein Gefälligkeitsgutachten schreiben werde. Daraufhin hat er dann ziemlich wütend aufgelegt. Ein paar Tage später habe ich eine Mail von Bollmann bekommen, in der er schreibt, man würde vorerst selbst versuchen, den Aufsichtsrat zu überzeugen. Er, Fetscher und der Bürgermeister hätten da eine Strategie entwickelt, von der man hoffe, dass sie greife. Erst wenn das nicht der Fall sei, wolle man gegebenenfalls auf mich zurückkommen.«

Stein schnaubte verächtlich: »Der feine Herr Bürgermeister! Er ist Aufsichtsratsvorsitzender und Bürgermeister dieser Stadt und soll als solcher die Interessen der Bürger neutral verwalten und schützen! Und was macht der: wieder einmal Deckel drauf! Scheiß auf das Geld, ist ja nicht meins! Mann, das ist alles so erbärmlich!«

»Tja, was erwartest du?«, gab Grabowski zurück. »Was meinst du, was passiert, wenn das Projekt jetzt noch kippt, wo schon so viel Geld geflossen ist? Wenn sich herausstellt, dass alles Quatsch war? Dann rollen Köpfe und das betrifft dann nicht mehr nur Bollmann! Die müssen um jeden Preis verhindern, dass das zurückgezogen wird! Hast jetzt sicher ein paar Feinde mehr in der Stadt …«

Stein grinste: »Wer keine Feinde hat, hat keinen Charakter, oder, wie ein berühmter Mann einst sagte: ›Everybody's darling is everybody's Arschloch!‹«

Hildegard Gruhl war, was den Politikbetrieb in ihrer Stadt betraf, offensichtlich frei von jeglichen Illusionen. Stoisch hörte sie sich Steins Erkenntnisse über die versuchten Manipulationen von Hans und Bollmann an, bis dieser ausrief: »Aber das ist doch eine Steilvorlage: Wenn Sie jetzt auf einem externen Gutachter bestehen, dann stehen die ohne Unterhosen da! Die haben nichts in der Hand und wissen, dass sie auf ganz dünnem Eis stehen!«

»Junger Mann«, sie sah in durchdringend an. »Sie haben ja recht und ich bin auch Ihrer Meinung, wenn Sie sagen, dass da offenbar ziemlich gemauschelt wurde und wird. Allerdings bin ich skeptisch und ich will Ihnen auch sagen, wieso: weil so ein Gutachten nur mehrheitlich beschlossen werden kann und die Partei des Bürgermeisters im Aufsichtsrat die Mehrheit hat. Jetzt schauen Sie mich nicht so an, ich hab das halt in langen leidvollen Jahren immer wieder erlebt: Die werden vorher geimpft und winken dann alles durch, was der Bürgermeister wünscht.«

»Ja, aber wo bleibt denn da die Demokratie? Wo das Verantwortungsbewusstsein uns, den Bürgern, gegenüber, die diese Herrschaften gewählt haben?! Das ist ja wie in einer Bananenrepublik!«

»Nein, junger Mann. Das ist keine Bananenrepublik, sondern das ist eben eine Stadt, die schon viel zu lange von immer denselben Leuten regiert wird. Aber ich will Ihnen versprechen, dass ich es wenigstens versuchen werde.«

»Aber Stadtrat Wüst sitzt da doch auch drin! Der kennt die Hintergründe und gehört zur Partei des Bürgermeisters – er hat mir zugesagt, dass er das prüfen würde!«

Frau Gruhl lächelte müde: »Ihr Wort in Gottes Ohr …«

Als sie sich wieder in dem Café gegenübersaßen, hatten die Sommerferien bereits begonnen. Eine drückende Schwüle lastete auf der Stadt und trieb Stein den Schweiß auf die Stirn.

Frau Gruhl trug ein Paar Jesuslatschen, das seine besten Tage bereits in den Achtzigern gesehen haben mochte und hatte dazu – ganz stilecht – eine lila Latzhose an. Gespannt wartete Stein darauf, ob der kleine Finger sich wieder selbstständig machen würde, als sie bedächtig ihren Becher mit grünem Tee zum Mund führte. Er tat es und zeigte wieder auf ihn – diesmal eher anklagend, wie ihm schien.

»Jetzt spannen Sie mich doch nicht so auf die Folter!«, versetzte Stein. »Wie ist die Sitzung denn nun verlaufen?«

Sie ließ sich Zeit, nippte gemächlich an ihrem Tee und leckte schließlich den kleinen Tropfen vom Becher ab, der an dessen Außenseite herunterlief.

»Na ja, besser als erwartet.«

Stein horchte auf: »Tatsächlich?«

»Jo, also das Projekt ist natürlich durchgewunken worden. Aber ich hab echt richtig hartnäckig nachgefragt und da hat mich der OB zweimal missbilligend angeschaut. Das will hier viel heißen, das ist wie ein Ritterschlag! Der hat sich echt über mich geärgert!«

Stein traute seinen Ohren nicht: »Und das nennen Sie gut gelaufen? Besser als erwartet?! Der große Zampano guckt missbilligend und macht danach Programm wie immer und für Sie ist das ein Erfolg?! Mann, Leute, wo leben wir hier eigentlich?! Ich hab immer gedacht, wir leben in einer Demokratie, aber mittlerweile bin ich mir da gar nicht mehr so sicher!«

»Jetzt machen Sie mal halblang!«, Frau Gruhl war verstimmt. »Was haben Sie denn eigentlich mit dem Wüst besprochen? Der hat sich während der ganzen Veranstaltung totgestellt und gar nichts gesagt!« Sie versuchte offenbar, Steins Zorn auf Wüst zu lenken. »Wenn der was gesagt hätte, dann hätte man das vielleicht noch drehen können, aber so war die Veranstaltung total verschlafen. Die anderen haben gar nicht richtig zugehört, als Dr. Fetscher sie mit seinem Vortrag eingewickelt hat …«

Stein fuhr auf: »Ach so ist das, wenn ich was sagen will, heißt es, Bürger dürfen da nicht sprechen, aber für den Herrn Chefarzt wird mal eine Ausnahme gemacht! Na ja dann – der weiß schon, wie er die einseifen kann! Wie sagte er immer so schön: Die dumme Bäckersfrau und der blöde Polizist im Stadtrat kapieren sowieso nicht, worum es geht …«

»Das wollten die auch gar nicht«, unterbrach ihn Frau Gruhl. »Die waren vorher schon geimpft, da hätte Fetscher auch gar nichts zu sagen brauchen. Wissen Sie, warum das Gutachten schließlich abgelehnt wurde? Weil es angeblich zu teuer ist! Das müssen Sie sich mal vorstellen: Da entscheidet man über ein Millionenprojekt und sagt dann, dass ein Gutachten, welches klären soll, ob diese Investition überhaupt sinnvoll ist, zu teuer sei! Und der Aufsichtsrat nickt das dann ab! Toter als tot waren die, die waren alle schon in den Ferien …«, Frau Gruhl wiederholte sich, was Stein als Ausdruck ihrer eigenen Ratlosigkeit interpretierte.

Er starrte auf ihren kleinen Finger und hörte Hans förmlich lachen. Hans lachte und lachte und der kleine Finger von Frau Gruhl bewegte sich dazu im Takt.

»Ja«, dachte Stein. »Das passt zu euch. Ihr Wächter des Deckels von Deckeldraufhausen.«

Und er spürte den Ekel in sich aufsteigen. Den Ekel vor den Machenschaften dieser Herren und auch vor dieser blutleeren, müden Frau, die da vor ihm saß und aus jeder Pore Resignation ausströmte. Und er wusste, dass er sich eine neue Welt suchen würde, wenn diese Welt wirklich so war, wie sie sich momentan darstellte.

Es wurde gerne gefeiert im Stadtteil der Steins. Es gab Maifeiern, Sonnenwendfeiern, Feuerwehrfeste und den Fasching. Außerdem natürlich jede Menge private Festivitäten.

Damals nach der Flut hatte es sogar eine Straße gegeben, die ausgiebig gefeiert hatte, dass sie von der Flut verschont worden war, während die anderen im Stadtteil noch ihre nassen und kaputten Häuser instand setzten.

Auch die Steins feierten im Sommer ein Gartenfest. Ein Fest, mit dem sie explizit auch das Ende der quälenden Zeit in der Firma und den Neuanfang feiern wollten. Es wurde eine ziemlich große Sause, da neben vielen Nachbarn auch Freunde von nah und fern gekommen waren und die Steins sich nicht hatten lumpen lassen: Ein Catering-Service sorgte für das leibliche Wohl und ein befreundeter Musiker machte Livemusik.

Stein kam aus dem Händeschütteln gar nicht mehr raus und Stella genoss es, endlich mal wieder unbeschwert feiern zu können.

Beschwingt vom bisherigen Verlauf des Abends setzte Stein sich irgendwann zu den Nachbarn. Diese hatten es vorgezogen, sich um einen der Tische zu versammeln, während die anderen Gäste mehr Freude daran zu haben schienen, auch Fremde kennenzulernen.

Er setzte sich neben Martin Zwickl, einen seiner Mitstreiter aus der Flutopferinitiative. Martin war einer der wenigen Menschen gewesen, denen er sich bereits in den Zeiten von Raum 101 offenbart hatte.

Als Stein sich setzte, verstummte das Gespräch und ihm wurde klar, dass man eben noch über ihn gesprochen hatte. Das tat seiner gehobenen Stimmung allerdings keinen Abbruch, denn heute war ein Tag zum Feiern. Außerdem konnte er sich nicht vorstellen, dass seine Gäste hier auf seinem Fest über ihn herzogen. Warum auch? Die wenigsten wussten nähere Details über die Vorgänge in der Firma und sonst gab es nichts, was an den Steins so interessant gewesen wäre, dass man sich über sie ereifern könnte.

So begann er irgendein Gespräch, was sicher im üblichen Small-Talk-Modus stecken geblieben wäre, wenn Zwickel sich nicht unvermittelt ihm zugewendet und gesagt hätte: »Eins will ich dir jetzt mal sagen, Max: Wenn man so wie du bei der Stadt angestellt ist, dann sollte man sich das schon gut überlegen, ob man sich mit dem Bürgermeister anlegt.« Er hatte das so laut gesagt, dass die Gespräche am Tisch verstummten. Die Blicke der Nachbarn richteten sich neugierig auf Stein, dem schlagartig klar wurde, was das Gesprächsthema gewesen war, bevor er sich an den Tisch gesetzt hatte. Seine Hochstimmung war plötzlich verflogen; das war wohl auch der Zweck des unvermittelten Angriffs seines Nachbarn.

»Wie meinst du das, Martin?«, fragte Stein mit finsterer Miene.

»Genau so, wie ich das gesagt habe. Du hast einen Job bei der Stadt und dann kommst du mit deiner Flutopferinitiative deinem obersten Chef, dem Bürgermeister, in die Quere! Das hätte man sich vorher überlegen sollen, was das für Konsequenzen hat, Max! Was hast du denn gedacht, hä?!«, er grinste Stein höhnisch an. »Kommst hier als Zugezogener an und meinst, du kannst hier den großen Larry machen! Eins sollte dir spätestens jetzt klar sein, Max: Hier mag man es eben nicht so direkt. Und schon gar nicht von einem Zugezogenen. Jetzt siehst du ja, was du davon hast ...« Er blickte Stein herausfordernd ins Gesicht, während die anderen gespannt auf dessen Reaktion warteten.

Zunächst hatte Stein gar nicht begriffen, was Zwickl ihm damit hatte sagen wollen. Zu überraschend kam dieser Angriff, wie aus dem Nichts. Jetzt löste sich jedoch die Schockstarre und er sah, dass Zwickl es ernst meinte. Das war kein nachbarschaftliches Necken, kein witziger Sarkasmus. Das war ein gezielter Angriff und plötzlich beschlich Stein eine dunkle Ahnung: Die Worte Zwickls entsprachen nahezu eins zu eins der Diktion von Hans Fetscher! Hatte er nun begonnen, für seine klebrigen Intrigen auch die Nachbarn der Steins einzuspannen?

Obwohl Stein zunächst nicht wusste, warum sich sein Nachbar plötzlich so verhielt, war ihm klar, dass er jetzt reagieren musste. Er versuchte es zunächst mit Argumenten: »Aber Martin, du warst doch selbst dabei! Du weißt doch, dass bei den Gesprächen mit dem Bürgermeister eine äußerst konstruktive Stimmung geherrscht hat! Der hat sich doch auch mehrmals bedankt! Es gab für den doch gar keinen Grund, sauer auf mich zu sein, das weißt du doch am besten!«

Aber Zwickl blieb hartnäckig: »Dennoch hättest du dir das vorher überlegen müssen als Angestellter der Stadt! Das hast du jetzt davon!«

Stein sah in die Runde und bemerkte einige zufriedene Gesichter – endlich hatte es einer diesem Stein mal ins Gesicht gesagt! Da ging ihm auf, was hier gespielt wurde, und unwillkürlich fragte er sich, wie lange man sich in der Nachbarschaft schon das Maul über ihn und seine Familie zerriss. Er bemühte sich, seine Enttäuschung zu verbergen.

»Du willst mir also sagen, dass es okay ist, wenn ich meinen Job verliere, weil ich meine demokratisch verbrieften Bürgerrechte als Opfer einer Naturkatastrophe wahrnehme, ja?! Willst du mir das sagen, Martin? Dabei bist du es doch, der sich immer so liberal gibt und für die Menschenrechte eintritt! Aber das gilt wohl nur, wenn es nicht vor deiner Haustür ist, oder? Bist wohl auch einer von diesen Heuchlern, die das Weltgewissen gepachtet haben, wenn mal wieder irgendwo ein Krieg geführt wird, aber wegschauen, wenn der Nachbar Hilfe braucht! Martin, du warst dabei! Du hast mich, wie du wohl vergessen hast, genauso ermuntert und mitgemacht wie einige andere hier am Tisch! Wenn es denn alles so klar war und ich der blöde Vollidiot unter lauter Erleuchteten bin – dann bitte schön: warum hat mich denn keiner von euch Schlaumeiern gewarnt?! Weißt du, was ich denke? Ich denke, dass du einer von denen bist, die immer schön das Maul aufreißen, wenn es nichts kostet, und die sich dann, wenn es mal ernst wird, nicht mehr daran erinnern können – weißt du, wie man so was nennt? Heuchelei und Duckmäusertum! Und im Übrigen, Martin, lass dir gesagt sein, dass die Geschichte mit der Flut sicher nur einer von vielen Aspekten bei der Geschichte ist, die du gar nicht beurteilen kannst, weil du darüber nichts weißt. Außerdem hat dich daran doch vor allem interessiert, dass du unser Haus bekommst, wenn wir hier wegziehen sollten, weil ich woanders Arbeit gefunden habe, nicht wahr?«

Er war jetzt voll in Fahrt: »Ihr kommt hierher an meinen Tisch und esst aus meinem Topf als willkommene Gäste und habt nichts Besseres zu tun, als das Gastrecht zu missbrauchen und über mich zu lästern?! Schön, dass ich jetzt weiß, wie ihr über mich denkt. Pfui Teufel!«

Abrupt stand er auf und ging grußlos weg. Martin Zwickl hatte es die Sprache verschlagen.

Es dauerte ein paar Tage, bis seine Wut abgeklungen war und er mit Stella darüber reden konnte. Traurig sah sie ihn an: »Jetzt haben wir so gehofft, dass es endlich vorbei ist und ausgerechnet auf dem Fest, das den Neubeginn einleiten sollte, passiert dann so was und wir bekommen den nächsten Tiefschlag verpasst …«

»Ja«, sagte er nachdenklich. »Aber jetzt wissen wir wenigstens, woran wir bei denen sind. Wenn man so darüber nachdenkt, wird einem klar, dass die schon die ganze Zeit über uns gelästert haben. Ich hab dem Martin ja so einiges erzählt und du damals seiner Frau. Weißt du noch, wie die dann als Erstes gefragt hat, ob sie unser Haus kaufen können, wenn wir wegziehen müssen? Das war echt unterirdisch und eigentlich hätte einem ja klar sein können, was dann passiert. Ist halt auch ne coole Story für neidzerfressene Leute, die von ihrem eigenen Leben gelangweilt und frustriert sind, weil bei ihnen selbst nichts passiert. Die kann man dann noch schön ausschmücken und verdrehen und sich dann über die gescheiterte Arztfamilie ereifern und lustig machen!«

»Weißt du«, gab sie nach einiger Zeit zurück, »ich glaube, dass die es einfach nicht packen, dass wir wieder da sind. Die haben sich so über uns das Maul zerrissen und wahrscheinlich gehofft, dass wir jetzt am Boden liegen bleiben, und jetzt ist alles besser als vorher und wir machen noch so ein Riesenfest – das haben die schlichtweg nicht gepackt und da musste der Martin jetzt eben mal seinem Frust darüber Ausdruck verleihen und schön in deiner Wunde herumstochern! Ich glaube, dass die alle einfach nur verdammt neidisch sind! Die waren vorher neidisch und jetzt, wo wir wieder Erfolg haben, sind sie es erst recht! Die hätten gerne dabei zugeschaut, wie wir im Dreck landen, und dann hätten sie sich noch gegenseitig auf die Schulter geklopft und gesagt ›Selber Schuld‹ und ›Das haben wir ja gleich gewusst‹! Und ich blöde Kuh hab mich denen noch anvertraut und gedacht, dass die etwas Mitgefühl für uns hätten …!«

»Tja, Stella, wer solche Nachbarn hat, braucht wohl keine Feinde mehr. Das ist eben so, wenn einer am Boden liegt: Dann kommen irgendwelche Typen, die das gar nichts angeht und die auch keine Ahnung haben und haben wollen, was wirklich passiert ist und treten auch noch mal drauf. Weil es ihnen in ihrer ganzen erbärmlichen Existenz dann besser geht. Wir müssen diesen Kelch offenbar tatsächlich bis zur Neige leeren.«

Sie sagten lange nichts, zu groß war die Enttäuschung.

Dann gab sich Stella einen Ruck: »Weißt du was: Ich finde, es ist jetzt endgültig genug. Hier in dieser Stadt ist einfach schon zu viel Mist passiert. Ich finde, dass wir hier einen Schnitt machen und irgendwo anders komplett von vorne anfangen sollten. Ich habe wirklich keine Lust, jetzt auch noch dauernd irgendwelchen hinterfotzigen Nachbarn über den Weg laufen zu müssen, wenn ich mal das Haus verlasse. Komm, wir brechen hier unsere Zelte ab, zeigen allen den Mittelfinger und starten noch mal woanders neu. Irgendwo, von wo aus es für dich dann auch nicht mehr ganz so weit zu deiner neuen Arbeitsstelle ist – was meinst du?!«

Er dachte nach. Sie hatten schon öfter über diese Möglichkeit gesprochen und er war insgeheim schon länger der Ansicht gewesen, dass sich dieser Schritt nicht würde vermeiden lassen, da er wusste, dass sein Arbeitsweg auf die Dauer zu lang sein würde. Aber er hatte das lediglich als vage Möglichkeit irgendwann in der Zukunft gesehen, weil er nach dem ganzen Desaster nicht gleich das nächste Fass hatte aufmachen wollen.

Jetzt jedoch hatte sich die Situation nochmals verändert und auch er hatte das Gefühl, dass nun der Tropfen gefallen war, der das Fass zum Überlaufen gebracht hatte.

Stella blickte ihn fragend an – er spürte, dass sie es ernst meinte.

Dann sagte er entschlossen: »Okay, let's go!«

Epilog

Das schnittige Boot nahm Fahrt auf. Der glänzende Mahagonirumpf pflügte mühelos durch das azurblaue Wasser, als sich die Segel an Besan- und Großmast blähten. In den Wanten pfiff der Wind, während die betagte Dame auf das offene Meer hinaussegelte.

Stein hatte sich einen Traum erfüllt, als er die alte Yawl von einem Rentner erstanden hatte, der das Segeln an den Nagel hängen wollte, weil er mittlerweile nur unwesentlich jünger als sein Schiff war.

Die letzten Wochen waren durch die Vorbereitungen schnell verflogen und jetzt war es so weit: Sie gingen endlich auf Große Fahrt.

Während das Schiff dankbar mit den Elementen spielte und sich Stein an dem endlosen Horizont berauschte, schweiften seine Gedanken ab und er dachte an die Jahre in der Stadt zurück.

Das alles lag so weit hinter ihm. Sie lebten jetzt ein anderes Leben, er, Stella und die Kinder. Es schien ihm wahrhaftiger, denn sie waren es nun, die die Richtung bestimmten. Irgendwann in all der Zeit war ihm die Antwort auf die bohrende Frage gekommen, was er falsch gemacht hatte. Es war ganz einfach – er hatte es zugelassen, dass jemand über sein Leben bestimmte. Oder zumindest über einen großen Teil davon. Jemand, der es verstand, Macht auszuüben und niedere Instinkte zu wecken. Er hatte sich einsaugen lassen von etwas, für das es bei den Altvorderen ein Akronym gab: SALIGIA.

Als er begonnen hatte, sich daraus zu befreien, hatte es sich gegen ihn erhoben und wollte Vergeltung. Durch Vernichtung.

Es war ein harter Kampf gewesen. Ein sehr harter. Ein Kampf, in dem er schließlich erkannt hatte, dass er sich vollständig davon lösen musste. Ein Kampf, in dem er zuletzt sah, dass auch seine eigene Rachsucht ein

Teil von dem war, was ihn bekämpfte. Und dem er sich entziehen musste, wenn er nicht so werden wollte wie seine Gegner.

So war er schließlich losgesegelt, fest davon überzeugt, eine neue Welt zu entdecken.
   Heftig sog er den Seewind ein und ein Gefühl grenzenloser Freiheit durchströmte ihn.

Alles was blieb, war ein Lächeln.